Petra Hůlová

Manches wird geschehen

Petra Hůlová

Manches wird geschehen

Roman

Aus dem Tschechischen
von Michael Stavarič

Sammlung Luchterhand

· 1 ·

ES WAR SAMSTAG, in Terezas Wohnung dämmerte es und irgendwo im Hintergrund quietschte es, vielleicht eifrige Liebende, die auf einem uralten Bett zur Sache kamen, manchmal war es zum Verzweifeln. Einmal war sie bis auf das Dach geklettert, weil Eran sagte, dass sich dort vielleicht etwas Loses befände, eine Satellitenschüssel oder ein unverschlossenes Fenster (zum Lichthof hin), aber auf dem Dach lagen nur zerbrochene Flaschen und aufgeweichte Pappbecher. Sie war vermutlich nicht die Erste, der die Idee kam, die Feuerleiter hochzuklettern. Fire escape. Sie buchstabierte es der Mutter am Telefon, als sie ihr davon erzählte.

Auf die Fragen der Mutter, wie es ihr ginge und so weiter, wählte sie unverfängliche Geschichten aus, die ihr widerfahren waren, und schilderte sie in allen Einzelheiten. Wie ein Vogel ins Zimmer flog und sie ihn den ganzen Vormittag mit ihrer Jacke zu fangen versuchte, als sie dachte, sie hätte ihre Kreditkarte verloren (die lediglich ins Innenfutter der Manteltasche gerutscht war), wie sie mit dem Autobus eine Stunde lang in die falsche Richtung fuhr und dann ausstieg und es dunkel war und an der Haltestelle ein Mann stand, der sie musterte und musterte, und das Taxi zurück kostete dreißig Dollar. Kein Wort von Ramid. Jetzt noch nicht. Sie legte den Hörer auf und wartete darauf, dass sich Erleichterung einstellte. Du bist allein und machst doch, was du willst. Es ist wie mit den Zigaretten, als sie nach Monaten erneut zu rauchen begann, wo sie doch damit aufhören wollte. Dieser Rauschzustand. Manchmal war ihr zum Weinen.

An dem Tag, als es warm wurde und Tereza Ramid traf, rief sie ihre Mutter nicht an. Sie nahm ein Buch, zog ihre Stiefel an, unten sah sie ins leere Postfach und sagte Hi zum albanischen Hausmeister. Er sagte immer Hi, how are you, aber Tereza antwortete nur Hi und lächelte. Sie mochte ihn nicht besonders und hatte das Gefühl, dass er sie auch nicht leiden konnte, obendrein fand sie ihn heimtückisch. Als ob er etwas gegen sie im Schilde führen und eines Tages nicht mehr Hi, how are you von sich geben, sondern er sie mit finsterer Miene anstieren und etwas Böses lostreten würde. Es ist gefährlich, jemanden, den man gar nicht kennt, zu oft zu grüßen, man sollte das nicht tun.

Im Park waren längst alle Bänke besetzt (bis auf eine). Im kleinen Brunnen davor zwitscherten die Sperlinge und wirbelten mit ihren Flügeln die welken Blätter des Vorjahres auf. Vor dem Brunnen stand ein Mann mit einer ausgebreiteten Staffelei und Pinseln, Tereza schaute ihm über die Schulter. Nur gelbe und orangene Flecken, keine Spur von Vögeln am Brunnen. Wen interessieren diese Dinge heutzutage noch, fiel ihr ein, und dann beschleunigte sie, damit ihr niemand den einzig noch freien Platz wegschnappte. Eine der Frauen, die mit schiffsgroßen Kinderwägen die Gehsteige umpflügen, einer der Alten auf seinen zittrigen Beinen, die, wenn sie sich erst hinsetzen, ewig bleiben, oder einer der Männer mit verschlissenem Schuhwerk (mit Isolierband umwickelt), und zufällig stand dort schon so einer, und es schien, als hielte er Ausschau, wo er sich denn niederlassen könnte. Sie streckte die Beine aus, soll doch ruhig jemand darüber stolpern, und senkte den Kopf.

In dieser Stadt ist es wie im Film. Überall Orte, die sie von Kinosälen her kannte, nur ohne Leinwandrand. Als ob sich die Tür zu einem Zimmer öffnet, das man bislang nur durch das Schlüsselloch kannte.

Ein gelungener Tag, nicht?

So wie in diesen Filmen. Jemand kommt, spricht sie an und manches wird geschehen.

Wie heißt du?

Sie sah neben sich.

Ich heiße Ramid und wohne gleich hier.

Tereza. Angenehm.

In ihrer Sprache würde sie das nicht sagen. Lächerlich.

Spielst du Klavier? Du hast so Hände.

Tereza schüttelte den Kopf. Das mit den Händen sagten alle. Auch: Du hast Augen, so blau wie Zwetschkenfrüchte. Nach der Großmutter geraten. Himmelblau. Das sagte Jon. Und diese gelungenen Ohren. Das brachte er ihr ebenfalls bei. Die Ohren von Leuten zu mustern und sie danach in Gruppen einzuteilen. Niemals zuvor hatte jemand mit ihr über Ohren gesprochen. Zeig. Sie hatte damals noch lange Haare. Er schob sie zur Seite. Ein Ohr war mit Ringen behangen. Willst du einen Mehlwurm sehen? Sagte sie damals. Sie zog einen der Ringe ab, drückte auf das Loch und ein dünner Weißer kroch hervor. Früher hatte sie so viele Ohrringe, dass man daran ihr Alter zählen konnte. An ihrem fünfzehnten Geburtstag.

Jetzt sitzt sie da, vor ihr Ramids Hand (wie ein Stummel), und sie zittert nicht einmal. Sie würde es nicht wagen, die ihrige hinzuhalten. Bestimmt nicht die ganze. Die Finger vielleicht. Um zu zeigen, dass sie Klavier spielen könnten, auch wenn sie es nie gelernt hatten.

Gib mir die andere. Die Linke. Mit der du nicht arbeitest.

Das kannte sie. Muttermale, Narben, Pigmentflecken und zu allem und jedem gibt es irgendeine Geschichte. Ein Bursche aus der ersten Reihe hat ihr in der Sechsten während der Pause die Füllfeder zwischen Daumen und Zeigefinger gerammt, und unter ihrer Haut blieb ein blauer Knoten.

Mach dir nichts draus, Terinko, bis du heiratest, ist alles vergessen, sagte die Großmutter zu ihr, als sie noch klein war. Diese Hand, die damals von der Großmutter getätschelt wurde, soll sie jetzt also Ramid zeigen. Ramid. Klang wie ein ultrastarkes Waschmittel oder eine Pille gegen Kopfschmerzen. Ein künstlicher Stein, das Stück einer Pyramide, etwas Fernöstliches mit Kanten. So sah er aus. Dunkel, mit tiefliegenden Augen, lugte er unter einem Vorhang hervor.

Ramids Terrasse war voller Plastikbeutel mit irgendwelchen Dingen. Von Kleiderbügeln hingen gefaltete Hosen und Jacken mit Shirts, alles hinter Plastikplanen, auf die sich matter Staub legte. Sie mussten schon sehr lange dort liegen.

Ich baue hier etwas um.

An der Wand lehnten zwei Bretter, vermutlich um damit irgendwie in der Küche zu hantieren.

Wahrscheinlich kein langes Leben, das sagte er im Park zu ihr, als sie einander trafen. Ein fremder Mann. Er besah ihre Hand und lud sie danach zu sich ein. Ein schmales Haus zwischen zwei anderen eingeklemmt, als ob man es quälte. Ein Fehler, dass ich einfach mit ihm komme, sagte sie zu sich, als sie davor standen. Wenn sie die Faust in die Jackentasche schieben und sie etwas bewegen würde, sähe es fast so aus, als hätte sie eine Waffe.

Ramid hatte inzwischen ein prall gefülltes Paket aus dem Postkasten vor dem Haus gezerrt. Wenigstens wohnt er hier, schoss ihr durch den Kopf. Irgendwer schickt ihm etwas und er hat einen kleinen Postkastenschlüssel, so wie ich. Oder er ist ein ganz Schlauer. Aber das ist er wohl nicht, weil ich doch auch daran denke. Dass er etwas auf dem Kerbholz haben könnte und ich mich eigentlich nicht zu wundern brauche.

Die Tür fiel zu, im engen Gang vor den Stufen dämmerte es, auf einem ergrauten, abgewetzten Fußabstreifer lagen ein paar Flugblätter, die jemand aus dem Postkasten geworfen hatte. Sie hob einen Kugelschreiber vom Boden auf, sie nahm immer Dinge an sich, die sich als nützlich erweisen könnten, und dann ging sie ihm nach, das enge Stiegenhaus hinauf, kaum breiter als Ramids Rücken. Es knirschte verhalten, wohl wegen des Teppichs, der überall verlegt worden war, einen warmherzigen Eindruck hinterließ er dennoch nicht, wirkte vielmehr schäbig, wie auch die Wände rundherum, die zu einer heruntergekommenen Hütte gehören könnten, nur befanden sie sich mitten in New York. Sie fragte sich, was er wohl macht, wenn er in einem solchen Loch lebt, und ob diese dicken Pakete für ihn öfters kommen. Für sie nicht. Sie pflegte Kuverts als Schreibpapier wiederzuverwenden, sie konnten doch auf der Rückseite genutzt werden.

Ich bin noch dabei auszumalen, verzeih, sagte Ramid, als er aufsperrte und das Stiegenhaus sich mit einem warmen Luftschwall aus der Wohnung füllte, die klein und von keiner Frau bewohnt zu sein schien. Etwas Curry-Reis-Geruch liegt in der Luft, etwas von einem altem Sofa, von Polstern, die einen husten lassen, wenn man den Kopf zu lange auf sie bettet, ein klebriger Rundbogen neben der winzigen Küchenzeile, überall Staub, dort, wo man nicht wischt, unter den Vasen und so weiter. Die Sachen geschlichtet (wie von einer Frau), auf der Fensterbank diverse Utensilien. Ein kleiner Fernseher in der Kaminnische, das fand sie wirklich einfallsreich. Das Ganze mochte gut dreißig, vierzig Quadratmeter haben. Die kleine Küche, ein Zimmerchen, Schlafzimmer und eine ähnlich große Terrasse. Auf die wird er stolz sein, fiel ihr ein, und er war es auch und führte sie gleich hinaus, zwischen die Plastiksäcke mit Hosen und mehr, über die sie drübersteigen mussten, bevor sie das kleine Geländer erreichten, und Tereza schwor sich, wenn er sie jetzt anfasste, laut aufzuschreien.

Den dicken Umschlag aus dem Postkasten legte Ramid auf ein Taburett (in jenem Zimmerchen mit Sofa und Fernsehnische), während Tereza von der Terrasse aus die mit Efeu bewachsenen Häuser und Innenhöfe musterte. Es raschelte, wenn im Hof Wind aufkam. Februar. An ihren Fingergelenken zählte sie ab, wie lang er andauert. Achtundzwanzig. So alt wird sie auch bald sein. Und er? Sie drehte sich um und stieß dabei gegen seine Brust. Er stand gleich hinter ihr. Die Sonne ging unter, es war ihr unangenehm. Sie presste ihre Knie gegen das Geländer, welches oberhalb ihrer Schenkel endete, und die Lücke zwischen ihrem Rücken und seinem Bauch schien wie ein Luftballon, der zerplatzt, wenn nichts passiert.

Siehst du die kleinen, roten Lichter am Dach, wie sie tänzeln?

Sie nickte, damit er nicht über ihre Schulter mit der Hand darauf zeigen konnte. Damit er sich nichts einbildet. Wie man die Frauen bezirzt. Du Dummer, Einfältiger. Sie sah rein gar nichts.

Der dicke Umschlag lag am Taburett hinter der gläsernen Tür zur Terrasse, und die Dächer im Hof waren in goldgelbes Licht (die letzten Sonnenstrahlen) getränkt, es kam ihr vor wie auf einer Postkarte, ein sich schleppendes Melodram, das sie nicht ausstehen konnte.

Willst du einen Tee?

Ja.

Sie kam einfach mit ihm. Ein Großteil der Menschen fühlt sich einsam. Manchmal vergaß sie die Einsamkeit und musste daran erinnert werden, damit sie niemanden begehrte, ihrer eigenen Dummheit wegen.

Grün oder schwarz?

Erneut tauchte ihr Zuhause auf. Rot oder weiß? Das sagte man damals in den abgewirtschafteten Betrieben und hie und da noch heute, im neuen Millennium. Menschen in Plastikhosen, Regenschirme, die nach dem Regen nicht in Lachen liegen, die nach dem Regenguss in der Stille eines Vorraumes trocknen, wie Fledermäuse mit gespreizten Flügeln. Und Ähnliches. Sich über die Hausschuhe beugen. Über die Sportschuhe, die man zu keinem Rock tragen kann. Hier allerdings schon. Wer weiß. Zu Hause hatte unlängst noch so mancher im Winter ein pelziges Ungetüm auf seinen Kopf gerammt (wie in Russland). Etwas Großes, das in der EU wohl nur noch Wachen vor dem Buckingham-Palast tragen und wo sich die Menschen einen Jux daraus machen. Diese Mützen, die 89 auf den Fotos wiederauftauchen. Ob Ramid das kennt? Sie überlegte. Sie überlegte, ob Khomeini ein Iraner oder Iraker war, denn Ramid sah aus wie ein Perser und die lebten doch dort irgendwo.

Schwarz. Schwarz mit Milch und einer Zuckerdose am Tisch, weil hier alle wild zuckerten. Angeblich schneidet die örtliche Rohrzuckerlobby überall mit. Klischees gelten immer. Monströse Menschen gab es überall.

Die Sonne war beinahe verschwunden und von den letzten, weichen Strahlen blieben ein paar Tigerflecken am Rauchfang gegenüber, und der Schwarztee mit Milch stand auf einem dreibeinigen Höcker neben der Zuckerdose und war kalt.

Fast jeden Tag stelle ich mich hier hin und schaue.

Wieder stand er hinter ihr. Sein Englisch ist viel flüssiger als meines, fiel ihr auf.

Rosa und orange, schau, wie sie dahinziehen. Mit leuchtenden Rändern, wie im Theater. Manchmal lasse ich alles liegen und stehen und laufe direkt zum Fluss. Vier Blocks. Ich schaue, wie es sich im Wasser spiegelt und langsam erlischt. Immer hat es etwas Trauriges. Er verstummte.

Ist in meiner Hand noch etwas? Kannst du mir mehr erzählen? Sie bedauerte ihn. Vielleicht wusste sie noch weniger, nur die Rillen in ihren Handflächen kannte sie auswendig. Die kamen von den geballten Fäusten, sagte sie, wenn sie angeben wollte. Vier kleine Halbbögen in der Haut, die von den Fingernägeln stammten, ein paar Minuten lang existierten sie, bevor sie verschwanden. Zusammengebissene Zähne, die Fingernägel in ihre Handballen gekrallt, und Ramid war der erste, der sie nach Tagen angesprochen hatte.

Nun saß sie auf einem Sofa in seinem Zimmer, ihre Handflächen lagen in den seinen, wie damals auf der Parkbank betrachtete er sie eindringlich.

Bist du glücklich?

Schamesröte, die man sehen musste. Ein furchtbar grelles Antlitz wie bei einem kleinen Mädchen. Sie hätte niemals gedacht, dass sie es sich gefallen ließe. Mit den Handflächen nach oben bei einem Mannsbild zu sitzen, das sie kaum kannte. Vielleicht gefällt es ihm, jemanden zu retten, schoss es durch ihren Kopf. Er sucht sich eine aus, um sie zu beschwafeln, damit er Gesellschaft hat. Manche sind so. Sie füttern streunende Katzen, streuen den Tauben etwas hin und warten ab, wen sie sich schnappen können.

Von so einem Mädchen erzählte ihr Ramid im nächsten Monat. Im März. Es gab schon die ersten Knospen, und daran, ob Ramid gerne den Retter spielt, dachte sie längst nicht mehr. Auch das Paket, das bei ihm lag, als Tereza an jenem ersten Nachmittag auf der Terrasse stand, war geöffnet, gelesen und längst entsorgt, auf einem der großen Schiffe, die den Müll aus Manhattan fortbrachten. Riesige, gespenstische Frachter, die während der Dämmerung das Meer befahren und im letzten Sonnenlicht wie aus Schaumstoff scheinen. In der Nacht werden die Abfälle durch das U-Bahn-Netz geschleust, in Zügen, die mehr als dreißig Waggons hinter sich herziehen. Die sind viel länger als die längste Bahnhofsplattform am Times Square, nur halten sie nirgends und so macht es nichts.

Das besagte Mädchen saß im selben Park, in dem ich auch dich traf. Erinnerst du dich?

Wie sollte ich nicht, ist doch kein Monat her, Tereza schnitt eine Grimasse, da sie einen guten Tag hatte und Ramid sie abholte.

Ich ging hinaus und sah ein Mädchen am Rande der Beete sitzen, die Hände geballt und sie zitterte wie Espenlaub. Ramid ahmte es nach, auf seinem Sessel sitzend, und Tereza nickte. Eine Frau mit riesigen Ohrgehängen in ausgeleierten Ohrläppchen rückte ihren Stuhl zurecht. Sie saßen in einem Café, wo sie später noch oft ihre Zeit verbrachten.

Ein Schritt vor, ein Schritt zurück. Ich konnte nicht anders. Bist du okay?

Rate, was sie entgegnete.

Dass sie gar nicht existiert.

Dass sie nicht existiert.

Dass sie am Nachmittag hier ankam und nicht weiß, wo sie schlafen soll. Dass derjenige, mit dem sie nach N.Y. flog, sein Handy ausgeschaltet hat und jetzt bei irgendeiner anderen in Brooklyn saß.

Tereza gähnte.

Ich gab ihr meine Nummer und sagte, dass ich nach acht zu Hause sein würde, falls sie es probieren möchte.

Und sie wollte.

Und wollte.

Ich könnte das Ganze zu Ende erzählen, dachte sie. Sie betrachtete Ramid, den Perser, wie irgendein seltenes Tier. Ein tasmanischer Tiger, dem es als Einzigem gelungen war, über eine schmale Brücke von Asien in die Vereinigten Staaten zu laufen (gemeinsam mit den Mongolen), bevor der Landrücken vor dreißigtausend Jahren geflutet wurde. Auf einem Gummischlauch von Kuba nach Florida zu schippern, bevor die Schergen am kubanischen Ufer die Flinten zücken und einen nach dem anderen wieder zurückschicken, egal ob er ein Kommunist ist oder nicht.

Verweint war sie. Ich nahm den Hörer ab und lauschte, wie sie schluchzte. Rotz und amerikanische Vokale. Sie stammte nicht von hier. Du auch nicht, von mir ganz zu schweigen.

Inder auch nicht.

Klar, Inder auch nicht.

Ich habe ihr das Sofa ausgezogen, auf dem du immer sitzt, du weißt welches. Und dann fand ich jeden Tag einen kleinen Zettel, auf dem stand: »Noch ein Tag«. Halb unter das Polster geschoben. Er ist zu sehen, und auch wieder nicht. Fast wie vergessen. Vier Wochen lang, ein Tag nach dem anderen.

Tereza wollte nachhaken, ob Ramid mit ihr geschlafen hatte, aber sie konnte es nicht. Ein Korsett. Man muss in dieser Stadt den Mund halten, weil längst schon alles von irgendwem gesagt wurde.

Aha, sagte sie stattdessen und überlegte, ob sie das oft machte.

Und eines Tages fand sich keine Nachricht mehr und ich sah sie nie wieder. Postkarten hat sie mir noch geschickt. Zwei, drei Mal im Jahr. Aus Berlin und später aus München. Wer es hier schafft, der schafft es überall. Zita allerdings hatte ihren Rückflug schon gebucht.

Woher weißt du das?

Er zuckte mit den Schultern.

Und sie betraten erneut den engen Flur und gingen die abgewetzten Stufen hinauf. Er wohnte ganz oben, im Stock gab es noch eine weitere Wohnung, zwei in einem jeden, drei Stockwerke nach unten zu den Postkästen und draußen eine schmale Gasse, das alte West Village. Schau dir die Messingschildchen an, beinahe in jedem Haus wohnte einer, der es zu etwas gebracht hatte. Bei manchen Schildern standen Blumen, Schwertlilien vom roten Ingwer, sie ähnelten den Fahnen der Linken unter dem Türschild des Dichters, dessen Name sich aus drei Buchstaben zusammensetzte (dem das aber schon gut dreißig Jahre egal war), und Salatpflanzen. Kleine Salatköpfe in der Nähe dünner Bäumchen, die jemand angepflanzt hatte. Freiwillige vor, jeden Samstag um halb zehn mit kleinen Schaufeln, Treffpunkt vor dem Kirchentor. Ein Dom mit einer Spitze, einen halben Meter überragte sie die anderen Häuser, sie erwartete, einen Aufruf irgendwo auf der rotlackierten Tür vorzufinden.

Lass uns schauen gehen. Sie hat nicht gefragt. In einer jeden Stadt, in der sie war, verhielt sie sich so. Wenn gesungen wurde, öffnete sie ihren Mund und beobachtete die Menschen. Die meisten waren Frauen.

Es waren sechs Stufen bis zum Kirchentor. Jede Stufe für zwei Apostel, kam Tereza in den Sinn. Drei und drei für zwei mit reichlich Möbeln, zwei, deren Köpfe samt klebrigem Haar unter den Stufen hervorlugten. Sie bewegten sich, atmeten, hatten Decken und Taschen dort. Obdachlose.

Sie rüttelte an der Klinke. Wieder fiel es ihr erst jetzt ein. Dass bis auf die Großen, wie den Heiligen John oder Patrick, nahezu alle Seligen in dieser Stadt die ganze Woche über fest verschlossen hinter Schloss und Riegel blieben.

Ramid stand mit dem Rücken zu ihr und rauchte.

Er musste es wissen. Schadenfroh mit apathischen Zügen. Er dachte an den Brief. Das konnte sie nicht ahnen. Sie überlegte, ob Perser Araber seien. Listige, die fünfmal am Tag beten, und die Reichen haben hunderte Bauchtänzerinnen und im Keller Löwen mit cremigen Mähnen. Als Ramid sie an einem der weiteren, unerträglichen Sonnenuntergänge auf seiner Terrasse zum ersten Mal von hinten anfasste und zu sich zog, war er überhaupt nicht erregt. Kein Zacken stand hervor. Es war März, sie trugen Jacken, gar nichts schien sicher.

Am Fluss stürmte es. Wäre die Tür offen gewesen, hätten sie gemeinsam einen Augenblick in der Kirche verweilen können.

Einmal lief sie die ganze Vierundfünfzigste entlang, bis zu jenem Punkt, wo sie ein Täfelchen mit Glückwünschen wahrnahm: »Den muslimischen Freunden einen frohen und zufriedenen Ramadan«. Besagte Kirche war ebenso katholisch und verschlossen. Nur einen Augenblick lang innen verweilen, sagte sie sich. Ein paar Minuten, zwei Herzschläge. Es überraschte sie, wie sie draußen vor der Kirche auf den Stufen kauerte. Sie glaubte doch nichts von all dem Humbug. Dem Papst haben sie damals die Soutane bis zum Hals geschnürt und das Foto, auf dem er mit geneigtem Kopf aus dem vatikanischen Hospital winkt, ging um die Welt. Vielleicht ist es zwischen Wolkenkratzern anders. Wenn man nicht in einer Kanzlei im zwanzigsten Stock arbeitet, ist der Himmel lediglich eine Ritze, man betrachtet ihn aus einem gläsernen Brunnen.

Dieser Komplex stand vor zwei Jahren auf hölzernen Pfählen, ließ Ramid verlauten. Ein großer Tisch mit Löchern. Ein Plätschern unter den Planken und Hinweistafeln. Die Kinder liefen zwischen ihnen Slalom. Ich konnte lediglich bis zum Ellbogen meine Hand hineinstrecken und gerade mal das Wasser fühlen.

Sie standen auf einer Betonplattform, die von einem rechtwinkeligen Streifen Kunstrasen geteilt wurde, um sie herum liefen Menschen in Sportoutfits und den Frauen wehten die Haarschöpfe unter den Baseballmützen hervor. Ramid rief zweimal Hi und irgendwer antwortete. Wenn jemand so viele

Jahre an einem Ort lebt, ist das nichts Ungewöhnliches, dachte Tereza.

Kalte Hände?

Er wird sie mir reiben und anhauchen und irgendwer, der ihn kennt, wird sich sagen, aha, eine Neue, oder doch nicht? Als ob sie nicht all die Menschen um sich herum zum ersten und letzten Mal sehen würde. Dabei traf sie hier unlängst eine Frau, der im Gemüseladen die Einkaufstasche riss, die Mandarinen haben sie danach gemeinsam eingesammelt. Am nächsten Tag sah sie dieselbe Frau in der U-Bahn, wie sie mit jemandem stritt. Sie trug eine dunkle Brille. Vielleicht kennt man sie hier, dachte Tereza. Mit dunklen Brillen herumzulaufen, wenn gar keine Sonne schien, das war doch längst außer Mode. Sie sagten Hi zu der Frau.

Auf der Plattform stürmte es, Regenschirme wirbelten, und ganz am Ende beim Geländer über dem wogenden Wasser kamen sich Ramid und Tereza so vor, als stünden sie auf dem Heck eines Ozeandampfers. Ein solcher, der die Urgroßväter und -mütter der sich hier munter auf dem Kunstrasen aufwärmenden Läufer nach Amerika brachte. So, hier steigen Sie bitte aus, Stempel, ruck, zuck, der Nächste, es gibt ein Gedränge, alle schleppen sie Koffer mit Metallschnallen aus Europa hierher.

Sie dachten beide daran. Dass keiner von ihnen dabei war. Während das erste Telefonkabel ins Meer purzelte, dick wie eine Gaspipeline in Kasachstan, in Kopftüchern pflügten sie die Felder, in Kopftüchern ließen sie die Ziegen weiden, in Kopftüchern transportierten sie auf Kamelen Leinensäcke voller Muskatnüsse. Fünftausendachthundert Seemeilen. Sie wusste es nicht genau. Bloß der Titel irgendeines Films. Die Freiheitsstatue, die auf den ersten Blick größer scheint als der Koloss von Rhodos, auf Postkarten (zwanzig für einen Dollar) allerdings kaum größer wirkt als eine Straßenbreite, mit der begann also alles. Alles ließen sie zurück und kamen hier mit einem Köfferchen an, ihre Habe fein säuberlich verstaut. Weiße Hemden, Feiertagsbettbezüge, die Heilige Maria auf einem Konterfei, ganz unten, bei den Dokumenten. Es ging ihr gegen den Strich, dass sie nur das sah. Filmsequenzen, die sie vor Augen hatte. Hip-Hop-Clips in schwarzen Vierteln, Verliebte im Central Park, ausgebrannte Manager in der Wall Street. Sie kam damit an, kannte alles aus Filmen, und dann spricht sie ein Mannsbild an und will ihr aus der Hand lesen. Wenn sie gewusst hätte, was im dicken Paket steckte, hätte sie lauthals gelacht. Ein solches Drehbuch hätte man keinem abgekauft.

Der Wind flaute ab, und auf das Geländer neben Tereza und Ramid setzte sich eine Möwe. So groß wie ein Schwan in der Moldau, fiel ihr ein. Vielleicht sind deren Windungen immer noch gefroren. Dort unter Vyšehrad, bei der Insel mit den hölzernen Häuschen, wo sie Boote vermieten.

Wenn sie mitkommt, mache ich ihr einen Fisch auf Pfefferkörnern. Die Häuser werden im gelben Licht erstrahlen und ich werde mir zuflüstern: Jetzt, jetzt, jetzt. Und nichts anderes wird für mich existieren, sagte er sich. Ramid, für den fast alles hinter dem Meer lag.

Er öffnete das Paket erst dann, als ihn Tereza am ersten Abend verließ. Etwas zu bekommen, das war eine große Sache. Ähnlich wie ein Anruf. Es klingelten die Missionierer, Besserungsvorschläge live oder auch nur vom Band, sie priesen ihre günstigen Telefontarife, Kabelkanäle und Bonusgeschenke, mit Stimmen, die niemals innehielten, selbst wenn man losbrüllte. So hat er ihn gleich erkannt. Die Stimme verstummte kurz, bevor sie weiter auf ihn einsprach. Ein paar Sätze noch, bevor Ramid auflegte.

Der Inhalt war in ein graublaues Tuch verpackt und anbei lag ein kleines Döschen mit Schnupftabak. Es war egal, dass es in New York alles gab. Die Inder holten sich auf der Post die Druckkochtöpfe für ihre Reisküchlein (zugesandt von den Verwandten), die Araber das parfümierte Öl und die Nigerianer das Haargel. Manchen Stadtführern nach könnte man meinen, dass hier (bis auf Chinatown) alles aus kanadischem Stahl und Marylånder Blechen bestand. Jede Nationalität hatte hier aber mindestens drei, vier Straßen und die größeren ganze Städte, wo sich nahezu alles auftreiben ließ, nur wie erklärte man das den Daheimgebliebenen.

Und daher weiß Ramid, wenn Inder (mit gesenktem Haupt) große, braune Pappkartons die Avenue entlangschleppen, dass sie noch im ersten Jahr sind, dass sie sich gerade in der Stadt einrichten und soeben eine Lieferung von Druckkochtöpfen abholten. Es ist Feiertag, man wird tanzen und überzuckerten Likör ausschenken. Wo man allerdings feiert, das kann einer, der nicht dazugehört, nur raten. Die Koreaner in der Zweiunddreißigsten und Sechsten, die Russen auf Coney Island, die Polen in Greenpoint, aber was der hier macht, in seinem grünen, goldbestickten Bademantel, der wohl gerade eben einer afrikanischen Grafschaft entstieg und in Zeitlupe durch die Massen schreitet, oder abends die bangalesischen Taxifahrer, wo sich die nach Mitternacht treffen, das wusste Ramid nicht.

Er strich mit seinen Fingern die verstärkten Innenseiten des großen Umschlages entlang und stellte sich seine Mutter vor, wie sie diesen Brief zu Hause auf der Post einwarf. In eine mit einem Adler gekennzeichnete Kiste, in der alle Briefe landeten, die ihren Weg auf einen anderen Kontinent antraten. Sie hat die Hand mit dem Schreiben schon in der Kiste und dann zuckt sie noch schnell zurück, ob sie nicht etwa die Briefmarke vergessen hatte oder die Absenderadresse. Zuletzt war er sich nicht mehr sicher, wie die Postleitzahl zu Hause lautete. Er erschrak und in seinem Kopf kreisten die unsinnigsten Zahlen. Er musste dann sofort ihr Schreiben suchen, um endlich Ruhe zu haben.

Ramid schüttelte ein wenig Tabak auf den Handrücken zwischen Daumen und Zeigefinger und sog ihn ein. Völlig identisch wie bei Salem in der Zwölften Straße, allerdings im Verhältnis zwei zu drei gestreckt. Die Frauen schauen immer nur auf die Tabaksdose, und derjenige, der sie Mutter verkaufte, war nicht aufrecht.

Mein Allerliebster, ich weiß nicht, wie lange ich noch hier sein werde.

Es war ein Brief, vor dem er sich schon Jahre fürchtete.

Er schloss die Augen und lehnte den Kopf an die Wand. Sie hatte schon wieder diesen Traum von einer Frau. Diejenige, die (laut Mutter) hier irgendwo auf ihn warte. Er faltete den Brief und schob ihn ins Kuvert zurück. Ein Vogel aus der Fremde, der kurz seine Flügel ausbreitete und sie dann erneut schloss. Eine Mutter wie jede andere auch, nur mit Träumen, die sich zu Hause zu erfüllten pflegten. Er hatte Angst davor, von klein auf hat er sich gefürchtet. Es war sie, die ihm beibrachte, dass die Hände bedruckte Gesichter seien, mit Lachfältchen und dunklen Gedanken, und dass die Jahre, die noch verbleiben, dort eingraviert stünden. Und wenn sie einen Traum hatte, war auf ihn stets Verlass. Sie wusste immer, dass Ramid fortgehen würde. Sie fürchtete sich davor und dann ging er wirklich. Vielleicht deswegen. Ramid redete es sich ein, als er in lächerlichen Klamotten aus dem Flugzeug stieg, mit einem Zettelchen spielend, auf dem die Telefonnummer des Onkels notiert war.

Taxi?

Vor der Flughafenhalle standen mindestens zehn in einer Reihe, und hinter dem Steuer eines jeden ein Farbiger aus Nigeria. Jedes Volk findet hier seine Berufung, und in Zyklen von zehn bis fünfzehn Jahren wird getauscht. Er wusste das nicht, die schwarzen Köpfe sahen alle gleich aus.

Taxi? Zentrum?
Nou.

Er wollte eigentlich Ja sagen, kam aber durcheinander. Er nickte und blickte auf seine Schuhe. Ein paar schwarze Köpfe sahen müde drein und fuhren in ihren Autos davon. Am meisten schämte er sich für seine Kleidung. Er krümmte sich, hoffte, dass es dadurch weniger auffallen würde. I love NY. Eine Jacke, die er sich extra aufhob.

Er war froh, sich nicht selbst betrachten zu müssen. Nur in der Schiebetür des Flughafens, aus der Menschen mit Gepäckstücken purzelten und in Taxis stiegen, dort war sein Spiegelbild wie selbstverständlich.

Zu Hause hatte er auch seine Träume gehabt. Er suchte den Weg durch ein Spiegellabyrinth, in manchen Spiegeln schmolz sein Gesicht, andere zogen ihn gewaltig in die Breite, wie eine Ziehharmonika. Monströses Kabinett. Um nicht anzustoßen, muss man dort entlang, wo am Boden die Schwellen fehlten, nur dort konnte man durchschreiten. Es war einer seiner Träume zu dieser Stadt. Er dachte, dass er hier zwischen Spiegeln umherirren würde. In einer Stadt, wo sich schon bald zeigte, dass mehr zweistöckige Häuser aus Sperrholzplatten zu finden waren, als sonst irgendetwas. Leichte Häuschen, wie Pappkartons ohne Boden, einfach hingestellt. Mit einer Verschalung aus weißen Latten, auf der Veranda eine flatternde Fahne. Er wusste das nicht, bevor er hier ankam. Dass sich weniger Sternchen darauf befanden, als er zu Hause in der Enzyklopädie Bundesstaaten abgezählt hatte, dass die Menschen in Wohnwägen ohne Räder hausten, dass sein Onkel den Haushof betonierte, damit Ramids Cousins bis tief in die Nacht die Möglichkeit hatten, Basketball zu spielen, und er in der Küche deshalb nicht einschlafen konnte.

Er wusste gar nichts.

Der Zettel war schweißgetränkt und die Zahlen kaum noch zu erkennen. Wie sollte man auch wissen, dass vor einer jeden Zahl eigentlich auch eine Eins stand, von der hier niemand sprach. Und dass ein slice of pizza, diese fette, lauwarme von der Gasse, zusammengeklappt werden muss. Man kann sofort erkennen, dass jemand nicht von hier ist, wenn im Schnurrbart Reste von Schmelzkäse hängen.

Und du, Bursche, woher stammst du?
Aus Siba.

Das Mannsbild, das am besagten ersten Tag den Onkel anrief, ließ Ramid gar nicht zum Hörer. Dann steckte es ihm ein paar Banknoten zu und sagte etwas zum schwarzen Taxikopf. Sie standen ein Stück von der Flughafenhalle entfernt, in einer Ecke, wo alle rauchten (was sie an Bord nicht durften) und von einem klebrigen Hörer aus zu Hause anriefen.

Tereza kam vom selben Flughafen angefahren, mehr als zwanzig Jahre später. In einem Zug mit acht Waggons und weichen Sitzen, auf die sie JFK gestickt hatten. Das Emblem fand sich am Teppich und auch auf den Vorhängen der Coupés in den besseren Zuggarnituren. Ein Zug vom Flughafen bis zur U-Bahn, der wie ein Flugzeug surrte, das seine zehntausend Höhenmeter erreichte und wie ein Kinderspielzeug im Oval kreiste. Die Hallen, Wände, riesige Aufschriften und Betonebenen voller glänzender Autos. Der Himmel blau wie auf einer Postkarte aus Kansas, Felder und Himmel, Firmament und in Unordnung geratene Schatullen, die niemals endeten. Im Zug lagen Alben mit Fotos auf ihrem Schoß, sie schlug sie irgendwo auf und betrachtete eine Fotografie nach der anderen, während sie alle Hinweisschilder verschlang, die hinter dem Glas vorbeizischten, sie nahm sie auf, schüttete sie in einen Behälter, auf alles freute sie sich.

Irgendwer wird ihr hier ein Buch mit ihren Fotos verlegen, und sie kehrt wieder zurück. Bis dahin wird sie von Tür zu Tür wandern, wie man es in Filmen sieht. Wer etwas kann, wird früher oder später von jemandem wahrgenommen. Und sie konnte einiges. Wenigstens dachte sie das. Am ersten Tag. Im Web wird sie Adressen finden, sie wird anklopfen und anrufen und alles, was nur geht, mit der Post schicken. Und sie wird warten. Sie war darauf vorbereitet, sich in Geduld zu üben. Tage, Wochen, weiter dachte sie nicht.

Zu Hause sagte sie allen, noch bevor sie das Geld für ihr Flugticket beisammen hatte, dass sie früher fliegt, als es dann tatsächlich der Fall war. Damit sie es sich nicht im letzten Augenblick noch anders überlegen konnte. Schnell noch den Fotoapparat ins Handgepäck, damit sie beim Umladen in Frankfurt nichts beschädigen, kaum etwas im Rucksack, T-Shirts, Socken, ein Heft mit Kugelschreiber, Schuhe kaufe ich vor Ort. Ihr schwebten die Orangenen mit Streifen vor, die Gaby aus New York mitbrachte, sie freute sich richtig darauf, dort mit ähnlichen umherzustreifen. Zwei Fingerabdrücke beim Immigrationsschalter, nicht die Daumen, Zeigefinger, hierher, bellte eine Farbige ins Mikrofon und reichte Tereza eine Tube, um die Fingerspitzen mit Creme einzureiben. Dann trat sie durch eine Schiebetür, wo sich hinter einer Absperrung die Verwandten der anderen drängelten, dahinter (in zweiter Reihe) die Hotelportiers mit Schildern voller deutscher und japanischer Namen. Businessmänner aus Tokio, die kamen, um irgendein Papier zu unterschreiben, fiel ihr ein. Und wie minderbemittelt die sind, so ein unsinniges Leben zu führen, dachte sie sich gleich im Anschluss, als ihr die Tränen kamen. Auf sie wartete niemand.

Taxi?

So dumm ist sie nicht. Sie schnitt eine Grimasse, schüttelte den Kopf und fand mit Hilfe des Reiseführers besagten Elektrozug, samt seinen acht Waggons auf dem Weg nach Jamaika.

Die Fahrt dauerte lange und Ramid sank der Kopf zur Brust. Im Flugzeug konnte er nie schlafen, das ging nicht. Er überlegte, wie spät es wohl zu Hause war, beide Hände steckten dabei in den Hosentaschen. Darin der Pass und ein paar Dollar. Der Fahrer saß hinter einer dicken Plexiglasscheibe, mit diversen Vorschriften beklebt, was man durfte und was nicht, auch ein Stadtplan von Manhattan und ein »Rauchen verboten« befanden sich darauf. Aber Ramid fiel auf, dass die Lederbezüge sehr wohl Bekanntschaft mit Zigaretten geschlossen haben mussten, zwischen den Sitzen lugte die Schaumstofffüllung hervor, ihn selbst entspannte das. Er hauchte kurz auf die Fensterscheibe und zeichnete die Umrisse eines vollbusigen Mädchens (so eine sollte er tatsächlich bei seinem Onkel antreffen). Viel später, als sie die Hauptstraße verließen und auf dem Parkplatz eines kleinen Fast-Food-Restaurants mit Neonreklame hielten (die wiederum halb abgerissen mit auf den Kopf gestellten Buchstaben in der Gegend baumelte), dachte er sich, dass dies gar nicht nach New York aussah. Als der Motor verstummte und draußen der Wind heulte, ähnelte alles diesem großen Platz, auf dem sie einst zu Hause umherschlichen.

Hier war nur Leere, Nacht, und der Beton war glatt mit weißen Bodenmarkierungen, zwischen denen niemand parkte. Bloß das Auto, in dem er saß, und dessen Lichtkegel in der Dunkelheit. Er erschrak, doch der Taxifahrer hinter dem Plexiglas holte eine Straßenkarte hervor (keine Kanone), es war klar, dass sie sich verirrt hatten, und Ramid atmete tief durch. Er konnte nichts beitragen, wusste nicht weiter und gern hätte er dem Taxifahrer gegenüber demonstrativ noch einmal den Kopf geschüttelt.

Das Haus von Onkel Charil glich so vielen anderen, die sie schon über eine Stunde passierten, bis sie schließlich vor der Nummer zweihundertfünfzig hielten. Der Taxifahrer holte den Rucksack aus dem Kofferraum, warf ihn Ramid zu und hinterließ ein take care, was so gar nichts mit Besorgnis oder Wohlwollen zu tun hatte, aber Ramid freute sich dennoch. Diesen Mann in seinem gelben Ford sehe ich nie wieder, dachte er damals etwas wehmütig. Damals hätte er sich gerne an jedem, den er traf, festgehalten. Und dann öffnete sich die Tür des Hauses und Ramids Herz begann zum wiederholten Male an diesem Tag wild zu pochen.

Die Begrüßung war stürmisch. Er dachte, dass er seinen Rucksack verstauen, sich auf ein Bett legen würde (zu das sie ihn bringen), aber der Tag sollte zwei Stunden vor Mitternacht erst so richtig beginnen. Er trat über die Schwelle, nein, vielmehr wurde er von Charil hineingetragen, der um zwei Kopf größere, riesige Onkel, der ihn vor dem Haus umarmte, tänzelte herum, wollte nicht von ihm lassen und fragte sogleich drauflos.

Wir dachten schon, du wärst uns irgendwo abhandengekommen, sprudelte es aus Charil (in Ramids Sprache) hervor, und Ramid entspannte sich, da er sich nun eine Weile nicht konzentrieren musste, andere zu verstehen, den Weg zu finden und auf der Hut zu sein. Mary meinte schon, dass ich den

Truck starten soll, um hier ein wenig die Gegend zu durchkämmen, ob du nicht herumirrst. Und siehe da. Ich hab's gewusst. Er kommt mit einem Taxi, direkt vom Flughafen, der Herr. Siebzehn (Dollar), oder? Sechzehndreiviertel, sagte Ramid mit leiser Stimme. Er wollte aufrichtig sein. Du beginnst einmal mit einer Lüge und schon geht es dahin, dachte er sich. Wenigstens jetzt noch aufrichtig bleiben. Mit dem Lügen konnte man immer anfangen.

Das ist alles? Charil meinte den Rucksack, der zu Ramids Füßen lag.

Das Geld und den Pass habe ich hier. Er klopfte auf seine Hosentaschen.

Sicher. Du wirst es dir in der Küche bequem machen. Oben gab es einmal ein freies Zimmer, aber das ist Jahre her, oder Mary?

Und dann betrachtete Ramid erneut seine Schuhspitzen, da sich Charil zu seiner Frau wandte und sie miteinander tuschelten.

Mary war von hier, und sie und Charil sprachen nur Englisch miteinander. Ramid wurde bald bewusst, dass er sich mit Charil nur dann in seiner Sprache unterhalten konnte, wenn sie alleine waren. Selbst mit den Cousins und Cousinen ging das nicht. Pssst, zischte Mary noch am selben Abend, als er zu Tisch von der Flugzeugstewardess erzählen wollte, wie er ihr beistand, als eines der Rädchen an ihrem Servierwagen hängen blieb und gerade einer zur Toilette musste. Auf Englisch ging das nicht.

Iss!

Mary wies mit der Gabel zum Teller, und so hat er das mit der Stewardess niemandem erzählt. Es gab ohnehin zu viel zum Essen. Bevor sie begannen, rief Mary etwas nach hinten (dort, wo Ramid die Stiegen vermutete), und dann hörte man ein zweimaliges Aufstampfen. Das sollte er noch oft hören. Er schloss die Augen.

Aus dem Sofa im Esszimmer heraus beobachtete er, wie Mary ganze Berge von frittierten Kartoffeln brachte, auf Papptellern lagen gebackene Hühnerflügel, und einem Mayonnaise-Säckchen schnitt sie eine Ecke ab und legte es in die Tischmitte, damit jeder bequem danach fassen konnte. Zunächst dachte er noch, es wäre Sahnesauce. Die gelbblaue Verpackung ließ es vermuten. Aber auch das hier war gut. Und während Mary die Flügel schlichtete, damit sie schön auf den Tellern lagen, reinigte Charil, der in einem Sofa neben Ramid saß, zwei gekrümmte Messer, die er aus den Scheiden zog. Er dachte wohl, es würde ihn interessieren.

Als wir klein waren, gingen wir, einer deiner anderen Onkel und ich, zum Markt, du weißt, dem hinter dem Zaun neben den Werkstätten. Allerdings war Ramid nicht der alten Geschichten wegen hergekommen.

Das zweimalige Aufstampfen stammte von Karim und Mike, Ramids Cousins. Karim hatte immerhin einen Namen bekommen, den Ramid von zu Hause kannte, Mike nicht einmal mehr das. Schon Karim sollte eigentlich Michael heißen, aber da ließ Mary noch mit sich reden. Beim nächsten Mal allerdings war sie bei der Namensgebung nicht mehr zu überzeugen. Sie nannte ihn ohnedies Key. Key wie K. Key wie Keymart, wohin man am Wochenende einkaufen fuhr. Ein paar Tage später schon wusste Ramid, wie die Tage abliefen. Keymart am Samstag. Schon am ersten Tag lernte er den Ort kennen.

Die beiden Burschen nannte er Karimiken. Ein Karimik und noch ein zweiter. Nur für sich, wenn er gedanklich das durchspielte, worüber er im Haus schweigen musste. Karim war achtzehn Jahre alt und Mike war auf den Tag genau gleich alt wie Ramid. Er hielt es zunächst für ein Wunder. Etwas wie die Träume seiner Mutter, wenn sie in Erfüllung gehen. Als er noch jung war, wünschte er sich einen solchen Bruder. Adgara, seine ältere Schwester, die zählte nicht. Und einen Zwilling wollte er nie. Sie hatten zwei in der Klasse. Sie tuschelten und besaßen identische Schultaschen. Sie blieben unter sich, und wenn er sie einzeln antraf, war er sich nicht sicher, mit welchem von ihnen er sprach. Wie langweilig. Er wollte einen Bruder, der ganz anders war, und nur sie beide würden wissen, dass sie zueinander gehören. Ein Seelenverwandter. Irgendwo lebte er, Ramid wusste das. Als er, nachdem die Sache mit den Geburtstagen beim Abendessen zur Sprache kam, zum ersten Mal auf dem neuen Kontinent einschlief, sagte er sich, dass er vielleicht nur seinetwegen hergekommen war. Dass Mike vielleicht auch auf ihn gewartet habe, und morgen würden sie es einander gestehen. Irgendwo ahnte er natürlich, dass das Schwachsinn war, aber ihm war doch danach.

Es war Nacht, er war satt wie noch nie zuvor in seinem Leben und fühlte, was er gar nicht fühlen wollte. Mattheit und Hitze von all den frittierten Kartoffeln, die er vertilgt hatte, und die Trauer im Hals angesichts langer, englischer Nebensätze, die er mied. Warum ist er hier, was will er und wann geht er.

Mary schaute ihn an. Groß, nur unwesentlich kleiner als Charil, weich, wie aufgeschlagenes Eiweiß, wie ein Hefeteig mit eingeschlossener Luftblase. Die Hände wie aus Teig geknetet, Ellenbogen und Gelenke, die nicht zu erkennen waren. Er erinnerte sich an seine Mutter, obwohl er das nicht wollte. Er war froh, nicht ihrer Meinung zu sein. Sie war all dem hier gegenüber unerbittlich. Gegenüber dem aufblasbaren Tiger am Dach der Tankstelle Exxon, den er aus dem Taxi sah, gegenüber den gedämpften Schuhen der Karimiken, die er sehr wohl unter dem Tisch wahrnahm, gegenüber den Kolatschen am Tablett neben den Hühnerflügeln, die im Zuckerguss ertranken, gegenüber den breiten Gesichtern von Charil und Mary, die ihn nach dem Abendessen mit den verbliebenen Kartoffeln zur Mülltonne schickten, als ob das keine Schande wäre. Mutter legte sie stets zurück. Säckchen, Topfdeckel, Gläser. Es war seltsam, und doch war ihm zum Lachen zumute, wenn er sich daran erinnerte. An sein enges und engstirniges Zuhause. Er ahnte nicht, dass er selbst in einem solchen leben würde. In einer engen Wohnung mit schiefen Türen und einer guten Adresse. In sehr vielen Jahren erst, wenn er Tereza trifft. Dann wird ihr zum Lachen sein. Väschen in den Regalen, fein säuberlich in einer Reihe, und in einer Cherry-Coke-Blechdose daneben Bleistifte, Heftklammern und Sicherheitsnadeln. Sie wird sich die Frage stellen, ob er schwul ist. Oder einfach noch nie mit jemandem zusammengewohnt hat.

Mein erster Tag in Amerika. Ramid schrieb den Titel in Schönschrift und schaute aus dem Fenster. Charil hatte ihn bei einem Kurs angemeldet, aber Ramid bezahlte ihn selbst und vom ersten Tag an merkte er sich fast alles. Mary, wie sie in der Küche auf seine Decke stieg, wie sie leicht ausrutschte, und an den Schwall Wasser, der sich in die Spüle ergoss, als er seine Augen noch geschlossen hielt, aber längst nicht mehr schlief. Er wollte zur Toilette, doch trug er lediglich ein Shirt unter der Decke, und so wartete er, bis Mary nach oben verschwand, um die Karimiken aufzuwecken, und er endlich losstarten konnte, und selbst das nur in Socken, damit ihn niemand hört. Er schlich dahin wie in einem Gangsterfilm, bevor er das Bad hinter sich abschloss. Den gebogenen Draht, den man durch eine kleine Öse führte, das kannte er von zu Hause. Die Tür dünn wie Papier, ein Handtuch, das er an den Haken hing, es roch nach Karton. Er duschte kurz, und als er verstohlen den Gang betrat, sah er sie. Sein erstes, amerikanisches Mädchen. Sie schwebte wie in einem Cadillac vorüber, wie in einer Stretchlimousine, bei der man die Fenster zählt. Weißmetallic, ihre Schultern glitzerten und an ihren dünnen Armen wehte ein Hauch von einer Bluse, sie bemerkte ihn nicht einmal. Nila, Charils Jüngste, die daheim in Siba längst verheiratet wäre, aber hier ging sie erst zur Highschool, und an jenem Tag nicht einmal das, es war Samstag, Ramids erster, durch und durch amerikanischer Tag.

Von Nila vermerkte er nichts in seinen Aufzeichnungen, auch das Frühstück ließ er aus, als er sie die ganze Zeit anstierte, während Charil etwas aus der Heimat wissen wollte und Ramid nicht so recht antworten konnte, wo ihm doch Mary gegenübersaß. Auch nicht auf Englisch, da Nila gleich neben ihr Platz nahm und er nicht von vornherein alles vermasseln wollte.

Was würde der wohl dazu sagen, was?, setzte Charil fort.

Wer? Bei diesem englischen Wort war sich Ramid sicher.

Dein Onkel doch. Als ich nach Amerika fuhr, wollte er mit mir kommen.

Wusstest du das?

Ramid schüttelte den Kopf und vier weitere Brötchen sprangen aus dem Toaster.

Es ging nicht, aber wir hatten es zu zweit geplant.

Gemeinsame Kasse, gemeinsame Wohnung, bis wir beide Halt finden.

Aber dann verheirateten sie ihn und er kam nie an.

Ramid nickte mit vollem Mund. Er kannte das, wenn auch etwas anders.

Die Frauen bremsen uns Männer aus. Merk dir das. Wenn du hier loslegen willst, dann binde dich an keine, auf keinen Fall. Einmal hier, einmal da, du weißt, was ich meine. Aber um eine weitere Last mit dir mitzuschleppen, dafür bleibt immer noch Zeit genug. Mary schob Charil eine weitere Portion Rührei mit Speck zu, und Ramid bemerkte, dass Nila irgendwohin entschwunden war. Die Karimiken drängelten sich vor den leeren Tellern, und einer der beiden trat ihn unter dem Tisch.

Zunächst musst du dich hocharbeiten.

Und das ist eine Schinderei, glaub mir. Ich kannte hier keinen. Dein Onkel, nur aufschieben wollte er es. Glaub niemandem, der etwas aufschiebt. Daraus wird nichts. Ich habe die ersten Monate für ihn mitgeschuftet. Damit er einen Kurs besuchen kann, damit er etwas zum Anziehen hat. Ein Dollar für mich, ein Dollar für deinen Onkel. Mein lieber Mann, für einen Dollar konntest du ein Radio kaufen, nicht wahr Mary?

Mary schwieg mit gesenktem Kopf, und Charil sinnierte weiter, als ob er sich an etwas erinnern würde, das sehr lange zurücklag. Mike zwinkerte Ramid über den Tisch zu und Ramid erwiderte es, wenn er auch nicht wusste warum. Beide reichten Mary die leeren Teller, und in diesem Augenblick saß auch Nila wieder da. Mit Wimpern wie Bürsten, Himbeerlippen und geröteten Wangen. Ramid überlegte, ob die echt seien, aber es war egal, schön waren sie allemal. Er schaute an sich hinab und sah eine Hose, die die Karimiken nicht einmal im Garten tragen würden, und am liebsten hätte er sich in Luft aufgelöst, ähnlich wie später einmal, als Mary auf seine Decke trat. Und dann fuhren sie alle einkaufen.

Charil und Mary saßen vorne, dahinter Ramid, die Karimiken und Nila, im Truck, wo noch zwei Kühe reingepasst hätten oder alle Möbel aus Charils Heim. Er wollte sich zu Nila setzen, aber schließlich musste er sich zwischen Mike und die Fensterscheibe zwängen. Mike war gar kein Seelenverwandter. Den ganzen Weg über zum Supermarkt stieß er ihm den Ellbogen in die Rippen, wo sich doch Ramid nicht noch kleiner machen konnte, und dann schickte er ihn den Einkaufswagen zu holen und Ramid wusste nicht, wohin und dass man dazu einen Vierteldollar brauchte, um diesen aus einer langen Kolonne auszulösen, die vor dem Supermarkthangar stand.

Am ehesten erinnerte ihn das Einkaufszentrum an einen Flughafen, etwas anderes kannte er hier auch nicht. Menschen mit unzähligen Taschen, nur waren die hier voller Essen, die Tür zu einer Fotokoje, leise Hintergrundmusik, zu der man zwischen den Regalen schunkelte, und ein Reinigungswagen, der den Boden wischte, all das sah er auch am Flughafen. Und vor dem Essenshangar ein Auto nach dem anderen, die Motorhauben glänzten bunt, es war ihm alles zu viel und von seiner Heimat trennten ihn zwölf Stunden, er hatte sich noch gar nicht umgestellt. Und als er am Abend neu eingekleidet mit den Karimiken ausfuhr, war er hinten im Auto ständig dabei, einzunicken. Nicht einmal die Jacke brachte er auf. Im Radio sangen sie etwas von Liebe, ein Satz, den er längst von seinem New-York-Shirt kannte, und Karim drehte die Heizung voll auf. Ramid dachte, dass sie ihn grillen werden, und Nila war gar nicht mit, aber das war ihm in diesem Augenblick auch schon egal.

Mutter sagte, dass wir dir etwas Auslauf gönnen sollen, also wohin willst du?

Ramid versuchte ein paar Worte einzufangen, um irgendeine Antwort von sich zu geben, die Sinn ergab, wo er doch gar nichts verstand. Sie darum zu bitten, langsamer zu sprechen, das wollte er nicht, und so landeten sie schließlich im Kino. Gar nichts dagegen zu sagen. Niemand wollte etwas von ihm, nur die Menschen auf der Leinwand waren durch die verdreckten Fensterscheiben schwer zu erkennen. Aber man hörte sie gut, und Mike holte einen Kübel Popcorn und Karim Pommes Frites. Auf dem Rückweg langten sie noch einmal zu, Hamburger in braunen Papiertüten, die eine Frau durchs Fenster reichte. Sie trug wie eine Pilotin Kopfhörer und die rote Schürze und Mütze standen ihr – sie war beinahe so hübsch wie Nila.

Das war Ramids erster Tag.

Ich habe eine Hose bekommen, ein Shirt, Socken und Schuhe, dann fuhren wir ins Kino und später nach Hause. Ramid blickte erneut nachdenklich aus dem Fenster. Er wusste nicht, was er noch notieren sollte. Wenn all die gesenkten Köpfe um ihn herum etwas Wahrhaftigeres zu Papier bringen würden, es wäre ihm völlig egal. Es ging nur um das Englische und nicht darum, wie es tatsächlich war. Nur die Prüfung wollte er bestehen. Er bezahlte sich schon seit vier Monaten einen Englischkurs. Und bemühte sich. Auf einmal hatte er das Gefühl, er könne keinen einzigen Satz schreiben. Wie dumm er damals doch war. Heute wusste er das. Allerdings erkannte er nicht, wie oft sich das noch wiederholen sollte. Anstatt alter Fehler, aus denen er seine Lehren zog, beging er neue, wieder alles von Anfang an.

Von Nila konnte er nicht schreiben, über die anderen wollte er nicht.

Wir haben ein Haus mit einem Garten und einen Hof mit einem Basketballkorb. Mary, Charil, Karim, Mike, Nila und ich.

Er gab seine Arbeit ab, verabschiedete sich vom Lehrer und betrachtete zum letzten Mal die über den Bänken gesenkten Köpfe. Wen von ihnen wird er jemals wieder sehen?

Fünf oder sechs Menschen in Abfolge genügen, um mit jedem auf der Welt irgendwie verwandt zu sein. Die ganzen sechs Milliarden entstammen einem einzigen urzeitlichen Ursprung, demnach auch alle in diesem Waggon. Tereza überkam ein leichtes Schwindelgefühl. Zwölf Stunden schon hat sie nichts gegessen. Zuletzt in Prag am Flughafen ein Schokoladestängelchen, als sie die Verspätung durchgesagt haben. Niemals sagen sie so wirklich warum. Sie stellte sich ölverschmierte Mechaniker vor, wie sie unter dem riesigen Flugzeugmotor lagen, wie einst der Vater auf Plastikplanen unter seinem Wagen. Sie dachte daran, dass schon so wenig genügt. Dass sich der Motorkontrolleur nicht richtig ausschlief, der Lotse unglücklich verliebt war und der französische Pilot eine Flasche Champagner in seinem Cockpit öffnete. Sie war noch nie mit den Franzosen geflogen. Auch nicht mit den Russen. Abgesehen davon ist heute alles digitalisiert und die Deutschen sind überaus diszipliniert. Eine Kolonne kurzgeschorener Lufthansastewardessen, die mit kleinen Wägen an ihr vorbei zum Gate fuhren, erinnerte sie an eine Juniorenbasketballmannschaft. So wenig hätte genügt und sie wäre gar nicht hier. Wenn die Sicherheitskontrolle einen Stromausfall gehabt hätte und irgendein Irrer mit einer Knarre an Bord gelangt, wenn ein Kormoran in die Turbine geraten wäre. Sie las darüber, als sie an Höhe gewannen. Ein Flugzeug sei schon so verunglückt.

In einem unterirdischen Tunnel entlangzurasen schien ihr bei weitem nicht so gefährlich. Und all diese fastverwandten Menschen in unterschiedlichen Farben und Größen, die herumsaßen und standen, sie wirkten, als hätten sie gar keine Angst. Sie aßen Pizza aus einem Plastiksäckchen und tranken Kaffee, als hätten sie es sich für hier aufgehoben, als ob am Sitz eines Waggons der New Yorker U-Bahn alles am besten mundet.

Sie hatte eine Adresse, sie hatte ein Telefon. Ob nun die Menschen untereinander in Verbindung stünden oder nicht, in dieser Stadt hatte ein jeder einen von seiner Art. Nicht nur Stammeszugehörige, die die gleiche Sprache sprechen, vielmehr jemanden aus seiner Familie. Um ein, zwei Ecken, mit Hilfe der Tanten, irgendwelcher Cousins und Väter, von denen man nichts ahnt, diese Stadt ist mit allen Inseln des Stillen Ozeans, mit den Dörfern der Himalayaplateaus, mit allen wohlhabenden Kleinstädten des euroasiatischen Westens, wo einander Fuchs und Hase gute Nacht sagen, verbunden. Selbst dort zogen die Menschen weg und sie tun es wohl weiterhin. Es genügte, seinen Blick im Waggon schweifen zu lassen, Tereza war schnell klar, dass sie keine von ihnen sei. Als ob nur sie hier allein mit sich wäre, während die anderen um sie herum ihre Schicksale hatten und alles erläuterten. Sie sah zu, wie sie hereinströmten, als ob sie Fotografien des National Geographic durchblättern würde und sie selbst darin enthalten wäre. In der Spalte der Blauäugigen, die das zweiundzwanzigste Jahrhundert nicht überlebten.

Und dann riefen sie endlich die Station aus, die sie sich ständig vorsagte. Dann musste sie nach rechts und noch einmal nach rechts und dann nur noch die Nummer finden. Auch auf sie wartete keine sonderlich betuchte Gemeinschaft. Keine Spur von einem reichen Uronkel, der einem in den Kram passen würde. Der Bruder der Mutter. Postkarten hatten sie sich keine geschrieben, aber die Mutter erwähnte nie etwas Schlechtes. Als Tereza klein war, schickte er ihr ein paar Mal eine Dollarnote zu Weihnachten. Gut, dass er später damit aufhörte. Sie steckte die Dollarnoten in eine Schublade, er schien komisch zu sein, sie wusste nicht, wie er aussah.

Die Straßen, wo sie ausgestiegen war, schienen ihr, weiß der Teufel warum, zu ihm zu passen. Unverputzte Ziegelvillen mit rostigen Brüstungen und schiefen Treppchen, da und dort ein antikes Säulchen beim Eingang, mit sonst was bespritzte Statuen, ein Viertel der Reichen, die später verarmt waren oder längst nicht mehr hier wohnten. Die Menschenströme aus der U-Bahn zerschlugen sich auf der Hauptstraße, sie bildeten ein echtes Gewühl, jeder ging irgendwohin – würde sie sich einfach hinlegen, man würde vorsichtig über sie drüber steigen. Mit Lupe und karierter Mütze, Holmes und Watson, die würden tatsächlich hierher passen.

Die Mappe mit den Fotografien presste sie an ihre Jacke, hier würden die Menschen wohl wenig von Kunst verstehen, sie griff sich ihren grauen Koffer (mit Rollen) und wandte sich nach rechts, wie es der kleine Papierplan vorsah.

So macht er jedem auf? Der Summer ertönte, niemand fragte sie etwas an der Gegensprechanlage. Für eine Stadt, wo noch vor ein paar Jahren im Winter selbst in Manhattan die Müllkörbe brannten, war das recht leichtsinnig, dachte sie sich. Hätte sie ihr Tränengas nicht am Prager Flughafen abgeben müssen (man sah sie böse an, als es piepte und sie die Dose aus der Tasche zog), sie würde es in diesem Viertel bereithalten. Sie drückte die Tür auf und trat ein. Im dunklen, engen Stiegenhaus stand ein kleiner Mann in einem Plüschbademantel, er lächelte ihr zu. Ein Mann, der gar keiner sein musste. »Es« hatte kein Geschlecht, dachte sie. Von der Mutter wusste sie, dass Rudolf um einiges älter war, aber dass er so aussehen würde, hätte sie nicht erwartet.

Rudolf. Angenehm. Du bist Tereza, stimmt's? Deine Mutter hat mir von dir erzählt.

Der Mann wurde mit jedem Zentimeter älter, den Tereza (mit der Hand im Anschlag) näher trat. Schließlich reichte sie einem alten Hühnchen die Pfote.

Wie war dein Weg? Manchmal vergessen sie, die Gehsteige zu räumen, und man bahnt sich den Weg durch Schneewechten.

Sofern sie nicht völlig danebenlag, war es Ende April und manche gingen schon mit Sandalen durch die Straßen.

Das gehört Ihnen, dieses Haus?

Er lachte, als hätte er schon lange nicht mehr gelacht, es klang wie ein Schwall rostigen Wassers, das sich nach langer Zeit durch einen Wasserhahn zwängte. Er zeigte auf eine Gangtür im Erdgeschoss, gleich neben dem Stiegenaufgang.

Tretet ein, meine Dame.

Es war noch dunkler als im Stiegenhaus und es dauerte eine Weile, bis sie sich daran gewöhnte. Ein einzelner Raum, der wie ein Lager aussah. Süßer Staubgeruch lag in der Luft und noch etwas, das ihr später auch bei Ramid auffiel. Dinge, die niemand bewegte. Schränke, mit großen Tüchern bedeckt, und in der Ecke alte Sessel, hoch aufgeschlichtet.

Hier habe ich Platz für dich gemacht.

Hinter dem Vorhang, der mit einem Schnürchen an zwei Kleiderbügel gebunden war, stand eine kleine Couch, selbst für ein Kind viel zu schmal.

Fühl dich wie zu Hause. Dort sind das Badezimmer und die Toilette, rechts liegen die Handtücher und aus dem Kühlschrank kannst du dir nehmen, was du magst. Wie lange du hier bleibst, liegt an dir. Ich hab's hier ein wenig in Arbeit, wie du siehst. Mach's dir irgendwie bequem, ich bin bald zurück.

Das war das erste und letzte Mal, dass Tereza Rudolf irgendwohin gehen sah. Im Kühlschrank befanden sich saure Milch, zwei Zwiebeln und ein leeres Senfglas. Rudolf kam nach ein paar Minuten mit einem Schälchen heißer Nudeln (in scharfer Sauce) zurück, er stellte zwei Sessel bereit, die zunächst an der Wand lehnten, und einen der Tische befreite er von der Plastikplane.

Schmeckt's?

Es hätte sonst was sein können, sie hatte Hunger wie ein Wolf.

Ja, danke.

Er lächelte (nunmehr ohne Nebengeräusche), und Tereza bemerkte ein paar schwarze Lücken zwischen seinen Zähnen. Als er die Sessel aufstellte, hätte sie ihm helfen müssen, dachte sie. Fünfundsiebzig? Jünger war er bestimmt nicht, auch wenn etwas an ihm nicht zu altern schien. Es schmeckte ihm. Er war nicht völlig erloschen. Das Essen verschlang er ruck zuck.

Was hat dich hierher geführt?

Sie zuckte mit den Schultern und wusste nicht, ob er das mit den Fotos verstehen würde. Er hätte auch ein bisschen beschränkt sein können, schließlich gab er nicht viel von sich.

Rudolf verzog das Gesicht, ähnlich dem Vorhang, hinter dem sie ihre Sachen verstaute.

Als ich damals ankam, wusste ich es. Und dann zog er den Vorhang wieder auf und lachte wie kurz zuvor auf dem Gang.

Na ja, ehrlich gesagt, hatte ich keinen Deut. Ich kam mit ein paar Pinseln und einem Koffer voller Warhol-Artikel an. Natürlich auch mit Renate. Es war Dezember und im Hotel war es saukalt. Sie blickte aus dem Fenster zu den Wolkenkratzern, während ich herumlief und eine Arbeit suchte. Ich zeige dir was. Das Atelier, wo wir das gemacht haben, war so groß wie eine Fabrikhalle (in einer solchen tobte sich auch Warhol aus).

Er kniete sich hin und kramte ein paar Rollen Papier unter dem Bett hervor. Er staubte sie ab und breitete alles aus. Filmplakate. Airbrush, was heute niemand mehr so machen würde. Er hat den Umstieg auf den Computer nicht hinbekommen, sie haben ihn schließlich gefeuert, fiel ihr noch ein.

Sie lagen etwas verkrümmt nebeneinander. Sie wusste, dass sie ihn loben sollte, und eigentlich gefielen ihr die Arbeiten. Rote Frauenlippen mit Dauerwellen, die sich (den Kopf nach hinten gebeugt) vor der Brooklyn Bridge küssen ließen. Und wo blieb die seine ab, die zu den Wolkenkratzern spähte? Das Bildnis einer Frau mit nackter Rückenansicht, die schaut, und niemand weiß wohin.

Ramid hatte so ein Bild im Zimmer. Ein Nacken, mit feinem, leicht gelöstem Haarknoten und rundlichen Schultern. Das

Bild, das über der Feuerstelle hing. Das Bild von Rudolfs Frau, so wie sie sich Tereza im Augenblick vorstellte. Rudolf sprach von ihr, aber er traf sie nicht. Es war lange her. Eine Gestalt, die damals am Hotelfenster saß.

Als sie morgens erneut die Fotos betrachtete, fiel ihr auf, wie Rudolf sie dabei beobachtete. Sie saß auf einem der beiden Sessel, die er wegen ihr aufstellen musste, und tat so, als würde sie ihn nicht sehen. Sie versuchte die Vorstellung zu verscheuchen, dass sich unter dem Bademantel ein nackter Körper mit Bauch und Geschlecht verbarg, aber er schaute zu lange und plötzlich war es egal, wie alt er war.

Sie verkroch sich hinter dem Vorhang, zwischen den Kleiderbügeln, zog sich schnell an, nahm die Kamera und lief nach draußen. Sie kaufte ein Mobiltelefon, eine Monatskarte für die U-Bahn und an einem fahrbaren Straßenstand einen Kaffee im Papierbecher, den ganzen Tag würde sie spazieren gehen und erst dann zurückkehren, wenn er schläft.

Kaum war hinter Tereza die Tür zugefallen, riss Rudolf mit einer einzigen schnellen Bewegung eine Plastikplane hinunter (wie einen Vorhang, wenn sie Statuen enthüllen) und bestaunte entzückt sein wertvollstes Stück. (Heute ging er nur noch zu Auktionen, um sich hinzusetzen. In eine der Reihen ganz hinten, wo kaum jemand die Hand hob.) Ein Kunstwerk, wie es im Buche steht. Handarbeit, wie es sie heute nicht mehr gibt. Ein Möbelstück, das duftet und unter den Fingerkuppen Wellen schlägt. Früher kaufte er viel ein. Achtzehntes, neunzehntes Jahrhundert. Wie ein Irrer. Kleiderschränke, Taburetts, Stühle. Er konnte sich das leisten. Man kannte ihn, und wenn er zu spät kam, hatte ihm immer jemand einen Platz freigehalten. In den Pausen kam dann vielleicht genau derjenige und fragte um Rat. Mit Möbeln ist es wie mit Liegenschaften. Mit Jahrhunderten ist es wie mit Wohnvierteln, die in Mode kommen, die Preise galoppieren dahin. Biedermeier. Er konnte es nicht ausstehen. Beamtenfassaden ohne ein wirkliches Seelenleben. Und er war wirklich eine treue Seele. Er hatte einmal seine Wahl getroffen und zählte in seinem Bereich (Jahrhundertwende des 18. zum 19.) zu den Besten.

Er zog einen Blechbehälter mit Schellacks hervor und streifte sich ein großes Hemd über den Bademantel. Die Fenster blieben geschlossen, die Nachbarn könnten ihn sehen.

Wie geht's dir, was machst du? Fragte immer jener von nebenan, wenn sie vor den Häusern aufeinander trafen.

Gut, und du? Er würde es ihm ohnehin nie erzählen. Niemandem von den Nachbarn, mit denen er sich bisweilen über den Zaun hinweg unterhielt. Zu Weihnachten tauschten sie gekaufte Backwaren (zwischen Tür und Angel), und wenn jemand Neuer einzog, klopfte er kurz an und stellte sich vor. Früher, als sich hier noch alle kannten. Renate wusste gleich, wie jeder von ihnen hieß. Er fragte sie immer, wenn er sich etwas fürs Auto leihen musste. So erinnerte er sich an sie. Im Zusammenhang mit etwas anderem. Einfach nur so und nur in Ausnahmefällen. Vom Rolls-Royce weiß auch keiner etwas. Er hat viel Arbeit. Möbelrestaurierungen auf Jahre hin und manchmal muss er am Abend noch eine Ausfahrt machen. Wenn das Auto zu lange steht, streikt es und will nicht mehr anspringen. Meistens geht er nur hin, um einen Blick darauf zu werfen, um kurz alles zu kontrollieren. In eine Plane verpackt (wie er in seinem Bademantel) steht es da und wartet auf ihn, Menschen sind zu so was nicht in der Lage, nicht einmal in ihren Erinnerungen. Keinem einzigen traut er. Die Menschen kamen und gingen, wie es ihnen in den Kram passte, und die Erinnerungen werden aufpoliert, wie es dem Kopf gefällt.

In dem Mädchen, das ankam, versuchte Rudolf etwas von seiner Schwester zu entdecken. Sie erschrak darüber, er sah das. Eine jede erschreckt sich, wenn man sie zu lange betrachtet. Sie wusste nicht, was sie davon halten sollte, und das Shirt hatte sie in der Eile verkehrt herum angezogen. Ihm fiel es auf, als sie hinter dem Vorhang hervorkam. Deshalb habe ich ihn dort aufgestellt, damit ihr gar nicht in den Sinn kommt, dass er sich ihr unsittlich nähern würde. Als ob es nicht genügen würde, dass wir verwandt sind, dachte er sich. Die einzige Schwester, die für ihn auf den spärlich eintreffenden Fotografien alterte (die sie ihm von Zeit zu Zeit schickte). Bestimmt ging sie wegen ihm einen Tag davor zum Friseur. Im Leben muss man sich's richten, das wusste er schon immer. Deshalb war er fortgegangen. Fuhr auf Urlaub nach Jugoslawien, von dem er, wie tausende andere, nicht mehr zurückkehrte. Renate erzählte er alles erst vor Ort. Am Abend, bevor sie in den Autobus stiegen, er beobachtete sie, wie sie Handtücher und Seife in Schächtelchen packte und neue, knappe Badehöschen probierte. Sie kam aus dem Bad und fragte, wie sie ihm darin gefällt. Große, orangene Blüten und steife Körbchen, die die Brust anhoben. Er sagte ihr, dass sie das gar nicht nötig hätte. Sie zerstritten sich. Sie dachte, dass er an FKK-Stränden anderen Frauen nachschaut. Er meinte die steifen Körbchen, nicht die Badehose, aber sie begriff nicht. Schon damals stellte er sich vor, wie er es ihr beibringen würde. Von niemandem nahm er Abschied. Bist du irre? Das war ihr erster Satz.

Er blickte auf die Uhr. Von Tereza keine Spur. Keine weiteren Beobachtungen, nahm er sich vor. Sie ähnelte Renate, nicht Magda. Als sie ihn mit vom Salzwasser geröteten Augen musterte und es gar nicht glauben wollte. Dass er fest entschlossen sei und nicht mehr in die Tschechoslowakei zurückkehren werde.

Er legte den Putzfetzen auf die Fensterbank. Das erste Polieren der antiken Wäschekommode war abgeschlossen. Er öffnete das Fenster und lüftete. Draußen regnete es stark, aber leise. Er hätte daran denken müssen, Tereza einen Schirm mitzugeben. April. Ein Monat, in dem es in dieser Stadt meistens regnete. Was es in New York mit dem Wetter auf sich hatte, wusste er so gut wie ein Einheimischer.

Er stellte Renate vor vollendete Tatsachen. Sie hat ihm das vorgeworfen. Zunächst wollte sie ihm nicht glauben, dann lachte sie und als er aus der Dusche zurückkehrte (die sich alle im Stockwerk teilten), fand er ihr Hotelzimmer verschlossen vor. Durch die Tür hörte er ein hastiges Packen, er hörte nicht auf, anzuklopfen, bis sie schließlich die Tür öffnete. Zu Hause hatten sie schon die Hochzeit bestellt. Zweimal hatte sie ihr Kleid probiert und er versprach, die Ringe zu besorgen. Vielleicht wollte er auch deswegen weg, sagte er sich später, und das mit Warhol hat er sich nur eingeredet. Seine Familie stammte aus dem gleichen Dorf. Warhols Uronkel war ein bekannter Irrer gewesen und Rudolf kannte ihn von vielen Erzählungen. Er ging im Dorf von Tür zu Tür und sammelte rostige Töpfe ein, die er in seinem Holzverhau zu einem riesigen Haufen anstapelte. Als Rudolf es hier erzählte, dachten sie, er hätte sich das nur ausgedacht, um interessant zu wirken. Und dass er deshalb so dumm ist, weil er aus dem Osten kommt, wo es den Kommunismus gibt und die Menschen daran gewöhnt sind, dass jemand für sie denkt. Das hier ist Amerika, antwortete ihm einer. Hier ist jeder für sich selbst verantwortlich. Ich habe Renate dann so weit gebracht, mitzukommen. Zu den Neonlichtern, die es hier überall gibt, und zum eigenen Auto, das sie sich anschaffen werden. Wir werden es uns gut gehen lassen, sagte er. Oder willst du die nächsten zwanzig Jahre in einem grauen Büro sitzen und zum Plattensee hinausschauen, als ob sonst nichts wäre? Er selbst war unerschütterlich und ließ sich zu nichts drängen. Aber die Frauen überlegen dies und das und am Ende nicken sie ja doch. Sofern sie verliebt sind. Und Renate war es. Er hätte es ihr gleich sagen können, wenn sie gefragt hätte. Dass es dorthin geht, wohin es ihm beliebt. Er war so bestimmend, weil sie es zuließ.

Er konnte nicht mehr schlafen, als sie ihm zusicherte, dass sie mitgehen würde. Es war nach dem Mittagessen, das sie im Voraus (im Speiseraum) bezahlten. Überall dicke Väter und Mütter, die sich ihren Kaffee am Zimmer brühten, damit ihnen noch etwas blieb, um Tante eine Bluse zu kaufen (die unterdessen zu Hause saß). Und sie eilten die Stufen aufs Zimmer hoch, um ein wenig von der Nachspeise zu naschen, während ihn Renate im Mezzanin an der Hand nahm. Sie musste ihm nichts erklären. Sie legten sich etwas hin, und sie schlief wie ein Neugeborenes, in seinen Armen eingerollt. Rudolf wusste, sie hatte sich entschieden. Durch die weit geöffnete Fensterfront (die zu einem kleinen Balkon führte) flatterten ausgewaschene Vorhänge eines billigen, tschechischen Urlaubs, auf dem kleinen Platz vor dem Hotel kreischten Kinder, die dort Verstecken spielten, und Rudolf stierte zur Decke hoch, die Füße unter dem Bettlaken, das an seinen Schenkeln klebte. Er wartete, ob er sich's im allerletzten Augenblick nicht doch noch anders überlegen würde.

Das Hotel, in dem Rudolf und Renate zunächst wohnten, befand sich Ecke Achte und Dreiundzwanzigste. Eine billige Unterkunft, die mit viel Ruhm hätte überhäuft werden können, hätten es ein paar der Existenzen, die dort lebten, später zu etwas gebracht. Diese authentischen Plätze unerfreulicher amerikanischer Anfänge haben in den Reiseführern ihren Stammplatz … wo in einer Lobby eine versiffte Couch (mit Gedenktäfelchen) stand, wo die nunmehrige Berühmtheit einst zusammengesackt zu sitzen pflegte und sich mit kraftlosen Armen die zerfurchte Stirn rieb.

Er wird mit Tereza darüber reden, sobald sie zurück ist, nahm sich Rudolf vor. Die Fotografien, die sie durchblätterte, waren bestimmt von ihr. Sie tat das gewiss mit Absicht. Weiß sie, oder weiß sie es nicht? Damit es ihm auffällt und er schließlich etwas sagt. Der Rat eines Onkels aus Amerika, auf den sie nicht hören würde, und Jahre später wird sie sich daran erinnern und es wird ihr wie ein Etikett erscheinen, das sie abzunehmen vergaß.

Rudolf lachte über sich. Alle altern auf eine ähnliche Weise, dachte er noch. In dem Glauben, dass ihre unverständlichen Ratschläge irgendwann Gehör finden werden. Er überlegte, dass er viel von sich wusste, und das war gut so.

Als er ankam, war es nicht der Fall gewesen. Er und Renate trugen sich unten an der Rezeption ein und dann schleppte er ihre Koffer bis in den vierten Stock, weil der Lift gerade nicht funktionierte. Er funktionierte nie und zunächst war das nicht weiter schlimm. Auch das sollte zu ihren amerikanischen Anfängen gehören. Zu solchen, die man später seinen Kindern erzählt, wenn alles, was einst nicht war, längst ist und man Salzgebäck dazu serviert. Er dachte sich, dass möglicherweise Bettfedern in ihrem Zimmer herumwirbeln werden, und ein schief gehängtes und vergilbtes Bild wird Manhattan zeigen, dass sie aus dem Fenster zum Lichthof nichts erkennen werden können. Dass das Wasser im Waschbecken rostig sein werde und nebenan würden sie sich lauthals zanken und er und Renate wohl auch in den ersten Tagen. Auf vieles war er vorbereitet und er sagte das Renate auch. Es wird nicht gleich so gut laufen.

Rudolf bemerkte, dass es schon ganz dunkel war und von Tereza weiterhin keine Spur. Er deckte das Möbelstück, das er bearbeitet hatte, mit Plastik ab und die Dose mit der Politur schraubte er fest zu und schob sie unter das Bett. Es hörte nicht auf zu regnen. Nicht einmal von den Pfützen in den Straßen hatte er ihr erzählt. Von diesen schwarzen, die mit dem Gehsteig verschmelzen, und wer nicht von ihnen weiß, wird hineintreten. Das gilt heute, wie auch vor zwanzig Jahren. Alles haben sie hier auch nicht durchdacht, überlegte er. Wenn ein Mädchen verloren geht, winken die Polizisten höchstens kurz mit der Hand. Es verschwinden hier mehr Leute pro Tag als im Yellowstone-Nationalpark in drei Jahren, und mit dem Hubschrauber wird hier auch keiner jemanden finden.

Er machte sich am Herd Fisolen warm und überlegte, was er machen würde, wenn Tereza verloren ginge. Er würde ein paar kleine Plakate in den Straßen ankleben, solche mit Telefonnummer zum Abreißen, wie man persische Kätzchen anzubringen versucht, und dann würde er hoffen, dass sie den Weg von allein findet.

Er kostete von den Fisolen und salzte etwas nach. Er kochte sie direkt in der Konservendose und achtete dabei darauf, ob er im Gang nicht ein paar Schritte hört. So hatte er auch im besagten Hotelzimmer in der Dreiundzwanzigsten gelauscht. Die Wände waren lediglich dünne Platten, voller metallischen Lärms und einem Glucksen der Heizungsrohre, als ob etwas (auf einer quietschenden Rolle) ständig irgendwo reiben würde. Keine Tippgeräusche vom Mann nebenan, im langen, schwarzen Mantel, der so aussah, als wäre er ein Schriftsteller, es klopfte auch niemand an der Tür, dass sie etwas am Stock richten müssten. Das Hotel (voll mit unterschiedlichsten Existenzen) geizte mit menschlichen Geräuschen, als würde es sich diese für andere aufbewahren, und Rudolf dachte darüber nach, ob es nur auf ihrem Stockwerk so war, aber wenn er sich's recht überlegte, schien das ganze Haus stumm zu sein. Mit Ausnahme von ein paar besetzten Couches (Tag und Nacht), unten bei der Rezeption, wo sich Renate hin und wieder dazusetzte, wenn er den ganzen Tag unterwegs war. Bei irgendwem wird sie schließlich landen, er wusste es, aber er konnte sie nicht immer im kleinen Zimmer halten, und so beeilte er sich, möglichst schnell wegzukommen.

Einer von denen, die unten herumsaßen, hieß Lucien. Er ähnelte einem Cowboy aus einem vergangenen Jahrhundert.

Der Hut und die antiquierten Schuhe. Als er ihn sah, sprach er gerade mit Renate. Er erzählte und sie nickte. Rudolf wusste, dass Renate kaum etwas verstand, und er war froh, dass sie diese Mauer umgab. Dass sie ihm jemanden zuspielen, sie selbst am Rande dabeistehen würde und er entschied, was weiter passiert. Er stellte sich Tereza vor und überlegte, ob sich seit seiner Zeit etwas geändert hatte. War sie alleine hier angekommen? Er wusste es gar nicht. Vielleicht hält sie jetzt schon auf der Straße Ausschau, bei wem sie ihren Koffer unterstellen könnte (weg von ihm). Wer wird es aussprechen, komm mit mir, ich überlege mir schon etwas. Es überkamen ihn alte, widersprüchliche Empfindungen, die er nur zu gut kannte. Das wäre nicht so, wäre dieses Mädchen, das längst wieder hier sein sollte, zu Hause hinter dem Meer geblieben.

Er verhielt sich anders als sonst und am liebsten würde er sich dessen wie unbequemer Schuhe entledigen. Auktionen, Schränke, Thunfischdosen, Telefonrechnungen, es hatte alles seine Ordnung. Eine solide Basis, ein Tag nach dem anderen, wie sie auch fallen und sich drehen, die Ziffern im Kalender. Nicht, dass er nicht nachdenken würde. Ein Männlein, das nur fernsah, war er nicht. So einer mit Schirmkappe, der im angemessenen Schlitten herumfährt, wie es Rudolf von anderen Nachbarn her kannte. Nein. Er war keiner von der Tankstelle und auch keiner dieser Verschmierten (mit ihren Händen im Vergaser und dem fettigen Sandwich in der Tasche). Auch kein Faulpelz.

Er amüsierte sich darüber, welche Gespräche er mit sich selbst führte. Wenn er mit etwas Glanzmittel um die Möbel herumging und die Windungen und Säulchen und die kleinen Antlitze der Englein polierte, existierte für ihn kein Gestern oder Morgen. Er döste in einem Korridor, umspielt von einem Raum, wo die Vergangenheit keine Fänge besaß und die Zukunft nur ein farbloser Nebelstreif war. Dort ging er umher und die Gedanken hatten (wie die U-Bahn) eine Trasse und bekannte Haltestellen. Deshalb mögen alte Menschen keine unangemeldeten Besucher. Ein in Unordnung geratener Fahrplan (Gedankenstrom) lockt ungebetene Gäste an. Und an etwas nicht mehr denken zu wollen, was schon lange her und unangenehm ist, das bleibt doch ein heiliges Menschenrecht.

Der Korridor ähnelte mit seinen unbehauenen Wänden jenem, durch den Ramid im Flughafentaxi brauste (zu Charil). Würde Rudolf davon wissen, er könnte an diesem Bild Gefallen finden. Wenn dies in einem Buch wäre, sie würden einander irgendwo in der Stadt begegnen. Zwei lange Geschichten, die einander niemals kreuzten, das kam nicht so gut wie zwei, die sich irgendwo schließlich die Hand reichten. Im Hotel Ankara, wo Rudolf mit Lucien bekannt wurde, fragte Ramid einmal an der Rezeption, ob sie Arbeit hätten. Er schaute zwei Männern und einer Frau zu, wie sie sich im Rauchereck unterhielten, und für einen Augenblick setzte er sich müde auf das einzige noch freie Sofa.

Es ist eine Frage des Zufalls, sagte sich Tereza. Wenn meine Fotografien niemandem gefallen, kann ich auch nichts machen. Sie ahnte schon, dass es ohne eine Empfehlung von irgendwem schwer sein würde, und die Namen aus Prag würden ihr nicht weiterhelfen. Sie notierte sich, wohin sie (von Rudolf weg) abbog, damit sie wieder den Weg zurückfand, und im Reiseführer (dessen Umschlag ein Graffito in einer schäbigen U-Bahn-

Toilette zeigte) entdeckte sie eine Seite mit Galerieadressen, sie riss sie heraus und steckte sie in die Hosentasche. Alle kleinen Toiletten in der U-Bahn, die ihr auffielen, waren zugleich Zeitungsstände. Voller Periodika mit Titelseiten, die so aufs Pult gelegt wurden, dass man sie nicht gleich lesen konnte. Mit Schnüren befestigte Erdnusssäckchen für einen Dollar hingen überall, und es gab eisgekühlte Cola-Boxen. Jedes dieser Ständchen fotografieren, es mit einem Titel versehen (dem Namen des Verkäufers und der U-Bahn-Station), damit sie, sobald es jemand wissen will, behaupten kann, sie hätte ein Projekt. Allerdings, dokumentarische Fotografien zogen schon lange nicht mehr. Vielleicht noch zu Hause. Sie könnte sich Gespräche mit denjenigen ausdenken, die in diesen Bahnhofsständen den ganzen Tag herumstehen (ohne Sessel), und das würde doch beweisen, dass der amerikanische Traum nur Unsinn sei. Aber das hat auch schon jemand gemacht. Fotografien verfallender Hallen in Brooklyn und niemals endende Deponien abgeschlagener Abrisshäuser an der Peripherie, es gab sie auf Postkarten in allen Kaffeehäusern Downtowns, und auf die Obdachlosen mit ihren Einkaufswägelchen wartete ein ähnliches Schicksal, dachte sie. Geschminkte Mannsbilder auf Barhockern, Videos mit Supermarktregalen, verwischte Schmutzstreifen gelber Taxis und rote Hydranten mit Kanälen, die den Dampf entweichen lassen (ein Windhauch unter Monroes Rock), all das gab es schon und es war lange her.

Sie musterte die Gesichter um sich herum und überlegte, wie sie es anstellen müsste, um hier irgendwie originell zu sein.

In den Waggon, in dem Tereza saß (den Kopf an eine Stange gelehnt), stieg ein Mann mit perfekt toupierter Frisur eines

Footballspielers aus den Achtzigern ein, der wie ein Autist die eine Hand vor seinem Gesicht schüttelte, und mit ihm kamen noch zwei farbige Jungs, die (für einen Dollar) Schokoladenerdnüsse zur Unterstützung ihres Schulbaseballteams verkauften. Auf der Sitzbank daneben sprach jemand mit sich selbst, und Tereza fiel ein, dass jeder hier ein bisschen originell zu sein scheint, und dann auch gleich noch, wie dumm das alles war. Als sie zustieg, regnete es. In die ersten paar Galerien schaute sie nur durch die Auslagen (wie bei einem Trödler) und dann ging sie weiter. Es gab fast gar nichts zu sehen. Ein paar Schaustücke mit Pinseln, die ohne eine lange Erklärung desjenigen, der sie schuf, unverständlich blieben. Matte Bleistiftbilder, die so aussahen, als hätte jemand aus Langeweile auf seinem Schoß im Autobus etwas gezeichnet, Kaugummiverpackungen in würfelförmigen Vitrinen, die zu einer Pyramide aufgetürmt worden waren. Ein mit Schrotkugeln in die Wand geschossener Schriftzug (Marlboro) und darunter am Boden ein kleines Feuerzeug, vermutlich, um von einem Couragierten in die Hand genommen zu werden, damit die ganze Wand mit ihren Löchern in Flammen aufgeht. Ein Feuer in einer Galerie würde hier wohl niemanden verwundern, aber kaum würde sie sich in einem der kleinen Kaffeehäuser eine Zigarette anzünden, würde sie gleich jemand belehren, dachte sie. Was der Gesundheit schade, solle man unterlassen. Gründliche protestantische Logik eines vollendeten Selbsterhaltungstriebs. Die Plakate »Everybody loves a quitter« gab es in der U-Bahn überall. Ihr fiel ein, wem daran wohl gelegen sein könnte. Sie fuhr hierher, weil ihr das egal war. Mutter, Vater, ganz bestimmt. Sie ruft sie an, sobald sie sich ein wenig eingelebt hat. Und auch noch ein paar Leute, die man schon ein paar Jahre mit- und erträgt, je nach Situation, also keinerlei Bindungen, die nicht kurzum von allen Beteiligten gekappt werden könnten. Bis auf Jon.

Es regnete noch immer. Tereza stand unter dem Vorbau eines kleinen Supermarktes im williamsburgschen Galerieviertel, dieses Geschäft schien wie jedes andere zu sein, aber die meisten Sachen dort waren auf Vollkornbasis und fettarm, wohl weil die Leute im Umfeld der Kunst schlank sein mussten und dies nur zu gut wussten. Der Mann hinter dem Pult grinste sie an, und Tereza lächelte auch. In jedem wird sie für eine Weile Jon sehen. Sie wusste das. Dieser hier hatte immerhin seine Hornbrille, aber auch ohne hätte sie sich an ihn erinnert. Sie hätten gemeinsam fahren sollen. Ursprünglich war alles seine Idee, sie konnte sich noch gut daran erinnern. Wann immer sie sich an Jon erinnerte, dann gleich an alles. Deshalb dauert es so lange, sich dieser zu Ende gegangenen Dinge zu entledigen. Im Kopf springen stetig weitere Fenster auf, darin kleine Augenblicke, die zu weiteren führen, die sie schon bewältigt zu haben glaubte. All das ist wie eine große, blinkende Schlange, und bevor die Lichter verlöschen, dauerte es Zeitalter und nichts anderes kann davor nach innen gelangen.

Ein Mann mit einem indianischen Stirnband fuhr auf einem Motorrad vorbei, aber Tereza bemerkte ihn nicht. Sie nahm nicht sonderlich viel wahr. Im Kopf nur billige, spöttische Kommentare eines Mädchens, das sich über alles Neue wundert und dann lacht, um nicht weiter darüber nachdenken zu müssen. Damit die Welt innen drin erhalten bleibt, denn sollte sie sich diese zertreten lassen und keine andere zur Hand haben, es wäre weitaus schlimmer als der Verlust von Jon. Sie war dort, wohin sie wollte. Manchmal ist das das Schwerste. Aber darum ging es doch, sich etwas zu beweisen. Sie dachte nach, um was es eigentlich ging. Jon könnte es besser ausdrücken. Das war das Erste, was Tereza einfiel. Und dann, dass sie in diesem winzigen Supermarkt einen Regenschirm kaufen und sich dann die Galerien anschauen könnte, die nur einen kleinen Schriftzug über der Tür tragen und wo man klingeln muss. Bei demjenigen, der aus seiner Garage eine Galerie machte oder der den Lagerraum einer kleinen Fabrik adaptierte, die geschlossen werden musste. Die ließen sich doch von wirklichen Überzeugungen leiten, dachte sie. Eine Überzeugung, die auch ich habe, fühlte sie irgendwo, aber sie war sich nicht ganz sicher. Als sie am Vorabend bei Rudolf eingeschlafen war, war sie mit ihrer Mission im Einklang gewesen. Irgendwer würde ein Buch mit ihren Fotos verlegen und fertig. Wobei, fertig sollte nun doch eher die Sache mit Jon sein, sonst würde ihr hier wirklich nicht viel gelingen.

Jon war groß und schaukelte etwas beim Gehen, wenn er zu langsam war, in Jeans, die er nie ablegte. Er hatte fast keinen Hintern und ein winziges Gesicht, wie ein Spitzbub lächelte er ihr zu, wenn sie eine gute Zeit miteinander hatten. Er machte ganz viel. Webseiten, Fotos, kleine Bilder, von denen er ihr fast jede Woche eines schenkte, als ob es gar nichts wäre, einfach so. Sie kannte ihn schon länger vom Sehen und Hören. Was er sagte, erzählten sich die Leute weiter. Dass das von Jon ist, der doch über alles Bescheid weiß. Er erzählte Tereza, wie er das anstellt. Alle fünf Seiten ein paar Sätze, um sich dann alles zusammenreimen zu können. Das ist keine Zauberei, versuch es, sagte er ihr damals. Als er sie dann fragte, worum es ging, hatte sie keine Ahnung. Aber er war nicht aufgeblasen. Das erkannte sie schon am ersten Abend. Manchmal genügt es, sich mit jemandem ein paar Stunden an einen Tisch zu setzen. Wenn es der Richtige ist.

Tereza hatte schon ganz aufgeweichte Schuhe und dem Zwei-Dollar-Schirm riss der Gegenwind zwei Halterungen ab, es regnete auf ihren Rucksack und die Jacke und schon wieder fuhr der Mann mit dem Motorrad vorbei.

Suchst du etwas?

Ja. Die »Passage« oder so ähnlich. Tereza kam es so vor, als ob hier irgendetwas diesem Namen entsprechen könnte.

Du meinst das K 125?

Ja, das wird es sein.

Jon würde nie so ein Stirnband tragen, das war so sicher wie nur irgendwas, dachte sie.

Der Bursche parkte sein Motorrad und nickte Tereza zu.

Von wo bist du?

Aus Prag.

Sie sagte nicht, aus der Tschechischen Republik, denn die kannte kaum jemand, aber von Prag schwärmen sie selbst hier, wie überall in der Welt.

Der Bursche grinste.

Dort fuhren sie in den Neunzigern alle hin, oder?

Tereza wusste nicht, was sie darauf antworten sollte. Die Stadt war jedes Jahr voller Touristen, seit mindestens fünfzehn Jahren. Es ging ihr auf die Nerven, aber ihr war auch klar, dass nur Ungebildete xenophob waren und ein wenig war sie schon auch froh, wie dieses Kaff von allen bewundert wurde.

Jetzt fliegen nur noch ganze Ladungen von Hinterwäldlern aus dem mittleren Westen zu euch und Schlipsträger, die billig

Bier trinken wollen und auf Mädchen aus sind, sagte er. Und du bist direkt von dort?

So ganz nicht.

Später lernte Tereza, dass es sinnlos war, die Dinge komplizierter zu machen. Es blieb keine Zeit. Aber das hier war Roco und der hatte Zeit. Es ist ein wenig außerhalb. Die Mutter stammt von dort. Und der Vater wiederum ist aus Opava. Dort bin ich geboren worden. Als ob sie sich jetzt schon entschuldigen würde. Sie kannte ihn doch gar nicht, und langsam wurde es dunkel.

Ich würde lieber nach Krakau oder Ljubljana fahren. Kiew soll auch nicht schlecht sein. Hast du etwas über Bratislava gehört?

Sie zuckte mit den Schultern. Es war ihr unklar, was er dort hätte tun wollen.

Das K 125 war eine Art dunkler Verschlag, der ihr gar nicht aufgefallen wäre. Eine verbogene Blechtür, Roco läutete an und der Summer ließ sie eintreten. Vielleicht sind die Leute, die hier klingeln, selbst das Projekt und sie bemerkte die winzige Kamera in der Tür bloß nicht. Eine kleine Linse, die alles aufnimmt, wie sie sich am Kopf kratzen und sich die Beine vertreten. Vielleicht war es das schon und das Innere völlig uninteressant. Es war dämmrig dort und im Raum befand sich fast gar nichts. Zunächst dachte sie, das Wichtigste sei die Porzellankatze, die deutlich sichtbar herumsaß, aber plötzlich wurde diese lebendig und sprang einem Burschen in den

Schoß, der dort auf einem Stuhl saß. Wie verkrustete Pensionisten in Prag, in den großen Galerien.

Ciao, ich bin Eran, sagte der Sitzende.

Er hatte wie Jon eine angenehme Stimme. Roco setzte sich auf den Boden und drehte sich eine Zigarette und Tereza setzte sich neben ihn. Wenigstens regnete es hier nicht.

Ramid fiel auf, dass ihm seine Hosen nicht mehr passten. Nicht einmal die neuen, die ihm Mary gleich am zweiten Tag gekauft hatte. Wenigstens freut sich die Mutter. Sie schrieb ihm, dass er »weltmännisch« aussah, und so machte sie sich keine Sorgen. Er hatte ihr ein Foto mit einem goldenen Rahmen geschickt (Mary hatte ihn gekauft), und er warf die Sendung in einen Briefkasten, als ihn die Karimiken zum ersten Mal in die Schule mitnahmen. Wieder dachte er an den Flughafen. Die Schule sah aus wie ein Hangar für Kleinflugzeuge. (Wie ihm zu Ohren kam, hatte so mancher Reicher hier eines für sich.) Ein einstöckiges, gläsernes Haus mit langen Gängen, wo es sich gut herumrutschen ließ und irgendwer mit dem Mopp nachwischen musste. Ramids Klasse war die Neun F, im Erdgeschoss des linken Flügels. Er ging bald nicht mehr mit den Karimiken hin. Am ersten Tag zeigten sie ihm noch die Tür und fortan fand er alleine hin.

Der Lehrer hieß Saša, er war aus Petersburg und verstand nicht viel Englisch, aber das fiel Ramid erst später auf, als er längst schon über alle Berge war. Für die Neun F genügten seine Kenntnisse bei weitem. Es kam sowieso immer wer Neuer und irgendwer ging und viele lernten kaum das ABC und schon waren sie verschwunden, und andere bemalten sich die

Hände, weil sie alles, was Saša erzählte, schon zehnmal gehört hatten. Ein jeder von ihnen konnte auch noch zwei, drei andere Sprachen, solche, die ihnen hier zwar nichts nützten, aber immerhin konnte man sie mit dem Kugelschreiber auf den Bänken verewigen. Manchmal hatte Saša jemanden, der ihm half, aber das war selten, und oft war gar nicht zu verstehen, was er sagte, und wer nicht in den ersten Reihen saß, bei dem blieb gar nichts hängen. Selbst wenn er sich bemühte. Ramid musste pünktlich sein, damit er vorne einen Platz bekam, die zweite Dreiviertelstunde entsprach der ersten, alles noch einmal für die, die nicht mitkamen. Niemand aus seiner Heimat befand sich hier. Er lernte schnell und wusste schon nach zwei Monaten, dass er bei Saša nicht mehr als ein paar Grundphrasen verinnerlichen würde, weil Frederico mit seinen Brüdern aus Argentinien ankam und Saša wieder von vorne begann (mit den Buchstaben), und irgendwie war es jede Woche so. Sie kamen aus Peru, Mexiko, der Dominikanischen Republik, Nigeria und Nanking, angeblich die chinesische Hauptstadt vor Peking, was Saša behauptete, als er das chinesische Mädchen vorstellte, aber jedem war das egal. Yizha war die Tochter irgendeines Wissenschaftlers, der sich abgesetzt hatte, und sie sprach auch nicht mit anderen, deren Eltern in den Schnellimbissstuben arbeiteten oder jenen die Häuser strichen, die mit den Karimiken in eine Klasse gingen. Ramid aber gefiel sie. Sie hatte zwei strenge Zöpfe, an denen sie gewiss gezogen wurde, doch trug sie nie eine andere Frisur und die schwarzen Haare glänzten wie in Öl getränkt. Sie saß vorne, wie Ramid, und falls es nötig war, lieh sie ihm einen Kugelschreiber. Zunächst hatte er nur gefragt, um es auszuprobieren, denn diesem Frederico lieh sie nie einen, selbst wenn er wirklich einen brauchte. Würde er nicht an Nila, er würde wohl an sie denken, fiel ihm ein, als sie ihm einmal zulächelte, als er mit den Nigerianern beim Automaten Chips kaufte. Den Farbigen gegenüber hätte sie das nie getan, das wusste er. Er musste sich ebenfalls an sie gewöhnen, aber es gelang. Als sie in der Klasse zu zweit übten, wie man denn hieß und wie der Name des kleineren Bruders lautete, schaute er auf ihrer beider Hände. Dunkelbraun, wie die Ablage unter der Tafel, wo der Schwamm lag, gemischt mit etwas Weiß, das zwischen den halbgeöffneten Fingern durchschimmerte. Die Gesichter beunruhigten ihn. Die Jungs aus der Bronx, mit denen die Karimiken in die Klasse gingen, waren nicht so schwarz wie die hier aus Afrika. Ihre Gesichter kamen ihm altertümlich vor. Wie die Gesichter damals, noch bevor sie zu normalen Leuten wurden. Er wusste, dass er nicht so denken durfte, alle waren erwiesenermaßen gleich und niemals hätte er den nigerianischen Burschen gegenüber etwas anderes behauptet. Und doch kam es ihm so vor, als würden sie das, was er sich im Stillen dachte, insgeheim wissen, und daher würde er auch niemals dabei sein, wenn sie sich untereinander etwas Wichtiges erzählten.

Dass er schwarz sei, würde Ramid nie von sich behaupten. Im Lehrbuch an seiner alten Schule zu Hause fand er eine Geschichte, an die die Dorfbewohner einst glaubten. Dass, als man den Menschen schuf, dies zweimal misslang. Einmal war er zu schwarz, dann wieder zu weiß, erst beim dritten Mal gelang es und das waren dann sie. Die, die er zu Hause gelassen hatte, er, Charil und zur Hälfte die Karimiken mit Nila. Saša sagte, dass die Farben und Länder, aus denen Menschen stammten, egal seien, und auch der Direktor sagte das vor Weihnachten auf dem Fußballplatz, wenn er herausragenden Studenten eine Medaille verlieh, aber Nila war eigentlich sehr froh darüber, dass man es ihr nicht ansah. Dass die Karimiken dieselben Eltern wie sie hatte, man konnte es höchstens raten. Als ob Charil schon zu lange von zu Hause fort gewesen wäre, so dass ihm bei seiner Jüngsten die Kraft ausging. Für die kohlrabenschwarzen Augen und die glänzenden, schweren Haare (in den Farben alter Kiefern, die bei ihnen zu Hause am Wasser wuchsen). Wenn sie ihr milchiges Make-up auftrug und man nicht zu nah an sie herantrat, es hätte ein jeder geglaubt, dass Nila holländische, englische oder andere adelige Vorfahren hatte, die als Allererste hierher kamen und von denen man in der Schule der Karimiken allerlei lernte. Von ihrem Land kein Wort, und Ramid konnte abends, als er mit den Karimiken von seiner ersten, amerikanischen Filmvorführung zurückkehrte, kein Auge zudrücken. Wegen Nila.

Das geht vorbei, hätte Charil gesagt, wenn er es geahnt hätte, und seine Mutter Sula würde ihm erzählen, wie es bei ihr war. Aber Ramid war allein und dabei im Haus doch nur ein einziges Stockwerk unter ihr. Manchmal hatte er das Gefühl, er würde sie oben über sich atmen hören. Er sah Nila in dieser Bluse, die sie zum Frühstück trug, und wie sich ihr im Schlaf die Brüste hoben, und die Haare auf dem Polster waren fein, wie die seiner Mutter. Er knipste die Lampe an, die ihm Mary am Küchentisch montiert, und öffnete die Schachtel, die ihm seine Mutter mitgegeben hatte. Selbst vor Charil würde er sich schämen. Der Onkel zeigte ihm vor dem Abendessen, wie bei erwachsenen Männern üblich, seine Messer, während er gerade in Seide gehüllte Palmgrovensamen durch seine Hände gleiten ließ. Etwas, das wohl eher Mädchen geschenkt bekamen, und dabei wollte er nur nach Hause oder zu Nila. Mutter Sula würde ihm das so sagen. Und sie würde ihm noch mehr sagen, wenn er bei ihr wäre. Wenn er mit ihr in Siba in ihrem Haus am Boden säße, den Kopf auf ihrem Schoß hätte und sie mit seinen Haaren spielen könnte, so wie sie es tat, als Ramid noch klein war.

Die Palmgrovensamen wuchsen bei ihnen hinter dem Haus und Sula mengte sie der Creme bei, mit der sie den Frauen die Hände einrieb. Sie kamen zu ihr, wenn sie Rat brauchten, und als Kind hörte Ramid oft zu. Sie alle wollten wissen, was sie erwartet, und Sula lag selten daneben. Nila würde sie nur kurz anschauen und sie würde es wissen, sagte sich Ramid und er war froh, dass er sie in diesem Augenblick nicht danach fragen konnte. Er verpackte die Samen wieder in die Seide, und hätte er mit den Augen durch die Decke sehen können, er hätte Nilas verweinte Augen wahrgenommen und die Karimiken im anderen Zimmer, wie sie etwas planten, was sie schon lange vorhatten.

In den ersten Tagen wurde Ramid selten gefragt. Von halb neun bis drei saß er in Sašas Klasse für Sprachanfänger und dann half er Mary im Haus. Er tat, was sie ihm auftrug. Die häuslichen Reparaturen beruhten (ähnlich wie bei Ramid zu Hause) vor allem auf dem ewigen Färben und Streichen alter Sachen, was sonst nur selten jemand erledigte. Er strich bei den Charils den Zaun und das Tor, den Anbau und die Garage, braun wurden die Stiegen gepinselt, ähnlich wie bei den Häusern in der Nachbarschaft, und dann wartete er, bis Nila kam. Er wartete auf den kurzen Augenblick, wenn sie vorbeiging, bevor sie oben am Zimmer die Tür hinter sich zuschlug. Dann sah er sie erst am Abend wieder, als Mary das ganze Haus zusammenrief, um frittierte Kartoffeln zu servieren, und da war

Charil meist schon zurück und die Karimiken schlangen, als ob es in der Schule kein Essen gäbe, und es saß auch noch Jimmie am Tisch, der Mann, der in jenem Zimmer wohnte, wo auch Ramid von Anfang an hätte hausen können, ganz oben, am Dachboden neben dem hölzernen Dachstuhl.

Jimmie kam nur nach unten, wenn ihn jemand rief, und abgesehen vom Abendessen war das nicht wirklich oft. Ramid zerbrach sich lange den Kopf darüber, wer er eigentlich sei.

Ein alter, zahnloser Mann, dem Mary jedes Mal (ohne ein Wort zu sagen) die Kartoffeln zu Brei quetschte und das Hühnerfleisch in kleine Stücke schnitt, wie für ein Kind. Ohne Zähne lässt sich schwer sagen, was so ein Gesicht sich denkt. Er ist weich um die Lippen, lächelt also scheinbar, weiche Arme und die Füße in Pantoffeln, die er auch im Garten trug, wo andere die Schuhe wechselten, und wenn jemand zufällig darauf vergaß, sah es Mary aus der Küche. Jimmie hatte früher ein paar Blocks weiter von Charils Haus einen Spirituosenladen betrieben. In einem Haus, wo er im ersten Stock wohnte und wo Mary geboren wurde. Dieses lag auf Ramids Schulweg, er wusste lange Zeit nicht, dass es einst Jimmie gehörte. Ein weißes, bretternes Haus wie alle anderen, unten ein Schaufenster mit Fliegendreck und dahinter Dunkelheit, zur Hälfte war es eingeschlagen. Das Haus erinnerte an eine der Hinterlassenschaften, die im Wilden Westen zu Hunderten zurückblieben, dem Verfall preisgegeben, nachdem die Goldgräber weitergezogen waren. In der Bronx nichts Ungewöhnliches und dass sie Jimmie den »Goldgräber« nannten, wohl auch nicht. Er war einer der wenigen in der Straße, dem es damals gut ging. Lange, bevor Charil auftauchte und bevor Jimmic dem Feuerwasser anheimfiel, wie die Roten, Schwarzen und Weißen, wenn sie von der bösen Schlange des Unheils gebissen werden, meinte jedenfalls Sula. Wenn die Frauen heulten und man nichts mehr machen konnte. Jimmie weinte nicht. Unter dem Bett lagen viele Flaschen aus seinen alten Beständen, und wenn Charil da und dann eine brauchte, zog er eine hervor und brachte sie mit zum Abendessen, säuberlich für den Schwiegersohn in Seidenpapier verpackt. Oben auf seiner Türklinke hingt ein Schild aus vergilbtem Karton, darauf stand »Nicht stören«, ein solches, wie es sich Truckerfahrer in Motelzimmern an Türen hingen, damit sie ausruhen konnten, oder Männer mit Frauen, die sich morgens liebten und keinerlei Einmischung wünschten. Als Ramid zum ersten Mal Jimmie aufsuchte, dachte er sich, dass dieser nur kurz ein Mittagsschläfchen hielte, aber das Schild hing immer dort und Ramid trat irgendwann einfach ein.

Da ging er längst nicht mehr in Sašas Unterrichtsstunden und Charil nahm ihn zur Arbeit mit.

Bevor es so weit war, verbrachte er die langen Tage dieses damals besonders heißen Frühlings mit Mary. Alles, was sie ihm auftrug, versuchte er nach bestem Wissen und Gewissen zu erfüllen. Woraufhin sie kurz nickte, die Arbeit schnell prüfte und sich etwas Weiteres für ihn ausdachte. Den Abfallzerkleinerer in der Spüle zu zerlegen, die Türen der Zimmer zu schmieren, Zwiebeln zu holen, die seit dem großen Einkaufssamstag nicht mehr langten. Gebeugt saß er mit dem Pinsel irgendwo in der Garage über einem Stück Rundholz, als sich Marys Sessel zu sehr lockerte (auf dem sie an der Türschwelle Kartoffeln schälte), er überlegte sich seine weitere Vorgehensweise und setzte die alten Dinge mit den künftigen zusammen. Er wollte daraus ein Schnürchen flechten, auf dem er die Palmgrovensamen, eins nach dem anderen, zu einer Kette aufziehen konnte. Ein Schnürchen, das er zwischen seinen Händen halten würde, und nichts ginge mehr verloren. Die süße Nila, die große Mary, wo er (hinter den runden Bäckchen und geschwollenen Füßen) etwas Vertrautes aus der Heimat fühlte, Charil, der manchmal traurig schien und Ramid wusste nicht warum, und die Karimiken, mit denen er auskommen musste. Jimmie zählte er nicht. Damals wusste er gar nichts von ihm, und auch im Haus war er kaum wahrzunehmen.

Setz dich jeden Abend hin, schließ die Augen und alles, was passierte, knüpfst du zu einem Teppich zusammen, sagte Sula zu Hause. Such nach Farbmustern und nähe mit kleinen Stichen eine Blume oder ein Tier, die zu dem Tag passen würden. Die Farben, aus denen er auswählen konnte, hatte er vor Augen. Seine ganze Kindheit hatte er mit Frauen verbracht. Auf ihren Händen, Schößen, mit Pullovern zugedeckt, die nach ihnen rochen, wenn er schläfrig war. Rot, lila, orangenes Schnittgras, orangene Rüschen, golden und rosa glänzend, das waren die Hauptbestandteile, die Mutter zu Hause hatte. Wäre er nicht nur mit ihr und Adgara groß geworden, hätte sich der Vater nicht nur ganz kurz alle paar Monate blicken lassen, er müsste heute vielleicht gar nicht hier sein. Und doch wusste er, er musste. Es war in Mutters Traum zu sehen, es musste passieren. Zeitlebens machte sie sich Sorgen um ihn. Manchmal sagte sie, lass mich doch, ich werde bald alleine sein, und da reichte er ihr gerade etwa Mandeln mit Couscous über den Tisch und der Tisch war voller Essen und es mangelte ihnen an gar nichts. Als wäre sie jetzt schon eingeschnappt, und dann passierte das, was passieren musste.

Im Dorf, wo Ramid geboren wurde, standen achtzig Häuser, eine Post mit einem Lebensmittelladen, eine Schule und einige kleinere Geschäfte. Tagsüber hing die Aufschrift »Gewerbetreibende« an der Tür, aber wenn es dunkel war, sahen sie aus wie alle anderen. Wenn Marktzeit war, lockte beinahe jeder mit irgendeinem Angebot. Nüsse, Feigen, papierene Stangen mit Uhren, mit billigem Samt bezogen, Messer, die denen Charils ähnelten, Gummisohlen, die man sogleich auf die abgenutzten Schuhe klebte (wenn man sie bei sich trug). Die Leute zogen von Haus zu Haus, die Frauen probierten Röcke, irgendwo hinter Laken, die von den Verkäuferinnen auseinandergezogen wurden, die Kinder kosteten von Trockenfrüchten und quengelten, um wenigstens einen kleinen Keks zu ergattern, während die Männer die Preise der Stichwaffen besprachen, die mit Kettchen an den Tischen befestigt waren. Nur die teuersten, damit sie nicht abhandenkamen, und auf ein gutes Geschäft tranken sie später im Schatten des Hauses eine kleine Tasse Kräuter- oder roten, bittersüßen Tee, der sich nie wieder aus den Hosen waschen ließ. Gegen die Hitze, wenn er abends mit der Mutter vom Markt nach Hause zurückkehrte, war der Frühling in der Bronx gar nichts. Die Hitze in Ramids Heimat brannte in der Kehle, sie klebte die Hände an den Körper und am Abend schmerzte einem der Kopf. Er sah das. Goldener Staub, der ihm zu Hause im Schatten die Hände bis zu den Ärmeln färbte, Wind, der, sobald er nachließ, das Atmen unmöglich machte, und wenn er auffrischte, wandten die Menschen ihre Köpfe ab und bedeckten die Augen. Diesen Weg zwischen den Häusern, auf dem Rückweg vom Markt, würde er nie vergessen. Wie er sich immer freute, wenn die Sonne unterging, es wurde dann besser und er konnte all die Sachen, die er mit der Mutter eingekauft hatte, zu Hause unter die Lupe nehmen. Sie aßen aus kleinen Schälchen hinter dem Haus, sahen auf die rotglühende und müder werdende Sonne und alles war gut. So war dies in seinen Kindheitserinnerungen. Sula, Adgara und er.

Adgara war drei Jahre älter, aber manchmal schien es, sie wären ein ganzes Jahrzehnt auseinander. Und dabei war ihm der Einfall mit den Babelbaumblättern gekommen. Er pflückte sie, brachte sie nach Hause und holte die Farben hervor. Adgara half ihm nur ein wenig. Zinnober und Weiß, welche die Mutter schon länger als Schminkpulver liegen hatte, sie bestrichen die klettenartigen Babelbaumblätter (die so groß waren wie Menschenköpfe) und schließlich stellten sie sich mit Mutters bunter Vase vors Haus und neben dem Weg stachen sie eine Stange ein mit der Aufschrift »Gewerbetreibende«. Blumenhandel. Niemand in ihrem Dorf hatte so etwas je gemacht. Und wenn sich jemand bei der Mutter die Hände mit Ornamenten schmücken ließ, bekam er gleich ein farbiges Babelbaumblatt, ganz umsonst. Sonst hätte ihnen die Mutter die Vase gar nicht geliehen. Zunächst dachten die Leute, dass sie wegen ihr dort stehen würden. Dass Sula, weiß Gott warum, in Not sei und ihre Kinder vorschickte. Aber dann begriffen sie und viele kauften ein Blatt mit einem Lächeln. Oder sogar ein Babelbaumblatt von jeder Farbe. Eins von mir und eins von Ramid, fügte Adgara dem öfters hinzu, als wäre der Stand mit der Vase und die ganze Idee von ihr. Im Übrigen wollten sie nichts davon haben, da sie es jeden Samstag dem lahmen Ibra spendeten. Der erinnerte an einen Vogel, er wohnte unweit in einem halbverfallenen Haus und einmal in der Woche ging er von Tür zu Tür, um sich sein Geld abzuholen. Er bekam nicht von jedem etwas, aber dort probierte es Ibra gar nicht mehr, dort, wo er mit seiner kleinen gelben Faust klopfte, bekam er immer seinen Anteil. Etwas Kleingeld und von Sula auch etwas Essen oder etwas, was Adgara und Ramid nicht mehr brauchten. Ramid fürchtete sich vor Ibra. Nicht etwa, weil er zu alt war, vielmehr deshalb, weil er es nicht war. Er ist so alt wie du, sagte die Mutter einmal zu ihm, als er sie fragte, und sie blickte nicht einmal von den eingerührten Farben auf. Er erschrak. Ramid dachte, er sei mindestens hundert, und vor allem kam er seit jeher allein zu ihnen, solang er denken konnte. Ein paar Mal war Ramid dann allein zu ihm gegangen, als Ibra nicht mehr konnte. Irgendwer in den Familien, die ihm etwas gaben, entsandte üblicherweise ein Familienmitglied, jeden Samstag, als er nicht mehr gehen konnte.

An Ibras Eltern erinnerten sich nur Sula und Sehil (Ramids Vater). Sie kamen ins Dorf und nahmen ein altes Haus in Besitz, in dem schon lange niemand mehr wohnte. Sie erzählten niemandem, woher sie stammten, bald schon war es um sie geschehen und Ibra blieb allein zurück. Wäre jemand mit ihm zum Doktor in die Stadt gefahren, wäre er vielleicht nicht so schnell gealtert, dachte Ramid. Irgendetwas war mit ihm. Mit den Beinen, den Händen, dem kleinen Gesicht, das Grimassen schnitt, wenn ihm Sula Kleingeld in ein Schüsselchen fallen ließ und dann noch Essen und etwas Salbe für die Wunden auf seinem Körper reichte. Den Kratzern auf seinem Körper nach zu urteilen, kroch er ständig irgendwo herum. Mit Burschen wie Ramid, die gemeinsam mit ihm die Steine im Fluss erklommen. Aber Ibra blieb immer bei sich zu Hause. Dort hat er alles, sagten die Leute. Eine Schlafmatte am Boden und am Tisch stehe immer etwas Geschenktes. Etwas ist mit seinem Blut, sagte man. Die Leute im Dorf zuckten mit den Schultern, aber zum Doktor brachte ihn niemand. Schwarzes Blut. So hatte man es benannt. Eltern, die von irgendwoher kamen und ihn auf einem falschen Weg zur Welt brachten.

Als Ramid zehn Jahre alt war, bekam er eine Blumengrippe. Ein paar Leute in der Umgebung starben daran, also fuhr Sula sogleich in die Stadt, um den Doktor zu holen. Ramid erinnerte sich an das Bild einer großen, cremigen Gestalt mit kaltem Brustharnisch, die ihm den Bauch abtastete, und dann an die Stimmen, als der Doktor draußen mit Sula diskutierte.

Damals wollte er es zur Sprache bringen. Dass er auch zu Ibra gehen solle. Aber als er erwachte, war der Doktor fort und anstatt der Cremegestalt saß die Mutter neben ihm und trocknete ihm mit einem Tüchlein die Stirn. Er wollte es noch ein paar Mal sagen, aber niemals so sehr wie an jenem Tag, als der Doktor bis zu ihnen nach Hause kam. Ibra hätte ihn doch notwendiger gebraucht. Er sprach damals nicht viel, und daher erfuhr das wohl niemand. Er schnitt Grimassen, schüttelte seinen Kopf und ging niemals zur Schule. Darüber, wie klug wohl Ibra sei, diskutierte er manchmal mit anderen Burschen. Sie warfen abgeflachte Steine in den Fluss und stritten sich. Man ahnte, dass er gar nicht hier sein dürfe, auch seine Eltern nicht. Dass er hier nur verweilte und niemals hierher gehören würde.

Ramid kam sich auch manchmal so vor, wo er doch in Siba geboren war und Adgara auch. Die Mutter nicht. Alle erkannten das gleich an der Aussprache, doch aufgrund ihrer Fähigkeiten hätte es niemand gewagt, ihre Herkunft in irgendeiner Weise anzuzweifeln. Siba war dem Vater zuzurechnen, und der Mutter sah man an, wie sie sich entspannte, wenn sie beide durchs Dorf gingen. Wenn Sehil neben ihr schritt, wurden sie mit Grüßen überhäuft, ein angesehenes Paar. Wenn die Frau alleine ist, bleibt die Ansprache dieselbe, egal ob sie ledig oder verheiratet war. Selbst wenn sie alleine mehr zählte, als ihr der Sitte nach zustünde (und Sula war so eine), musste das ihr gegenüber niemand betonen.

Was Ramid am meisten bei Charil vermisste, war das Erzählen. Die Phrasen und Bitten lernte er schnell, aber um etwas auf Englisch zu erzählen, hätte er Monate gebraucht. Vor Mary durfte er nicht in seiner Sprache sprechen und nicht mit Charil, und auch als sie zusammen arbeiten gingen, war die Zeit, wo sie beide für sich waren, überaus spärlich.

Die Mutter konnte erzählen und jedes Mal ergänzte sie ihre Erzählungen mit einem weiteren, neuen Detail. Als ob er und Adgara in Anbetracht der Dinge, die geschehen waren, erwachsener geworden seien. Und immer noch hielt sie etwas zurück, dass nur sie wusste. Bei der Mutter konnte man sich nie sicher sein.

Ramid ahnte lange Zeit nicht, dass sich Sula ihren Beruf nicht gewählt, dass es ihr eine alte Frau aufgetragen hatte, die nur einmal bei Sulas Eltern übernachtete. In Tabul, wo Sulas Familie ein großes Haus besaß und von allen geschätzt wurde. Sula war dreizehn, und dass sie diese Träume hatte, darüber wussten alle in der Familie Bescheid. Sula hatte ihre Träume, die Schwester Neva ein paar Pockennarben im Gesicht und der Bruder Charil lange, bewegliche Finger, mit denen er einige Kunststücke mit Zündhölzern vorführte (wenn Besuch kam). Taura aber interessierte sich nicht für die Tricks des kleinen Charil. Sie lachte zwar wie die anderen Gäste, die man, wenn sie am späten Abend anklopften, bei sich übernachten ließ, doch vom ersten Augenblick an, wo sie Sula sah, ließ sie diese nicht mehr aus den Augen. Sula war dreizehn, sie ging in die letzte Klasse der Pflichtschule und wusste, was weiter geschehen würde. Das nächste Jahr würde sie mit der Mutter zu Hause bleiben, dabei lernen, was man im Haushalt wissen muss, und dann würde sie sich einen nehmen, den die Eltern für sie aussuchten. Mit dem großen Haus musste man keinesfalls befürchten, dass sich keiner finden ließe. Und dass die Eltern eine gute Wahl treffen würden, darüber herrschte kein Zweifel.

Ich hatte lange, glänzende Haare, die bis hierhin reichten, sagte Sula, wenn sie Ramid und Adgara davon erzählte, und sie konnten die Augen nicht von ihr lassen. Abends, als sie schlafen gingen, trat Taura vor das Haus und gab mir ein Zeichen, dass ich ihr folgen solle. Sula wusste nicht warum und hatte keine Lust. Im Haus gab es noch jede Menge Geschirr wegzuräumen und Taura war eine Reisende, man erwartete, dass sie sich bedanke, sich eine Matte nehme und sich hinlege, wo man ihr einen Platz zuwies. Zu essen hatte man ihr reichlich gegeben und Charils Tricks hatte sie auch gesehen.

Das, was dann kam, mochte Ramid am liebsten. Wie Sula vor das Haus trat und niemanden erkennen konnte. Eine dunkle Nacht, der Schlund eines Monsters, das alle Sterne verschluckte, und dann bedeckte jemand ihre Augen. Sula riss sich los, aber Taura zischte.

Sag mir, was du siehst.

Nichts, sagte Sula, so wie sie es gelernt hatte, denn das erwartete man schließlich, wenn einem Menschen die Augen verdeckt wurden. Und dann lachte Taura los. Ein krächzendes Lachen, das Sula in den Ohren schmerzte, und vor ihr drehte sich alles. Und dann flog das Lachen fort und Sulas Knie knickten ein. Noch immer hatte sie Tauras Hand vor den Augen, Taura stand hinter ihr, und Sula wusste, es war zu spät. Dass Taura weiß, dass Sula etwas sieht, und dass die Dinge nie wieder so sein würden wie früher.

In Tauras Handflächen sah Sula eine Greisin. Eine Greisin, die in die Ferne blickt und Ausschau hält. Sie sah einen Greis, der ein junges Mädchen umarmte und koste. Sie sah eine Frau, die sich über ein Neugeborenes beugte und am Dach eines hohen Hauses einen unbekannten Mann.

Es war der Augenblick, wo Sula stets innehielt, den Kopf senkte. Ramid und Adgara wussten, dass sie jetzt gerade etwas für sich behielt. Und als sie noch ganz klein waren, erzählte sie ihnen nicht einmal das von soeben. Sie sprach von der Tante, die zu den Eltern kam und sagte, dass sie, Sula, über eine besondere Gabe verfüge. Davon, wie Taura nach kurzer Zeit zurückkehrte und die Eltern Sula schweren Herzens mit ihr ziehen ließen, ohne zu wissen, wann sie zurückkehren würde, und davon, wie Sula die Eltern überreden musste, damit sie mitgehen durfte, um alles, was sie brauchte, von Taura zu erlernen. Und dass sie von der Mutter einen gefütterten Rock bekam und vom Vater einen Kuss ins Haar.

Davon sprach Sula, als Ramid und Adgara noch klein waren, in Siba wurde es dunkel und die Hitze des Tages fiel langsam ab und die ersten Sterne zeigten sich über einem Land, wo Bäume noch wertvoll waren, und die Leute (abgesehen von den achtzig Häuschen der Siedlung) hatten es über eine Stunde zu Fuß bis zur nächsten Stadt.

Wenn Adgara und Ramid einschliefen, deckte Sula sie zu, sie schob die Ränder der Decke unter die kleinen, schlafenden Körper, damit keinerlei Sandkörner die Träume der beiden störten, aber sie selbst schlief nur selten. Sie setzte sich nach draußen und wartete, bis (gegen eins) alle Sterne hell leuchteten und sie Ramid die Namen beibrachte, weil der Vater für gewöhnlich aus war und man sich mit dem Zählen der Sterne die Zeit vertrieb (bis er zurückkehrte).

Er kam oft in der Nacht. Wenn der Mond schien, sah sie Sehil schon von weitem. Der Weg zwischen den Häusern war schnurgerade, eine Hauptstraße im Dorf, ein einziger Punkt in der Ferne, wenn er auftauchte. Und ein paar Mal passierte es doch, dass sie die Augen schloss und er auf einmal vor ihr stand. Sie schlief nur im Sitzen ein, den Kopf auf die Brust gesenkt, während um sie herum die Sterne matter wurden und Sehil mit dem ersten Autobus kam, der in der Früh aus Bafus abfuhr. In völliger Stille umarmten sie sich. In der Kälte der Frühe hatte er ausgekühlte Wangen und Sula wünschte sich, dass er für immer bei ihnen bliebe. Es war die Zeit, wo sie miteinander schliefen. Draußen auf dem feuchten Boden. Ohne einen Laut von sich zu geben, zwischen Liebkosungen, versteckt hinter der kleinen Mauer, als das Dorf langsam erwachte.

Ramid sah sie so miteinander. Jahre später, einen Monat, bevor er wegfuhr. In der Dämmerung war er erwacht. Mit Träumen, die ihm unbekannt waren und die er nicht mochte. Von einem Mädchen, das ihm der Vater aussuchte. Er wollte sie nicht, aber doch erwachte er voller Sehnsucht und mit verschwitzten Wangen. Sie hieß Hakar und alle sprachen darüber, wie schön sie sei. Ramid schlenderte halbwach nach draußen und sah Sehil, wie er auf Sula lag. Zwei alternde, zerbrechliche Körper, die sich nicht zudeckten. Er wusste nicht, dass der Vater zurückgekehrt war, und auf Zehenspitzen schlich er wieder ins Haus.

Was passiert war, erzählte Sula nie auf einmal. Sie begann mal hier, mal da, je nachdem was Adgara und Ramid hören wollten und je nach ihrer Laune. Manchmal schwieg sie von dem, was sie gern gehört hätten, aber wenn sie überhaupt etwas hören wollten, mussten sie die Wahl ihr überlassen.

Es vergingen Monate, bevor sie nach Hause zurückkehren konnte. Einige Monate, in denen sie, mit Ausnahme von gut zwanzig Frauen (jungen und älteren), mit keinem ein Wort sprach. Mit niemandem, der nicht zu Tauras Festung gehörte ... so nennt man diesen Platz bis heute, auch wenn Taura längst tot ist und von jenem Haus, das einst Mauern säumten, nicht mehr als ein paar verstreute Steine blieben. Auch damals war der Anblick nicht weiß Gott was. Eines der großen Häuser, das Tauras wohlhabender Kaufmannsfamilie gehörte, für die die Greisin nur Worte der Verachtung fand. Das Haus ließen sie ihr, damit sie Ruhe von ihr hatten, behauptete sie. Nur deshalb, weil sie Angst hatten. Sie fürchteten, dass sie sie eines Tages mit einem Fluch belegen könnte, und so gaben sie ihr alles, was sie wollte. Das war nicht viel. Nur das Haus und etwas Rente von den einträglichen Geschäften, die sie in der

Stadt betrieben, aus der sie stammten. Sie gaben ihr ein Haus, das möglichst weit entfernt lag, und Taura nannte es eine Festung. Dort lebte sie, und dorthin kamen auch die Menschen mit Visionen, und mit der Zeit waren es nur noch Frauen, weil Taura niemals einen Mann auswählte. Das machte die Runde. Die Leute aus den umliegenden Dörfern belächelten die seltsame Frau zunächst, doch mit zunehmendem Gerede über die Fähigkeiten derer, die diese Festung aufsuchten, ließen sie sie in Frieden. Man wusste, wo Tauras Festung zu finden war, und wer konnte, machte einen weiten Bogen darum. Nur zweimal im Jahr kam ein Bote mit der Rentenzahlung, die Taura zustand, und alle anderen, die an das Tor klopften, waren Frauen, die Einlass begehrten. Dies ist kein Zufluchtsort für erloschene Seelen, sagte ihnen Taura, noch durch das geschlossene Tor, bevor sie die Hunde auf sie hetzte. Es geschah nicht oft, dass sie wen aufnahm. In der Zeit, die Sula dort verbrachte, nahm Taura niemanden bei sich auf. Es gibt keine Träume, keinen Platz, krächzte sie den Frauen zu, die sich Dutzende Kilometer zur Festung geschleppt hatten, Hab und Gut in Ranzen auf den Rücken geschnallt, mit um Einlass bettelnden Augen. Sie sprach über die Mauer mit ihnen, die Hände in den Hüften verspreizt, sie ließ sie sich nicht einmal setzen. Sie konnte noch ganz anders. Lügnerinnen, Dirnen, Dummiane. Sula verstand zu Beginn nicht, wie sie sie so schnell abfertigen konnte. Sie kannte sie doch gar nicht und doch hatte sie vom ersten Augenblick an nur Spott für sie übrig. Wenn es wenigstens irgendeine Prüfung gegeben hätte. Aber Taura prüfte ihre Erwählten nicht. Sie wusste.

Komm her, und ihr anderen, weg mit euch. Sula bekam das von Mikala erzählt, dass es bei ihr so abgelaufen war. In der Festung waren sie die Jüngsten, und Sula war die einzige, die sich Taura draußen, fern der Gruppe, ausgewählt hatte. Eigentlich hatte sie recht mit ihrer Auswahl, sagte sich Sula schon nach ein paar Tagen. Allerdings, ob Taura jemand gefiel oder nicht, daran lag es nicht. Es waren auch solche da: Überfällige Bräute, Dirnen, Ehefrauen, die alleine zurückblieben. Und es waren noch ganz andere da. Und alles Frauen mit Träumen, die sie nicht loswerden konnten. Frauen, die lieber nicht an ihre Liebsten dachten, aus Angst, dass ihnen etwas geschah, Frauen, die um ihre Macht wussten und keine Ahnung hatten, was man damit tun konnte. Niemals Frauen, derer sich Taura einfach nur erbarmte. Die Frauen in der Festung waren keine Beschenkten, sie waren ernsthaft krank. Krank und gefährlich für andere. Wenn sie aus Tauras Festung zurückkehrten, arbeiteten sie als Heilerinnen. Taura bildete sie aus, damit sie zu Hause aufgenommen wurden und die in diesen Frauen schlummernden Kräfte in Arbeit gebunden wurden und kein Unheil mehr stiften konnten.

Ich habe sehr viel dort gelernt, erzählte Sula Ramid und Adgara. Alles, weshalb die Leute zu mir kommen. Schutzornamente zu malen, dunkle Gedanken zu verscheuchen, bei Träumen, die ständig wiederkehren, Rat zu wissen.

Ramid war damals sehr stolz, wenn sie das sagte. Sie konnte sie lange Zeit von dem ernähren, was sie verdiente, und oft kamen Leute zu ihnen und zeigten ihre Hochachtung. Als er noch klein war, hoffte Ramid auch, dass in ihm verborgene Kräfte steckten. Der Mutter sagte er nichts, aber er nahm sich etwas von ihrem Braun und färbte sich am Fluss die Handflächen, wie sie es bei den Frauen zu tun pflegte. Dann tauchte er die

Hände ins Wasser und schaute zu, wie die Farbe in Schlieren fortgezogen wurde, als ob sich seine Handflächen unter Wasser in Rauch auflösten. Davon erzählte er niemandem, nicht einmal Adgara.

Was Sula für sich behielt, war der Wunsch, dass ihr nichts von dem widerfahre, was sie verfolge. Sie sah viele Dinge, schon als Kind, es waren Scherben, die sie nicht zusammensetzen konnte. Wilde Vorstellungen, die den Bruder und die Schwester amüsierten, bis man sie zum Schlafen fortscheuchte, und Beklemmendes, dem sie nicht zu folgen wusste und das im Kopf zu nebligen Gedankengebilden zerfiel. Sie hätte sie vergessen, wenn sie es vermocht hätte. Irgendjemandes verkrümmter Körper im Kopf und draußen sein tatsächlicher Tod. Sie wusste nicht, was ihr dieser Traum sagen wollte, und hätte sie Taura nicht zu sich gebracht, sie wäre nie dahintergekommen. Es gab dann keinen Weg mehr zurück. Nach der Ausbildung, bei der Sula nie sicher war, wie lange sie dauerte, kehrte eine Frau zurück, wo doch zuvor ein Mädchen ausgezogen war, dem sie einen Mann suchen wollten.

Du kannst Dinge, um die sie dich beneiden werden, und niemals wirst du wo um Arbeit betteln müssen, sagte Taura damals, als sie Sula zurückkehren ließ, und Sula empfand tiefe Dankbarkeit, später dann (Taura gegenüber) nicht mehr. Sie freute sich. Wollte arbeiten. Und in Siba war sie dann froh, dass sie nicht um sechs an der Haltestelle herumlungern musste, um auf den grauen, verdreckten, klapprigen Bus zu warten, der die Frauen jeden Morgen zu den Fabriken nach Bafus brachte. Dass sie nicht von Haus zu Haus gehen musste, um bei anderen nachzufragen, ob sie nicht von einer Arbeit wussten, die Kinder hinter sich herziehend, damit alle sehen konnten, wie dringend sie eine brauchte. Das, was für andere aus dem Dorf selbstverständlich war, damit musste sich Sula nie abgeben. Dass sie sich später wünschen würde, so wie sie zu sein, das konnte sie in den Tagen nach ihrer Rückkehr aus Tauras Festung nicht ahnen.

Was nun folgte, hatte wiederum Adgara am liebsten. Wie es zu Hause lief, als Sula zurückkehrte. Wie sich der Vater, die Mutter, Neva und Charil freuten und sich die ersten Tage alles um Sula drehte. Die Mutter begann sogleich, einen neuen gefütterten Rock zu nähen, wo doch Sulas alter verschlissen war, Charil bettelte, dass sie doch mehr erzählen solle, und Neva kam noch am ersten Abend mit gesenktem Blick zu ihr, ob Sula nicht etwas gegen ihre Windpocken tun könnte. Sie vermochte es nicht. Das, worauf sich Neva so lange freute, war ein vergebliches Warten geblieben. Schau meine Wangen an, Sula fühlte, dass es Neva mit all ihren Blicken zu ihr sagte, während sogar Nachbarn kamen, um sich an ihrer Rückkehr zu erfreuen, weil das große Haus in Tabul Kopf stand und Sulas Familie in der Gegend angesehen war. Was danach kam, sobald das aufgekochte Essen verspeist war, war auch nicht schlecht. Der Vater würde ihr einen Ehemann aussuchen, und das Erwachsenenleben begann erst so richtig.

Adgara träumte oft davon, wie es denn hätte anders ausgehen können. Später, als Ramid weg war, heiratete sie und bekam einen kleinen Jungen, so klein wie sie selbst, als ihnen Sula die Geschichte erzählte. Was wäre passiert, hätte sich die Mutter selbst alles ausgesucht.

Sie schrieben darüber in billigen Büchern mit weichen Umschlägen, die ihr da und dann ihr Hafiram aus Bafus mitbrachte. Sie las sie, wenn ihr kleiner Luka schlief und sie alleine zu Hause war. Allein hieß mit Sula, weil Sula kaum noch irgendwohin ging. Leute kamen aber immer noch reichlich. Nach den Jahrzehnten, die Sula beriet und heilte und mit den Träumen half, kannte man sie überall in der Gegend und manchmal kam sogar jemand, der ein, zwei Tagesreisen entfernt lebte. Für all die gab es im Haus einen Empfangsraum. Ein Zimmer, in dem sonst Sula lebte, während Adgara mit Hafiram und Luka ein weiteres bewohnten, und noch eines, das Hafiram am Haus anbaute, als er zu Adgara zog.

Am liebsten las sie hinter dem Haus, auf einem weichen, samtenen Polster mit einer aufgestickten, blauen Moschee, das Sula von einer bekam, der die Entlohnung für eine Sitzung zu gering schien. Sie schenkte Adgara das Polster, besah es nicht einmal, und Adgara las darauf die Geschichten derer, denen Liebe alles bedeutet und der zuliebe sie alles erdulden. Wenn sie nicht las, half sie der Mutter Salben und Farben anzurichten und wartete auf Hafiram. Jetzt, wo sie die Mutter rief, tat sie so, als hätte sie nichts gehört. Sula rief ohnedies nie allzu lange, sie setzte sich dann alleine hin und gab Ruhe.

Die Geschichten aus den weichen Büchern könnten Wirklichkeit werden, wenn sich die Leute bemühen würden. Ein Leben, wo sich die Menschen am Ende umarmen und lachen, weil sie die Beschwerlichkeiten und Plagen hinter sich und ihr Glück von niemandem zerstören ließen. Sula nahm sich, was man ihr zeigte. Sula, die in die Zukunft schauen konnte und von der niemand hätte behaupten können, sie hätte nicht genug Kraft. Sula, die im Alter wohlhabend war und ihren dünnen Körper mit feinsten Stoffen umwickelte, die man ihr schenkte … so wie alles, auf das sie (bei den begüterten Geheilten) mit dem Finger zeigte. So nahm sie sich schließlich einen, auf den sie gezeigt hatte und der meine ganze Kindheit lang kaum zu Hause war. Adgara konnte es nicht fassen, während Sula hinter der Mauer nebenan für eine ganze Woche Salben mischte, mit gebeugtem Kopf und wieder einmal überlegend, warum sie das alles überhaupt tun müsse.

Sula kehrte als Frau mit vielen Fähigkeiten aus der Festung wieder, nur um zu erkennen, wie viele Leute in ihrem Kopf Unordnung mit sich tragen und dass sie ihr alles dafür geben würden, wenn sie ihnen helfe. All das, was bei Taura geschah, daran kann sich ihr alter Kopf längst nicht mehr erinnern. Sie erinnert sich noch daran, dass sie weglaufen wollte, aber es ging nicht. Sie durften nicht schlafen. Sie durften nicht essen. Sie liefen hinter den Mauern stundenlang im Kreis und dann durften sie sich stundenlang wieder gar nicht bewegen.

Es gab Tage, an denen ihnen Taura das Sprechen verbot, und andere, wo sie beim Essen nicht die Augen öffnen durften. Und nun sagt mir, was ihr alles erkennt. Und Taura stand dort irgendwo, da doch die Stimme einem Menschen entstammen musste und das Klopfen mit dem Stock auch. Es hat mich vollkommen durcheinandergebracht, erinnerte sich Sula. Bruchstücke, wo Bilder zu erkennen waren, diese mengten und zerrieben sich wieder, wie zwischen Fingern zerriebene Palmgrovenblätter, von irgendwoher (im Inneren) flogen Vogelschwärme zusammen, die sich auf meine Schultern setzten, und die blieben dort. Schwärme, denen man schon nach ihrem

Schlüpfen die Hälse hätte umdrehen sollen (wie einem Hühnchen), solche nährte Taura in ihnen drinnen. So lange, bis sie sich mit der schwarzen Fläche eines Spiegels verbanden, wo sich Sula sah, und darin auch die kranken Köpfe anderer, ihre Stimmen, die um Hilfe riefen.

Sie wischte die besudelten Hände in einen Fetzen und den Melkeimer mit der Salbe stellte sie auf die Erde, um sich auszuruhen.

Damals, als sie in das Haus in Tabul zurückkehrte, konnte sie nicht schlafen. Sie wusste, dass Charil weggehen und Neva (wegen ihrer Narben) niemals glücklich sein würde. Sie wollte das nicht. Du wirst viel besitzen, sagte Taura, als sie sie entließ. Du wirst jenen helfen, die dir ähneln, weil deine Berührungen und Worte die ihrigen leiten. Du wirst es aufgeben wollen, es aber nicht tun, weil sich diese Frage nicht stellt. Das, woran sich andere binden, wirst du nicht haben können. Eine Krankheit, die du selbst nicht loswerden kannst, aber andere kannst du heilen. Danke mir.

Diese Worte hatte Sula nie vergessen. Worte, die sie schreckten, eine Weissagung, die sich erfüllen sollte. Ihr erstes Kind wird einem Tier ähneln, und der Mann, den man ihr auswählt, wird eines Tages weggehen und nie mehr wiederkehren.

In Siba zu leben, wo er aufgewachsen war, war seine Idee gewesen. Weg vom Einfluss von Sulas Familie, die ihnen überall dreinreden würde, sagte er immer. Sehil, der Sohn eines Kaufmanns, bei dem Sulas Vater in der Kreide stand, und ein Mann, der sich um sie kümmern werde, wie Sulas Familie vorher versprach, bevor sich die beiden zum ersten Mal begegneten. Nach Jahren fiel Sula ein, warum er so darauf bestand, in Siba zu wohnen. Damit ihre Eltern nicht sahen, wie oft er sie mit Ramid und Adgara alleine ließ. Damit sie ihm nicht böse waren.

Sie wartete nur. Und vor Feiertagen stand vor ihrem Haus eine so lange Schlange, dass nicht einmal die Zeit blieb, um an Sehil oder etwas anderes zu denken. Das, was dann passieren sollte, geschah aus Erschöpfung. Jetzt, nach den vielen Jahren wusste sie es auch. Die Leute waren schuld, die sie bis auf das Äußerste beanspruchten, und so blieb dort, wo ein Kind hätte wachsen sollen, nur ein schwaches Beutelchen mit einer Prise Blut, in der sich kein menschliches Leben halten konnte. Sie gebar ein rotes Vögelchen, das sie hinter dem Haus begrub, noch bevor Sehil zurückkehrte, und am zweiten Tag kam eine Frau mit Visionen zu ihr.

Sula bemühte sich, alles so schnell wie nur möglich abzuschließen. Jene, denen sie nicht half, erzählten dann manchmal, dass sie ihre Sache zu flüchtig machte, aber das war nicht wahr. Alles, worum es geht, ist, den Kopf und den Körper beisammenzuhalten. Beiderseitig verbunden und als Ganzheit in ihren Teilen, eine gut funktionierende Maschine. Jetzt und auch damals, als sie zwanzig war. Das andere ist nur ein Reinigen von Kanälchen, wo alles strömt, Prozeduren der Verschönerung, damit sich die Frauen wohler fühlten, sobald sie sie verließen. Oft genug kam manche nur deswegen. Die hier hatte sie am liebsten. Sie schüttelte etwas Farbpulver aus dem Beutel, vermischte es mit Wasser, gab einen Tropfen Öl hinzu und fertig. Für die Haare einen Umschlag aus Heilpflanzen, eine Gesichtsmaske aus Nüssen, die Hände und Füße dann mit braunen Ornamenten schmücken, ähnlich denen, die man in Städten an den Stirnseiten der Häuser sieht oder mit Pinseln auf alte Wandkästen malt.

Die Frau, die am zweiten Tag kam, nachdem Sula das rote Vögelchen begraben hatte, wollte nichts von alldem. Sie wollte Heilung, Hilfe mit ihrem Kopf, etwas, das Sula viel abverlangte. Sie kam mit einem Traum von einem entfernten Land und einem Burschen, der dort umherirrt, im Haus eines Mannes mit Gummihänden. Sie hieß Jezaba und arbeitete in Bafus als Wäscherin. Sie hatte selbst fünf Töchter, und nicht einmal bei den Verwandten gab es irgendwo einen Jungen, der dem in ihren Träumen hätte ähneln können. Ein Bursche, der in den Träumen wuchs und nicht mehr nach Hause zurückkehren wollte.

Die Träume der Frauen, die zu Sula kamen, waren fast immer beklemmend. Deshalb kamen sie ja. Sie erwachten in der Nacht und konnten am Tag nicht in Ruhe ihrer Arbeit nachgehen. Jezaba allerdings hatte keine Angst. Sie kam nur, weil der Traum sich stetig wiederholte und sie nicht wusste warum. Eine zufriedene, strebsame Frau, von deren Mustertöchtern Sula schon früher in Bafus gehört hatte. Tauras Ratschlag vom ersten Tag in der Festung lautete, dass Visionen, die sich wiederholten, immer etwas aussagten. Verwunschen und verschlungen, aber es sitzt dort wie ein Ei im Taubennest, und so begann Sula Jezaba auszufragen, reine Routine. An welche Träume sie sich noch erinnert, ob ihr morgens die Füße kribbeln, wie es mit dem Vater und den Brüdern stehe. Und dann erinnerte sie sich daran, was ihr Taura jedes Mal am Ende des

Unterrichts predigte. Dass es manchmal passieren kann, dass ein Traum nicht zu dem Kopf passt. Ein solcher Träger überbringt den Traum lediglich, sofern dieser nicht selbst den Weg zum besagten Menschen findet. Jenem, zu dem den Träumer die Füße als Erstes tragen, um den Traum zu erzählen, und Sula lief ein heißer Schauer über den Rücken. Jezaba schüttelte entschieden den Kopf. Ihren Traum hatte sie sonst noch niemandem erzählt. Die Ornamente, die Jezaba schließlich auch noch zukaufte, malte Sula halb ohnmächtig. Jezaba sagte sie, dass der Traum von jetzt an nicht mehr wiederkehren werde, und dass sie bei ihr, Sula, für alle Fälle nach einem Monat vorbeischauen solle, um zu berichten. Aber sie wusste schon in diesem Augenblick alles. Dass Jezaba nie wieder von diesem Jungen träumen und sie einen Sohn gebären würde, der später irgendwo fern der Heimat umherstreift.

Irgendwann damals entschied sie, es zu probieren. Denn wozu sollte man eine prophetische Gabe besitzen, wenn die Dinge schlussendlich immer nur einfach passierten? Warum sollte sie sich jahrelang fürchten, bevor sie das ereilt, was auch anderen widerfährt? Und das Gefühl, dass sie mit Hilfe der Weissagungen den Geschehnissen ausweichen könnte, ist ein trügerisches und umso plausibleres, es lockt einen. Sie wollte das nicht. Sie war erschöpft und manchmal rang sie am Abend nach Atem, den sie so oft im Leben anderen gab. Was hatte sie? Abends einen schmerzenden Körper und Hände wie von Fäden gezogen. Sie ging dann zum Fluss und tauchte die Stirn in die Wellen, um sich abzukühlen, aber die Erleichterung fiel von ihr ab, bevor sie nach Hause zurückkehrte. Sie ist doch schließlich keine Krankenschwester, die niemals ein eigenes Leben führen wollte. Taura versprach ihr, dass sie Macht und

Freiheit haben werde, und Sula fühlte, als Jezaba gegangen war, dass sie gar nichts davon besaß. Was geschehen soll, das wird in der Regel passieren, und sie, die junge Frau, von der ein jeder ein Stück ihrer Kraft nach Hause trug, wurde von Bild zu Bild gezogen, um zu fühlen, was andere nur vage ahnten, und diese Düsternis musste sie dann vertreiben und Geld dafür annehmen. Kraftlos legte sie sich am Fluss hin, und dort fand sie Sehil schließlich, als er spät nachts nach Siba zurückkehrte. Im Haus war Sula nicht, und so suchte er sie an allen möglichen Orten. Es war schon fast Morgen, als er sie fand. Ihr Rock war vom Tau durchweicht und die Haare und die Stirn waren feucht, als hätte sie Fieber. Sanft nahm er sie in die Arme, trug sie nach Hause, und dort dämmerte sie mit ihm vor sich hin. Morgen wird sie es Sehil erzählen. Mit den Ratschlägen ist es vorbei. Sie kann und will nicht mehr.

Adgara und Ramid wussten davon. Von der Sackgasse, die ein neues Leben bedeutet hätte. Von den paar Monaten, in denen Sula mit den Heilungen aufhörte und die Hälfte der Ankommenden sofort wegschickte. Sie kümmerte sich nur um diejenigen, die bemalt werden wollten, eine Haarpflege oder die Nusscreme wünschten. Nichts mit Träumen, nichts mit Köpfen und Nöten, nur das, worüber man in Siba damals so sprach. Dass von Siba aus ein neuer Asphaltweg führen werde, dass sie den Eseln verbieten werden, diesen zu nutzen, und die kleinen Händler deshalb empört seien, dass die Schule in Bafus einen neuen Direktor hätte, der im Radio sprach, dass der Doktor seine Hausbesuche vorbereite, um die Säuglinge zu impfen. Die Frauen verließen sie bemalt (und verschönert) und überraschten am Abend ihre Männer, und der Raum, der früher voller Schluchzer und Klagen war, dort lachten sie oft zu fünft oder mehr, bis ihnen die Bäuche schmerzten. Sula war glücklich, und es schien so, dass sie nichts daran hindern würde, sich im Leben jemals etwas anderem als Verschönerungen zu widmen. Ein leuchtender Zeitraum von einigen Wochen, wo sie am Morgen Lieder sang und mit Sehil Adgara machte. Einige Dutzend sonnige Tage, bevor die Krankheit kam, die sie so zu Boden schlug, dass Sula später nie wieder wagte, ihre Arbeit niederzulegen.

Als ob sich die Träume all derer, denen nur sie zu helfen vermochte, nun wie Geier in ihrem Kopf vereinten. Sie schwoll an wie ein Kürbis, konnte sich nicht bewegen und im Kopf pickten sie die Vögel, bis sie Schmerzen fühlte wie nie zuvor. Der Unterricht in Tauras Festung und die Erschöpfungszustände nach ihren Arbeitstagen kamen ihr dagegen vor wie ein Spaziergang mit einem Päckchen zur Post und zurück. Gar nichts. Nichts wusste sie bis zu diesem Zeitpunkt vom Leid, in dessen Angesicht einem Menschen alles egal ist. Sie weinte, bat, ohne zu wissen wen, sie betete zu Taura, während sie gelbe Flüssigkeit erbrach, wo sie doch nichts bei sich behalten konnte. Es dauerte einige Tage und dann erkannte Sula, dass sie ein Kind erwartet, und es ging ihr noch schlimmer. Sie wusste, was es von ihr innen wollte, aber sie wollte es sich nicht eingestehen. Dass sie zu dem zurück müsse, was ihr vom Schicksal auferlegt wurde. Nicht als Vorrecht oder Geschenk, vielmehr als Pflicht, der sie nachkommen solle. Wie eine Aufgabe, mit der sie zur Welt kam, eine Bürde, die sie tragen müsse, und es stand ihr nicht zu, sich davor zu drücken. Das hier war eine Strafe und Sula verzweifelte, sie wehrte sich, die Arbeit aufzunehmen. Entweder ich oder du. Ohne zu wissen, wem was zugehörte und worauf ihre Bitten abzielten. Dass sie im Begriff war zu verlieren und für immer verloren haben würde, dies erkannte sie erst dann, als ihr Sehil an den Bauch fasste. Dieses kleine Leben, das in ihr wohnte und das sie gemeinsam mit ihr dem Schmerz aussetzte, es hatte es für sie entschieden. In eine Grube mit sich übertönenden Stimmen zu fallen, vielleicht hätte sie es getan, aber so durfte sie nicht.

Am Tag, bevor sie sich entschied, stand sie kein einziges Mal auf. Vor ihren Augen lag das Zuhause in Tabul, Mutter mit Vater, Charil und Neva. Für keinen einzigen von ihnen hätte sie es getan. Zu Hause waren sie stolz auf sie, wenigstens taten sie so. Und dann ließen sie sie mit der Greisin gehen, von der niemand etwas wusste. Warum ließen sie es zu, nur weil sie »ja« dazu sagte? Warum ließen sie sie gehen? Sie selbst würde ihre Kinder so nicht gehen lassen. Und wieder sah sie Jezabas Traum vor sich, dass es so passieren werde, und mit der Hand auf ihrem noch flachen Bauch beschloss sie, die Arbeit wiederaufzunehmen. Am nächsten Tag ließ sie es verkünden, sie kümmerte sich um die erstbeste Frau und der Schmerz war plötzlich verschwunden.

Davon wusste Adgara nichts. Sie wusste, dass die Mutter mit den Heilungen für ein paar Wochen aussetzte, weil sie entkräftet war, und das konnte sie auch leicht nachvollziehen. Sie dachte, dass sie dazu zurückgekehrt war, weil der Wunsch zu helfen stärker gewesen sei. Und ein bisschen auch wegen des Ruhms. Manchmal sah sie es, wenn sie die alte Sula betrachtete. Wie sie mit halbgeschlossenen Augen und in allerschönsten Kleidern, für die junge Mädchen sonst was gegeben hätten, Geschenke annahm und sich nicht einmal bedankte. Als wäre es ganz selbstverständlich, beschenkt zu werden. Manchmal erhöhte sie auch ihren Preis. Nichts ist ihr genug, dachte sich Adgara, und auch, dass ihre eigene Arbeit niemand schätzen würde. Dass sie die meisten Salben und Cremes und Farben alleine zubereitete, davon wusste niemand. Während sich die Mutter mit irgendwem unterhielt, setzte Adgara (im Zimmer, das ihr und Hafiram gehörte) in einer verdreckten Schürze schnell alles Notwendige an, damit die Kundinnen nicht warten mussten.

So wie sich Sula ihnen widmete, tat sie es ihr, Adgara, gegenüber nie. Sie konnte sich gar nicht mehr erinnern, wann sie die Mutter zum letzten Mal fragte, was denn sie in der Nacht geträumt hatte, und Ornamente malte sie ihr stets in aller Eile auf die Hände und nicht so sorgfältig wie bei den anderen, die dafür zahlten. Eine Anerkennung für die Arbeit, die sie für sie tat, hätte sie doch verdient. Sie müsste nicht. Sie könnte jeden Tag nach Bafus aufbrechen, um eine Arbeit zu finden, oder nicht einmal das. Mit dem Geld auskommen, das Hafiram nach Hause brachte, es würde auch gehen. Er handelte mit Ziegelsteinen, und sie hatten viele Freunde unter denen, die dabei waren sich ein Haus zu bauen. In Siba blieben sie nur wegen Sula. Auf zwei Zimmern und in der darangeklebten Räumlichkeit, die Hafiram zubaute. Er entsandte dafür zwei tadschikische Arbeiter, weil er selbst keine Zeit hatte. Wenn es viel Wasser gab, floss es unter dem Fenster vorbei. Billige Arbeit, die sich nicht auszahlte. Wusste das Sula überhaupt? Aber in die Köpfe konnte sie doch sehen, oder nicht? Adgara bezweifelte es in diesem Augenblick. Sie konnten Sula doch später Geld schicken. Alle verfuhren so. Aber Sula war sich ja so sicher. Dass sie sie niemals verlassen würden! Eine lästige, alte Frau. Kaum kam aber ein Brief von Ramid aus den Staaten, so fand sie jede Menge lobender Worte. Ramid, der davonlief, weil doch seinem persönlichen Glück nichts im Wege stehen sollte. Für ihn hatte die Mutter immer eine Ausrede parat. Als würde sie leugnen, dass Ramid dort nicht einfach nur zu Besuch sei, sondern dort wohne. In einem Land hinter dem Ozean, das alle bewundern. Es war zum Verzweifeln, und Adgara ließ die Salben Salben sein, sollen sie doch ruhig ausgehen. Für einen Augenblick wünschte sie es sich insgeheim.

Wer nicht ein bisschen rücksichtslos ist, den schätzt man doch gar nicht. Wenn wenigstens Hafiram hier wäre. Sie würde ihm Essen machen und ihm vielleicht auch ein Stück aus dem weichen Buch vorlesen, von der Liebe. Das hatte sie schon lange vor. Es ist doch nie zu spät, jemandem etwas beizubringen. Damit sie alles so machen können, dass ihnen ihr Glück lange erhalten bleibt. Es erschreckte sie, als er unlängst einwarf, dass sie auch mal in den Staaten vorbeischauen könnten. Dass er dort Bekannte habe und es schon irgendwie gehen würde. Sie wusste, wie man sie dort betrachten würde. Wie eine Arme aus einem armen Land, die schnell umlernen müsste. Was sie hier kann, wäre ihr dort zu nichts nütze. Nicht einmal Sula. Ramid schrieb es doch. Sie haben andere Köpfe, und da konnte man ihm Glauben schenken. Männern allerdings, denen zu Hause der Boden unter den Füßen brennt, denen muss man vorsichtig kommen, und so antwortete sie vorerst, warum nicht. Mit Hafirams Bekannten, die sich ihm anboten, wird es schon nicht so weit her sein. Wieder einer, der die Ziegel um die Hälfte haben will, und dann verschwindet er sang- und klanglos, es war schon oft passiert. Versprechen werden vergessen, sobald jener, dem man etwas versprach, nicht mehr wichtig ist. Wenn die Frauen nicht mehr zur Mutter kämen, würde sie, Adgara, vielleicht auch zuhören. Hafiram, was er sich wohl dachte, dass er Adgara in Sehils Haus nur abholen und sie sich das eigene auf einem schöneren Platz erbauen würde. Und dabei sagt Mutter, wie gut ich es erwischt habe. Wenn es nach ihm ginge, würde ihr irgendein fremdes, ungeschicktes Mädchen mit den Salben helfen, die man nirgendwo haben will. Bei Sula würde sie es gewiss zu nichts bringen. Mutter glaubt, dieses ganze Unternehmen würde nur von ihr abhängen. Dass sie müde sei und ihr alle Ehren zustünden. Aber Adgara war auch noch da. In diesem Raum, wo es nach Salben stank, würde sie sich am liebsten unter der Decke verkriechen, soll die Mutter doch alles selbst machen.

Bevor Charil Ramid mit zur Arbeit nahm, kannte dieser eigentlich (bis auf das Haus) nur das riesige Einkaufszentrum, wohin sie am Samstag einkaufen fuhren, und das Kino (wo er mit den Karimiken war) … nicht viel. Die Straße, wo Charils Haus stand, war lange Zeit das einzige, das ihm wirklich vertraut war. Auf beiden Seiten wertlose Häuschen, die so aussahen, als würde ihnen der Wind jederzeit das Dach wegblasen (sobald er nur etwas auffrischt), und dazwischen der Weg wie eine Gerade auf Sašas Tafel, als er ihnen in der Schule die englische Vergangenheitsform erklärte. Eine Straße, fast wie bei ihnen zu Hause in Siba. Dort gab es allerdings, abgesehen von der geraden Hauptstraße mit den Häusern, sonst nicht viel. Eine Schule noch für die Kleinen, die er absolvierte, er wusste gar nicht mehr wie, bevor er in die höhere Schule nach Bafus fuhr. Jeden Tag mit dem Autobus, der am Dorfrand hielt, das halbe Dorf wartete dort. Vorne fuhren die Frauen, die in Bafus arbeiteten, und die Alten, die in Siba blieben und die Jungen täglich in Bafus besuchen fuhren. Die saßen wegen der Beinfreiheit vorne und der ganze hintere Bereich im Bus fuhr zur Schule.

An diese Morgenstunden erinnerte sich Ramid in der Bronx oft. Etwas, das er zu Hause gar nicht mochte, er vermisste es fast gar nicht, wenn er sich daran erinnerte. Der alte Bus machte oft schlapp und manchmal warteten sie eine Stunde, bevor er kam. In der Schule wussten sie davon. Das späte Auftauchen der Schüler aus Siba war bekannt und es gab keine Bestrafung. Die Lehrerinnen sprachen ohnedies die ganze Zeit und ansonsten war es in der Klasse still wie in einem Grab, wer also zu spät kam, verpasste nicht viel. Das Sprechen war verboten, und wenn sie von der Lehrerin Saher etwas gefragt wurden, blieb es meist auch still. Niemand riskierte etwas. Unsinn von sich zu geben galt als respektlos. Nicht wie in der Stunde von Saša, wo niemand schwieg, nicht einmal wenn er etwas erklärte, die Nigerianer fragten irgendwelche Dummheiten und verließen dann geschlossen die Klasse, um aufs Klo zu gehen. Saša tat so, als würde er es nicht bemerken, aber die Lehrerin Saher hätte so etwas gleich am nächsten Tag Sula gemeldet, und vor allem, es wäre niemandem in den Sinn gekommen, sich so zu verhalten.

Es war vor allem in den Stunden an der höheren Schule in Bafus, wo Ramid darüber nachzudenken begann, wie es denn anderswo wäre. Eigentlich waren es keine wirklichen Überlegungen. In seinem Kopf liefen Bruchstücke fremder Filme, die sie von Zeit zu Zeit im Kino (unweit der Schule) zeigten, und Ramid besuchte sie mit Nebrak, einem seiner Mitschüler. Die Eintrittskarte kostete so viel wie eine geröstete Süßnusswaffel, und manchmal ließen sie die Lust darauf vergehen und einer von ihnen stellte sich in der Schlange bei der Kasse an, die bei ausländischen Filmen immer bis zur nächsten Straßenecke reichte. Bruchstücke dieser Filme liefen dann auch bei Ramid im Kopf, wenn Frau Saher oder andere mit monotonen Stimmen etwas erzählten, während auf dem Bild des Staatsführers (das in einem Zierrahmen über der Tafel hing) die Fliegen auf und ab krochen. Nebrak mochte am liebsten ausländische Autofilme und blonde Mädchen. Ein solches würde er sich kaufen und eine solche würde er darin über eine riesige Autobahn mit Unterführungen chauffieren, auf denen in den Filmen Verfolgungsjagden vonstattengingen, wenn einer etwas ausplauderte oder den Helden verschnürt im Kofferraum transportierte. So viele Menschen, die so viele Sachen taten, von denen in Siba oder Bafus niemand auch nur etwas ahnte. Ramid konnte es an den Fingern abzählen. Händler mit Teppichen, Nüssen, Früchten und Lammfleisch, Menschen am Amt, die sich ständig über den Lohn beschwerten, und so steckte ihnen ein jeder, der etwas gut erledigt haben wollte, lieber Geschenke zu, Reparateure, Lehrerinnen, Wäscherinnen und Arbeiter, die alles Mögliche taten. Das waren Leute, die Ramid kannte. Dann noch Soldaten, Schulinspektoren, Autobusfahrer und solche, die sich ständig etwas Neues ausdachten und es in Grüppchen vor dem Amt diskutierten, die für nichts etwas Geld bekamen oder ein Säckchen mit Hülsenfrüchten und die der Wächter schließlich mit einer lauten Trompete von der kleinen Treppe vertrieb.

Das war es. Ihn lockten Dinge, die nicht zu Ende gingen, und er hätte sich darunter bestimmt etwas erwählt. In den ausländischen Filmen reisten die Menschen und in jedem Haus gab es Aufzüge und am Abend spielte Musik und nach Hause fuhr man mit dem Taxi. Nebrak kannte alle ausländischen Automarken, aber Ramid interessierte das nicht. Mit dem ewig zu spät kommenden Autobus war er ganz zufrieden. Alle in Siba lebten scheint's so, und das störte ihn. Er war vierzehn und hatte das Gefühl, dass das, was vor ihm lag, sich auf zwei Straßen zwischen der Schule und einen Stand mit gerösteten Süßnüssen beschränkte. Mit ein paar Sprüngen hatte er alles im Griff und konnte dabei ruhig auch noch ein Auge schließen. Und dass es bei allen so war. Sie leben im Halbschlaf und es macht ihnen nichts aus, während anderswo alles Mögliche passiert. Und zu allem Überfluss wussten sie davon. Die lange Schlange für ausländische Filme war doch voller Leute aus Bafus. Solche, die er jeden Tag traf. Und diese Filme handelten vom wirklichen Leben, das es irgendwo gab. Wie sich's die anderen in ihren Köpfen ausdachten, wusste er nicht, und es war ihm eigentlich auch egal. Für ihn war es offensichtlich. Anderswo ist es besser, und er müsste es doch schaffen, dort vorbeizuschauen.

Und auch noch Mutters Angst. Er hatte sie gern, und wenn sie fragte, so sagte er es ihr auch. Manchmal war sie so müde, dass sie ihm leidtat. Geh das holen, geh dorthin, hörte er von ihr, wenn er nicht zur Schule ging, und er konnte ihr gar nicht böse sein. Mit dreizehn war er längst größer als sie, und als einmal eine Frau aus dem Dorf in Ohnmacht fiel, trug er die Mutter auf dem Rücken hin. Am nächsten Tag erzählte sie es stolz Sehil. Schau dir deinen Sohn an, sagte sie. Und der Vater lachte. Er und die Mutter blickten sich an. Warum lachte er? Hat er das je getan? Manchmal zeigte er sich so lange nicht, dass Ramid das Gefühl hatte, zu erkennen, wie sehr er in der Zeit gealtert war. Dass er mindestens zehn weiße Haare mehr hatte, die seine Schläfen ergrauen ließen. Das allerdings war das Vorrecht von Adgara. Sie nahm er auf den Schoß, beugte seinen Kopf und wartete, bis sie ihm alle gezählt hatte. Mit Ramid rang er im Sand hinter dem Haus. Sie hörten damit auf, als Ramid zum ersten Mal gewann. Du hast nicht gewonnen, schrie ihn der Vater an, es entsprach nicht den Regeln. Als ob es darauf ankäme, dass Ramid etwas mit der Hand nachgeholfen hatte. Lasst das, rief ihnen Sula aus der Türe zu. Und zu Ramid, komm her, und wieder, geh dorthin, mach dies und das. Dabei hatte er ganz schmutzige Knie, und selbst wenn die Mutter sich weigerte, es anzuerkennen, Sehil musste es in diesem Augenblick klar geworden sein. Er würde Siba und auch sein Land verlassen. Wie Charil.

Man sprach nicht viel darüber. Vor allem Sula nicht. Darüber, dass der einzige jüngere Mann des Hauses in Tabul wegziehen würde. Ramid erinnerte sich nicht mehr an Charil, das war alles noch vor der Zeit, bevor er geboren wurde. Nie hatte er die Mutter gefragt, ob sie in ihren Träumen auch über ihn Bescheid wusste, über den Onkel. Sie konnte doch noch nicht einmal Neva helfen. Vielleicht waren ihre Fähigkeiten, was ihr näheres Umfeld anlangte, eingeschränkt. Ihrem Kopf viel zu nahe, als dass die Träume lesbar wären, und ihre Hände bebten nicht. Als hätte sie die Schrift zu nahe an ihren Augen, als dass man sie lesen könnte, und die sichtbaren Flecken ließen sich nicht zu Ende denken. Und vielleicht ahnte sie es ja, sagte aber niemandem etwas. Was hätte auch die jüngere Schwester raten sollen? Der Tradition nach wäre es eine Schande. Charil hätte sowieso nicht auf sie gehört.

Als Ramid Charil fragte, wo er sich zu Hause fühle, schaute der völlig verständnislos. Sie saßen auf Plastiksesseln hinter dem Haus und blickten auf das Gerümpel in anderen Gärten, mit den völlig gleichen Holzhäuschen. Vorne, von der Veranda, konnte man nur auf die Straße sehen, und es kam vor, wenn Charil manchmal sagte, dass er die Vögel beobachten gehe, dass ihn Ramid dann immer hinter dem Haus fand … Charil wartete dort auf ihn, sie konnten endlich in ihrer Sprache sprechen.

Ein Weilchen hatte es gedauert. Wochen. Bis sie sich in ihrer Sprache etwas zuflüsterten, wie die Männer im Wartehäuschen, wenn sie in Siba auf den Bus nach Bafus warteten. Sie mussten allerdings auf der Hut sein. Das Küchenfenster befand sich gleich über ihren Köpfen, und Mary war immer irgendwo in der Nähe. Ein Verbot wurde zwar nie erteilt, nur wenn sie mit anderen zusammen waren, mit den Karimiken und Nila, da wünschte sie es ausdrücklich nicht, aber sie konnte sich auch nicht damit anfreunden, sie untereinander reden zu hören. Ramid brauchte seine Zeit, um auf all diese Sachen zu kommen, über die man bei Charil nicht sprach, und dabei kannte sie jeder und fügte sich. Das Palavern unter dem Küchenfenster war nur der Anfang.

Als Charil sein Zuhause verließ und als er die Schwelle zum Haus in der Bronx überschritt, war er nicht viel älter als Ramid.

Eines Tages tauchten Franzosen vom Roten Kreuz in Tabul auf. Ramid kannte das aus Siba. Auf einmal spazierte die Gruppe die Hauptstraße entlang, die dort nach einem ersten Blick nicht hingehörte, das ganze Dorf stand Kopf. Als hätte sie irgendwer hergezaubert. Aus dem Nichts tauchten sie auf und führten ein paar Tage lang ihre Untersuchungen durch, sie taten so, als würden sie helfen. Natürlich glaubte ihnen niemand, und alle waren auf der Hut. Niemand lud sie ein, sie gehörten nicht hierher, aber alle taten so, als würde es keinen stören, und die Gerissensten luden sie zuletzt sogar zum Tee ein. Einmal, als Ramid klein war, kamen sie direkt in ihr Haus. Zu Sula. Wohl auf Empfehlung von irgendwem. Sie hatten Abzeichen und rote Jacken, ihnen musste ziemlich heiß sein. Sie wollten nichts und mittels einer Dolmetscherin (eine bekannte Diebin aus Bafus) fragten sie Sula aus. Vor allem über Krankheiten und Soldaten, ob sich in Siba irgendwer bei ihnen angesteckt habe. Sula schüttelte verneinend den Kopf.

Sie brauchten doch nichts. Und die Franzosen brauchten auch keine Ornamente von ihr. Und unverhofft, wie sie aufgetaucht waren, verschwanden sie wieder. Ramid erinnerte sich nur an einen genauer, der ihm seinen roten Kugelschreiber schenkte. Die Mutter wurde damals so wütend, wie er es noch nie zuvor erlebt hatte. Den Kugelschreiber warf sie hinter dem Haus fort, Ramid suchte ihn den ganzen Nachmittag auf allen vieren.

Mit Leuten vom Roten Kreuz hatte sich Charil angefreundet, als sich ein paar von ihnen für vierzehn Tage in Tabul niederließen, damals, als Sula in Tauras Festung war. Mit solchen, denen niemand traute und mit denen keiner sprach. Ramid verstand es nicht, aber später wurde ihm auf der Arbeit klar, wie gut der Onkel mit den unterschiedlichsten Leuten umgehen konnte.

Es fing damit an, dass Charil den Leuten vom Kreuz (wie jedem Besuch) seine Kunststücke vorführte. Er ließ sich nicht davon beirren, dass Neva und seine Eltern dabei die Nase rümpften, ein Besuch ist ein Besuch, und vielleicht machte er sich schon damals unbewusst auf, seinen Weg zu gehen (was ihm bis zu dem Tag nie eingefallen wäre). Er schnappte etwas Französisch in zusätzlichen (freiwilligen) Unterrichtsstunden in der Schule auf, und abends kamen sie aus ihrem Zelt, wo sie die vierzehn Tage zusammen wohnten, um ihn abzuholen, damit er ihnen sein größtes Zauberstück vorführe, woraus Charil eine große Sache machte. Ich habe mich gerade umgezogen, um schlafen zu gehen, sagte Charil mit einem breiten Grinsen zu Ramid (und der Hand vor dem Mund, damit Mary nichts hörte). Und dann kam ein Nachbar, der den Fremden das Wasser holte, dass sie ihn geschickt hätten und er zu ihnen ins Zelt kommen solle. Dass ich mein Schlafgewand anhatte, das bemerkte keiner von ihnen, und Charil lachte herzhaft los. Also sagte ich mir, warum nicht, die hier lassen sich mit allem verblüffen, und ich gab noch ein paar Zugaben, Kunststücke, die ich sonst nicht vorführte, weil sie so einfach waren. Zaubereien mit Händen und Dingen, die darin verschwanden. Hätte ich es Nila vorgeführt, ich hätte mich völlig blamiert. Nur war das vor zwanzig Jahren und der Bursche vom Kreuz war nicht viel älter als ich. Er fragte mich, ob ich weiß, wo Paris liege, und ich antwortete ihm, in Frankreich und dass dort der Eiffelturm steht und de Gaulle Präsident ist. Und dann ließen sie jeden Abend nach mir schicken, wenn sie mit der Arbeit fertig waren, und ich zeigte ihnen Zaubereien und ein paar ganz dumme Tricks brachte ich ihnen sogar bei. Aber die Besten, sagte ich, dürfe ich ihnen nicht zeigen. Dass ich es versprochen habe (oder etwas in der Art), und das interessierte sie sogleich. Ich wollte es ihnen einfach nicht sagen. Was wäre ich für ein Zauberer, wenn ich es einem jeden erklären würde. Es war eine

Frechheit, dass sie überhaupt fragten, aber sie waren ja auch aus dem Ausland, und so wussten sie es nicht besser. Ich sagte, dass es sich um ein Familiengeheimnis handele, einen Schatz, von dem man nicht spreche, und am nächsten Abend ging ich nicht mehr hin. Dann war ein paar Tage Ruhe, und dann rief Neva aus dem Fenster (ich lag gerade hinter dem Haus), dass jemand gekommen sei und ganz dringend mit mir sprechen müsse.

Sie boten mir an, mit ihnen zu kommen, in ein paar Monaten würden sie noch einmal hier vorbeikommen, sie könnten mich als verfolgten Künstler mit sich nehmen. Pierre und Jacques, die beiden, die sich schon von Anfang an für alles interessierten. Ich blickte verdattert. Dass sie es schon untereinander ausgemacht hätten und in Paris einen kleinen, aber erfolgreichen Zirkus führten und mit mir wäre alles noch internationaler und ihnen wäre es eine große Ehre. Sie sprachen von der Wirklichkeit und unverbrauchter Magie und meine Zaubereien nannten sie Kunst. Mir drehte sich der Kopf.

Was hättest du ihnen gesagt, Ramid?

Und Ramid fühlte, wie er immer wütender wurde, weil die Mutter nie etwas davon erzählt hatte. Charil war immer der, über den man schwieg. Der, der vom Erdboden verschluckt und für das Haus in Tabul verloren war. Beinahe ein Verräter. Ramid hatte immer gedacht, dass Charil keine Wahl gehabt hatte. Dass sie ihn gezwungen hätten, eine alte Verwandte zu heiraten, oder er vor irgendeiner Schande fliehen musste. Vom Zirkus hatte zu Hause niemand ein Sterbenswörtchen gesagt.

Ich wäre sowieso gegangen, wie du, dachte sich Ramid, und dann schämte er sich, dass er niemandem etwas hätte vorführen können und schon seit Wochen diverse Arbeiten für Mary ausführte, die selbst der größte Dummkopf in Siba locker geschafft hätte. Schon mehrmals kam ihm in den Sinn, dass ihn Mary nur aus Mitleid beschäftigte. Aus Mitgefühl, damit er sich zu etwas nütze fühle und die Karimiken ihn nicht immerzu neckten. Das Vordertor am Zaun strich er schon zum dritten Mal in dieser Woche. Wozu?

So oder so, Charil wurde von zwei französischen Zirkusleuten mitgenommen. Er freute sich, dass er Sulas Rückkehr noch erlebte, die kurz zuvor aus Tauras Festung kam, dass sie noch gemeinsam feiern konnten, aber bei der Hochzeit mit Sehil war er schon fort. Aus Paris schickte er Sula und Sehil eine Postkarte mit dem Triumphbogen bei Nacht, wo die Autos, die unablässig unter ihm dahinbrausten, nur bunte, gelbe und rote Streifen hinterließen, als würde man im Dunkeln mit einem brennenden Ast wedeln. Ramid überlegte, wo die Mutter die Postkarte versteckt hielt. Sie hatte sie bestimmt nicht weggeschmissen und er kannte doch alle ihre Verstecke. Jenes, wo sie ihr Geld aufbewahrte, auch wenn Sula behauptete, es gäbe keines, aber auch andere, wo sie Nachrichten von Männern hortete, von denen Ramid noch nie etwas gehört hatte. Hatte sie noch ganz andere? Verstecke, die er bis zu seinem sechzehnten Lebensjahr nicht entdeckt hatte? Das war zu bezweifeln. Und was war dann mit Charils Postkarte geschehen?

In den Orten, die sie passierten, bevor sie in der Hauptstadt in den Flieger nach Paris stiegen, übersetzte Charil für das Team des Roten Kreuzes. Pierre und Jacques sagten ihm, dass es wegen ihres Vorgesetzten sei, dem es missfiel, dass sie ihn mitnahmen. So würden sie wenigstens das Geld für den Dolmetscher sparen, und Charil war damit einverstanden. Er konnte es ohnehin nicht glauben. In irgendeinem Dorf würden sie ihn zurücklassen. Er würde von irgendwo daherkommen, das Zelt würde weg sein, und er selbst müsste auf gut Glück schauen, wie ihn wer mitnimmt, damit er zurück nach Tabul kommt. Er war darauf vorbereitet und dachte selbst dann noch daran, als sie schon beim Gate warteten und seine paar Sachen längst auf dem Gummiband entschwanden und es schien, dass nichts mehr passieren konnte.

Es kann immer etwas passieren. Sei immer darauf vorbereitet, Ramid, fügte Charil hinzu, als er es ihm erzählte, und Ramid fühlte, dass sie vom selben Blut waren. Er, Charil, die Mutter und die anderen zu Hause. Man weiß nie. Hier in den Staaten kamen ihm die Leute anders vor. Als ob sie nicht wissen würden, was denn alles passieren könnte.

Mit Nebrak war er auch immer einer Meinung. Niemandem würden sie etwas sagen, solange nicht alles klar sei. Ramid erinnerte sich unter dem Küchenfenster in Charils Garten daran, als wäre es gestern gewesen. Er kam mit Nebrak aus dem Kino, sie hatten einen Film über Mafiagangster in New York gesehen und beide schwiegen sie. Wie ein Junge und ein Mädchen, die zum ersten Mal gemeinsam gehen und spüren, dass etwas zwischen ihnen ist, aber keiner sagt etwas, weil es nicht notwendig ist und man sich auch ein wenig schämt. Aber sie dachten nicht ganz dasselbe. Nebrak sah Gangster, wie sie rauchten, die Mädchen setzten sich auf ihren Schoß, und wenn sie das Motorrad anließen, konnten sie fahren, wohin sie wollten. Alle Tage, und niemand würde sie aufhalten. Er sah, wie sie von einem Motorrad auf das nächste stiegen (als würden sie nur müde Pferde wechseln), und als sie beim Haus ankamen, wo Nebrak in Bafus wohnte, hatte er alle Motorradmarken aufgezählt, die er kannte, er malte sie in ein Heft, das unter seinem Kopfkissen lag.

Ramid dachte an die Stadt, in der alles pulsierte. Eine Stadt, in der ein jeder eine Waffe oder Geld haben konnte und niemals sicher war, was daraus werden würde. Eine Stadt, in der jeder das sein konnte, was er wollte, und jeden Tag bewegte man sich mit einer neuen Verkleidung, wie sie es auch im Film taten, und niemandem würde etwas auffallen, weil es so viele Leute gab, die sich nicht kannten. Niemand erzählt Sula etwas, die Soldaten sind im Pentagon, beim FBI oder sonst wo eingesperrt, und so kamen sie einem nicht in die Quere, warteten nicht am Markt oder vor der Schule, um zu stänkern oder sich die Personalausweise zeigen zu lassen. Dass er Männer mit Gewehren traf, die zu irgendwem gehörten und die Leute aufhielten, verdrängte er, er tat so, als gäbe es das nicht, wie alle anderen auch. Einmal erwischten sie ihn auch. Er wartete nach dem Kino bei der Bushaltestelle. Immer hatte er vorher Nebrak nach Hause begleitet, sodass er für gewöhnlich erst den letzten Bus nach Siba erwischte. Er stand ganz allein auf der Straße, es war finster und sie schalteten gerade den Strom ab, wie es am Abend gang und gäbe war, und so war auch unter der Straßenlampe bei der Haltestelle nicht viel zu erkennen, und da fühlte er, wie jemand seine Schulter fasste. Er zuckte und erschrak. Dass er irgendeinen Film gesehen hatte und dass er mit Nebrak wegfahren wollte, war mit einem Mal ganz weit weg und völlig fremd, wie der Einfall von irgendwem anderen, der mit ihm nichts zu tun hatte. Er befand sich am Rande von Bafus, in der Dunkelheit auf einer verlassenen Straße, wo keiner hinging, wenn er nicht zum Bus musste, und was auch immer geschehen würde, er wäre allein, das wusste er. Niemals zuvor drehte sich ihm so der Kopf wie in jenen Sekunden. Was er denn allein in der Nacht dort wolle und zu wem er gehöre, auf das hätte er eine gute Antwort gewusst. Und am Ende konnte er sich's gar nicht im Kopf ordnen. Nicht ein Wort brachte er hervor. Der Mann mit dem Gewehr schrie ihn eine Weile an, und dann ließ er ihn in Ruhe, und Ramid beobachtete ihn, wie er sich entfernte, und an nichts anderes konnte er sich erinnern. Nicht einmal an den Weg nach Hause. Nur an das blaue Auge, über das Sula am Morgen so erschrak, und er sagte die Wahrheit, als er behauptete nicht zu wissen, wie es dazu gekommen war.

Er erzählte es nur Nebrak, aber der winkte ab, es war ihm selbst und den Verwandten auch schon passiert, es war keine große Sache.

Auch die ersten Tage von Charil in Paris waren keine große Sache. Als Ramid danach fragte, wusste Charil nicht, was er antworten sollte. Er sah nur sich selbst, wie er alle paar Minuten kontrollierte, ob er noch alles beisammenhatte, und wie ihn überall Leute anrempelten. Auf Boulevards, die er sich genau so vorgestellt hatte. Nur der Eiffelturm war nirgendwo zu sehen. Er fragte Jacques und Pierre mindestens zehnmal danach. Es war ein ganz klarer Tag, also ging es ihm nicht in den Kopf. Er ging ihnen den ganzen Tag nach, sie palaverten irgendwas, aber er verstand sie nicht. Er ging davon aus, dass er bei ihnen unterkommen würde. Das war das einzige, dessen er sich sicher war, als sie ihn mit dem Einfall vom Zirkus konfrontierten. Er war neugierig, wie es bei ihnen zu Hause aussehen und sicher, dass er alle Verwandten von Jacques und Pierre überraschen würde, weil er wusste, wer den Regierungsvorsitz innehatte, und er alle Staaten, die an Frankreich grenzten, der Größe nach aufsagen konnte. Im Flugzeug der Air France, mit dem sie nach Paris flogen, hatten sie (in den Taschen bei den Sitzen) Zeitschriften mit Artikeln zur französischen Kultur, darüber, was es Neues im Land gab. Er studierte sie während des fünfstündigen Fluges, damit er vorbereitet war, wenn ihn jemand fragte, vor allem irgendwer aus den Familien von Pierre und Jacques, damit sie ihn nicht für dumm hielten. Damit er etwas habe, über das er sprechen könne, bevor er seine Zauberstücke vorführen würde, um einen guten Eindruck zu hinterlassen. Er kannte nicht viele französische Worte, aber was er sagen wollte, das konnte er sich schon irgendwie zusammenreimen.

Er hätte nicht gedacht, dass sie so lange durch die Stadt streifen würden. Er glaubte, dass sie unterwegs essen würden und dann schlafen gehen. Allem Anschein nach wohnten Jacques und Pierre am anderen Ende der Stadt (vom Flughafen aus), sagte er sich, als er ihnen mindestens eine Stunde folgte, von U-Bahn zu U-Bahn und immer weiter, bevor sie in ein Haus gingen, das sich als Hotel entpuppte, und Charil wurde klar, dass wohl vieles ganz anders wäre, als er es sich vorstellte. Vor allem, dass er mit ihnen wohnen würde, das war nur eine Idee von ihm (und von niemandem sonst). Sie gingen in ein paar Hotels und verließen sie wieder und in einem nahmen sie ihm schließlich den Pass und die Papiere ab, die er am Flughafen erhalten hatte, und mit ein wenig Geld und einem Stadtplan ließen sie ihn dort zurück. Sie würden ihn abholen.

Ramid gefiel das gar nicht, das kannte er aus dem Kino. Das macht man so mit jungen Mädchen, denen man zunächst eine Arbeit in einer Bar verspricht, und dann sperrt man sie irgendwo ein und sie laufen dann entweder weg, oder irgendwer muss kommen, um sie zu befreien. In den paar Wochen, in denen er mit den Karimiken ins Kino ging, passierte das in zwei Streifen. Er wurde dabei stets wütend und dachte auch an Nila. In ihrem kurzen Schlafgewand, in dem er sie jeden Morgen verschlafen ins Bad gehen sah, solche Mädchen mussten die ganze Nacht anschaffen. Dass sich Charil das von Jacques und Pierre gefallen ließ, überraschte ihn. Die nötigen Erfahrungen hatte er wohl erst hier gesammelt, dachte er sich, und Charil fiel ein, dass er das mit dem Pass und den Papieren ruhig hätte überspringen können, weil es für das, was danach passieren sollte, unwichtig war.

Zwei Tage lang zog Charil alleine durch Paris, bevor ihn Pierre abholen kam. Jetzt werden wir gehen und er wird mich irgendwem vorstellen, sagte er sich, dem Leiter ihres Zirkusunternehmens, und ich werde vorführen, was ich kann. Aber sie gingen auf ein Amt, und Pierre erklärte ihm auf dem Weg, welche Fragen sie stellen werden und was er darauf antworten solle. Dass es in seiner Familie Tote gab und er es zu Hause nicht aushalten konnte, weil sie dort keine Demokratie hatten, und noch anderes, was ihm Pierre auf ein Stück Papier schrieb. Freiheit, eigene Meinung und Ähnliches, was Charil auch auf dem Weg zum Amt sah, als Reklame für die (blaue) Zigarettenmarke Gauloises, auf riesigen, beleuchteten Werbetafeln bei der U-Bahn, wohin sie zunächst gingen. Es war dann nicht weiter schwer. Ein paar Mal stockte er mit seinem Französisch, aber es war ein guter Auftritt, wenigstens sagte ihm das Pierre später. Wie es bei ihm zu Hause aussah, hatte er zwar nie erfahren, aber immerhin holte er ihn endlich aus dem Hotel, und Charil zeigte sich erleichtert, dass das mit dem Hotel keine Falle, sondern wohl eine »Landessitte« war, oder vielleicht hatten sie zu Hause auch bloß eine Baustelle.

Ramid besuchte zu Beginn seines dritten Monats in der Bronx mit Nila den Zirkus. Zuerst zählte er die Tage im neuen Land wie in Siba, wo im Sommer nicht unterrichtet wurde und jeder Tag wertvoll war und er aufstehen konnte, wann er wollte, aber hier teilten dann doch die Sachen, die passierten, die Zeit ein. Der erste Tag in der Schule, der Tag, wo Jimmie zum ersten Mal Hi zu ihm sagte, die erste Prüfung im Sprachkurs, der Tag, als Mary zum ersten Mal die Karimiken tadelte (und nicht ihn), als er sie trat und sie ihn zurück, alles auf dem kleinen Platz vor dem Haus. Im Zirkus war er einen Tag zuvor und den Tritt von den Karimiken bekam er deswegen.

Das Geld für die Eintrittskarten lieh er sich von Charil, und Nila lud er deshalb ein, weil sie selbst beim Abendessen vom Zirkus sprach. Von dem Tigerplakat. In seinem Maul steckte der Kopf eines Mannes, sie hatte das im Expressbus nach Manhattan gesehen, auf den sie morgens wartete. Ramid beobachtete sie aus dem Fenster, wie sie zwischen sieben und viertel acht von einem Bein auf das andere trat.

Die Karimiken fuhren nicht mit ihr, da es laut Mary zu teuer gewesen wäre, Schulgeld für drei zu bezahlen, aber warum gerade Nila hin musste, das wollte Ramid lieber nicht fragen. Er begann sich den ungeschriebenen Gesetzen in Charils Haus zu fügen. Was er am ersten Tag noch gefragt hätte, nahm er nach ein paar Wochen als eine gegebene Tatsache hin, die sich mit der Zeit selbst erklärt (oder auch nicht), aber ein strafender Blick von Mary stand wirklich nicht dafür. Zudem hatte er im neuen Land noch gar nicht gelernt nachzufragen. Eine Frage so zu stellen, dass er dem anderen wirklich eine Antwort entlockte.

Zum Zirkus war es nicht weit. Er kaufte die Eintrittskarten, hoffte, dass Nila nichts ausgemacht hatte, und dann klopfte er eines Nachmittags zum ersten Mal an die Tür zu ihrem Zimmer. Sie schlief vermutlich. Aus der Tür spähte ein kleiner Kopf mit zerknüllten Gesichtszügen, in Trainingshosen und einem großen Herrenhemd, wie es Jimmie und Charil trugen, dahinter ein Zimmer mit einem ungemachten Bett voller Plüschtiere. Sie zuckte nur mit den Schultern und hätte ihm beinahe den Fuß in der Tür eingezwickt, aber sie nickte auch, dass sie mitkäme.

Aber dann war sie wieder so, wie er sie kannte. Was sie im Zirkus mit den Tieren vorführten, war egal, weil neben ihm wieder dieses glatte Porzellangesicht saß, mit den großen Augen eines verwunderten Rehs, mit Wimpern, die durch die Luft fächerten, und Himbeerlippen und mit diesen kleinen Fingern, die auf ihrem Schoß lagen, und Ramid überlegte die ganzen zwei Stunden, wie er sie berühren konnte, ohne dass es eine große Sache wurde. Und Nila lachte. Sie lachte über alles, sie lachte die ganze Zeit, bis es ihm seltsam vorkam, denn als es zu Ende war, sagte sie kein Wort mehr, und Ramid kam das Ganze dann doch nicht so geglückt vor. Die Plakate versprachen eine Überraschung, auf die er die ganze Zeit wartete, und dann war alles vorbei. Er hatte zuvor noch nie etwas gestohlen gehabt, aber als Nila auf dem Rückweg vorschlug, einen Hot Dog zu essen, war es so weit. Dem blinden Schwarzen, der neben der Zirkuskasse saß, etwas aus dessen Bettelmütze zu entwenden (als Nila kurz zur Toilette ging und sich gerade niemand eine Karte kaufte). Das würde Ramid niemandem erzählen. Nur Nebrak. In den Filmen, die sie gemeinsam sahen, waren die Guten (unter Druck) manchmal in widrigen Umständen zu Übergriffen gezwungen, und Frauen sind doch solche Umstände. Aber Nebrak war in Bafus.

Als er und Nila nach Hause gingen, fiel ihm ein, dass er ihr von ihm erzählen könnte. Davon, dass sie gemeinsam hierher hätten fahren sollen, und selbst wenn Nebrak nicht am selben Tag wie er geboren sei, war er doch sein bester Freund und wäre mit ihm gekommen, wenn ihm Mary eine Einladung geschrieben hätte. Ramid hatte Charil um zwei gebeten, als er ihm schrieb, und dann fand er in dem eingeschriebenen Umschlag, den er sich in Siba auf der Post abholte, nur eine und sonst kein Wort darüber. Nila konnte nichts dafür. Und so kaufte er ihr einen Hot Dog, und als sie den Ponys zusah, die vor dem Zirkus als Attraktion für die Jüngsten zum Reiten bereitstanden, hauchte er ihr von hinten einen Kuss ins Haar, was Nila nicht einmal bemerkte.

Irgendwann begann Charil Ramid seine ganze Lebensgeschichte zu erzählen, gleich unter dem Küchenfenster. Und keinem von beiden kam in den Sinn, dass sie Mary die ganze Zeit über belauschte, durch das dünne Fliegengitter im oberen Fensterrahmen. Ein Fenster, das sie die meiste Zeit offen ließ, damit die Ausdünstungen von der Küche abziehen konnten. Sie stand dort und hörte eine Sprache, von der sie kein Wort verstand, und beobachtete den Kopf des Jungen und den des Mannes, die dort hinter dem Fenster saßen, zwei Köpfe, die, hätten sie sie bemerkt, sich sofort voneinander entfernen würden, und Ramid würde ihr mit einem Lächeln begegnen, das bestimmt nicht echt wäre. Sie hatten Angst, dass sie, Mary, dort auftauchen würde, und sie müssten dann damit aufhören, in ihrer Sprache zu sprechen, und zudem auch noch so tun, als wäre das gar kein Problem. Sie wusste das. Sie wusste, dass sich beide wünschten, dass sie gar nicht da wäre. Dass sie sie nur dann rufen solle, wenn das Essen fertig sei, und sie sonst in Ruhe ließe.

Manchmal kam es Mary so vor, als hätte sie in ihrem eigenen Haus keine Verbündeten. Key und Mike interessierten sich für nichts. Nichts, wovon sie eine Ahnung hätte, und noch nie waren sie zu ihr gekommen, um ihr etwas zu erzählen. Sie wartete ständig darauf, dass sie erwachsen werden. Dass sie eines Tages vor ihr stehen und fragen, wie es ihr denn gehe. Nur diesen einen Satz. Im Haus mussten sie doch gar nichts machen. Schließlich schafft sie das alles ganz allein. Key und Mike bringen ohnehin alles nur durcheinander, dachte sie. Sie machen alles nur halbherzig und bringen es nicht zu Ende, weil sie zu viel in der Schule aufhaben. Und bei Nila war es ähnlich. Mary überlegte, ob sie wohl so dürr sei, weil sie in der Schule nichts zu Mittag aß, oder sie ist übergeschnappt und will so sein wie die Mädchen in den Zeitschriften. Sie nahm sich vor, sie zu fragen, und rief Charil und Ramid, Essen ist fertig. Sie erschraken ziemlich, so wie sie es sich vorgestellt hatte. Dann schrie sie nach Karim und Mike, auch Jimmie kam herunter, und Nila tauchte wie immer als Letzte auf.

Mary beobachtete sie beim Abendessen die ganze Zeit über. Was wohl im Kopf meines Mädchens vorgeht, überlegte sie, als sie ihr die Suppe auftischte und Nila sie kein einziges Mal ansah. Alle sagten, dass sie sich ähnlich wären, und den Fotos nach zu urteilen, war es auch so. Als sie jung war, hatte sie die gleichen langen, flachsblonden Haare und auch ihre schlanke Gestalt.

Als die Burschen klein waren, fuhren sie am Sonntag mit den Familien aus der Umgebung (mit denen Charil damals befreundet war) in den Park, um Fleisch zu grillen. Sie hatten ihren kleinen Griller für diese Barbecues, die Holzkohle kaufte Charil im Supermarkt, zwei Säcke, am Freitag auf dem Weg aus der Arbeit, und sie wiederum legte schon am Mittwoch das Fleisch ein. Aber davor ging es zum Woodlawnsky-Friedhof. Sonst ertrug es Mary nicht. Zuerst eine Blume auf Mutters Grab legen, und dann den Nachmittag genießen. Das waren noch Zeiten, als ihr Charil jeden Wunsch von den Augen ablas. Die Kohle für das sonntägliche Barbecue hatte er nie vergessen. Jetzt musste sie es ihm jedes Mal einbläuen und ihren Standpunkt durchsetzen, bevor er von seinen dummen Ideen abließ. Dass sie Jimmie in ein Altersheim geben sollten. Hat man so was schon erlebt? Mehr als fünf, sieben Jahre hat er nicht mehr, und Charil gehörte doch auch noch einem humanitären Verein an, wie er selbst manchmal betont. Ob bei ihnen im Dorf jemand so etwas tun würde, und Charil wurde wütend, von welchem Dorf Mary spreche, und dass sie doch keine Ahnung habe.

An all das erinnerte sich Mary, bevor sie sieben Teller Champignoncremesuppe austeilte, und Ramid dachte daran, dass sie wohl wegen der vielen Cremesachen fett geworden ist, weil Charil sagte, dass sie einst eine Schönheit war, und irgendetwas musste seither passiert sein.

Dass es sich um einen französischen Zirkus handelte und Charil zuerst in Paris lebte, erfuhr Ramid, als er seinen ersten Arbeitstag absolviert hatte. Charil nahm ihn mit, und Ramid war froh, dass er Mary und ihre Aufgaben für eine Weile los war, wo sie doch kaum mit ihm sprach, auch wenn ihr aufgefallen sein musste, dass er im Englischen große Fortschritte machte und ihm Charil zu Hause fast nichts mehr übersetzte.

Charils Arbeitsplatz, der Ort, an dem er die meiste Zeit verbrachte, befand sich gleich neben dem Parkplatz bei der zehnten Highway-Bronx-Auffahrt in Richtung Baltimore. Es gab dort alles. Eine Tankstelle, einen Burger King, der bis halb zwei nachts sein Drive-in-Fensterchen geöffnet hielt, und innen war eine Toilette, auf die man immer ging, mangels Alternativen. Die Frauen hinter dem Pult mit ihren Schirmkappen waren längst an Charils Truppe gewöhnt, und eigentlich lächelten sie ihnen zu, ganz genau so wie ihren Kunden, was Ramid gleich auffiel, als er mit zwei anderen zum ersten Mal zur Toilette ging. Auf dem kleinen Platz beim Parkplatz, wohin Charil Ramid mitnahm, blieb mehrmals täglich ein Auto stehen, und dann begannen die Verhandlungen. Die Kunden, wie Charil und die Männer sie nannten, wenn irgendeiner aus dem Auto stieg und Charils Truppe musterte, und Charil rückte dann den einen oder anderen in den Vordergrund, wie einen besonders geeigneten Kandidaten für die Mietsarbeit.

Diesen Platz kannten in Charils Teil der Bronx die meisten Anwohner und auch noch all die, die Geld sparen wollten und keine Lust auf Papierkram hatten und jemanden als Aushilfe brauchten. Meistens für ein, drei Tage, aber manchmal nur für ein paar Stunden oder einem halben Monat, wie es gerade in den Kram passte. Auf dem Platz beim zehnten Exit ging es meist um halb sieben Uhr los und man blieb dort eine ganze Weile (je nach Wetter), vor fünf ging eigentlich niemand nach Hause. Und so lange es hell war. Bei Dunkelheit kam kaum mehr einer, nur die, die es vorher ausgemacht und für die die Männer schon einmal gearbeitet hatten. Es gab Kunden, die sich nach und nach das ganze Haus renovieren ließen, Charil empfahl ihnen das wärmstens, fast jedem, der zu ihnen kam. Für Stammkunden hatte er ein ausgeklügeltes System an Nachlässen, die summiert wurden, wenn jemand die Männer mehrmals hintereinander buchte, Charil nannte das Professionalität. Die Professionen der Männer in Charils Truppe hatten damit aber nichts gemein. Ein Handwerk hatte fast niemand gelernt, und deshalb (und wohl auch aus Angst, dass sie etwas stehlen oder mehr ruinieren als reparieren würden und auch kein Rechtsanspruch bestünde) mieteten nur diejenigen Charils Truppe, die sich einen regulären Arbeiter nicht leisten konnten. Charil war natürlich anderer Meinung. Er behauptete, sein Unternehmen sei etwas für kluge Köpfe, die nicht mehr zahlen wollen, als sie zahlen müssen, und es war vielmehr ein Beispiel, wie es unter Menschen funktionieren könnte. Die Leute hier würden ständig vor Gericht ziehen, sagte er Ramid, als er ihn zum ersten Mal zu dem Platz führte. Und sind demnach unbelehrbar, wenn es nicht nach ihrem Kopf geht. Charil meinte, dass er sie einer schlechten Gesinnung überführen könne, er dachte das bei jedem, der ankam und dann vom Handel Abstand nahm, nur weil sich Charil weigerte, ihm eine Rechnung zu stellen. Wer aufrecht ist, der glaubt einem doch, und ich wiederum glaube ihm, sagte er darauf. Und die Gerechtigkeit liegt darin, dass die aufrechten Leute bei ihm am meisten einsparen. Charil verzog das Gesicht, und Ramid überlegte, ob er das selbst glaubte oder zu denen gehörte, die unlautere Absichten hatten, die es verdienen, draufzuzahlen, weil sie andere verdächtigen, so wie sie zu sein.

Die Leute aus Charils Truppe waren alle von irgendwoher. Die meisten aus Mexiko oder Peru, sie reichten Ramid bis zu den Schultern, aber auch von anderswo, und die Zusammensetzung der Gruppe wechselte oft. Neue nahm Charil nur dann, wenn sie von jemandem aus der Truppe empfohlen wurden, und die Bedingung war, dass man sprachlich zurechtkomme, nicht zu alt und auch kein Kind unter sechzehn sei.

Eigentlich war Ramid stolz auf seinen Onkel. Er wusste so manches von jedem Einzelnen aus seiner Truppe, und wenn die Stimmung im Keller war, weil schon lange kein Auto mehr angehalten hatte, machte er Witze und verteilte Zigaretten. Ramid war der Jüngste, und so hatte er zunächst Hemmungen, sich zu unterhalten, auch wenn sein Englisch besser war als das von allen anderen in der Truppe, die für Charil tätig waren und von denen manche, wie Charil sagte, schon mehr als zehn Jahre in Amerika lebten. Nicht nur New York, auch die Bronx hatte ihre Viertel, und in manchen war es ohne Spanischkenntnisse unmöglich, auch nur nach dem Weg zu fragen. Ramid kam drauf, als er sich dort einmal verirrte und ihm niemand helfen konnte. Sprachlose nahm Charil aber nicht bei sich auf, er sagte, dass die hinter den Grenzen hätten bleiben sollen, um dort zur Last zu fallen, und nicht hier, und dabei wurde er manchmal sehr wütend (sonst aber fast nie). Man konnte sehen, dass er ohnedies Respekt genoss, und Ramid fragte sich, ob ihn Mary wohl jemals so erlebt hatte. Mit den anderen Männern, wie sie auf den Kisten sitzen, die sie aus dem Burger King trugen, und Charil zwischen ihnen allen, der Erfahrenste und mit allen Wassern gewaschene Häuptling der Truppe von Kleinstdienstleistern.

Zum ersten Kundenauftrag, den Ramid bekam, ging Charil mit, auch wenn er das normalerweise bei seinen Leuten nicht machte. Er wurde sich früh morgens mit einem Schwarzen in einem schäbigen Lieferwagen einig, der lud sie gleich auf, und schon eine Stunde später stemmten sie ihm die Fliesen im Bad weg, das dieser in Ordnung bringen wollte, weil er erneut heiratete, er hatte weder Zeit noch Werkzeug. Charil fuhr dann los, um einige neue Fliesen zu kaufen, weil die, die der Mann vorbereitet hatte, falsch abgezählt waren, und Ramid auch noch versehentlich eine zerbrach. Und während Charil weg war, zeigte ihm der Mann Fotos einer Frau mit mütterlichen Armen und Rinnsalen grauer Haare, seine Zukünftige, wegen der er hier mit Charil den Aufwand betrieb, und dann brachte er ihnen eine Pizza ins Bad und abends gegen sechs war alles fertig. Es war ein guter Tag, sagte Charil zu Ramid, als sie verschwitzt nach Hause gingen, und als ihnen Mary das Abendessen servierte, zwinkerte er ihm zu und stupste ihn an, dass heute ein lauer Abend ohne Mücken sei, was hieß, dass sie sich gemeinsam in den Garten verziehen würden und Ramid etwas darüber in Kenntnis bringen könnte, was mit Charil in Paris passiert war.

Beinahe nichts. Es blieb nämlich keine Zeit dazu. Pierre sagte dann, dass er dachte, es Charil schon im Flugzeug mitgeteilt zu haben, aber Charil konnte sich an nichts erinnern. Vielleicht war er für einen Augenblick eingeschlafen, müde vom Studium dieses französischen Flugzeugmagazins, das ihm letztendlich ohnehin zu nichts nütze war, weil ihn später niemand nach irgendetwas fragte, aber das hätte er wohl doch mitbekommen. Oder er hat Pierre nicht verstanden. Es war egal. Der Zirkus plante schon lange, nach Amerika zu gehen, und Charil wurde vor vollendete Tatsachen gestellt. Es änderte nichts am Versprechen, als Zauberer tätig sein zu dürfen, und die Reisevorbereitungen oblagen anderen, also warum nicht.

Der Zirkus hieß Les Mémoires. Weil wir uns bemühen die Dinge so zu machen, wie sie heute keiner mehr tut, sagte Jacques zu Charil, als er ihn zum ersten Mal mitnahm und sich ihm als Prinzipal vorstellte. Charil brauchte eine Weile, bis er lernte, Les Mémoires so selbstverständlich auszusprechen wie Jacques, aber wer ihn ganz zufällig in den nächsten Tagen fragte, was er mache, musste den Eindruck gewinnen, dass er zeitlebens der Zauberer im Mémoires war. Auf keinen Fall wie ein Dummer aus einem armen Land wirken, das war es, was Charil in den ersten Monaten, nachdem er dem Haus in Tabul Lebwohl gesagt hatte, wollte, und dafür hätte er alles gegeben. Er gelobte sich, sich über nichts zu wundern und dass er einen verfolgten Künstler darstellen wolle. Das würde er je nach Notwendigkeit einsetzen, selbst wenn es nicht ganz die Wahrheit war. Pierre hatte es ihm empfohlen und zumeist machte es auf die Leute Eindruck. Sie sprachen dann davon, wie tapfer er sei, und stellten nicht etwa Fragen, ob es bei ihnen im Dorf eine Kanalisation gab und ob sie barfuß oder in Bastschuhen unterwegs waren.

Ramid ging, seit er denken konnte, in Adidasschuhen, die Fabrik befand sich unweit von Tauras Festung, und viele der Frauen, die Taura vom Tor vertrieb, arbeiteten dort. Aber Ramid wurde nach diesen Dingen nicht gefragt. Als er sich am Anfang des Schuljahres vorstellte, sagten die Mitschüler in Sašas Klasse, dass sie sein Land aus dem Fernsehen kennen. Angeblich hatten sie dort unlängst einen fünftausend Jahre alten Tempel ausgegraben, der eine Fußbodenheizung hatte, meinte gleich in der ersten Woche ein Chinese in der Pause. Ramid gab die Frage im nächsten Brief an Sula weiter, aber in ihrer Antwort stand davon kein Wort. Vielleicht war es zu weit weg von Siba.

Charil beantwortete fast alle vorlauten Fragen möglichst aufrichtig und die falsche Aussprache seines Namens, den die Franzosen verhunzten, ließ er bald gut sein, Hauptsache er würde sich schnell im Les Mémoires zurechtfinden. Jacques war der Prinzipal und Pierre der Maskentänzer und die Arbeit beim Roten Kreuz hatten sie für ein paar Monate wegen des Geldes angenommen, sie konnten schließlich Englisch und hatten ein Diplom in Medizin. Aber all das nur wegen der Les Mémoires, damit sie etwas zuverdienten, wenn es hinter dem großen Teich nicht gleich so anlaufen würde, wie sie es sich wünschten. Und Charil war etwas Ähnliches. Eine Attraktion, die Aufmerksamkeit auf sich ziehen und auch Geld einbringen sollte, das sie für ihn als talentierten Künstler einer ehemaligen französischen Kolonie vom Kultusministerium bezogen (wo Jacques jemanden kannte). Ein Artist aus Siba, der mit Hilfe eines rettenden französischen Seils den Duft der Freiheit schnuppern durfte, so sprachen sie von Charil mit den Leuten, denen die Idee des Les Mémoires gefiel, aber damit sie ihre Geldbörsen öffneten, dazu gehörte mehr.

Und dann schifften sie sich ein, und die vierwöchige Reise mit allen Tieren, dem Chapiteau im Unterdeck und dem vollständigen Ensemble des Les Mémoires konnte beginnen.

Charil erzählte dies auch Nila. Als sie noch klein war, sprachen sie öfters miteinander, nicht nur beim Frühstück oder Abendessen, und er hatte den Eindruck, dass er genau wusste, was im Kopf seiner Tochter vorging. Gemeinsam zählten sie Tiere auf. Beim katholischen Kränzchen, wo sie Mary auf Empfehlung der Lehrerin anmeldete, erzählte Nila dann davon, dass der Vater mit der Arche Noah gereist sei. Damals war er noch jemand für sie, das fühlte er. Und es war auch klar, dass dies inzwischen lange vorbei war.

Sie schämte sich für das, was Charil tat, und fürchtete sich davor, ihn in irgendeinem Vorraum zu treffen, wo sie zu Besuch war und Charil plötzlich mit seiner Truppe käme, um den Boiler anzubringen. Charil ging aber nur selten in Häuser und fast nie außerhalb der Bronx, während Nila den Großteil ihrer Freundinnen in Manhattan hatte, wo sie auf eine Privatschule ging. Die Uniform kotzte sie an, das schon. Angeblich war sie dafür da, damit nicht zu erkennen war, wer finanziell wie drauf ist. Als ob man das nicht von den Abenden her sagen konnte, wo jeder in seiner Kluft kam, und manche machten einem zahlreiche Geschenke, während sie ihre Mitschüler niemals zu sich einlud … es wäre vielleicht besser, diese Uniform gleich abzulegen. Man würde sich das Theater ersparen. Die reichen Mitschülerinnen hatten sich ohnehin gegen sie verschworen. Mädels, die sie um ihre Figur beneideten. Sie hatte keine abstehenden Ohren wie Lil, auch keine leichten X-Beine wie Beth, aber sie würde trotzdem mit ihnen tauschen. Es wäre immer noch weitaus besser, als in der Bronx zu wohnen. Wenn man in Manhattan sagt, dass man in der Bronx wohnt, werden alle stumm, und würde Nila sagen, dass sie eine Party mit Feuerwerk veranstaltet, mit Luftballons und einer Tombola, wären sie in der Klasse mehr als überrascht. Aber dennoch war sie froh, auf eine Privatschule gehen zu können und nicht wie Karim und Mike auf eine Staatliche. Es ist immer von Vorteil, mit den Leuten der besseren Familien zusammen zu sein, anstatt als Talentiertester unter den Armen zu gelten. Und sie war auch noch hübsch, und einige aufgeblasene Tanten in ihrer Klasse würden dafür all ihre Ausflüge nach Florida und die kleinen, aufgemotzten Hunde eintauschen, die sie in ihren Taschen herumtrugen, sie würden auf ihre Dauerkarten in den hippen Fitnesscentern verzichten, die sie von ihren kultivierten angelsächsischen Vätern hatten, denen Charils Truppe die ganze Wohnung gründlich in Schuss bringen könnte, wenn sie sich nur einmal auf dem Platz beim zehnten Exit zeigen würden. Aber die meisten von Nilas Mitschülerinnen waren noch nie in der Bronx gewesen. Vielleicht fuhren sie dort mit zugezogenen Fenstern herum, aber auf keinen Fall würden sie bei Charils Truppe anhalten, selbst wenn dort einer verletzt auf der Straße liegen würde. In der Bronx gibt es ohnehin fast nur Schwarze. Nila mochte sie nicht. Und auch Charil, Mary, Karim und Mike mochten sie nicht.

Sie sprechen, als würden sie kauen, sie sind laut und gehen ungern zur Arbeit. Davon ließ sich Mary nicht abbringen. Sie sind alle leicht reizbar, weil sie zu fett sind, und die weißen Burschen wollen sie deshalb nicht, verkündete wiederum Nila über die Mädchen der Bronx, als sie sich einmal alle beim Abendessen über der Champignonsauce darüber unterhielten.

Sie gehen nicht, sondern schaukeln dahin, und wenn einer in der U-Bahn mit sich selbst spricht oder sonst wie einen Knall hat, ist er aller Wahrscheinlichkeit nach ein Nigger, verlautbarten Karim und Mike über den schon leeren Tellern (Mike fügte noch hinzu, dass das nicht beim Basketball gelte). Ramid schwieg, weil er es selbst nicht besser wusste. Ihm gefiel, dass die Nigerianer in der Schule eine Band hatten, und es kam ihm so vor, dass die schwarzen Menschen mehr lachten. Er blickte zu Charil, aber der stierte auf den Tisch, als würde er Punkte auf dem Tischtuch zählen. Er dachte an die schwarze Schönheit aus dem Les Mémoires, von der er Ramid nichts erzählte, weil er sich nicht sicher war, ob er für so etwas schon alt genug war.

Erst auf dem Schiff war Charil allen vorgestellt geworden. Er schrieb sich die Namen aller auf, die er nach und nach kennenlernte, und abends vor dem Schlafengehen wiederholte er sie für sich. Das Schiff, mit dem sie im Frühjahr 1962 in See stachen, hieß Jacqueline, und es war kein Schiff für einfache Leute. Charil hatte sich vorgestellt, dass sie die Sachen, die zum Zirkus gehörten, also die Planen, Stangen, Schnüre und Dresse, irgendwo in einem abgelegenen Raum, etwa im Kofferraum von Pierres Wagen verstecken (mit dem sie gemeinsam von Paris nach Marseille fuhren), während der Rest des Zirkus mit den Tierwaggons reist und Jacques (als Prinzipal) mit ihnen, aber schließlich kam alles ganz anders. Er stellte sich ein schneeweißes Deck vor und Männer in gestreiften Uniformen, die es schrubben, während er sein Französisch mit der Schlangenfrau übt oder mit Pierre Kaffee trinkt und den Kurs verfolgt und sie raten, ob der Nebel in der Ferne ein Gewitter oder nur das Ufer irgendeiner zufälligen Insel darstelle, aber auch so lief es nicht ab. Das Schiff, mit dem sie fuhren, war ein Frachter, und fast die ganze Zeit ihrer Reise verbrachten sie im Unterdeck, wo sie ihre Nummern trainierten. Einen Kaffee an Deck mit Pierre gab es nie und die Schlangenfrau sprach kein einziges Wort mit ihm. Es kam ihm fast so vor, dass der Name Jacqueline für ein solches Schiff, das keine ordentlichen Passagiere mit sich führte, zu schade sei. Auch den Kapitän traf er nie an, die Männer, die es lenkten, gingen in Monteurshosen herum, und Charil musste aufpassen, nicht irgendwo dranzukommen, weil alles verdreckt war und er nur eine Garnitur Reservekleidung mit hatte.

Das Unterdeck war schon einen Besuch wert. In den Eingeweiden des Schiffes, das an einen Hangar erinnerte und voller Rohre war, die das Schiff am Laufen hielten, bauten sie zur Übung das Zirkuszelt auf und an die Rohre banden sie dann dicke Seile, auf denen man herumkletterte, und Jacques achtete darauf, dass das auch alle probieren, falls nämlich jemand auf der Reise erkranken sollte und in der Neuen Welt Ersatz vonnöten wäre. An der Decke befestigten sie ein Seil, wo der georgische Seiltänzer Vojtyla üben konnte, der, laut Pierre, etwas von Stalins Blut in sich trug, und in Amerika bewarben sie das auf den Plakaten. Les Mémoires, der erste politische Zirkus. Diesen Einfall hatte Pierre nach einer der verpflichtenden morgendlichen Übungsreihen am Seil, als sie sich in einem provisorischen Umkleideraum umzogen, den sie in der Ecke des Hangars aus zerschlissenen Fallschirmen gebaut hatten, die Jacques angeblich umsonst vom Kapitän des Schiffes bekam. Angeblich waren sie aus dem Zweiten Weltkrieg, aber das konnte Charil nicht wissen, weil er nie auf dem ganz oberen Deck gewesen war. Es blieb keine Zeit dafür, aber Pierres

Einfall gefiel ihm. Zu Hause war auch vieles politisch und er selbst hatte den Status eines Verfolgten, und so passte alles gut zusammen.

Amira, die afrikanische Königin und Charils Zirkusliebe, war aus dem Tschad, aber geboren wurde sie schon in Paris und Charil war sie in den ersten Tagen gar nicht aufgefallen. Sie übte stets allein, hoch oben im Schnürboden, den man schlecht einsehen konnte, und ihre stahlgraue, glänzende Haut vermengte sich mit dem Wirrwarr schwarzer Deckenrohre, von denen Amira manchmal nur einen halben Meter (oder weniger) entfernt war. So furchtbar hoch oben schwebte sie, und Charil verbrachte den Großteil der Reise mit dem unguten Gefühl, dass Amira einmal danebengreife. Er selbst nahm mit anderen an der verpflichtenden Morgenübung teil und anschließend blieb ihm viel Zeit, und so verweilte er Stunden unter dem Schnürboden, schaute in die unermesslichen Höhen, wo Amira (in knappen Badehosen) turnte, und war starr vor Schreck. Ihre Kajüten lagen nebeneinander und sie kamen ins Gespräch. Die meisten des Ensembles wohnten nicht allein, aber Amira wünschte sich das und Charil steckten sie in ein verschließbares Kämmerchen mit Brandschutzutensilien, das gut als Zimmer herhalten konnte. Sie brachten ihm eine Matratze und legten sie auf den Boden (seine Sachen ließ er im Reisebeutel). Es schwankte ohnedies alles, und dass die paar Sachen, die er mit sich führte, ständig im ganzen Raum herumkullerten, das stand nicht dafür. Wenn auch Jacques meinte, dass dieses erschwerte Training den Erfolg des Les Mémoires in der Neuen Welt (beim amerikanischen Publikum) ausmachte. Es ist so, als würden Läufer mit Laufschuhen trainieren, die mit Gewichten beschwert seien, sagte er einer lokalen Zeitung, die dann eine Schlagzeile daraus machte. Die vierwöchige Schinderei im schwankenden Chapiteau erwies sich als passable Trainingsmethode. Im Zirkuszelt, das Charil betrunken vorkam. Es wankte und der ganze Hangar mit ihm, zudem musste er auf Amira achten, ob sie sich gut festhielt und ob sich der Weichboden, den er unten entlangschob (je nachdem, wo Amira gerade schaukelte), am richtigen Ort befand.

Als er Mary zum ersten Mal sah, erinnerte sie ihn zunächst an sie, die Königin aus dem Tschad. Amira ließ sich auch von ihm so nennen, des Nachts in dem Kämmerchen mit den Brandschutzutensilien, wo sie in ihren Sprachen einander etwas zärtlich ins Ohr flüsterten, um dann gemeinsam darüber zu lachen. Eine Sprache, die sie nur von den Eltern kannte, weil sie in dem Land, aus dem sie kamen, niemals gewesen war, sie klang wie das tiefe Glucksen eines Baches. Wie ein schneller Strom trüben Wassers, wo kleine Steine aneinanderstießen. Charil verstand kein Wort, aber er badete mit ihr in ihrem Bach, und sie trug dabei die gleichen, knappen Badehosen wie oben in den Seilen und der Schweiß perlte von ihrem Hals und dem Rücken, der mit einem leichtem Flaum (wie bei einem Pfirsich) bewachsen war, und die Abdrücke von Charils Zähnen fielen darauf niemandem auf, weil sie ständig weit oben turnte. Zum ersten Mal kam sie in Charils Kajüte, um sich etwas auszuborgen. Nach drei Tagen, an denen er unter ihr den Weichboden verschoben und sie ihn von oben kein einziges Mal gemustert hatte. Ich wäre gefallen, sagte sie ihm dann, und sie lachte und hielt ihn im Arm, und Charil hatte das Gefühl, dass diese besondere Sprache, die wie ein Bächlein mit Steinen sprudelte, auch in ihrem Lachen zu hören war.

Erst in ihrer Umarmung wurde ihm klar, wie sehr er sich dies gewünscht und wie viele Nächte er Amira im Sinn gehabt hatte, morgens hatte er sich das nie eingestehen wollen. Eine Freundin von Sula, mit der er ein paar Mal etwas in Tabul hatte, die verließ er, ohne ihr zu sagen, dass er weggeht. Im Arm der afrikanischen Königin fühlte er, dass er sich nicht einmal mehr an ihren Namen erinnerte. In Paris, wo er abends im Hotel darauf wartete, ob sich Jacques und Pierre blicken ließen (oder ob sie niemals mehr auftauchen würden), dachte er die ganzen zwei Abende nur an sie. Dass er ihr schreibt, sie zu ihm kommt und bleibt. Aber dann wusste er nicht, wo er eine Briefmarke kaufen sollte, und niemand verstand ihn, als er in den Straßen danach fragte. Und als Pierre ins Hotel kam, um ihn abzuholen, vergaß er die Idee mit dem Brief ganz schnell. Eigentlich kannten sie sich gar nicht, dachte er sich, als die afrikanische Königin ihr Höschen auszog, mit ihren Schenkeln umfasste sie seinen Hals, und er konnte dorthin blicken, so lange er wollte. Sie fragte ihn gar nichts, und wenn sie seufzte, war es so, als würde das ganze Schiff mit ihr atmen und alle in den Kajüten rundherum wurden wach und bleich vor Neid. Dann sagte ihm Jacques, dass man sie schon kenne, dass bisher jeder dachte, er sei der einzige und es gebe sonst keinen, aber Charil glaubte ihm nicht. Die afrikanische Königin war doch allein wie er, und wenn er ihr aus der Nähe in die Augen schaute, die wie nasse Steine glänzten, erkannte er Sehnsucht, die nur ihm gehörte und niemand anderem. Abends trafen sie sich unter den Seilen und Amira zeigte ihm Übungen, die sie sich nur für ihn ausdachte. Bevor sie in den Zirkus kam, war sie eine farbige Tänzerin, und in New York wurde sie erneut dazu. Später, als der Zirkus auseinanderfiel und Charil sie fast schon vergessen hatte.

Hätte Charil Ramid etwas besser gekannt, er hätte gewusst, dass er ihm ruhig davon erzählen könnte. Ramid war kein Kind und abgesehen von Sula und Sehil, den beiden Körpern, die er sah, als sie morgens in Siba aufeinanderlagen, hatte er noch einiges mehr erlebt. Yizhou sprach ihn eines Tages nach der Schule an. Ein Mädchen, das mit den anderen nicht redete, weil die Eltern Wissenschaftler waren und somit Menschen, die von der amerikanischen Regierung geschätzt wurden (im Gegensatz zu Ramid, Frederico, den Nigerianern und all den anderen aus Sašas Sprachklasse). Sie fragte, ob Ramid in die Staaten geflohen war, weil sie ihn zu Hause zu etwas zwingen wollten, was er nicht wollte. Er sah es. Ihre festgeschnürten Zöpfe und die ernsten, halb kindlichen Züge, von denen er wusste, dass sie in ein paar Jahren nicht mehr schön sein würden, aber damals waren sie es, und es war darin etwas zu finden, das Nila fehlte. Er meinte, ein wissbegieriger asiatischer Eigensinn, aber es schien noch etwas anderes da zu sein. Er dachte, dass Yizhou klug war, weil er eine Weile über ihre Frage nachdenken musste, aber dann erkannte er, dass hier die meisten so fragen. Ganz besonders die Mädchen, die sich für gebildet und beflissen hielten … anstatt zu fragen, ob sie zu Hause eine Toilette mit Spülung oder gar Petroleumlampen verwenden mussten, wollten sie wissen, was ihm zu Hause verboten wurde, und sie waren überzeugt, er sei bestimmt in Amerika, weil er es zu Hause nicht mehr ausgehalten hatte. Ob man ihm etwa irgendein Mädchen aufgezwungen hätte, warf Yizhou ein, als Ramid nicht sofort eine Antwort parat hatte und einen Augenblick lang dachte er, dass er Yizhou vielleicht gefalle, aber sie kam dann nie wieder zu ihm. Er hätte ihr sowieso nichts erzählt. Nur dass man ihn zu nichts gezwungen habe, weil es doch wichtig sei, sein Land in der Fremde vor Angriffen zu schützen, insbesondere vor solchen, die gut gemeint waren. Manche Menschen haben von sich selbst die höchste Meinung und überlegen gern, was man dort verbessern könnte, wo sie noch niemals waren.

Niemand hatte ihn gezwungen. Der Vater hielt Ausschau, ähnlich wie damals auch Sulas Vater. Sie hieß Hakar, und hätte Charil davon gewusst, bestimmt hätte er daran gedacht, dass auch er jemanden zu Hause zurückließ, mit dem er ein zufriedenes Leben hätte führen können.

Am Seltsamsten war, dass Ramid einmal (in Siba) von Hakar träumte, selbst als er dachte, dass sie ihm gar nicht gefalle. Vielleicht weil irgendetwas in ihm bereits wusste, dass er fortgehen würde, noch bevor er sich konkret damit hätte befassen können. Dass man Sulas Weissagungen nicht entkommen kann und er sich nichts erlauben dürfe, was ihn aufhalten könnte. Yizhou würde bestimmt sagen, dass es nicht die Weissagung war, die ihn letztlich forttrieb. Dass Sulas Angst daran schuld sei. Aber da war er längst in Amerika. In einem Land, wo die Leute anders denken, und was ihnen nicht in den Kram passt, kommt ihnen zurückgeblieben oder unsinnig vor. Aber Hakar lebte und sie war schön (in den Augen aller zu Hause) und so, wie sie sein sollte. Vielleicht hatte er einfach nur Angst. Dass er ihr verfällt und vergisst, was er selbst von seinem Leben erwartet. Alles das, was sie im Kino in Bafus zeigten, wenn sie ausländische Filme spielten, alles das ließ sich ausprobieren. Im Vergleich dazu war Hakar lediglich ein Blendwerk, dem man nicht nachhängen durfte. Vielleicht gefiel sie ihm deshalb nicht, selbst wenn er manchmal ihren Körper begehrte.

Mit Nila war es anders. Er war überzeugt davon, dass es zu keiner Verbindung kommen konnte, und wäre es so weit gekommen, hätte er ihr gerade deshalb ewige Treue geschworen. Das erlebte er später noch oft. Was nicht möglich war, wollte er, und das, was er hatte, davor lief er weg, als ginge es um sein Leben. Aber niemals wieder wurde er dabei von solch bösen Vorahnungen gequält wie bei Nila. Qualen, von denen ihn niemand erlösen konnte, weil sie ihm keiner geglaubt hätte. So dachte Ramid und sah zu, wie Nila immer dünner wurde und Jimmie sich einsperrte und wie sich ihre Augen beim Abendessen niemals begegneten, und dann stand Jimmie auf und ging hinaus. Es war gerade Montag und in Fay's Taverne (Bronx, Ecke Einhundertsiebenundneunzigste) schien das Licht bis tief in die Nacht.

Es war nicht wahr, dass Jimmie nur in seinem Dachzimmer herumsaß. Vor allem am Montagabend hätte ihn dort niemand angetroffen. Die gebückte Gestalt, die sich jeden ersten Wochentag die Einhundertsiebenundneunzigste entlangschleppte, das war er. Jimmie, der seine gesellschaftlichen Treffen absolvierte. Jeden Montagabend. Zeitlebens schon, würden diejenigen in der Straße behaupten, die ihn kannten. Der graue Schankwirt sagte das einst schon zu Charil, und das war zwanzig Jahre her. Jenem Charil, der Jimmies einzige Tochter zur Frau nahm, damals, als die Jacqueline mit dem Les Mémoires und seinen metallenen Eingeweiden am amerikanischen Boden anlegte und eine ganze Flotte von Tieren, Artisten und technischen Gerätschaften mit gemieteten Trucks von Stadt zu Stadt zog.

Charil lachte, als er das Ramid erzählte, und Ramid stellte sich eine Karawane von Kamelen vor, denen Körbe mit wertvollen Stoffen auf den Höckern herumschaukelten, und Frauenzimmer, die in verzierten, hölzernen Sesselchen ruhten, an ihren Fesseln klingelten handgetriebene Silberreifen, und sobald sich die Wolke aufgewirbelten Staubes senkte, blieben lediglich Kamelspuren in der Steinwüste übrig, als ob da nie etwas anderes gewesen wäre.

Das war der Beginn eines von Sulas langatmigen Märchen. Über eine askarische Prinzessin, die von einem Fremden in der Gestalt eines sechsbeinigen Kamels befreit wurde. Die Art Märchen kannten bei ihm zu Hause alle, selbst Charil. Jemand kommt daher, ihm fällt etwas auf, was keiner von den Einheimischen sieht, und er wird mit einer schönen Frau für immer glücklich. Charil kam auch als Fremder und rettete Mary aus einem Moloch voller Alkohol. Ein Fremder in einem Zirkus, der fremd blieb und nach einem Jahr zerbrach.

Zunächst sah es nach einem großen Erfolg aus. Damit sich die Tiere nicht gegenseitig anfielen, fuhr in jedem Wagen einer vom Ensemble mit, und so sah Charil New York zunächst hinter vergitterten Fenstern, umwölkt von Ausdünstungen der Lamas. Amira fuhr mit zwei alten Leoparden im Auto gleich dahinter, und so konnten sie einander öfters zuwinken, und als sie den Platz erreichten, wo ihnen die Behörden erlaubten, ein Zirkuslager aufzuschlagen, liefen sie sogleich zu einer nahen Werksruine, um Liebe zu machen. Jacques rief nämlich eine verpflichtende Sitzung ein, man durfte von einem mehrstündigen Palavern ausgehen, und auch danach war keine Privatsphäre zu erhoffen, weil man aufzubauen hatte.

Also gingen wir mal kurz mit einer Seiltänzerin die Beine vertreten und entdeckten die alte Backwarenfabrik, setzten uns für einen Augenblick auf ein paar löchrige Säcke, erzählte Charil Ramid, aber der stellte sich ohnehin längst zwei ineinander versunkene Körper vor, sobald keiner mehr hinschaut. Am Boden zwischen dem abgefallenen Mauerwerk und den verhedderten Drähten, die aus den Wänden schauten, herumzuliegen, zwischen den Mehlsäcken. Charil und die Frau im Glitzeroutfit, und dann passierte etwas und er selbst lag dort. Mit geschlossenen Augen hielt er Nila umarmt, und dann spürte er Jimmie. Nila trug erneut das gemusterte Herrenhemd und ihr Gesicht war verdrückt, aber erst jetzt fiel es ihm auf. Die schwarzen, verwischten Schatten von der Wimperntusche, die im Traum wie Augenringe wirkten, und der Polsterabdruck auf den Wangen, so lang hatte sie darin offenbar den Kopf versteckt. Sie wollte ihm etwas sagen, aber von den heißen Himbeerlippen kam kein Laut und dann verschwand langsam alles. Ein Traum bei vollem Bewusstsein, ähnlich, wie sie Sula hatte, bevor sie bei Taura lernte, die Dinge zusammenzuzählen, aber Ramid hätte Taura damit weggeschickt. Er war ein Mann und verfügte über keine Gabe der Hellsichtigkeit und ihm entging auch, wie die erste Vorstellung des Les Mémoires im Mai 1962 verlaufen war. Er war müde und bei Charils langatmigem Erzählen fielen ihm die Augen zu. Es ging auf Mitternacht zu, sie vergaßen im Garten die Zeit und in der Küche wurde das Licht an und aus gemacht, ein Zeichen von Mary, mit dem sie zu Bett geschickt wurden.

Es war laut Kalender Ramids neunundfünfzigste Nacht, es war sein erster Tag, an dem er in Amerika Geld verdient hatte. Für die Küche, die sie dem Bräutigam in seinem verbeulten

Lieferwagen fliesten, erhielt er von Charil zwei Dollar und fünfzig Cent, und Ramid überlegte lange, wie er damit Nila eine Freude machen könnte.

Der Englisch-Kurs, den er Charil zurückzahlte, ging damals gerade zu Ende und Sašas Klasse besuchte er schon eine Weile nicht mehr. Am nächsten Tag war Samstag, er ging nicht mit Charil zur Arbeit, und nachdem sie aus dem Keymart-Einkaufszentrum zurückkehrten, zog er weg, um für das verdiente Geld ein Geschenk für Nila zu besorgen.

Charils Haus ähnelte vielen anderen, in den sich bis ins letzte Detail gleichenden Straßen voller Leichthäuser mit Holzverschalung. Vorne gab es eine Veranda mit einem kleinen Vorplatz und hinten einen kleinen Garten, der zumeist als Lagerhalde diente, und dies war auch Gegenstand oftmaliger Zwistigkeiten unter Nachbarn, die Gerümpel beanstandeten, das die Grundstücksgrenzen des anderen verletzte. Zäune hatten die allerwenigsten, aber jeder wusste genau, wo das eigene Recht beginnt, und viele von ihnen hatten auch Knarren, und es war gut zu wissen wer, damit man nicht zufällig gerade einen solchen herausforderte. Charil erzählte Ramid von dem Paar, bei dem es bekannt war, gleich zu Beginn, aber letztlich konnte es ja sein, dass alle anderen ihre versteckten Waffen bloß noch nicht ausprobiert haben, und so war es ratsam, auf der Hut zu bleiben.

Eine Hausnummer weiter von Charil wohnte eine Großfamilie mit dem Namen Jackson, deren Mitglieder man kaum voneinander unterscheiden konnte, da sie ständig ihre Jacken tauschten und fast alle im selben Alter waren. Ein fruchtbarer

Ausbruch an Nachkommen, der mindestens fünf Jahre lang andauerte, so viele Jackson-Jungs gab es, die Ramid allesamt gleich schienen, aber Mary kannte sie beim Namen, und als Ramid sie fragte, ob manche von ihnen Zwillinge seien, lachte sie ihn einfach aus. Zwei Jackson-Jungen spielten manchmal vor dem Haus mit den Karimiken Basketball. Aber dabei hielt sich Ramid im Hintergrund. Ballspiele waren nichts für ihn, aber den Streitereien hörte er zu. Zwischen Frau und Herrn Jackson, die immer gemeinsam zu Hause waren und sich so wohl auf die Nerven gingen, wenn Mary von »den lärmenden« Nachbarn sprach, meinte sie immer sie.

Bevor es Ramid völlig egal wurde, dachte er darüber nach, was denn eigentlich alle hier arbeiten. In Siba wusste er das, jeder wusste es und es oblag jedem einzelnen, dies im allgemeinen Gedächtnis festzuhalten, denn dann konnte die Person (je nach Profession) irgendwo zusätzlich aushelfen oder von irgendwem, der wusste, dass man Experte für dies und das war, im Autobus nach Bafus einen Tipp bekommen, wo es für einen Arbeit gab. Hier wusste das oft nicht einmal Mary und sie sagte zu Ramid, dass sie gern seine Sorgen hätte, als er sie einmal danach fragte. Bei den Jacksons war das völlig unklar. Könnte man mit dem Hören lauter Musik Geld verdienen, dann wären sie reich. Es hieß, dass man in diesem Land selbst schauen musste, wo man blieb, erinnerte er sich an einen der ersten Vorträge Charils zu Amerika, und so blieben die Jacksons ein Mysterium. Und die Alten leben nicht mit den Jungen und die Cousins und Cousinen leben vielleicht dort, wo der Pfeffer wächst, irgendwo weit verstreut, das hatte er auch vom Onkel, dass man hier viel reiste und die Leute sich nicht so aneinander binden, und das Geld liehen sie sich nicht von

Verwandten, sondern von der Bank. Das geht dich nichts an, schnitt ihm Mary das Wort ab, als er dem auf den Grund gehen wollte. Geh doch und frage nach, wo sie arbeiten, fügte sie hinzu und grinste hämisch. Worte, die nicht ernst gemeint waren, die hatte Ramid nie sonderlich gemocht. Ähnlich wie Nilas »wie geht es dir«, als er noch nicht arbeiten ging und sie von der Schule kam. Bevor er es im Kopf beisammenhatte, war sie schon auf den Stiegen, und bevor er den ersten Satz sagen konnte, schloss sich schon die Tür zu ihrem Zimmer. Dann kam er drauf, dass ein »wie geht es dir« eine gängige Grußformel darstellte und keine wirkliche Frage meinte, aber die Jacksons zu fragen, wovon sie leben, das konnte er nicht und Mary wusste das. Dass er weiß, was sich gehört und was nicht.

Eine Hausnummer weiter von Charil und zwei Nummern von den Jacksons aus gesehen lebte eine Dame, die Karten legte, und sie hatte zwei ausgemergelte, alte, struppige Hunde. Charil behauptete von ihr, dass sie vollkommen verrückt sei, aber Ramid wusste nicht, wie er darauf kam. Sie hatte Vorhänge in allen Fenstern, und Ramid hatte manchmal das Gefühl, dass hinter dem Fenster, das seitlich an Charils Haus grenzte, des öfteren die stille Silhouette einer sitzenden Frau zu erkennen war. Dass sich die Vorhänge dort mitunter so bewegten wie bei einem Bühnenvorhang, den man nach der Vorstellung zuzog und der noch eine Weile schaukelte. Als hätte eben noch jemand hervorgelugt.

Das Haus dieser Dame war das sauberste in der ganzen Straße. Als hätte sie den ganzen Hof mit der Veranda gesaugt, und in den Garten fiel kein Blatt und auch von der Straße wurde nichts hineingeweht, kein Papierfetzen oder Zigarettenstummel oder Plastikverpackungen von Sachen, die man bei Charil gar nicht aß und dennoch überall im Garten vorfand. Weil es in der Stadt überall zog, ob nun ein laues Lüftchen oder ein ausgemachter Sturm, ständig trieb es etwas durch die Straßen, und Mary schickte Ramid von Zeit zu Zeit los, um es aufzusammeln.

Das Liebste an der Dame waren die zwei weiß-struppigen Hunde, die zumeist vorbildlich neben ihr auf der Veranda saßen. So wie die aus Plastik, die manche ebenfalls im Hof vor dem Haus platzierten, und bei Dunkelheit konnte man sich nie sicher sein. Ein großer Hund ist fast so wie eine Knarre, fiel Ramid ein, als er abends vom Ausflug zurückkehrte und in der Tasche eine Überraschung für Nila hatte.

Lange war ihm nichts eingefallen. Er ging bei den Jacksons vorbei und dann ging er weiter die Straßen entlang, wo er noch nie gewesen war, Straßen, die mit ihren Häusern jener glichen, in der Charil wohnte, nur waren sie noch kleiner und erinnerten noch mehr an etwas Vorläufiges, nichts war tapeziert und zurechtgemacht. Wie die Häuser im Hintergrund von den alten billigen Serien, die manchmal am Vormittag liefen und die Mary beim Bügeln verfolgte. Und dann waren die Häuser auf einmal fort, als ob jemand anstatt des einen Films einen neuen eingelegt hätte, und dieser hier war voller Hallen mit zerbrochenen Fensterscheiben und Wänden voller Farben und Aufschriften von gewerbsmäßigen Autowerkstätten und Gebrauchtwagenverkäufern, die ihre gebrauchten Kisten auf Parkplätzen voller Unkraut stellten, wo sie auf ihre Käufer warteten. Und dazwischen Fenster, durch die man seinen Kopf stecken konnte oder die Hand mit ein paar Dollar und man bekam von dem, der dort herumlungerte, eine Flasche mit Öl oder eine Kappe für den Autoreifen, die sie dort in verschiedenen Farben in einer Keksschachtel vorrätig hatten. Die werden auch nicht von hier sein und sie bemühen sich, irgendwie Halt zu finden, dachte Ramid, als er vorbeiging, und für ein paar Cent erstand er in der Straße bei einem fahrenden Händler ein Eis, weil es heiß war und er kein Geschenk in Aussicht hatte. Und dann blieb er bei einer Tür stehen, die weit offen stand, und innen in der großen Halle reparierten zwei Mexikaner ein schnittiges Auto aus den Siebzigern, und Ramid erinnerte sich an Nebrak. Wie ihn Autos doch interessierten und solche, die ein sportliches Hinterteil hatten, die, wie Charil sagte, Benzin fraßen wie Weltmeister und die sie zu hunderten im Kino in Bafus gesehen hatten. Und plötzlich wusste er nicht, ob das Bedauern, das er innerlich verspürte, Nebrak gehörte, der in Siba geblieben war, oder ihm selbst, ein Bedauern, dass er hier sei, oder dass er hier wohl nirgendwo ein Geschenk für Nila finden würde und er für nichts anderes sein Geld ausgeben wollte. Und dann wieder Abzäunungen aus Draht und übrig gebliebene Rechtecke voller Schutt von abgerissenen Häusern, wo längst keine Autowerkstätten mehr waren. Und schmutziges Gras, Gras, das dort nicht wachsen sollte, aber dennoch hellte es alles ein wenig auf, dem ganzen Abfall zum Trotz, in dem Kinder spielten, die nicht nach Hause wollten. Sonst wären sie nicht hier, mit ihrem Hintern zwischen Flaschenscherben.

Und ihr habt es dort nicht dreckig?

Als hätte er es gehört. Die kluge Yizhou, die, als er sie nach ihrer Heimat China fragte, ihre Eichhörnchennase rümpfte, aber nichts Weiteres sagte, und er hätte weiter nachdenken sollen. In der Schule in Bafus erzählte ihnen die Lehrerin Saher, wenn es die Soldaten nicht geben würde, wäre Bafus voller Touristen und alle in Bafus und Siba würden sie über den Tisch ziehen. Den kleinen Bussen würde man die Dächer abtrennen und die Ausflugsreisen würden in diversen Werkstätten enden und alle Touristen würden Teppiche und Bettbezüge und Kappen für teures Geld einkaufen, und dann wäre alles gut. Selbst der lahme Ibra, den die Saher wohl kannte, würde kommen, um sich seinen Anteil zu holen. Aber das war alles ein »Was-wäre-wenn«, und so fand Ramid in keinem Buchgeschäft der Bronx einen Reiseführer zu seinem Land.

Er dachte darüber nach, da es eine Million Reiseführer über Amerika im Geschäft gab, dabei hatten sie dort keinen so verwahrlosten Platz, wo kleine Jungs, anstatt mit einem Ball, mit Benzinkanistern spielten. In Siba gab es das auf keinen Fall. Er trat nach einem Fetzen eines alten Autositzbezuges, der dort bei einer Wand lag, vielleicht ein Stück Hausrat eines Obdachlosen, aber zunächst hatte ein Funkeln seine Aufmerksamkeit auf sich gezogen. Als würde ihn jemand mutwillig blenden, wie sich's die Nigerianer gegenüber Saša herausnahmen, wenn sie zehn Minuten vor dem Ende der Stunde Schluss machten, und so bückte er sich und richtete sich wieder auf, weil er ein wenig erschrak, aber schließlich nahm er es in die Hand, es war ein Messer. Ein kleineres Messer, mit einem Perlmuttgriff bestehend aus schwarzrot glänzenden Splittern. Er erinnerte sich, wie einer aus Guatemala in Sašas Klasse stolz ein ähnliches beschrieb, mit dem die Vorfahren hunderten Spaniern die Herzen ausgekratzt hatten, und als er es erzählte, wechselte er ständig zwischen Englisch und Spanisch und er war aufgeregt und Ramid (bei dieser Vorstellung) auch. Er dachte an diese schwarzrot glänzenden Messergriffe. Die Messer der Mayafürsten, denen das frisch herausgeschnittene Herz noch eine Weile in der Handfläche bebte, und deshalb, so endete der Guatemalteke, zog es viele Touristen zu unseren kleinen Pyramiden.

Ramid wog das Messer in seiner Hand, und als ihm auffiel, dass es von seiner Größe her wie ein Damenmesser wirkte, wusste er sofort, was er damit machen würde. Was Besseres hätte er nirgendwo kaufen können, auch wenn er sich ausmalen könnte, dass es einem Toten gehörte, aber diesen Gedanken verwarf er sogleich. Er wollte nicht lügen und Nila könnte sich ekeln.

Allerdings, ein Messer zu besitzen, das man nicht zu verwenden weiß, das ist viel schlimmer als das Messer eines Toten. Das hätte Charil zu Ramid gesagt, und hätte er von dem Geschenk gewusst, das sein Neffe Nila zum Geburtstag machen wollte, bestimmt wäre er wütend geworden. Es passierte vor Jahren, und Charil würde sich diese Lektion bis an sein Lebensende merken.

Er war damals erst die zweite Woche in Amerika und im Zirkus lief es wunderbar. Er war zwar nicht gerade der Stern des Ensembles, wie er es insgeheim gehofft hatte, aber auch zu ihm kamen Leute nach der Vorstellung, um sich ein Autogramm zu holen, und ließen sich noch einmal den Trick mit dem verschwundenen Blumenkorb zeigen. Und Charil freute sich, auch wenn er Kunststücke nach der Vorstellung normalerweise ablehnte. Das tat er für niemanden, außer für seine afrikanische Königin. Es war ein Fehler, sich dessen so sicher zu sein. Er war nicht der einzige, der im Zirkus an sie dachte, und obwohl das Charil wusste, wäre es ihm nicht eingefallen, vorsichtig zu sein. Er vergaß, dass dem Seilmann seine Zauberkunststücke gestohlen bleiben konnten. Jener, von dem Charil nicht einmal wusste, wie er hieß, hatte seiner Ansicht nach das absolut selbe Anrecht auf das Schokolademädchen, kein anderer kümmerte sich doch mehr um sie (während der Vorstellungen). Er reichte ihr die verschiedenen Seile, auf ein sanftes Kopfnicken von Amira hin ließ er sie auch zu ihr hinab. Als der Seilmann Charil bei seinem Auftritt ein paar Mal hintereinander nicht den Blumenkorb brachte, was während Aufführungen seine Aufgabe war, dachte Charil, dass er irgendwo hinter den Zirkuswägen aufgehalten wurde. Aber da war sich Vincent nur noch nicht ganz im Klaren. Aber dann sah er, wie sie sich einmal küssten, und passte Charil später ab. Das waren die zwei Narben, die Charil im Gesicht davontrug. Von seinem eigenen Messer, das er im Augenblick der Not nicht gegen den anderen einzusetzen wusste.

Jimmie hielt die Narben seiner Fehde für männlich und Mary dachte das auch, als sie sich kennenlernten. Und eigentlich war sie diesen Narben dankbar. Glaubte man Charil, so verlor er ihretwegen die afrikanische Königin. Sie begann ihm auszuweichen und senkte ihren Blick. Er dachte, weil sie ihn für schwach hielt, und auch Vincent dachte das, mit dem sie dann zusammenlebte, und Charil blieb nur die Erfahrung. Dass nämlich ein Vorteil zu einem Nachteil gereichen könne, wenn der Mensch ihn nicht zu nutzen versteht.

Er blieb nicht mehr lange im Zirkus, nachdem ihn Amira verlassen hatte. Man konnte ihr nicht mehr zuschauen. Vincent konnte das mit den Seilen richtig gut, und wenn sie Amira im Anschluss applaudierten, kam er auf eine Weisung von ihr hinter dem Vorhang hervor und verbeugte sich (bei viel weniger Applaus) mit ihr. Aber es war da noch mehr, das Charil schmerzte. Vincent war ein reinrassiger Franzose. Wohl einer vom Land, wie er auch, aber eine Partie aus der Provence ist doch etwas anderes als einer aus einem Entwicklungsland, und Charil grämte sich innerlich. Dass diese Dinge nicht wichtig sind, davon ließ er sich noch einmal überzeugen, als das mit Mary begann, und dann bekam er es nie mehr aus dem Kopf. Braun, beige, rosa, ob aus einem armen oder reichen Land, all das unterlag bestimmten Spielregeln.

Charils Erfahrung mit einem Messer in den falschen Händen hatte Ramid nie gemacht, und so steckte er das Messer in die Hosentasche und überlegte, dass ihm auch noch der Lohn blieb, und zum ersten Mal in Amerika hatte er das Gefühl, er hätte Geld und wisse nicht, was er damit anfangen solle.

Nila schaute nur kurz hervor. Nicht mehr ganz so überrascht wie beim ersten Mal, aber sie ließ ihn keinen Augenblick länger in der Tür stehen. Sie nahm das Geschenk und schloss die Tür. Dabei hatte es Ramid sorgfältig in Jausenpapier eingepackt, das er in Marys Küche abschnitt, als sie nicht hinsah, und es mit Tieren bemalt, die er mit Nila bei der Zirkusvorstellung gesehen hatte.

Mary wusste, dass er Nila mit in den Zirkus nahm. Sie war froh, dass Ramid sie zu etwas mitnahm, das ungefähr ihrem Alter entsprach. Zu den Abenden, die Nilas Mitschüler veranstalteten, ließ sie sie nur ungern gehen. Auch wenn ihr Nila versicherte, dass sie reich und gut erzogen seien (was wohl oft Hand in Hand ging), war sie aber immer angespannt, wenn Nila lange nicht zurückkehrte und nicht wissen ließ, wo sie schlafen würde. Ein Zirkus, das entsprach ganz Marys Vorstellungen. Und als schließlich Karim und Mike daherkamen und Ramid beschimpften, weil dieser mit der Schwester allein losgezogen war und niemandem etwas gesagt, ja nicht einmal den Vorschlag gemacht hatte, Karim und Mike mitzunehmen, stellte sie sich auf Ramids Seite (weil ein Zirkusbesuch Nilas ganz ihren Vorstellungen entsprach), dass sie (Karim & Mike) ein paar Ohrfeigen verdienen würden. Das war ihre übliche Bestrafung. Ein Satz, der etwas androhte, was schließlich nie eintrat.

Nila versprach Ramid, das Messer in der Tasche zu tragen, damit sie es zur Hand hätte, und sie sagte es in einem Ton, als würde sie sich wichtig machen, und Ramid dachte, dass es wohl daran lag, dass sie ein Mädchen war und ein Messer in ihrer Tasche eine große Sache wäre. Allerdings hatte Nila schon selbst ein paar Mal daran gedacht. Es hatte ihr nur der Mut gefehlt, und so wartete sie, dass es von selbst kam, und zu ihrer Überraschung tat es das. Sie bekam etwas, das sie sich selbst nie kaufen würde, auch wenn man ihr ein Stück weiter in den puertorikanischen Straßen problemlos auch als Minderjährige eines verkauft hätte. An ein paar Stellen in der südlichen Bronx, zwischen der Hundertzweiunddreißigsten und der Hundertfünfzigsten, verkauften sogar Frauen Messer und viele trugen selbst eines. Für den Fall, dass bei Ärger ihr Mann nicht zu Hause wäre, oder wenn er selbst seinen Springer gegen sie zückte.

Charil hatte nur zwei Ziermesser zu Hause, die er an jenem Abend, als Ramid ankam, aus einer Schachtel zog, die oben in einem Regal im Esszimmer stand. Wohl deshalb, weil er nicht wusste, worüber er sich mit dem Neffen unterhalten sollte, und er wollte auch ein bisschen angeben. Damit Ramid nicht den Eindruck bekäme, dass Mary im Haus das Wort führt, was, wie er meinte, beim Abendessen ein wenig so aussah. Aber er war es, mit dessen Hilfe sie sich dieses schöne Reihenhaus leisten konnten, und ihm lag daran, von Zeit zu Zeit daran zu erinnern.

Und jetzt sag mir, wer hat dich zweiundsechzig aus diesem dreckigen Lager geholt, sagte Charil bisweilen, wenn er sich mit Mary stritt. Darauf wusste sie nichts zu sagen, und meist ging es dann nach seinem Willen. Er sagte das nur, wenn Karim und Mike oder Nila nicht in der Nähe waren, diese Dinge vor den Augen der Kinder auszutragen sei niveaulos, darauf hatte er sich mit Mary geeinigt.

Charil traf seine Frau im Winter zweiundsechzig, siebeneinhalb Monate nachdem sie mit dem Les Mémoires in der Neuen Welt angekommen waren. Damals war es so kalt, dass die Fenster klirrten, und die Leute, die zu Vorstellungen kamen, konnte man an einer Hand abzählen. Nach ein paar erfolgreichen Wochen zu Beginn waren die Zuschauer langsam wieder verschwunden, und es gelang nie wieder, sie zurückzulocken, da konnte sich Prinzipal Jacques noch so sehr den Kopf zerbrechen. Gleich als sie ankamen, waren doch alle Zeitungsleute so gierig danach, sich die ganze Konzeption erklären zu lassen bzw. von der ersten Reihe aus fotografieren zu dürfen. Und er ließ sie gewähren, selbst wenn sich die Leoparden vor den aufblitzenden Fotoapparaten fürchteten, und es war in der Arena wegen der Schreiberlinge ziemlich mühsam mit ihnen. Auch hinter der Bühne durchleuchteten sie alles. Sie fotografierten die Schlangenfrau, wie sie sich umzog, Amira aus dem Tschad, die immer ihre eigene Schminke haben musste und diese niemandem lieh, und es erschienen auch einige wohlwollende Artikel mit großen Bildern. Ein Anfang, den sich jeder Prinzipal wünschen würde, und Jacques wartete darauf, dass nach ein paar Wochen die ersten auftauchen würden, die zu ihnen gehören möchten, und einer nach dem anderen würde zeigen, was er kann, und Jacques würde auf einem hohen Stuhl sitzen (wie ein Tennisschiedsrichter) und die Besten von ihnen würde er auf Probezeit einstellen. Keine fahrenden Bären auf Motorrädern, keine Peitschenschläge über Tierrücken, keine Zaubertricks, die nicht bei ihnen ohnehin schon zu sehen sein würden. Das war der Grundsatz des Les Mémoires. Und dass die Artisten zwischen den Kulturen vermitteln, weil sie in der Lage sind, sich zu verständigen und gemeinsam zusammenzuarbeiten. Es kamen auch einige Friedensaktivisten der New Yorker Szene, damit sie ihnen eine Petition gegen Atomkraft und für eine gerechtere Welt unterzeichnen, aber Jacques schickte sie fort. Unterschriften auf einem Stück Papier traute er nicht. Keine Buchstaben, nur Taten haben ihre Berechtigung in der Welt, und der Les Mémoires sollte ein Laboratorium der allumfassenden Partnerschaft sein, und darüber hinaus gab es seiner Meinung nach nichts mehr zu unterschreiben, weil dies für sich selbst sprach.

All die verfolgten Künstler, denen in ihren Ländern die Hände gebunden waren, Menschen aller Hautfarben und Religionen, sie alle ließen den Traum dieser Partnerschaft (jeder für sich und nach eigenem Gutdünken) bei der Vorstellung wahrhaftig werden. Was sich doch für Möglichkeiten eröffnen, wenn sich die Menschen, anstatt sich die Hände gegenseitig abzuhacken, an diesen fassen und sich ihrer Friedfertigkeit versichern. Jacques übte es sogar vor dem Spiegel, damit er sich verständlich artikulierte, und er strich eine Erwähnung der französischen Verdienste, damit sie in Amerika nicht glauben, die Europäer würden sich altklug geben. Dann würden sie sie mit leeren Sitzen in der Manege strafen, und das war es nicht wert, da der Les Mémoires eine Erinnerung an die Zeiten darstellen sollte, als die in zwei Hälften geteilte Welt mit Raketen auf sich zielte, und das sollten so viele Menschen sehen wie nur möglich. Sie sollten, gemeinsam mit Jacques, an eine ursprüngliche Gemeinschaft glauben und auch daran, dass sich Gefühle beiderseitiger Nähe erlernen lassen. Toleranz und Achtung. Zu Charil sagte er, wenn er Lust hätte, seinen Gebetsteppich auszubreiten, so würden sie mit dem Autokompass ergründen, wo es Richtung Mekka ging, und wenn er einen ganzen Monat erst nach Sonnenuntergang essen wolle, so stünde ihm nichts im Weg. Er sagte das allen. Dass sie den Rosenkranz beten können, dass sie nicht Fleisch mit Milch mischen müssen, es sei kein Problem, und dass Bemerkungen über andere nur in der Sprache erlaubt seien, die sie alle gemeinsam verstünden. Kinder zahlten bei einer Vorstellung die Hälfte, weil es Jacques als wesentlich erachtete, die jüngste Generation für sich zu gewinnen, aber wer weiß, was er nach ein paar Monaten für sonst wen gegeben hätte. Auch für jemanden, der die Hälfte der Vorstellung verschlief und keinerlei Inspiration mitnahm, denn auch ein solcher zahlte Eintritt und im Winter neigten sich die finanziellen Mittel des Les Mémoires ihrem Ende zu und die Tiere hatten kein Futter. Und dabei mühten sie sich mit Kräften, Leute anzulocken. Für die Lamas nähten sie lustige Schellenkäppchen, und die Leoparden gingen, unter Aufsicht eines Mitglieds des Ensembles, in den Pausen herum, um jemanden für eine kleine Spende hinter den Ohren zu kratzen. Die Adler, die der kasachische Falkner (einer langen nationalen Tradition folgend) auf Mäuse aus französischem Frottee dressierte (da es mit lebenden Tieren eine Schande wäre), standen bei größter Kälte an der Kasse, um einen jeden, der noch zögerte, von einer niemals gesehenen Attraktion zu überzeugen. Dressierte kasachische Adler hätte es in Amerika doch zuvor noch nie gegeben. Niemals, sagte Prinzipal Jacques mit dem Gesicht in seinen Händen, als er sich gemeinsam mit den anderen Artisten am Ofen des kleinen Zeltes hinter dem Chapiteau aufwärmte und den anderen mitteilte, dass auch die heutige Vorstellung, ebenso wie die beiden gestrigen und vorgestrigen, mangels Zuschauern abgesagt werden musste. Er stand dort mit Fäustlingen beim Ofen, neben dem kasachischen Falkner, der schon die zweite Woche im Zelt saß, weil sich einer seiner Adler beim langen Warten im Frost erkältet hatte und gestorben war und der andere ohne seinen Gefährten nicht auftreten wollte.

Auch die Leoparden husteten und die Artisten begannen untereinander darüber zu tuscheln, wer wie seines Weges gehen würde, und ein paar fügten sogar hinzu, dass ihnen das Ganze von Anfang an nicht geheuer gewesen sei und dass der Misserfolg einem Plan von Jacques und Pierre folgte, damit sie einen Grund hatten, das Ensemble aufzulösen, und den Rest der Unterstützung des französischen Kulturministeriums untereinander aufteilen konnten.

Erst in den letzten Tagen des Les Mémoires wurde Charil mit ein paar anderen des Ensembles näher bekannt. In den paar hektischen Anfangswochen war er froh, wenn er sich nach den Übungen hinlegen und schlafen konnte, und Augen hatte er damals ohnehin nur für Amira.

Einige Artisten schliefen in den Wohnwägen und einige in den Kabinen größerer Fahrzeuge, die Tiere transportierten, die sie des Nachts über Bretter aus der Backwarenfabrik zur Nachtruhe in die Wägen trieben. Charil wohnte bei Pierre. Sie hatten einen eigenen Wohnwagen mit einem Wasserreservoir (zum Waschen), zwei Betten mit vielen Decken, in die sie sich Abend für Abend einwickelten, und so saßen sie dort herum oder lagen und erinnerten sich an die ersten paar erfolgreichen Tage, von denen sie manchmal auch in der Nacht träumten. Davon, dass das Zirkuszelt bis zum Bersten voll war und die New Yorker ihnen zujubelten und der Les Mémoires eine eigene Postkartenserie verlegte und die begeisterten Zuschauer diese an ihre Freunde und Verwandten in der ganzen Welt verschickten.

Und nicht nur das. Charil stellte sich an den Abenden Dinge vor, die er am liebsten aus seinem Gedächtnis streichen würde. Amira und wo sie war und ob sie mit Vincent und ob sie mit diesem gleichen, sanften Handschlag … wo doch Vincent darauf trainiert war, ihr bei der Vorstellung die Seile herabzulassen, ob sie ihn auch zu sich auf eine Nacht in die Kabine lud, wo sie wohnte, und was sie dabei wohl am Körper trug. Und ob es ihr Vincent besser besorge als er, weil man das schon immer von den Franzosen behaupte, und was da wohl dahinterstecke. Es zerriss ihm das Herz, wenn er darüber nachdachte, aber er kam zu keinem Ergebnis, und nicht einmal mit Pierre konnte man reden, weil er den ganzen Abend schrieb. In diesem grausamen Winter, wie aus einem Lager in Sibirien, schrieb er mit vor Kälte steifen Fingern flehentliche Briefe, voller Klagen über die amerikanische Undankbarkeit. Briefe an seine Verlobte, die nachkommen wollte, wenn es gut lief, und genau davor fürchtete sich Pierre, weil klar geworden war, dass sie ihm gar nicht fehlte. Es war ihm an den langen Abenden mit Charil klar geworden, ähnlich wie Charil nach und nach einsah, dass er die Sehnsucht nach Amira mit einer anderen und wirklichen Liebe überdecken sollte.

Aber es gab auch andere Abende. Wo sich noch etwas Hoffnung regte und man unter den Artisten davon sprach, dass das Ausbleiben der Zuschauer nur eine kurzfristige Pechsträhne darstelle, man verkürzte sich eben die Zeit mit Trinken. Tee für diejenigen, denen der Glaube nichts anderes erlaubte, Bier und Whisky für die anderen, solange Jacques alles zahlte. Immer gab es Diskussionen, wer die Getränke holen muss. Man scherzte, dass doch für einen Zauberer alles leichter von der Hand ginge, wie die Schlangenfrau versicherte (die Amira nicht mochte und das Gerangel um sie kaum ertrug), und so kam es, dass sich Charil (manchmal drei, vier Mal in der Woche) seinen Weg durch die Schneeverwehungen bis in die Straßen der Bronx bahnen musste und dann noch weiter bis zu Jimmies Laden, um Alkohol für die Artisten einzukaufen.

Der Zirkus Les Mémoires befand sich die ganze Zeit seiner unrühmlichen amerikanischen Existenz über im städtischen Niemandsland, neben der verfallenen Backwarenfabrik, auf einer quadratischen Fläche voll trockenen, zerfledderten Grases, und später lag dort Schnee, wie ein riesiges Iglu wirkte das Zelt, bis obenhin zugeschneit. Jacques gab nach zwei Wintermonaten ohne Zuschauer schließlich auf. Der Befehl, täglich den Schnee entlang der Zuschauerwege wegzuräumen, wurde nicht mehr erteilt, und Charils ausgetretener Pfad, wo er sich mit den Flaschen entlangschleppte, wurde so zur einzigen Verbindung mit der einen halben Kilometer weit entfernt liegenden Zivilisation. Mit den abgewohnten Häusern und der Straße nach Baltimore. Dieselbe Straße, an der Charil schon zwei Jahre später täglich stehen und warten würde (beim zehnten Exit), wer denn anhielte, diese querte er nun auf seinem Weg zu Jimmies Laden, denn die Artisten des Les Mémoires hielten sich in diesem verdammten Winter mit ihren Trinkgelagen über Wasser.

Als Charil in Jimmies Getränkeladen kam, hatte er endlich das Gefühl, im wirklichen Amerika zu sein. Bis zu dieser Zeit kannte er nur den Hafen und ein bisschen was vom Auto her, als er mit den Lamas entlangfuhr, aber auch da blickte er lieber zu Amira, die im Truck hinter ihm saß.

Es waren die Flaggen, die aus Jimmies Laden das richtige Amerika machten. Sie waren überall zu finden. Nicht nur dass sie in Halterungen entlang beider Auslagen wehten, sie befanden sich auch am Pult und am Tellerchen für Kleingeld und sie hingen in Form von verschieden großen Decken von den Getränkeregalen. Jimmie hatte rotweiß gestreifte, sternenbesetzte Pulswärmer (auf blauem Grund) an beiden Händen, und die Flagge der Vereinigten Staaten zierte auch Jimmies Kopf, in Form eines verknoteten Piratentuchs. Schon damals ging es dem Laden nicht sonderlich. Charil erkannte das an den oberen Regalen, wo man kaum je mit der Hand hinlangte und niemand mehr daran dachte, abzuwischen.

Zunächst holte er zwei, drei Flaschen. Er las das Etikett oder wies mit der Hand darauf. Aber je weniger Zuschauer es gab und je mehr Vorstellungen abgesagt wurden, desto öfter wurde er zu Jimmie geschickt, und Charil schleppte sich schließlich mindestens zweimal in der Woche zwanzig Minuten lang durch den Schnee, einen Futtersack voller Flaschen an seinen Schultern. Englisch konnte Charil kaum, aber mit dem Hinzeigen ging das schon, die Etiketten las er irgendwie durch, und mit der Zeit kam es ihm so vor, als würde ihn Jimmie (auf seine Art) sogar mögen. Zunächst versuchte er ihn in den Zirkus zu locken, aber Jimmie meinte, das sei nichts für ihn und wenn irgendwann ein besoffener Artist vom Reck falle, da wolle er auf keinen Fall dabei sein. Nach einer Weile setzte er, sobald Charil eintraf, den Tee auf und reichte Charil über das Pult hinweg eine Tasse, damit er zu Atem kommen konnte, bevor er sich mit den Flaschen auf den Rückweg machte. Jimmie war ein reinblütiger Angelsachse mit Vorfahren in Shrewsbury, einer Stadt an der walisischen Grenze, Geburtsort von Darwin, den Jimmie nicht sonderlich mochte. Seine Vorfahren, ursprünglich Bauern, kamen im siebzehnten Jahrhundert nach Amerika, und zuvor, bevor sie vor gut hundert Jahren in New York sesshaft wurden, gelang es ihnen, nach Kalifornien und wieder zurück zu wandern. Sie hatten den ganzen sagenhaften Weg der Pioniere und Forscher bis zum Stillen Ozean in den Beinen, wo sich einer Legende nach das letzte goldene Indianerreich befand, und Jimmie war sichtlich stolz darauf. Er erzählte das jedem, der es hören wollte, und nach der dritten Woche, die Charil zu ihm kam, berichtete er es ihm in allen Einzelheiten und machte dabei klar, dass er selbst eigentlich nichts von Geschichte verstand. Charil hielt die heiße Tasse mit dem Earl Grey fest, es war das Einzige, was Jimmie außer Bourbon trank, und Charil dachte darüber nach, wie es mit dem Zirkus wohl weitergehen würde, und hätte ihm jemand gesagt, dass er gerade mit seinem künftigen Schwiegervater Tee trank, er hätte ihn ausgelacht.

Und dann saßen sie herum und Charil wartete darauf, bis ihm Jimmie die Flaschen in den Beutel stopfte. Das dauerte immer eine Weile, weil Jimmie dabei eine halbe Flasche Bourbon trank oder die Flasche vom Vortag leerte. Es war die Zeit, als Elena noch lebte. Marys Mutter, der später Charil und Mary jede Woche am Sonntag vor dem Picknick eine Blume ans Grab in Woodlawn legten, und Mary stand dort eine Weile herum und fegte die Blätter weg, die während der Woche aufs Grab gefallen waren.

Elena befand sich im Laden, und als dort Charil zum ersten Mal antanzte und Jimmie sich noch dachte, was da wieder für ein neuer, brauner Räucherspeck nach Amerika gezogen kam, und Charil wiederum ein paar Wochen lang nicht wusste, dass Jimmie überhaupt irgendeine Frau hatte, stand sie die ganze Zeit über irgendwo hinter ihnen. Erst als sich Jacques einmal einen französischen Champagner bestellte, damit er über das ganze gescheiterte Zirkusunternehmen in seinem Wohnwagen ordentlich lachen konnte, erblickte Charil Elena zum ersten Mal. Jimmie fluchte eine Weile, als er die Regale hochkletterte und die Champagnerflasche suchte, die dort, wie er versicherte, irgendwo versteckt sein musste, aber dann kam er wieder und ging zum ersten Mal hinter den gepunkteten Vorhang (der hinter dem Pult angebracht war), wo Charil einen kleinen Lagerraum vermutete. Und als sich der Vorhang kurz hob und Jimmie siegessicher mit der Flasche hervorkam, in diesem kurzen Moment, als man hineinsehen konnte, bevor der Vorhang wieder zufiel, sah er sie dort sitzen. Es war nur ein Augenblick, aber der genügte, um zu wissen, dass hinter dem Vorhang eine Frau in Jimmies Alter auf einem Stuhl saß, mit geschlossenen Augen und einem bleichen, verlebten Antlitz. Sie hatte damals nur noch wenige Monate zu leben, und es gehörte nicht viel dazu, das gleich zu erkennen.

Mit einigen Leuten war es so, als hätte sich die Zeit geirrt. Es schien, als würden sie eher auf eine mittelalterliche Burg oder in den römischen Senat gehören. Elena war anzusehen, dass sie aus England kam (Ende des neunzehnten Jahrhunderts). Eine Angelsächsin wie Jimmie, mit mindestens so alten Familienwurzeln wie er, mit einem länglichen Gesicht und einem zerbrechlichen Körper, der hartnäckig die Nahrung verweigerte. Ähnlich elend sahen, will man den indianischen Chronisten glauben, die Ehefrauen und Töchter der ersten Kolonisten aus, die in einigen schwankenden Barken aus Europa kamen und sich wie die Pest in wenigen Jahren über das ganze Land verteilten. Darüber, dass diese blutlosen weißen Frauen ganze Rotten von bösartigen, bärtigen Kämpfern gebärten, finden sich in den erhaltenen indianischen Chroniken Dutzende ratlose Seiten. Charil wusste auch nicht, was er sich von der Gestalt auf dem Stuhl hinter dem Vorhang denken sollte, aber es war völlig klar, dass er Jimmie nicht danach fragen würde. Er nahm den Champagner, legte ihn zu den anderen Flaschen in den Beutel, und Jimmies geröteten Augen, die ihn nur noch verschwommen wahrnahmen, wünschte er einen schönen Abend.

Erst Mary erzählte Charil einiges über Elena. Als die ersten Artisten aus dem Zirkus flüchteten, die Lamas und Zebras eines nach dem anderen (wegen der Kälte und Futterknappheit) starben, schlug Jacques, der längst alles aufgegeben hatte, vor, das letzte Geld in die Verlobungsfeier von Amira und Vincent zu investieren (da Vincent in größter Kälte unter den Decken im Truck, wo sie schliefen, um ihre Hand anhielt). Ein Kilo Kekse, Chips, schwarze Oliven und billiger, bräunlicher Käse mussten ordentlich nachgespült werden, und so zog Charil am Morgen vor der Feier seinen Weg zwischen den Schneewechten entlang, um Jimmie mit der längsten Einkaufsliste (Alkoholika) aufzusuchen, die er je gesehen hatte. Er kehrte nie wieder zurück.

Schon als er sich mit seinem Beutel Jimmies Laden näherte, hatte er böse Vorahnungen. Es schneite, und abgesehen von ein paar Autos, die da und dann vorbeifuhren, sah er auf dem Weg keine einzige Menschenseele. Diese unheilvolle Stille nahm es vorweg. Eine Stille, die bösen Dingen vorangeht, die einen Versuch einer Erleichterung vor den letzten Atemzügen darstellt, und dann bemerkte er, dass die Flaggenstangen, die in ihren Haltern die Auslagen säumten, zerbrochen vor dem Laden auf der Erde lagen. Hinter dem Pult stand kein Jimmie mit einer Flasche, aber Elena zwischen den Scherben, die überall herumlagen, und ein Regal war umgeworfen und im ganzen Laden roch es säuerlich nach Alkohol, der aus den Flaschen floss, und Charil wusste gar nicht, was er tun sollte. Elena lehnte gebeugt über dem Pult, als hätte sie ein Blitz getroffen, als würde sie jeden Augenblick zusammenbrechen, und als Charil die Liste (was er kaufen sollte) auf das Pult legte, drehte sie sich zu ihm, aber ihre Augen blickten durch ihn hindurch und dann lachte sie wie ein kleines Mädchen und begann auf der Rückseite des Papiers eine kleine Landkarte mit Pfeilen zu zeichnen.

Der einzige Raum, wo noch etwas von Jimmies Vorräten verblieben war, war das Lager, das sich nicht hinter dem Vorhang im Laden befand, sondern zehn Minuten weiter zu Fuß entfernt lag, aber mit Hilfe von Elenas Landkarte fand Charil den Ort ganz schnell. Ein solches Lager zu besitzen war in der Bronx nichts Ungewöhnliches, und die kleinen Geschäfte, die in den kleinen Häusern Platz fanden, hatten oft gar keine andere Wahl, als solche Lagerräume anzumieten. Kojen in großen Hallen mit flachen Dächern, die mit Trennwänden in Dutzende kleine Kammern geteilt worden waren, sie verfügten über eine Außentür und kalten Betonfußboden. Entlang solcher Hallen ging auch Ramid, als er ein Geschenk für Nila suchte. Längliche Häuser mit vielen hölzernen oder metallenen Türen, je nachdem, wie wertvoll die darin eingelagerten Güter waren. Manche Kojen waren voller Steigen mit Kartoffeln und Äpfeln, die dort ausreiften, andere waren gefüllt mit Radios, Winterjacken, die man zu Weihnachten nicht losgeworden war, Unmengen von Schuhen, und Jimmie hatte dort seine Getränkekisten. In einer kleinen eisigen Kammer, und als Charil dort ankam, stand die Tür offen und auf einer der Kisten saß ein zusammengekauertes, blondes Mädchen.

Vielleicht habe ich mich verirrt. Irgendwer hat mich zwischen die Häuser gezerrt und mir mit sonst was eins über den Schädel gezogen oder mich in ein Auto verfrachtet und in einem anderen amerikanischen Bundesstaat rausgeworfen, stellte sich Charil vor. Das würden sie wohl im Les Mémoires von ihm glauben, wenn er nie mehr wiederkam. Er sah Mary an und wusste es. Das könnte die wahrhaft große Liebe sein. Ein gekrümmtes Mädchen, das eine große Scherbe (wie ein Messer) in ihren Händen hielt.

Niemand wusste warum, aber Jimmie hatte an diesem Vormittag seinen ganzen Laden zerstört und Mary schützte das Lager, falls er vor hatte, dort weiterzumachen.

Von den Dämonen des Alkohols hatte weder sie noch ihre Mutter irgendeine Ahnung. Von Jimmies Plänen, von denen er in einem guten weißen Viertel (im Haus seines Vaters) zu träumen begann, und wie er schließlich im Ghetto endete, eine Migrantenexistenz umgeben vom schwarzen Pöbel, der sein ganzes Leben lang nicht die Straße verließ. Die guten, weißen Familien packten nach und nach ihre Sachen und zogen fort, während er mit Elena und Mary hier blieb, sich einen Laden einrichtete und daran glaubte, wenn er durchhielte, würde es wieder wie früher werden. Er glaubte daran, wie auch mancher weitere Angelsachse der Montagsgesellschaft in Fays Taverne, wo sie sich jede Woche betranken und gemeinsam in Erinnerungen schwelgten. Wie es war, als die Familienhäuser nicht wie verkommene Geräteschuppen aussahen, und wie es noch keine Ziegelruinen mit den abgefallenen Verzierungen und Lager und Hallen mit Ersatzteilen gab, sondern überall stolze bürgerliche Häuser.

In den Straßen blühten damals Kastanienalleen, und im Viertel befand sich auch ein Theater und eine ganze Reihe Villen mit Doktors- und Juristenfamilien, die sich kannten und grüßten und dafür sorgten, dass es dem Viertel gut ging. Und dann?

Als hätten die schwarzen Hooligans im Park einer Lampe nach der anderen das Licht ausgeblasen. Mit der Dunkelheit kam die Angst, und niemand wollte an einem solchen Ort bleiben. So fanden die guten weißen Lampen der ordentlichen angelsächsischen Familien in der Bronx eine nach der anderen ihr Ende, und Jimmie erinnerte sich an alles und konnte der Welt nicht verzeihen: Die Plätze verwucherten, und Leute von weiß Gott her machten sich dort breit mit den Schwarzen, und weder die einen noch die anderen interessierten sich dafür, wie sie leben und wie es im Viertel aussah. Rumtreiber, dubiose Geschäfte, Menschen, die zu faul waren, um nachzudenken, und anstatt für die Bildung ihrer Kinder zu sorgen, stecken sie alles Geld in riesige Abrisshäuser.

Auch Jimmie hätte verschwinden, schon vor Jahren wegziehen können, als der Wert der Häuser zu sinken begann und die ordentlichen Familien geschlossen packten. Er hätte es tun können. All dem hier den Rücken kehren, endgültig zurücklassen, was er einst mochte. Aber er war kein Schwarzer, der seine Wahl nach irgendwelchen Bequemlichkeiten traf. Keiner Arbeit nachgehen, die Weißen kritisieren und auf ein Morgen pfeifen. So sind sie. Die Schwarzen und jener Haufen, der sich dort herumtreibt, die können es sich nicht richten. Sie rücken an (wie zu einer gedeckten Tafel) und wollen (ohne zu arbeiten) die Früchte ernten. Und wegen eines solchen Packs hätte er sein Haus verlassen sollen? Und so hielt er durch und ließ sich auch von Elena nicht überreden. Ihre Gespräche reduzierten sich auf dieses Thema. Ihr ständiges Jammern, dass sie wegziehen sollen, und die ganzen Jahre, wo ihr nur noch der Kopf schmerzte. Und dazu ein Kind und das war's. Wer hat schon von so einem Weib gehört? So werden uns die

Schwarzen bei lebendigem Leib auffressen. Ein Kind und Ende der Durchsage. Eine kranke Frau. Und so blieb Jimmie nur die Flasche. Die Flasche und Mary. Zwei Geliebte, zwei Unzertrennliche, die man am besten beisammenhielt. Wenn er eine Flasche leer trank, hatte er Mary am Schoß sitzen, und er konnte sie umarmen und an sich drücken. Das einzige weiße Kind in der Straße und Jimmies größter Schatz. Er schaute zu, wie sie wuchs. Wie sich der kindliche Körper, der aus einem Teil von ihm bestand, verwandelte, während Elena älter wurde. Er dachte darüber nach, wenn er hinter dem Pult stand, sie saß dort hinter dem Vorhang und im Laden war es still wie im Leichenschauhaus. Dass er vollkommen vergessen hatte, weshalb er sie zur Frau nahm. Im Unterschied zu Mary gab es an ihr nichts, das er gerne anfassen wollte. Sie fassten sich wohl auch deshalb nicht an, weil Elena und er aus guten Familien stammten. Er konnte sich des Gefühls nicht erwehren, dass sie ihn, wenn er am Pult die Banknoten zählte, selbst durch den Vorhang hindurch bespitzelte. Mit diesen blauen Wasseraugen, die immer dann voller Tränen waren, wenn es ihnen gerade passte.

Sie weinte auch, als nach drei Monaten (von dem Tag an gezählt, als sie sich kennenlernten) Mary und Charil zu ihr kamen, dass sie heiraten werden. Und drei weitere Monate später war sie am Ende. Wenn man den fünf Tage alten Karim nicht mitzählte, von dem damals noch nicht einmal Mary wusste, begleiteten nur sie beide den Sarg am Woodlawn-Friedhof. Charil und seine Frau. Mary, der er half, und sie war ihm dankbar. Jimmie ließ sie zuvor mit niemandem irgendwohin und von den Männern, die ihr gefielen, konnte keiner ewig warten. Damals aber war er nicht mehr in der Lage, ihr irgendetwas zu verbieten. Nachdem er seinen Laden zerstört hatte, versank er ins Bodenlose.

An jenem ersten Tag im Getränkelager warteten Charil und Mary die ganze Nacht auf ihn. Mary hatte sich vorgenommen, sich nicht vom Platz zu rühren, weil der Vater zu allem fähig wäre und das Türschloss hätte er leicht aufbekommen, und so saßen sie dort auf einer Kiste Bourbon, versteckt unter Charils Mantel, bis zum frühen Morgen. Von dem wenigen, das Mary sagte, verstand Charil fast gar nichts. Der Instinkt des Hauses in Tabul, erzählte er dann der kleinen Nila, wenn sie hören wollte, wie sich Vater und Mutter trafen und warum er sich zu ihr auf die Kiste setzte und nicht mehr aufstand. Sie erinnerte ihn irgendwie an Amira und er fühlte, dass sie Hilfe brauchte. Der Laden war vernichtet, Jimmie verschwunden und Elena stand reglos hinter dem Pult, auch am nächsten Tag, bevor Mary sie wie eine Blinde an der Hand nahm und zu Bett brachte. Mary besaß nichts und Charil nahm sich ihrer an. Den Laden verkauften sie für wenig Geld, Elena bestatteten sie mit allen Ehren, und nur die Tatsache, dass Jimmie irgendwo sein müsse und irgendwann vielleicht zurückkehre, hing wie eine dunkle Wolke über den Köpfen der neuen Familie. Eine Familie, in der, als Ramid zu ihr stieß, der Älteste der Jungs (Karim) nur ein paar Jahre jünger war als sein Vater, als dieser damals geheiratet hatte. Und Nila besaß nicht nur ein ähnliches Gesicht wie ihre Mutter, sondern auch ihre Verhaltensweisen.

An einem Morgen im dritten Monat (seit Ramid im Haus lebte) verbrühte Mary Charil beim Frühstück, als sie ihm gerade aufgekochten Tee aus der Kanne einschenkte. Alle, die dort saßen, erschraken, nicht nur Mary … und Ramid am allermeisten. Er erbleichte und ballte die Fäuste unter dem Tisch, so fest, dass er seinen Puls darin fühlte. Und Nila, die immer als Letzte zum Essen kam, hatte ihren ganzen Arm (vom Handgelenk bis zum Ellbogen) verbunden und an einigen Stellen kam das Blut durch. Mary schrie auf, Charil ergoss sich alles in den Schoß und Karim und Mike schauten einander an, ohne den üblichen Hohn.

Mary wimmerte, mein Mädchen, mit einem Satz war sie bei Nila, und die zuckte weg, wie vor einer Schlange, taumelte und ließ, kalkweiß im Gesicht, ihren Blick schweifen, als würde sie vergeblich Platz bei Tisch suchen. Mit unbeholfenen Bewegungen fasste sie sich eine Sessellehne, setzte sich, und Charil sagte, du solltest uns das hier wohl erklären, und Mary warf ihm einen wütenden Blick zu, wie er so etwas überhaupt sagen konnte. Die Männer haben kein Gespür, dachte sie, als Karim und Mike ihr Essen fortsetzten und Nila so tat, als hätte sie nicht gehört, was Charil gesagt hatte.

Selbstverstümmelung und schlechte Essgewohnheiten gehen oft Hand in Hand, und Mary bereitete sich darauf vor, was sie zu Nila sagen wollte, wenn alle weg waren. Mädchen, die perfekt sein wollen … und wenn sie es nicht sind, bestrafen sie sich dafür. Als sie, Mary, noch jung war, machte man bei weitem nicht so viel Aufsehen darum. Niemand beneidete die Mutter um ihre dünne Wachsfigur. Ganz im Gegenteil. Die Nachbarinnen erteilten ihr Ratschläge, wie sie es anstellen soll, sich in Ordnung zu bringen. Sie tat ihnen wirklich leid. An ein paar der Rezepte der vor Fett schaukelnden Nachbarinnen, die Mary als Kleine an der Hand führten, erinnerte sie sich noch.

Eigelb von Gänsen mit Honig, zerlassene Butter mit gemahlenem Zimt, Schlagsahnepüree mit Walnüssen. Heute stört niemanden mehr eine Wespentaille oder ein kantiges Gesicht. Mary sah das. Die Ärmchen von Nilas Bluse, die an den knochigen Schultern hing, und das Schlüsselbein, das einen ganzen See behalten könnte. Das Gesicht mit den Himbeerlippen und Wimpern wie Bürsten. Sie verstand nie, warum sie sich vor dem Frühstück nicht einfach nur schnell das Gesicht waschen konnte. Immer musste sie perfekt sein. Sie übernahm sich. Und dabei hatte sie weder von ihr noch von Charil jemals ordentlich eins hinter die Löffel bekommen. Zudem war sie in einer Schule für Weiße. Dass sie weiß wie eine reinblütige Angelsächsin sei, Mary erzählte ihr das von klein auf. Die Unterstützung, die junge Mädchen brauchen, die hat sie doch von ihr, Mary, immer bekommen. Und alle Freiheiten auch.

Charil konnte Zeile für Zeile lesen, was Mary alles durch den Kopf schoss. Nach den vielen Jahren kannte er die Gedanken seiner Frau (wie seine eigenen). Anstatt darüber nachzudenken, was mit dem Mädchen war, das immer und überall zu spät kam, suchte sie ihre eigenen Fehler. Wem ist schon mit fünfzehn klar, wer er eigentlich ist? Er dachte in diesem Alter, dass er für immer im Haus in Tabul bleiben würde, und Nila denkt vielleicht, dass man der Welt zunächst zeigen muss, dass man überhaupt da ist, und dann würde man schon sehen. Wenn kein Blut fließt, denkt doch diese Generation, dass man sie nicht wahrnimmt. Er sieht es ihr an, wann immer sie sich im Haus begegnen. Das Mädchen weiß nicht, was sie mit sich anfangen soll. Nichts freut sie. Das sind Augenblicke, die jeder kennt, der noch bei seinen Eltern wohnt (und ernährt wird). Er dachte, dass sie sich doch irgendeinen Ferienjob besorgen könnte. Anstatt kopflos durchs Haus zu taumeln und sich empört zu geben.

Nicht einmal Mary gegenüber würde Charil zugeben, wie gern er sie hatte. Manchmal erschrak er darüber. Wenn irgendwer seiner Tochter etwas antun würde, er würde ihn töten.

Mike dachte Ähnliches. Wie schnell man doch tot sein kann. Sie hatten eine Vorlesung in der Schule darüber gehört. Von Freiwilligen, die sich in den schwarzen Schulen der Bronx die Klinke in die Hand gaben und andere aufklärten. Dass man nach der Schule nicht so viel Geschlechtsverkehr haben soll, nicht irgendwo herumschnüffelt, keine Schweinereien ausheckt und so weiter. Ein jeder von der Klasse bekam im Anschluss ein Kärtchen mit Telefonnummer, falls man mal ein Problem hatte oder von irgendwem wusste, dass er in Schwierigkeiten steckte … dass sie nicht zögern sollen, anzurufen. Im Vorjahr hat sich in der Klasse ein Mitschüler umgebracht. Er hinterließ einen Brief, dass die Welt ein schwarzes Loch sei und sie ihn niemals in der Basketballliga aufnehmen würden. Mit Karim sprach Mike die ganze Nacht darüber. Ein schweigsamer Bursche und Basketball konnte der ganz anständig. Wer hätte gedacht, dass er so viel Mut besitzt? Mike wurde sofort schlecht, wenn er nur Blut sah. Wenn sie es ihm abnahmen, musste er immer zur Decke schauen und an die Yankees oder die Ligatrainer denken, bei Karim war es dasselbe. Der Schwester hätte das keiner von ihnen zugetraut. Sie einigten sich nach dem Frühstück darauf, als Mary alle verscheuchte und man durchs Fenster sehen konnte, wie sie Nila an der Hand hielt und ihr ins Gewissen redete. Die Schwester besaß Courage. Und das war für Mike und Karim eine gänzlich neue Entdeckung. Sie überlegten sogar kurz, ihr den Plan zu verraten und sie mitzunehmen, wenn sie es wollte, aber dann verwarfen sie das wieder. Wenn sie sich in ihren weißen kurzen Shorts auf den Platz vor das Haus setzte, wo sie Basketball spielten, störte sie immer gleich. Die Burschen, die sie einluden, um mit ihnen zu dribbeln, fingen sofort an, sich zu produzieren, und Karim und Mike wussten, das Spiel war gelaufen. Ein komplett versauter Sonntagnachmittag. Also würde es auch auf dem Weg mit ihr Probleme geben.

Sie hatten in diesem Augenblick längst alles durchdacht und es blieb nur noch ein Monat Zeit. Ein Monat, bevor sie hier abhauen. In Chicago wurden neue Talente für die Basketballliga gesucht. Eine Ankündigung, die sie in Charils Zeitungen fanden, die, abgesehen vom Vater, niemals irgendwer durchblätterte. Das war Schicksal, oder? So pflegt es zu kommen. Burschen, von denen niemand irgendetwas gehört hatte und die man für irgendwelche Hooligans hielt. Bevor sie es den ganzen weißen Strebern zeigen, weil sie ihr Ding durchziehen und sich von niemandem etwas sagen lassen. Und denen, die an sie glaubten, würden sie Häuser und Autos kaufen, und die, die sie in schweren Zeiten im Stich ließen, die würden sie nicht einmal mehr grüßen, egal wie wichtig sie sein mögen. Etwa den Schuldirektor der Bronxer Highschool, der, als sich Karim und Mike gutgläubig an ihn wandten, nur meinte, sie sollen doch nicht spinnen. Der würde auch keinen Wagen bekommen. Im Basketball waren sie besser als die weißen und schwarzen Jungs, also hatten sie schon gewonnen.

Ihr werdet es manchmal schwer haben, hatte Charil zu ihnen gesagt. Er hatte wohl sich im Sinn und seine Herkunft. Familiengeschwafel. Der Vater und die Mutter hatten doch keinen Schimmer. Und Jimmie, der Karim und Mike als zwei Räucherspeckies bezeichnete, auch nicht. Sie lachten gemeinsam darüber. Ohne seine Zähne sah er wie ein Frosch aus und er konnte das mit dem Räucherzeug nicht wirklich ernst meinen.

Jimmie wusste etwas, was sonst niemand im Haus ahnte. Etwas, was Nila niemand anderem mitteilte. Sie wollte auch jemand sein, aber ihr war klar, was sie dazu sagen würden, und so behielt sie es vorerst für sich. Was Karim und Mike sagen würden, wusste sie schon jetzt Wort für Wort. Eine Berufung, der alle dummen blonden Mädchen nachhängen, die keinen Ferienjob bei einer Fastfoodkette bekamen. Schauspielerin, klar doch. Auch der Vater und die Mutter hatten sie nie danach gefragt. Dass sie doch gut lernen müsse. Als ob von dem Schulwisch etwas abhängen würde. Den Geschichten nach zu urteilen, waren Vater und Mutter immer unter den Besten in der Schule, und was sie erreicht hatten, sprach doch wirklich Bände. Der Vater kroch beim Exit Nr. 10 irgendwem in den Arsch, um einen Auftrag für seine Mexikaner zu ergattern, und tat dabei auch noch so, als würde ihm das Spaß machen. Kein Schwein nimmt ihm das ab, aber immerhin ist er nicht so ein Geizhals wie die Mutter, dachte sich Nila. Aber dennoch. Ohne Jimmie könnte sie von tollen Lidschatten, die nicht sogleich verschwimmen, und kussechtem Lippenstift nur träumen. Und am liebsten würde sie ihm alles auf den Kopf werfen.

Manchmal zittern ihr in der Schule die Hände, dass sich die Lehrerin denkt, sie sei eben von einer Party gekommen und wäre gar nicht zu Hause gewesen. Aber zu Nila sagt sie nichts.

Sie denkt sich wohl, dass in der Bronx einem jeden die Hände zittern, überlegte Nila. Dass wir sonst was zu uns nehmen und ich ohnehin auf keine Hochschule komme, weil den Eltern das Geld ausgeht oder mir irgendwer ein Kind macht. Sie erinnerte sich daran, was Jimmie zu ihr sagte. Dass sie kein Baby zu befürchten habe, wenn man alles richtig mache. Sie dachte darüber nach, ob ihr deshalb die Mädchen mehr als die Jungs gefielen. In der Zeitschrift, die sie sich dank Jimmie leisten konnte, las sie, dass das manchmal passiert, wenn ein Mensch unangenehme Erlebnisse hat. Dass es sich in einem dann umdreht. Sie weinte oft, das war wohl wahr. Aber meistens wusste sie nicht einmal warum. Zu allem Überfluss schrieben sie in dem Artikel, dass man Unangenehmes daran erkenne, dass einem verboten werde, darüber zu sprechen. Aber ihr verbot niemand etwas. Und wenn sie sich vorstellte, jemandem etwas zu sagen, wusste sie nicht einmal, was genau. Dass sie sich den Wecker stellt und dann nach oben geht und Jimmie sie an der Hand hält und dabei wiederholt, er sei ein alter und kranker Mann, ein alter und kranker Mann? Dann murmelt er meist etwas, wovon sie nichts versteht, und er gibt ihr Geld, aber nicht immer. Und selbst das hat sie schon jemandem erzählt. Einem Mädchen in ihrer Klasse. Und die entgegnete ihr, dass Missbrauch etwas ganz anderes sei. Aber sie fürchtet sich dennoch vor Jimmie. Und vor diesem seltsamen Ramid auch. Er spricht nichts, dann auf einmal Zirkuskarten, dann wieder lange Zeit nichts und zuletzt das Messer. Und seine langen Gartengespräche mit dem Vater, in einer Sprache, die sie nicht versteht, das gefiel ihr auch nicht. Da war sie mit der Mutter einer Meinung. Das sollte man nicht tun. Als würden die beiden sonst wo hinfliegen.

Einmal stand sie fast zehn Minuten bei ihnen und sie bemerkten sie gar nicht. Der Vater sprach schnell und spuckte dabei, was er sonst nicht tat, und dann lachte er mit Ramid und dann wurden die beiden wieder ernst und der Vater sprach langsam, leise und lange, ähnlich wie damals, als sie klein war und er ihr vor dem Schlafengehen Märchen erzählte. Sie kannte auch etwas. Das Haus in Tabul und dass Sula die Schwester ihres Vaters war und auch Ramids Mutter. Der Vater erzählte ihr, wie er Sula im See das Schwimmen beibrachte und den ganzen Weg dorthin ging er barfuß. Er erzählte ihr das, als er ihr das Schwimmen beibrachte, und wie es sich für ein kleines Mädchen gehört, interessierte sie sich damals dafür, wie das in dem See mit den Fischen war und ob es dort auch Enten gab wie am Hudson und wie groß die waren. Einfach nur dummes Zeug. Mit Ramid sprach er bestimmt über etwas ganz anderes. Über Dinge, die ihr der Vater nicht erzählte, und dabei war Ramid nur ein Neffe und sie zur Gänze seins.

Manchmal übertrieb es der Vater gehörig. Einmal sagte sie etwas zu seinem Akzent, und als er sie von der Schule abholte, sagte er nur Ciao und vor ihren Mitschülerinnen schwieg er wie ein Grab. Sie meinten im Anschluss, sie hätte einen echt seltsamen Vater, aber das lag bestimmt an seiner Kleidung. Sie sagte ihnen, dass sie ihm einen Zahn gezogen hätten, aber dann fiel ihr ein, dass sein Gesicht überhaupt nicht angeschwollen gewesen war, aber zum Glück fiel das sonst niemandem auf. Ihr hingegen fiel manches auf. Der große Sack, den Karim und Mike vor zwei Tagen nächtens die Stiegen hoch zu ihrem Zimmer schleppten. Der ihre liegt nämlich nur ein Zimmer weiter. Sie kam gerade von Jimmie und traf die beiden am Gang. Sie hatte sich nur einen Bademantel übergestreift und war eigentlich schon im Bett. Sie sahen sie seltsam an und gingen gleich in ihr Zimmer. Vermutlich denken sie, ich sei völlig verrückt, dachte sich Nila. Dass sie niemals bei ihnen rein sah, auch wenn sie gar nicht abgeschlossen hatten. Und wer würde wohl bei ihnen Staub saugen, wenn es die Mutter überkommt und sie es satt hat, mit einem Kaffee in der Küche zu sitzen, von dem einem anderen längst das Herz zersprungen wäre? Karim und Mike denken wohl, dass sie unsichtbar seien, und deshalb müssen sie gar nicht aufpassen. Nila dachte eine Weile darüber nach, sie bei den Eltern zu verpetzen, aber dann würden sie Karim und Mike vielleicht verprügeln, wie diesen Ramid, als sie dahinterkamen, dass er mit ihr im Zirkus war und sie nicht einmal gefragt hatte. Sie taten so, als würden sie auf sie Acht geben. Die jüngere Schwester, die älteren Brüder, so ist das in der Schule üblich. Dabei waren sie nur wütend, dass er ihnen keine Karten gekauft hatte, aber das würden sie niemals zugeben. Diese aufgeblasenen Knülche. Bildeten sich etwas auf einen zweiten Platz in der Bronxer Basketballliga ein, als ob Manhattan gar nicht existierte oder Brooklyn und überhaupt irgendwelche anderen Städte, wo sich all die anderen Jungs wie sie abrackern und meinen, sie würden große Stars.

Und doch bereiteten Jimmies Bemerkungen Nila Schmerzen. Dass Karim und Mike nicht gelungen waren und sie die Einzige sei, die nach Mary und ihm und den angelsächsischen Vorfahren und ihren kultivierten Anlagen gerate. Sie konnten doch nichts dafür, dass die Jungs Charil ähnelten. Und wenn sie mit vierzig wie die Mutter aussehen sollte, würde das kein Gewinn sein. Ihr fiel sehr wohl Mutters Zigarettenstummel im Abfalleimer auf. Nur bis zur Hälfte geraucht, weil sie wohl ein schlechtes Gewissen bekam, und so richtig dann gar nicht mehr lüften könnte. Und dabei sagte sie immer zu Nila, wie schädlich es sei und wie viel Arbeit es sie gekostet habe, damit aufzuhören, und dass ihr bloß nicht einfallen solle, mit ihren Freundinnen anzufangen. Aber sie ist nervös. Wegen ihr, Nila. Und so kaufte sie wohl eine Schachtel und dachte, das sei gänzlich unauffällig.

Darum dachte sich Nila auch, dass sie Schauspielerin werden könnte. Weil sie sich sicher war, dass nur sie alles durchschaute … dass die Brüder irgendwohin flüchten wollten und Mary heimlich rauchte, aber niemand sonst davon wusste. Weil nämlich sie, Nila, in der Lage sei, sich vorzustellen, wie sich andere fühlen, und wenn sie das dann im Film zeige, würden die Leute mit ihr lachen und weinen, viel mehr noch als im echten Leben. Weil sie nämlich sah, wie es in diesem Haus zuging. Dass die ungelungenen Brüder traurig waren, weil man ihr viel mehr Beachtung schenkte (heute noch viel mehr als früher), weil sie dünn sei, wie alle sagten, und die Mutter ist wegen allem restlos fertig, und deshalb raucht sie und trinkt Kaffee und versucht ihr ins Gewissen zu reden. Als sie mit der verbundenen Hand zum Frühstück kam, hieß sie sie bleiben, während sie die anderen nach draußen schickte. Und dabei wusste sie doch gar nichts. Nichts. Nichts. Nichts. Und sie darf auch gar nichts erfahren, dachte sich Nila. Nichts von der Schlangenfrau. Dafür würde sie, Nila, schon Sorge tragen.

Den Platz, wo sich einst der Les Mémoires befand, sah Ramid mit eigenen Augen. In der Einöde neben der Straße waren (während der zwanzig Jahre) lediglich zwei Häuser gebaut worden, sonst sah es dort aus wie immer. Hier befanden sich die Käfige mit den Lamas und hier graste das Kamel, zeigte

Charil Ramid, und es schien so, als wären dort immer noch die Hufabdrücke der hungrigen Tiere zu erkennen. Und die Blätter der verstaubten Bäume zeugten immer noch vom Schicksal stummer Tiere, die den Großteil ihres artistischen Lebens in Containern verbrachten, im metallenen Bauch der Jacqueline, auf den Ladeflächen der Fahrzeuge und in den kalten Käfigen des Zirkuslagers. Ob sie überhaupt jemand in dem halben Jahr in der Bronx herumlaufen ließ, dachte Ramid, und er schaute, wo das wohl möglich gewesen wäre.

Als Mary und er heirateten, zeigte Charil ihr ebenfalls diesen Ort. Er wollte ihr zeigen, wo er so viel Zeit verbracht hatte, als sie noch gar nichts voneinander wussten. Mary wollte nicht, weil ihr Kleid schmutzig werden würde, aber letztlich ließ sie sich doch überreden. Den Abschied von seinem alten Leben konnte sie ihm schwerlich verwehren. Sie fuhren damals in Jimmies Wagen. Elena war schon so schwach, dass sie in einem Rollstuhl in den Hochzeitssaal gefahren werden musste, und Charil fiel niemand anderer ein, den das sonst noch interessieren könnte. Die paar angelsächsischen Kumpels von Jimmie, die wie er in der Bronx auf bessere Zeiten hofften, kannten weder Elena noch Mary mit Namen, und sein Instinkt aus Tabul sagte ihm, dass es besser wäre, Jimmies Freunden aus dem Weg zu gehen.

Dann stiegen wir aus, erzählte Charil weiter, eigentlich nur ich, weil es Mary reichte, aus dem Fenster zu schauen, und mir wurde klar, dass ich am liebsten alleine hergefahren wäre. Vom Zelt waren nur ein paar verbeulte Stangen geblieben und auf der einen (die noch stand) wehte ein Stück zerfetzter Plane, wie die Fahne eines unbekannten Landes. Die Käfige standen offen und manche Gitter waren verbogen, als ob sich jemand von innen mit Zangen daran zu schaffen gemacht hätte, und am Boden lagen ein paar Reste unserer Kostüme. Ich erkannte Jacques' beigen Schal und einige der Schellenkäppchen für die Lamas und ein Stück Seil, an dem Vincent früher gezogen hatte. Aber Charil sah mehr als das. Einen Haufen Tierknochen und in den Kabinen der Fahrzeuge, die stehen geblieben waren, etwas Zusammengepresstes, in Decken Gehülltes, er wandte sich ab und schnappte nach Luft, ihm wurde kurz schwarz vor den Augen. Er brüllte Mary an, dass sie auf keinen Fall aus dem Fahrzeug aussteigen solle, dass es überall schlammig sei, und das blieb der letzte Satz, den er zu ihr am Tag ihrer Hochzeit sagte. Ramid sah nichts mehr davon. Er und Charil hatten es auch langsam eilig, zur Arbeit zu kommen, und es blieb nicht viel Zeit, um genauer zu schauen. Beim zehnten Exit wartete die Truppe auf sie, und Charil war sicher, es würde ein guter Tag werden und das durfte man nicht versäumen. Es war wohl ein Überbleibsel seiner magischen Fähigkeiten, fiel Ramid ein. Oder etwas, das er sich mit Sula teilte. Wenn Charil sagte, dass es ein guter Tag werden würde, dann wurde es meistens einer. Es kamen dann viele Autos oder auch nicht so viele, aber die kamen mehrmals und ein jeder der Truppe bekam irgendeine Arbeit. Die Männer fragten Charil jeden Morgen und Ramid tat es bald auch. Wie wird es heute? Wenn er nichts antwortete, bedeutete das Schwierigkeiten, und dann setzten sich alle still auf ihre Kisten, irgendwer lief um Zigaretten, und alle warteten geduldig auf das erste Fahrzeug, das hoffentlich anhalten würde.

Miguel, einem der älteren Männer, der auch körperlich der Größte war, wurden (was die vorbeifahrenden Fahrzeuge betraf) hypnotische Kräfte nachgesagt, und wenn er sich überreden ließ, sich zu konzentrieren und allen Fahrzeuglenkern ins Gesicht zu blicken, dauerte es für gewöhnlich nicht lange und einer blinkte und blieb genau vor der Truppe stehen. Seiner Meinung nach hatten sich die wenigsten, die anhielten, irgendetwas Genaueres gedacht und die meisten Reparaturen, die von der Truppe durchgeführt wurden, waren gar nicht geplant und diejenigen, die jemanden mitnahmen, überlegten sich erst an Ort und Stelle etwas Konkreteres. Du darfst sie nie spüren lassen, dass du das weißt, belehrte Miguel Ramid. Du bekommst ein Bier, ein Sandwich und irgendetwas zum Anstreichen oder Abschaben, aber vor allem erwarten sie, dass du dich mit ihnen unterhältst. Das merkst du. So einer setzt sich neben dich und redet den ganzen Tag ununterbrochen. Oder du musst reden.

Eine Geschichte, wie er über die mexikanische Grenze lief und rund um ihn Kugeln einschlugen, und dann kämpfte er sich durch die Staaten und rief seine Verwandten an und schlief in Kartons und arbeitete da und dort ... so was erzählte Miguel und auch die meisten anderen. In einem Englisch voller spanischer Wörter, wie es auch Charil sprach, wenn er mit ihnen unterwegs und einer von ihnen war.

Wie es Charil gelang, zu wissen, welcher Tag ein guter und welcher ein schlechter sein würde, das war ein Geheimnis (ähnlich wie Miguels Hypnose). Ich habe das von drüben, sagte Charil zu Ramid, und er meinte das Haus in Tabul. Auch Neva und der Vater und die Mutter und die Großeltern und noch andere können es. Ob es ein guter Tag wird, weißt du schon in der Früh, wenn du aufwachst. So einfach wie ein

Menü bei Burger King. Im ersten Augenblick, wenn du zu dir kommst, wenn du für einen Moment den Kopf anhältst, du wirst sehen, wie einfach es dann zu lesen ist. Ramid überlegte und musste Charil recht geben. An jenem Morgen ahnte er vom ersten Augenblick an, dass es Probleme geben würde. Falls es also (gemäß Charils Weissagung) mit den Aufträgen gut laufen würde, würden sie abends eine unangenehme Überraschung erwarten. Falls er überhaupt über solche Fähigkeiten verfügte. Und dann standen sie zwei Stunden herum, und kein Auto hielt an, und Miguel brannten von den ständigen Hypnoseversuchen die Augen, und Ramid schmerzte der Hals (von den Zigaretten, die er nicht gewöhnt war, und Charil hatte sie ihm zuvor auch nie angeboten). Und sie warteten weiter, und Ramid überlegte, warum Charil beim Reparaturtrupp gelandet war und seine Tage im Gestank der Autos verbrachte und dabei nicht einmal Pinkelpausen machte, damit er nichts verpasste, und am Abend schmerzte ihn der Bauch und Mary sagte, dass es ihm recht geschehe, und wenn er kein Geld nach Hause brachte, ärgerte sie sich. Warum war es so gekommen, wo er doch in Frankreich ein verfolgter Künstler war und sogar das Kulturministerium Geld für ihn bezahlte? Und im Zirkus haben sie ihm applaudiert und er hat Autogramme gegeben. Das einige Tage lang vollständig ausverkaufte Zelt beschrieb ihm Charil in allen Einzelheiten. Wie die kleinen Kinder der Bronx quietschten, als er im langen Pyjama, den er von Tabul mitbrachte, aufs Podium kletterte, und wie all die vielen Leute (mindestens 200) mit einem Mal den Atem anhielten, wenn er vor seiner Nummer den Zeigefinger auf den Mund legte. Und manchmal waren es sogar 250. Wenn sich nämlich die kleinen Kinder auf die Schöße der Erwachsenen setzten, und sie alle Karten verkauft hatten, ließen sie die in der Warteschlange

Verbliebenen um den halben Preis ein. Allerdings musste man schon anmerken, dass die paar Sachen, die ihm Charil im Garten vorführte (wenn er vom Zirkus sprach), Ramid nicht vom Stuhl rissen. Der Trick mit dem Streichholz, das Charil verschwinden ließ, indem er es mit seiner Spucke an die Hinterhand klebte und dann die leeren Handflächen zeigte, gehörte noch zu den Besseren. Aber ausverkauft war die Vorführung dennoch. Und sie hatten sich Charil ausgesucht und speziell wegen dieser Auftritte tausende Kilometer von seinem Zuhause in Tabul fortgebracht. Verspürt er manchmal Sehnsucht danach? Aber es war unpassend, Charil vor den anderen Männern der Truppe danach zu fragen. Ein jeder von ihnen war von irgendwoher, und Ramid hörte nie, dass sie über so etwas wie Sehnsucht sprachen. Vielleicht hatte Charil seine Zaubereien von damals auch vergessen. Und er zeigte ihm nur noch die ganz einfachen Tricks, weil er die wirklich Guten nicht mehr zu Wege brachte. Den Männern in seiner Truppe zeigte er überhaupt nichts. Dass sein »Vorarbeiter« ein Zauberer war, davon hatte Miguel gewiss keine Ahnung, dachte sich Ramid, während er eine weitere Zigarette aus der Packung nahm, um auch so wie sie zu sein, endlich ein Mann, auch wenn ihm die Frau fehlte.

Von Frauen sprach man in Charils Truppe ziemlich oft. Viele von ihnen hatten eine zu Hause und ein jeder hatte zudem eine im Auge, die bei Burger King arbeitete oder an der Tankstelle zu sehen war, selbst wenn dort wirklich nicht die Schönsten arbeiteten und man bestenfalls schätzen konnte, was für eine Figur sie unter der sackähnlichen Monteurskluft verbargen. Die jungen Mädchen, die bei King an der Kasse saßen oder hinten in ihren Frittierhemdchen die Pommes betreuten, die konnte man sich ohne viel Fantasie ganz leicht nackt vorstellen. Ramid stellte es sich auch vor, selbst wenn er wusste, dass er sich nie mit einer von ihnen einlassen würde. Dass er nie nach der Arbeit auf sie warten würde, wie es die Männer in der Truppe taten, um irgendwo mit ihr hinzugehen. Er war keiner von ihnen. Hätte dort eine aus Siba gearbeitet, vielleicht hätte er sich dann getraut. Aber die Mädchen bei King sprachen Spanisch und man hatte sie sich in der Truppe längst aufgeteilt, auch wenn sie bei King immer wieder getauscht wurden, aber das war bei den Männern im Trupp auch der Fall.

Miguel erzählte einmal, als gar nichts los war, dass die eine, mit der er ein paar Mal geschlafen hatte, aus einem Dorf stammte, das nur fünfzehn Kilometer von dem seinigen entfernt lag, und sie hatte sogar dieselbe Schule wie er besucht, allerdings zwanzig Jahre später. Manche der Mädchen waren wohl so alt wie Nila, und wie Charil von ihnen sprach, gefiel Ramid gar nicht. Es hätte ihn nicht gewundert, wenn Charil mit einer von ihnen etwas gehabt hätte. Schon allein deswegen, weil er der »Vorarbeiter« war und die Mädchen das wussten. Ihm fiel auf, wie sie sich mit Charil unterhielten. Mit ihm sprachen sie nie so und dabei konnte Charil nur ein wenig Spanisch, aber sie kannten ihn schon sehr lange dort am Platz.

Mindestens einmal hatte Ramid das Gefühl, dass er mit Charil und den Mädchen recht hatte. Charil schickte ihn nämlich gegen acht mit Miguel nach Hause, während er mit ein paar anderen noch blieb, und als er mit Miguel abfuhr, winkten ihnen die Männer nach und schnitten Grimassen und Miguel lachte im Auto, sagte aber nicht warum. Mary gegenüber musste Ramid sagen, dass Charil noch irgendwohin musste, und er sagte ihr das auch genau so, aber blickte ihr nicht in die Augen, und irgendwie wusste er, dass es Mary auch weiß.

Abgesehen von Nila war es das größte Geheimnis. Mary war zuerst nur eine dicke, große, weiße Frau mit gallertartigen Waden und Füßen in Pantoffeln. Als ob sie ein Leben lang zu enge Socken angehabt hätte. Wo diese aufhörten, quoll es hervor, und nach einem langen Tag in der Küche zog sie die Socken aus und rieb sich die Gelenke, auf denen sich ein tiefes Sockenmuster zeigte. Was schaust du?, sagte sie zu ihm, als er ihr zusah, und es war ihm auch peinlich, aber dann fiel ihm auf, dass er ihr schon wieder zusah. Sie wirkte auf ihn wie eine Blase ohne Innenleben, und er wusste nicht, was Charil je an ihr hatte finden können. Im Unterschied zu Nila schien nichts an ihr zu sein, worüber es sich gelohnt hätte nachzudenken. Keine Himbeerlippen und auch keine geheimnisvollen Augen. Sie war auch fast immer im Haus. Wie ein Stück Inventar, ohne das es nicht funktionierte. Zwischen den Mixern und Tischen und Bestecken und Sofas. Wenn zu Hause in Siba die eigene Mutter etwas tat, hatte Ramid nie das Gefühl, sie wäre nicht zugegen. Ein abendlicher Vergleich, wie es bei ihm zu Hause und hier war, führte zu gar nichts. Und dann sah er die Fotografien, auf denen Mary wie Nila aussah, und dann musste er vor ihr behaupten, Charil sei irgendwohin gefahren und er sei deshalb alleine von der Arbeit gekommen, und dabei ahnte er, dass es eine Lüge war. Und in diesem Augenblick stand Mary vor ihm, in all ihren Einzelheiten. Sie stand wie eine Säule, mit dem Löffel in der Hand, und mit einem Mal bekam sie tiefgründige Augen und Haare bis zu den Schultern und aus der Tasche lugte ihr ein Taschentuch und am Hals hing ein kleines Kreuz. Dinge, die ihr früher scheinbar nicht anhafteten, waren plötzlich deutlich zu erkennen, so dass Ramid am liebsten seine Augen geschlossen oder nach Mary geschlagen hätte. Damit sie verschwindet, weil er doch nichts dafür kann und gar nicht darüber nachdenken will. Er wartete, ob sie etwas sagen würde, aber sie fragte ihn nur, ob er kosten wolle, und reichte ihm den Löffel, den sie festhielt, ob es salzig genug sei, und Ramid sagte möglicherweise, ein klein wenig noch, und Mary streute noch ein paar Prisen mehr in die Suppe, und dann gab es Essen und von Charil sprach keiner mehr. Den ganzen Abend verlor keiner ein Wort über Charil. Erst als Charil zurückkehrte, hörte Ramid etwas, als er wach geworden war, und dann lauschte er angestrengt, ob es nun was geben würde. Und auch Nila hörte zu, die in diesem Moment bei Jimmie war, und auch Karim und Mike lauschten, die in ihrem Zimmer (schon zum zehnten Mal) ihre Rucksäcke mit allen wichtigen Sachen bepackten. Charil fiel zwei Mal auf der Stiege hin und verfluchte das ganze Haus … auf Spanisch.

Ein paar Stunden davor hatte Charil die letzten Männer zurückgelassen, mit denen er diesen unnützen Tag verbracht hatte, in der Hoffnung, dass sich irgendwann irgendein Kunde zeige, möglicherweise erst nach acht, und er machte sich später auf den Weg, um noch einmal auf dem Platz nach dem Rechten zu sehen. Einem Platz, auf dem er morgens mit Ramid herumstand, aber ganz alleine war er schon jahrelang nicht dort gewesen. Alleine war er eigentlich ziemlich lange schon nirgendwo mehr gewesen. Das Haus ist immer voll (mit Mary und allem Lärm) und sein Neffe folgt ihm auf Schritt und Tritt, der, mit Ausnahme der Truppe, keinerlei Beschäftigung findet. In den paar Monaten, die er Ramid kannte, mochte er ihn wie seinen eigenen Sohn. Wenn sie miteinander sprachen, vergaß er völlig, wie alt Ramid war und was er ihm erzählen durfte und was nicht. Es lag bestimmt auch an dieser Sprache. Wenn er in seiner eigenen etwas erzählte, musste er es nicht krampfhaft im Kopf zusammensetzen, es sprudelte wie ein Fluss hervor, von dem er bis zu dem Zeitpunkt gar nicht wusste. Metaphern, von denen er längst vergessen hatte, dass sie überhaupt existierten, weil es sie im Englischen nicht gab, tauchten von alleine in seinen Sätzen auf, und auf seiner Zunge lagen plötzlich Dinge, von denen er gar nicht wusste, dass sie ihm im Kopf herumspukten. Irgendwo war es gut, dem Neffen von allem zu erzählen, fiel ihm im Gehen ein, und er beschleunigte, um der Dunkelheit zuvorzukommen. Als ob ihm bei seinen Gartengesprächen mit Ramid jemand den Kopf mit einem feuchten Taschentuch abwischen würde. Er erzählte es einem aus der Familie und zugleich einem fremden Jungen, der es für sich behielt. Bald wird er weggehen und meinen Kopf mit sich nehmen, dachte er sich zufrieden, als ob es um etwas Gerümpel hinter dem Haus gehen würde und Ramid versprochen hätte, es mit sich zu nehmen. Allerdings gab es keine solche Vereinbarung, und es fehlte nicht viel, beinahe hätte er Ramid alles von Amira erzählt. Davon, dass sie ihm fehlt, und auch davon, dass er nicht in den Les Mémoires zurückgekehrt war (als er Jimmies Laden zerstört vorfand), weil er sich nicht hatte vorstellen können, bei ihrer Verlobung (mit Vincent) anwesend zu sein.

Als er dort ankam, wo einst der Zirkus stand, war es bereits stockfinster, und Charil wusste plötzlich nicht, warum er schon zum zweiten Mal an diesem Tag hierher aufgebrochen war. Er warf seine Jacke auf das schüttere Gras und stierte in die Dunkelheit, bis seine Augen schmerzten. Les Mémoires.

Erinnerungen, von denen nichts blieb. Als ob sich dort noch immer die Fahnenstange befinden würde, die er sah, als er hier vor Jahren mit Mary auftauchte, und selbst das Fahnenflattern im Wind war wieder zu hören. Es war tatsächlich zu hören. Er ging dem Geräusch nach und fand es schließlich. Ein Stück Plastik, das sich in den Ästen verfangen hatte. Vielleicht war es noch ein Stück französischer Plastikplane, die sie zum Abdecken der Käfige verwendeten, wenn es regnete. Aber nach zwanzig Jahren war das wohl schwer möglich. Na ja, eine französische Plane, wer weiß. Erneut sah er Vincent vor sich. Viele Jahre lang, in denen er an ihn dachte, hatte er nichts verspürt. Und jetzt würde er ihm am liebsten den Hals umdrehen. Manches vergeht selbst nach Jahren nicht. Obwohl, wenn er es sich hätte aussuchen können, so hätte er sich gewiss nicht für das hier entschieden. Eine Wahnsinnige, die ihn einfing. In einem Haus, an dem er fast täglich vorübergehen musste. Manchmal dachte er ganze Wochen nicht daran. Dass sie dort sitzt. Aber sie war immer da. Eine Wahnsinnige, die mit seinem schlechten Gewissen spielte. Nach so vielen Jahren würde ihr ohnehin keiner glauben. Wovor hatte er eigentlich Angst? Dass ein altes Weib irgendwem erzählen könnte, was er ihr versprochen hatte? Mary wäre die Erste, die sie verscheuchen würde. Früher dachte er sich, sie warte hinter dem Fenster nur auf einen günstigen Augenblick. Aber dafür zog es sich schon zu lange. Sie sitzt nur herum. Wie ein Felsbrocken auf einer Buchseite, die sich nicht umblättern lässt.

Charils Instinkt (den er sich aus Tabul bewahrt hatte) irrte in diesem Punkt. Er war nicht der Einzige im Haus, der etwas darüber wusste, wer hinter dem Maschenzaun zur linken Seite seines Hauses wohnte.

Zunächst vernahm sie ein Locken, an das Nila gewöhnt war. Komm, komm. Hast einen Augenblick? So riefen sie alte Frauen öfters zu sich. Wenn sie etwas an der Haltestelle vorgelesen haben wollten, wann etwa ihr Bus fahre, oder wenn sie im Supermarkt verzweifelt ihre Lieblingskonservendose zwischen den Regalen suchten. Es versteht sich von selbst, dass ihnen Nila behilflich war, aber dann machte sie schnell, dass sie wegkam, damit sie sich nicht bei ihr einhakten und irgendwelche Monologe führten. Und so ging sie auch zu ihr, als sie zum ersten Mal vom Tor aus gerufen wurde. Sie hatte das im Blut und immerhin handelte es sich um die Nachbarin. Und vielleicht war Nila auch neugierig gewesen. Warum der Vater behauptete, sie sei irre, wenn doch niemand aus diesem Haus jemals mit ihr sprach.

Zunächst wollte die Schlangenfrau wirklich etwas. Eine Konservendose öffnen, ein Ei aufschlagen oder den Tisch auf der Veranda zurechtrücken. Weil Nila auch beim nächsten Mal auf ihr Rufen reagierte, befand sie sich eines Tages (sie wusste gar nicht mehr, wie es kam) plötzlich in ihrem Haus. Später sagte sie sich, dass es Celerina bestimmt von Beginn an so geplant hatte. Warum auch nicht, wo sie schließlich Zeit im Überfluss hatte, um nachzudenken, und obendrein auch klug war.

Dass Menschen in ihren Häusern die verschiedensten (eingesperrten) Tiere hielten, wusste Nila aus der Zeitung. Die Bronx News Daily, die sich Charil jeden Samstag aus dem Zeitungsständer mitnahm, sobald sie ihre wöchentliche Ration im Einkaufswagen hatten und sich Schritt um Schritt der Kasse näherten, hatten sie manchmal auf dem Titelblatt abgelichtet. Tiger, die in einer Vorratskammer eingesperrt waren, und Füchse, die in Bananenschachteln lebten (so ähnlich wie die Kinder, die im Keller aufwuchsen und das Sprechen erst von den Polizeibeamten lernen, die sie befreiten). Auf einer Titelseite war einmal sogar ein Miniaturhai, der sechs Jahre in einer Badewanne gelebt hatte (im 90. Stock eines Hochhauses in der Bronx), oder eine Löwin, die im Wohnzimmer an einen Heizkörper gekettet worden war, und man fütterte sie mit Fischen aus dem Hudson. Um sie zu ernähren, musste immer jemand von der Familie angeln gehen, und so kamen sie ihnen schließlich dahinter. Im Artikel stand, dass die Anzahl der in den Bronxer Wohnungen gehaltenen exotischen Tiere in die Hunderte ging (genau so viele Kinder hatte man wohl auch in Kellern und Schränken vergessen). Als Nila dies las, wünschte sie sich (mehr als alles andere) eine Röntgenbrille, mit der sie durch Wände sehen konnte, weil doch in der Zeitung bestimmt übertrieben werde. Einige hundert Tiere, das würde ein gutes Viertel des Bestandes im Bronxer Zoo ausmachen, und der wiederum ist einer der größten in den Vereinigten Staaten.

Vielleicht gibt es deshalb auch so viele Tiere in den Bronxer Wohnungen. Einen aus dem Wohnzimmer entlaufenen Löwen, den man wieder in einen Käfig steckt, das lässt sich wohl kein Mensch gerne vorwerfen. Aber natürlich war es ein Schock.

Zunächst wollte Celerina nur mit ihr reden. Sie brachte ihr einen Erdbeermilchshake auf die Veranda, und in Nila schrillten die Alarmglocken, weil sie sich einen solchen immer am Stand gegenüber kaufte und das konnte kein Zufall sein. Und dann beglückwünschte sie Celerina zu ihrem Geburtstag, den sie vor ein paar Tagen gehabt hatte, und das konnte sie nun wirklich nicht wissen.

Nila ahnte nicht, dass Celerina schon am Fenster saß, als Mary und Charil mit der acht Tage alten und in eine warme Decke gehüllten Nila zum ersten Mal vors Haus traten, und als sie sie kurz im Kinderwagen im Garten ließen, kletterte sie über den Zaun, um dem Kleinkind in die Augen zu schauen. Hätte es Charil gesehen, er hätte eines seiner Messer nach ihr geworfen, aber Celerina wollte dem Kind nichts Böses. Ein Kind ist heilig und ohne Schuld, und es hätte ihr auch gar nichts gebracht. Im Gesicht des Säuglings suchte sie doch nach ihm. Als ob die Hochzeit und die Tatsache, dass Nila nun in eine Decke gehüllt vor ihr lag, nicht genügen würden, um einzusehen, dass die Sache für Charil gegessen war. Sie wartete auf den Moment, bis auch sie es endlich begreifen würde. Jenen Augenblick, in dem sie es anerkennt und sich nicht mehr dafür interessiert. Und dann wurden Karim und Mike geboren und dann noch dieses kleine und vollkommen bleiche Mädchen (das wie Mary aussah), und Celerina dachte, dass es möglicherweise gar nicht mehr sein Kind war.

Um Amiras Verlobung ordentlich zu feiern, sollte sie mit Charil gemeinsam zu Jimmies Getränkeladen gehen. Sie waren die Einzigen, die noch nicht zu ausgekühlt oder erschöpft waren, um Flaschen anzuschleppen. Diese afrikanische Schlampe interessierte ihn damals doch gar nicht mehr. Charil und Celerina lachten gemeinsam viel über sie. Wenn sie sahen, wie sie in ihrer Kluft und mit ihren ausgestopften Gummistiefeln jeden Morgen auf den gefrorenen Seilen turnte und ihr Macker Vincent unter ihr herumschwänzelte, wo doch längst klar war, dass es mit dem Les Mémoires zu Ende ging und man dabei war zu packen, um irgendwohin zu fahren. Es konnte nicht länger als zehn Minuten gedauert haben. Es brauchte bestimmt nicht länger, um sich umzuziehen. Sie nahm nur ihren Schal und trockene Schuhe und Charil sagte, er würde draußen warten, und auf einmal war er weg. Dabei mochte er es doch, wenn sie sich unterhielten

Über die Stadt, in der die Gehsteige nach dem Regen lila glitzern, wie nirgendwo sonst auf der Welt. Über die Stadt, in der sie glücklich sein würden, weil sie in einem Land lag, wo sich, selbst wenn es nicht ganz nach Plan lief, die Leute bemühten. Jacques sinnierte immer schon darüber. Dass die Vereinigten Staaten nur eine Zwischenstation sein würden, wo sie alle den Kopf frei bekamen und ihnen niemand mehr etwas einträllern konnte. Nicht in Havanna, nicht in den Zeitungen, nicht in Paris, wenn sie schließlich aus Kuba mit der Kunde und Erkenntnis zurückkehrten, wie es denn wirklich sei, und allen Menschen die Augen öffnen. Dass es überall Probleme gab, aber dort, wo die Armen immer ärmer wurden und die Reichen immer mehr zulegten, dort konnte es einfach niemals gut ausgehen.

Wenn Celerina mit Pit im Les Mémoires ihre Nummer vorführte, trug sie einen gewöhnlichen Gymnastikanzug mit roten Sternen, und Charil half sie ihr anzunähen, wenn sie abzufallen drohten. Keine glitzernden Kunstfaserkostümchen, keine blinkenden Lämpchen oder bombastische Musik, gar nichts davon gab es im Les Mémoires. Denn auch deshalb wird es mit all den Ländern ein schlechtes Ende nehmen. Weil das, was nicht aufgeblasen, mit schreienden Farben und künstlichen Aufbesserungen versehen ist, keine Chance hat. Die Ersten, die kommen, klatschen und lachen zwar, weil man es von ihnen erwartet und sie eine Karte kauften, aber dann macht es schon die Runde, das Geplapper, dass die Einzige, die dort mit knappem Badehöschen herumläuft, die Seiltänzerin ist, und die ist in dieser Höhe schließlich kaum zu erkennen, und der Kunstreiter trägt einen Jogginganzug und besitzt nicht einmal eine Peitsche. Das ist das Ende. Was nicht lügt und bunten Federschmuck trägt, auf das hören die Leute nicht. Es dauerte ziemlich lange, bis sich Celerina an dieses schillernde Nichts gewöhnte. Dass die Sachen hier keine Seele haben und in den langen Straßen der Bronx nichts in der Luft lag, nur der Geruch verbrannten Öls aus den Hamburgerbuden und der Waschpulverstaub aus den öffentlichen Waschsalons, die nicht besonders frequentiert waren, weil doch nur Leute, die arbeiten gehen, jeden Tag ein frisches Hemd anziehen.

Sie dachte, dass es Charil von selbst bemerken würde. Morgen. Morgen. Und noch ein Tag. Sie warteten am Zirkusplatz auf ihn, während er sich um sie und um die anderen und den ganzen Plan nicht mehr scherte. Manchmal dachte sie daran, wenn es gar nichts zu sehen gab. Wie das Chapiteau am Platz des Friedens in Havanna pulsiert und neugierige Kinder in kurzen Hosen herumstehen und fragen, womit sie Pit, die Schlange, im Zirkus füttern, und dann spielen sie mit Stöckchen und Steinen hinter dem Zelt und sie sind nicht so dick wie die Bälger in der Bronx und auch nicht so vulgär und glauben noch, dass ein jeder einem anderen beistehen muss und dass reiche Leute keine Ideale haben … nicht wie sie in Kuba, die die Ideale von ihren Eltern und Genossen mitbekamen. Meistens ist es so. Wenn man davon spricht, was bei den anderen schiefläuft, wo es doch bei einem selbst drunter und drüber geht, dass das eine Frechheit sei, und dann fiel Celerina ein, dass sie nun schon fast zwanzig Jahre in diesem

Haus wohnte und keinerlei Anstalten machte, nach Hause zurückzukehren.

Nila nippte inzwischen am Erdbeershake und beobachtete die alte Farbige, die sich neben sie setzte, vermutlich wollte sie wieder etwas, als sie sie von der Straße zu sich rief, sie wartete mit der süßen Milch. Zwei große, weiße Hunde, die immer wie zwei Statuen bei ihr auf der Veranda saßen, waren auch da und sie musterten Nila gehässig. Vermutlich sind sie keine Besuche gewöhnt, dachte sie und wollte Celerina danach fragen, aber die lachte und schlug vor, dass sie doch reingehen sollten, und Nila nahm den noch nicht ausgetrunkenen Shake mit sich und dann schlug ihr ein bekannter, heftiger Geruch entgegen.

Als sie und Karim und Mike noch klein waren (und sich noch miteinander unterhielten), machten sie sich einen Spaß daraus, darüber zu spekulieren, von wo dieser seltsame Geruch kam, der von Zeit zu Zeit durch ihren Garten zog. Karim meinte, dass jemand irgendwo im Keller vergraben lag, weil sie ja das Haus gebraucht gekauft hatten, und bestimmt genossen diejenigen, die hier früher wohnten, keinen guten Ruf. Mike dachte sich Ähnliches … oder es könnte etwas Verdorbenes aus der Küche der Jacksons sein. Nur Nila fiel auf, dass es meistens dann stank, wenn die Nachbarin, die der Vater als »Irre« bezeichnete, ihre Fenster öffnete. Celerina schob Nila durch eine Tür und Nila schrie auf. Dort, wo sie zu Hause das Wohnzimmer hatten, krochen (bei Celerina) Dutzende schenkeldicke Schlangen im Sand am Boden entlang. Jedenfalls schien es so, da sich einige von ihnen zu Knäueln verbanden, und man nicht genau feststellen konnte, welche Schwänze zu welchen Köpfen (und umgekehrt) gehörten. Celerina bot ihr an, irgendeine von ihnen anzufassen, aber Nila wollte nicht, und dann spürte sie auf einmal, dass etwas Schweres auf ihre Schultern fiel, und sie schrie zum zweiten Mal auf. Es schlang sich gleich um ihren Hals, und Nila dachte, dass sie nun endlich wisse, warum Charil diese Frau eine Irre nannte und dass es keinesfalls dafür stand, sich wegen eines Erdbeershakes erwürgen zu lassen. Und als sie kaum noch Luft bekam, ergab all das, was ihr schon früher auffiel, plötzlich einen Sinn. Was sich in den unscheinbaren Postsendungen verbarg, die man vor dem Haus dieser Farbigen ein- und auslud. Und dass es keine Kästen oder Fernsehglotzen waren, wie sie und ihre Brüder immer dachten, vielmehr war es das hier und jetzt, es würde sie erwürgen und sie würde niemandem mehr davon erzählen können. Celerina stellte sich für einen Augenblick vor, dass nicht Nila, sondern ihr Vater dort stünde, jener, der ihr so viel versprochen hatte und dann schließlich mit Jacques' Geld davonlief, und Nila konnte gerade noch den Gedanken fassen, dass man sich von Farbigen wirklich nicht viel erwarten dürfe und dass Jimmie vielleicht in allem recht habe ... dann wurde ihr schwarz vor Augen.

Als sie die Augen wieder öffnete, saß sie beim Tisch an der Veranda, vor ihr stand ein nicht zu Ende getrunkener Erdbeershakes und eine Frau, die sie mit halb zugekniffenen Augen betrachtete. Wenn du willst, kann ich dir drinnen etwas zeigen, sagte sie, und Nila war sich plötzlich gar nicht mehr sicher, was passiert war und was nicht. Lieber nicht, antwortete sie, ohne ihr dabei in die Augen zu schauen, und Celerina nickte, als ob es nichts ausmachen würde, und dann erinnerte sich Nila daran, dass sie nach den Hunden fragen wollte, aber die waren fort.

Erzählt dir der Vater manchmal von der Schlangenfrau? Nila vermutete, dass es etwas mit dem Zirkus auf sich haben musste, und sie überlegte, ob ihr etwas einfiele, aber da war nichts.

Dann geh endlich, damit sie sich zu Hause keine Sorgen machen, lachte die Farbige, und Nila stand auf, bedankte sich für den Erdbeershake und verabschiedete sich. Sie kam nach Hause, als die anderen schon zu Abend gegessen hatten. Sie knurrte ein saloppes Hi ins Wohnzimmer, wo Charil, Ramid und Mary beim Fernseher saßen, in der Küche nahm sie eine Handvoll gesalzener Pistazien mit ins Bett, sie ging die Stiegen hinauf in ihr Zimmer. Und als sie eintrat, fühlte sie zum ersten Mal das schweißnasse Shirt, das an ihrem Körper klebte, und als sie sich auf das Bett setzte, spürte sie auch ein schmerzhaftes Brennen. Sie krempelte erstaunt den Ärmel hoch. Am Unterarm hatte sie zwei Bissspuren und etwas Blut tropfte auf das Kopfpolster.

Mary wusste nichts. Mit Gewalt konnte sie dem Mädchen keine Geständnisse entlocken. Das Ticken der Küchenuhr wirkte in dieser Stille wie Glockengeläut in der Kirche. Sag, was du dir wünschst, fragte sie Nila schon zum dritten Mal, und ich werde alles tun, damit es in Erfüllung geht. Nila zerbröselte eine Semmel unter dem Tisch und überlegte, was das wohl sein könnte. Dass Karim und Mike nicht abhauen. Während die Mutter mit ihrer zerbissenen Hand Zeit verliert, fahren die beiden mit ihren Fingern die Landkarte entlang und diskutieren zum wiederholten Mal, was sie mitnehmen und was sie hierlassen. Sie tuscheln nur noch untereinander und unterhalten sich mit niemandem sonst. Wenn sie ihnen jetzt sagen würde, dass sie ihre Pläne kenne, sie würden sie grün und blau prügeln, dachte sich Nila.

Am meisten würde ich mir wünschen, sagte sie schlussendlich, dass Ramid, so wie ich und Karim und Mike, ein eigenes Zimmer bekommt. Mary verdrehte die Augen. Damit es nur einmal nach Vaters Kopf geht, setzte sie fort. Dass Jimmie gehen soll, wo er hingehört, und Ramid seinen Platz einnimmt. Mary rang nach Worten. Wie konnte dieser Wunsch mit Nilas Verletzungen zusammenhängen, sie hatte nicht die geringste Ahnung. Sie dachte, sie würde sagen, dass sie die Schule anzünden oder eine Erdbeertorte oder einen Ausflug nach Disneyland wolle. Was jetzt, ein Versprechen war ein Versprechen, und Mary ahnte, dass Nila sehr wohl wusste, wenn sie diese Entscheidung traf, dann müsste Jimmie gehen. Weil nur seine Tochter in diesem Haus zu ihm hielt und Nila, frech wie sie war, wartete nicht einmal ihre Antwort ab. Sie huschte wie eine Eidechse vom Tisch weg, die einbandagierte Hand verbarg sie hinter der Sessellehne und weg war sie. Mary dachte sich, dass das Ganze vielleicht nur ein hämischer Einfall war. Eine Farbe, die nach Blut aussah, hätte sie sich in einer Tube besorgen können, und die müde Mutter zu quälen, das würde ihr ähnlich sehen. Sie schämte sich aber sogleich, wie ihr das überhaupt einfallen konnte. Verzeih, murmelte sie und dann dachte sie, dass sie sich beeilen müsse, weil ja vielleicht ihre Mutter von oben herabsah. Auch wenn niemandem mehr in diesem Haus an den sonntäglichen Picknicks gelegen war, zum Woodlawn-Friedhof mussten sie alle, und wenn um zwölf das Essen auf dem Tisch stehen sollte, war nun höchste Zeit aufzubrechen.

Was sie mitnahm, war immer dasselbe. Einen Besen für die Blätter, ein Tuch mit Waschpulver für den blechernen Grabstein, eine Kerze, eine Blume und ein Karamellbonbon, das sie auf dem Rückweg lutschte.

Im Wohnzimmer lief der Fernseher, aber niemand war zu sehen. Charil saß mit Ramid hinter dem Haus, sie hörte sie in ihrer Sprache plaudern, und Key und Mike spielten schon seit zwei Stunden Basketball, als ob es auf der ganzen Welt nichts Wichtigeres gäbe. Die Männer schaffen es doch immer irgendwie, sich vor dem sonntäglichen Hausputz zu drücken, empörte sie sich, aber dann ließ sie es sein. Nachmittags hatte sie genug Zeit, und wenn sie auch noch das Radio anmachte, störte sie das Staubsaugen und Staubwischen eigentlich gar nicht.

Sie winkte Charil und Ramid durch das Fenster, wieder warfen sie ihr dieses Lächeln zu, das nichts anderes hieß, als dass sie sie in Ruhe lassen solle, und dann brach sie zu ihrer Mutter auf, es war einer der wenigen Augenblicke, wo sie alleine war und nicht in ihrer Küche stand.

Charil würde sie ewig dankbar sein, was für ein schönes Grab er für die Mutter ausgewählt hatte. Sie kannten sich kaum, und er suchte beim Bestatter den zweitgrößten Grabstein aus, den sie vorrätig hatten. Und alles hat er bezahlt. Mit dem Geld, das er bei den Vorstellungen im Zirkus verdiente, von denen Mary damals noch nicht wusste. Jimmies Laden war noch nicht verkauft und wäre Charil nicht gewesen, die Mutter hätte wohl gar kein anständiges Grab bekommen. Bevor sie das Haus fanden, in dem sie wohnen, lebte sie mit Charil in der alten Wohnung über dem Laden.

Mary stieg aus dem Auto und ging einen Schotterweg entlang, bis zu dem Platz, wo ihre Mutter lag. Eine von vielen ähnlichen Grabstätten, vielleicht etwas gepflegter als die anderen. Sie hielt inne. Zuerst las sie immer den Namen vor. Elena Waiters (1899–1963). Und dann die kleine Textstelle aus der Bibel, die sich die Mutter einst wünschte. Dass sie in seine Arme zurückkehre und Mary und ihre Kinder sie niemals vergessen.

Als die Mutter starb, hatte Mary noch gar keine Kinder und sie konnte sich das damals auch gar nicht vorstellen. Die Mutter sagte ihr immer, wie viel Arbeit man mit Kindern habe und dass sie sich das gut überlegen solle. Als sie nach dem Begräbnis bemerkte, dass sie mit Key schwanger war, erschrak sie. Sie nahm ab (anstatt zu) und ähnelte ihr immer mehr. Der Mutter, die ausgemergelt hinten im Laden herumsaß. Als sie mit Key schwanger war, saß auch sie die ganze Zeit herum. Das Kind im Bauch brauchte seine Ruhe und Charil kümmerte sich um alles, was den Laden betraf, und auch das neue Haus besorgte er. Eigentlich organisierten sie ihr ganzes Leben gemeinsam. Von der ersten Nacht an, die er frierend mit ihr im Lager verbrachte, sprachen sie davon, wie sie was und wie organisieren werden. Damals hörte er zu, er konnte noch nicht so gut sprechen. Er war jemand, der sie umarmte und dem sie sich anvertrauen konnte.

In einem umgestürzten Becher hinter dem Grabstein bewahrte sie das Feuerzeug auf. Sie blickte sich um, zog eine Schachtel aus der Hose und nahm eine halb angerauchte Zigarette hervor. Den Rauch über dem Grab vertrieb sie mit ihrer Hand, so wie sie es auch über Keys Kinderwagen tat, bevor sie sich entschloss, damit aufzuhören. Als sie schwanger war, wäre ihr das gar nicht eingefallen. Sie hatte keine Lust. Nicht einmal zu essen. Und dann kam ein Schreiben von Charils Schwester, aus diesem fernen Land. Ein Armband, das sie tragen sollte, bevor das Kind geboren wird. Es roch nach Stroh und Schafen, es kam ihr lächerlich vor. Zum zweiten Mal zerstritten sie sich gehörig. Nicht wegen des Geldes oder des Hauses, sondern wegen Sulas Armband. Er legte es ihr heimlich an, als sie schlief, und als sie das Band am nächsten Tag zerschnitt und er das am Abend bemerkte, gab er ihr eine Ohrfeige und überschüttete sie mit einem Schwall ordinärer englischer Worte, die er plötzlich und sie gar nicht kannte. Und dann zog er ein Foto einer kleinen, dünnen Frau hervor, das er in braunes Leinen gepackt hatte. Sie dachte schon, dass er ihr wegen des zerschnittenen Armbands mit einer anderen drohe, und stellte sich vor, wie es sein würde, mit dem Kind alleine zu sein, aber es war nur Sula. Charils Meinung nach hatte sie Ramids Augen. Die Verwandtschaft kann sich niemand aussuchen. Auch nicht ihre seltsamen Namen, die allesamt etwas bedeuten. Wie bei den Indianern. Wie bei allen rückständigen Menschen, die sich mit ihrem Glauben an Übernatürliches aushelfen müssen, weil die Welt viel zu kompliziert für sie ist. Sie schlug Charil vor, ihn Charlie zu nennen. Da stritten sie erneut. Würde es Mary summieren, es wären Dutzende Stunden, die sie mit dem Buchstabieren dieses verdammten Namens verbrachte. Wann immer sie wegen der Raten bei der Bank oder wegen Nilas Schulgeld bei der Direktion anrief, selbst wenn nur die Nachbarn etwas fragten. Die Mutter hatte sie gewarnt. Du wirst Probleme damit haben. Aber als Charil sie fragte, ob er ihre Tochter zur Frau nehmen könne, umarmte sie ihn (noch im Sitzen) und weinte an seiner Schulter. Die letzten Wochen war Elena nicht mehr ganz bei Sinnen. Mehr drüben als hüben. In seinen Armen, wie sie es nannte. Bevor sie starb, verbrachte sie ihre Tage mit dem Notieren von Dingen, die Mary mit nach Tabul nehmen solle. Sonnenbrillen, Sonnencreme, luftige Kleider, damit sie nicht ins Schwitzen kam. Als ob sie darüber, dass sie in sein Land fahren würden, jemals gesprochen hätten. Als ob Charil nicht selbst froh wäre, dort weg zu sein und in den Staaten zu leben. Da half sie wiederum ihm. Dass er sein Hinterwäldlertum ablegt und endlich wie ein ordentlicher Mensch lebt.

Mary verpackte die verbliebenen Zigaretten in ein Stück Papier, das sie in der Hosentasche fand (sie würde sie beim Tor wegwerfen), sie zündete die Kerze an. Auch wenn sie wusste, dass sie der Wind auslöschen würde, noch bevor sie zu Hause ankam, das gehörte sich. Eine Kerze, eine Blume, kehren und abwischen. Die Mutter würde das ganz bestimmt wollen, und in diesem Augenblick fühlte sie, wie sie von oben auf sie herabblickt. Aus seinen Armen. Mary lachte auf. Gott gab es oder es gab ihn nicht, sie wusste es selbst nicht und es gab keinen Grund, weiter darüber nachzudenken. Von ihrer Kindheit an hatte sie das Gefühl, dass sich das irgendwann von alleine klären würde, und ihr blieb bis dahin immer noch genug Zeit. Die Religionsstunden saß sie aber brav ab. Der Vater und die Mutter wünschten es sich, und bevor sie Charil traf, ging sie auch zur Kirche. Manchmal ging sie auch jetzt noch hin, wenn es zufällig auf dem Weg lag. Nur war dort heute mehr Lärm. Kleine Kinder spielten zwischen den Bänken Fangen, und Farbige säugten dort ihre Kinder und sangen viel zu laut, als ob Gott taub wäre … keinesfalls von dem Gewimmere gefallener Seelen, vielmehr von diesem Autobahnlärmpegel, man konnte dort wirklich nicht lange verweilen.

Am ehesten die protestantische Überzeugung. Wenn sie hätte erklären müssen, was Vater und Mutter verband, es wäre ihre Antwort gewesen. Deshalb waren sie so streng und deshalb achtete auch jeder so auf den anderen. Die Mutter auf den Vater (im Laden) und er zu Hause auf sie. Was sie in ihrer Kindheit durfte, war ein kümmerlicher Rest, nach dem Abzug aller verbotenen Dinge. Es blieb wirklich nicht viel. Sie durfte schauen, wenn ihr die Mutter einige Schmuckstücke zeigte, die sie schon in vierter Generation von ihren Ahninnen vererbt bekam, und wie sie immer zu wiederholen pflegte ... eines Tages würden sie ihr gehören. Oder sich von ihr kämmen lassen oder gemeinsam die Polster aufschütteln. Dem Vater wusch sie den Kopf, rasierte ihn und kratzte ihn am Rücken, wo er nicht hingelangte. Das waren ihre abendlichen Pflichten, und dann setzte er sich mit ihr auf ein Sofa in seinem Zimmer und zeigte ihr ein Buch mit Flugzeugtypen und Landkarten diverser militärischer Operationen aus dem Zweiten Weltkrieg. Siehst du, hier überall waren wir, und er fuhr mit dem Finger die Landkarte der Normandie entlang, und dann nahm er ihre Hand und fuhr die Trasse erneut mit ihrem Finger ab, um, wie er sagte, die Heldentaten seines Volkes niemals in Vergessenheit geraten zu lassen. Was sie aber niemals vergaß, war sein Duft. Wenn er nach der Arbeit im Laden gebadet hatte und sie so eng nebeneinander im Sofa saßen. Gleich als sie sich kennenlernten, wollte sie Charil dieses Rasierwasser kaufen, aber es war wohl etwas von seinen besonderen Vorräten, die er sich aus England schicken ließ. Zweimal im Jahr tat er das. Mit der Post kam der Earl Grey, den er immer zuerst in die Milch goss, damit sich in der Tasse kein Teesatz bildet, wie er zu sagen pflegte, und bei dieser Lieferung waren auch mit Pfefferminze gefüllte Schokoladeplättchen, die er im Laden unter dem

Pult lagerte, und wenn Mary nach der Schule zu ihm kam, gab er ihr ein oder ein halbes Plättchen. Vermutlich befand sich da auch dieses Rasierwasser dabei, das nach Zimt roch. Jener Zimt, nach dem es manchmal im Laden roch (wie auch nach Minzschokolade), markierte die gute Zeit ihrer Kindheit. Bevor der Vater begann, mehr Bourbon als Tee zu trinken, und die Mutter nicht mehr gemeinsam mit ihm hinter dem Pult saß, sondern hinter dem besagten Vorhang, den er aufspannte, weil sie sich wegen des Alkohols zerstritten, und der blieb dann bis zu dem Tag hängen, als der Vater verschwand und man zwei Jahre lang nichts mehr von ihm hörte.

Wäre die Mutter nicht gleich gestorben, das Warten auf ihn hätte sie gewiss umgebracht, das dachte Mary schon früher. Sie musste beim Grab immer daran denken, wenn ihr bewusst wurde, dass die Mutter noch gar nicht so alt gewesen war. Ein paar Frauen, die sie auch schon gut kannte, grüßt und trifft Mary immer noch. Diese zwei, die schon über achtzig sind und die in Fays Taverne gehen, um ihrer toten Männer und der guten Zeit des Viertels zu gedenken, in das sie längst nicht mehr gehören.

Mary zündete erneut die Kerze an und legte eine Chrysantheme auf das Grab, Mutters Lieblingspflanze. Vielleicht wollte der Vater gar nicht zurückkommen, dachte sie und erinnerte sich auch gleich daran, was sie Nila versprochen hatte und dass sie mit Jimmie darüber reden müsse.

Wann der Vater zurückkehren würde und wie, daran dachte sie fast täglich von jenem Zeitpunkt an, als er den Laden verwüstete und sich nicht mehr zeigte. Tausendmal stellte sie es sich vor. Wie er an der Tür klopft und was er sagt. Wie er zerlumpt und krank ankommt, mit einer Flasche in der Manteltasche, und wie er sich entschuldigt oder aus dem Bus steigt (so wie immer) und von Kalifornien, Utah oder Texas erzählt, von all diesen sonnigen Staaten, wo Mary noch niemals war. Als sie ihn schließlich traf, hätten sie sich beinahe verfehlt. Sie war damals mit Mike schwanger und brachte Key gerade im Kinderwagen mit Gelbfieber zum Doktor, als ihr ein Mann auffiel, der starr vor Vaters Laden stand und der versuchte, durch die schmutzigen Fensterscheiben (durch die man wirklich nichts erkennen konnte) nach innen zu schauen.

Sie sprach ihn an. Er drehte sich um und er war es (und auch nicht). Sie und Charil führten einen dritten großen Streit darüber. Seiner Meinung nach sah er völlig gleich und erstaunlich gut aus, wenn man bedenkt, dass er fast zwei Jahre von nichts gelebt hatte und dort wohnte, wo es ihm gerade einfiel. Aber Mary ließ sich nichts sagen. Etwas war anders. Etwas in seinen Blicken und Bewegungen. Er war mit etwas gegangen und er hatte es nicht mehr mitgebracht. Als ob in dem Zimmer, in das Mary nun zurückkehrte, jemand das Licht ausgeknipst hätte. Sie umarmte ihn vor dem Laden. Jimmie. Wenn ihn früher jemand so genannt hätte, er hätte um sich geschlagen. Und dann kehrte er zurück und niemand sagte je anders zu ihm.

Dass man Jimmie einmal William Waiters nannte, sagte Ramid niemand. Auch nicht, dass er zurückkehren wollte, eigentlich wusste das bis heute keiner so richtig. Als Mary Charil erzählte, wie sie den Vater traf, schoss es ihm gleich durch den Kopf. Was, wenn er nur zum Laden kam, um dort etwas zu verweilen? Ein bisschen durch die Fenster schauen, dorthin, wo etwas passiert war, worüber sie nie sprachen? Den Laden und das Haus hatten Charil und Mary verkauft, aber nichts konnte sich dort je wieder etablieren. Ein paar Monate lang gab es einen Laden mit Geschirr, vielleicht ein Jahr eine Apotheke und einen kleinen Lebensmittelladen, bevor das Glas wieder ergraute und sich das ganze Haus langsam zur Seite neigte. Sula hätte dort keinen Fuß hineingesetzt, dachte sich Ramid, als ihm Charil von diesem verwunschenen Ort erzählte. Bevor er sich entschloss, in Jimmies Zimmer zu gehen, auch wenn dort (wie üblich) das Schildchen »Nicht stören« prangte. Jimmies Zimmer gehörte nämlich von morgen an Ramid, und Ramid war der Meinung, dass es sich gehörte, ihm wenigstens die Hand zu schütteln.

Es war fast sechs Monate her, dass er Siba verlassen hatte. In dieser Zeit hatte er Sula zwei Briefe geschrieben und zwei von ihr erhalten. In einem der Briefe fanden sich auch ein paar Zeilen vom Vater. Im zweiten nicht, und auch die Mutter schrieb kein Wort von ihm. Vermutlich war er wieder auf Reisen, und wie immer wusste niemand, ob er jemals zurückkehren würde. Sehil, der die besten Flöten in der Gegend schnitzte, sein Vater, der ihm niemals beibrachte, wie man darauf spielt. Das geht nicht, sagte er, wenn er ihn als Kind darum bat, nicht wegzufahren, während Sula Ramid anzischte, doch Ruhe zu geben. Sehil braucht eine Menge Zeit für sich selbst, sagte ihm Sula, und Ramid überlegte, was man in einer »Zeit für sich selbst« so alles machen könnte. Ähnlich all den Tagen und Wochen hinter jener Tür, vor der er jetzt stand. Was machte Jimmie dort bloß. Vermutlich nichts Gutes, wenn sie ihn in eine Anstalt schicken. Als er Nila danach fragte, ob ihr Jimmie das mit der Hand angetan hätte (mit dem schwarzroten Messer, das sie von ihm zum Geburtstag bekam), antwortete sie nicht. Wie wäre es, wenn du dich um deinen eigenen Kram kümmerst. Nur das. Etwas, das sie nicht sagen würde, wenn sie nur ein klein wenig in ihn verliebt wäre. Er selbst wollte es ihr vor einer Woche sagen. Ihm fiel auf, wie sie etwas entfernt herumstand und ihm zuschaute, wenn er und Charil sich im Garten unterhielten. Und als das Telefon läutete und Charil hineinging, um abzuheben, stand er auf und ging zu ihr. Er überlegte nicht, die Füße gingen von ganz allein. Sie wich zurück, als er bei ihr war. Er streckte sich nach ihrer Hand, Nila sprang weg, und dann begannen sie einander wie zwei Katzen zu jagen. Sie rief, dass er sie in Ruhe lassen solle, aber er konnte das nicht. Nur eine einzige Berührung, pochte es in seinem Kopf, aber er war trotzdem traurig, als würde er sich immer noch in der Mulde hinter dem Haus in Siba verstecken und zuhören, wie Sula den Vater bat, mit seiner Abreise zu warten. Bleib stehen, schrie Ramid Nila nach, und dann blieb sie plötzlich stehen und er auch. Anstatt mit einem Satz bei ihr zu sein, blickte er sie nur an, und sie jetzt zu berühren, das konnte er sich überhaupt nicht mehr vorstellen.

Hat dir der Vater irgendwann etwas von einer Schlangenfrau erzählt?, sagte sie, als ob es ihr gerade eben eingefallen wäre.

Dass sie aus Kuba stammte, aus einer reichen Familie in der Hauptstadt, und dass sie eine der ältesten Artistinnen war. Sie lief von dort fort, weil sie, wie dein Vater sagte, eine der wenigen wirklich Verfolgten war, die im Les Mémoires lebten. Was der Les Mémoires ist, das hat dir dein Vater erzählt?

Ja.

Und sie rauchte kubanische Pfeifen und lief in einem Gymnastikanzug herum, selbst wenn sie nicht auftrat. Und konnte Amira nicht leiden. Reicht das?

Amira?

Eine Artistin, mit der dein Vater bei der Backwarenfabrik spazieren ging und mit der er sich dort auf alten Säcken sitzend unterhielt.

Amira?

Ramid erschrak, als Nila bleich wurde.

Aber das ist doch mein Name.

Und Ramid dachte kurz, wenn er sie jetzt umarmen würde, sie würde ihn vielleicht gewähren lassen.

Das ist der Name, den mir mein Vater geben wollte.

Und dann senkte Nila plötzlich ihren Blick und schaute ins Gras, und Ramid drehte sich um, der Onkel kam aus dem Haus und näherte sich ihnen. Er gab ihm ein Zeichen, dass er ihm noch etwas erzählen wolle, und es war zum ersten Mal, dass sich Ramid nur aus Höflichkeit einverstanden zeigte, und nicht wie sonst, wo es ihn tatsächlich interessierte.

Vielleicht würde ihm Jimmie auch etwas erzählen. Ob er sich wenigstens ein bisschen freue. Das Zimmer in der Anstalt würde doch sicherlich viel größer als das hier sein, dachte er sich, auch wenn er den Raum hier oben noch gar nicht kannte. Und in den anderen Zimmern waren dann Leute untergebracht, die so alt waren wie er (die man ebenfalls dorthin brachte), und darüber konnte man sich untereinander gut unterhalten. Und am Abend im Gemeinschaftsraum etwas spielen, und wenn er morgens keine Lust hätte, mit den anderen frühstücken zu gehen, er könnte klingeln und eine Schwester in Weiß würde ihm den Toast mit Marmelade und den Orangensaft reichen, alles auf einem Tablett, bis ins Bett. Und in der Nähe der Anstalt gäbe es sicher einen großen Garten, und die Menschen, die nicht mehr gehen können, werden dort in einem Sofa herumgeführt und die anderen sitzen friedvoll auf den Bänken, einer neben dem anderen, und wenn irgendwer schwächelt, wird jemand anderer da sein, der laut aufstampft, und so wird sich niemand vor dem Tod fürchten. Das hat er mit Nebrak irgendwo gesehen.

In den sechs Monaten hat Nebrak im Kino von Bafus bestimmt mindestens so viele Filme gesehen wie er und die Karimiken in der Bronx, fiel Ramid ein und er versuchte sich vorzustellen, wie Jimmies Zimmer, wohin er unterwegs war, wohl aussah. Aufgeräumt und mit einer gepackten Tasche, wo Jimmie alles mit hat, was er mag, und eine Zahnpasta und einen Pyjama wie Ramid, als er in die Staaten aufbrach. Und vielleicht sitzt er schon dort und wartet (mit der Tasche auf dem Schoß), weil er ahnt, dass er, Ramid, kommt, um sich bei ihm zu bedanken, und falls ihm Jimmie etwas Bourbon reicht, er würde mit den Lippen daran nippen und sagen, dass das der beste Bourbon der Welt sei, und am nächsten Tag würde er all seine Sachen aus der Küche nach oben bringen. Und so nahm Ramid entschlossen die Klinke in die Hand, aber nichts. Jimmie war fort.

Es war Montagabend und in Fays Taverne hingen überall Lampions mit amerikanischen Flaggen und Jimmie bezahlte mit dem Geld, dass er von Mary hatte. Geld für bessere Lampen, für Tischtücher nach seinem Geschmack, für eine Wandtafel mit Flugzeugausschnitten und militärischen Operationen, die ihn interessierten, er gab praktisch alles aus, was er von Mary für den Weg ins Altersheim erhielt. Auch das Geld für neue Pantoffeln, weil seine alten nicht mehr taufrisch waren und Mary meinte, mit neuen wäre er ein echter Renner.

Du wirst sehen, wie dich die Frauenzimmer belagern werden. Sie wollte lachen, aber es blieb ihr im Halse stecken, und dann drehte sie sich um, damit der Vater nicht sah, wie sie ihre Augen auswischte. Hätte sie es Nila nicht versprochen, sie müsste ihm das alles gar nicht sagen. Als sie dem Vater sagte, dass er gehen müsse, schwieg er. Es passierte das, wovor sich Mary gefürchtet hatte. Er wehrte sich überhaupt nicht und in der Ecke des Zimmers stand eine verstaubte, vor langer Zeit gepackte Tasche.

Das meiste Geld, das Jimmie von Mary bekam, ging für hochwertige Lampions drauf. Solche aus festem Papier, die nicht gleich reißen, wenn jemand mit der Schulter dranstreift, und die Kerze im Inneren ist in einem Halter fixiert, damit sie nicht in Flammen aufgehen und das Haus abfackeln. Sie hingen an beiden Seiten in Fays Taverne und vor dem Eingang wehten Fahnen, alles zu Jimmies Ehren. Es gab noch weniger Mitglieder als noch vor einem Jahr, der Wille des Herrn ist unerklärlich, so stand es auch in der Taverne über dem Ausschank, und es war die Wahrheit. Aus der alten Gruppe verblieben neben Jimmie nur noch Elisabeth und Anne. Zwei

Damen jenseits der achtzig, die Mary jeden Morgen aus dem Fenster grüßte. Sie hielten sich an den Händen und gingen die Straße auf und ab, um sich fit zu halten. Mary musste immer lachen und winkte ihnen zu. Auch wenn sie sah, dass es ihnen nicht sonderlich ging, sie spazierten munter drauflos. Die eine stützte die andere, und nach ein paar Schritten blieben sie stehen, um zu verschnaufen. Immer völlig sauber und farblich abgestimmt, mit Puder auf den kindlichen Wangen, und die Härchen am Kinn waren aus der Ferne nicht zu erkennen. Mary konnte sich an sie erinnern, als sie noch in ihrem, Marys, Alter waren und mit ihren Müttern von Haus zu Haus gingen, um Unterschriften zu sammeln, damit keine Schwarzen in ihre Viertel ziehen. Sie waren die einzigen Freundinnen, die Elena hatte, und sie wussten schon damals, dass Jimmie zu viel trank. Die einzigen zwei, die mich niemals enttäuschten, erinnerte sich Mary an ihre Mutter, wie sie es ihr flüsterte, als sie im Sterben lag und die beiden zu sich rief. Sie kamen mit Vanillekügelchen (die Mutter vererbte Mary das Rezept), und sie hörte sie später gemeinsam mit ihr lachen. Mit der Mutter, die schon seit Tagen nach Luft rang und in ihrem Sofa etwas Brei mit einem Strohhalm aus der Schüssel schlürfte.

Nur diese beiden und Celerina waren dabei, als sich Jimmie in Fays Taverne von seinem Viertel verabschiedete. Von Anne und Elisabeth bekam er ein Geschenk mit auf den Weg, und am nächsten Morgen ließen die zwei zum ersten Mal nach vielen Jahren den Spaziergang sausen, weil sie nach drei Bechern Eierlikör wie junge Mädchen den Tag verschliefen. Celerina lud Jimmie ein, und Elisabeth und Anne waren dafür. Er beobachtete sie schon lange von seinem Dachzimmer aus. Wie sie beim Fenster saß und stundenlang Charils Haus anstarrte, wie sie Charil und Ramid beobachtete (hinter ihrem Vorhang), wenn sie im Garten saßen und sich unterhielten. Die Farbige aus Kuba gefiel ihm. Die sind anders, überlegte er. Frauen, die auf ihren Schenkeln die besten Zigarren der Welt wälzen, im Unterschied zu denen in der Bronx wissen die noch, was eine redliche, anstrengende Arbeit ist. Celerina war auch viel heller. Und jünger als Elisabeth und Anne, die er, wenn sie manchmal in der Taverne einen Kuss von ihm wollten, kurz an den Haaren liebkoste und auch nur dann, wenn er sich nicht irgendwie herauszuwinden wusste.

Manchmal war bei Celerina noch das Licht an, wenn Nila in der Nacht zu ihm kam, und dann fürchtete er sich. Dass sie ihn hinter ihrem Vorhang sehen könnte. Er gewöhnte sich an, alles zuzuziehen, aber die Umrisse mussten dennoch zu erkennen sein. Einmal zeigte sie sich am Fenster, gleich als Nila gegangen war. Sie nickte ihm zu, und von da an grüßten sie einander von Zeit zu Zeit, und deshalb lud er sie auch zu seinem Abschiedsabend in die Taverne. Man kann nie genug Freunde haben, und ob nun zu dritt oder zu viert, spielte wirklich keine Rolle, und er war sich sicher, dass von dem Kuchen, den Anne und Elisabeth gebacken hatten, auch mit Celerina etwas überbleibt.

Sie tanzten und umarmten sich und alle Frauen bekamen von Jimmie auch einen Kuss.

Wer wollte glauben, dass sich Alte nicht zu amüsieren wissen?

Es war Musik zu hören, die keiner mehr kannte, und Anne tanzte eng mit Elisabeth um einen Sessel und daneben schaukelten Celerina und Jimmie. Er flüsterte ihr ins Ohr, sie hielt die Augen halb geschlossen, und dann flüsterte sie ihm etwas. Dieser Abend gehörte nur ihnen. Den vier Tänzern in der einzigen weißen Bar der Bronx (weit und breit).

Nila machte den Wecker aus und gestattete sich, noch einmal die Augen zu schließen. Der schwerste aller Augenblicke. Sie zu schließen, aber nicht mehr einzuschlafen. Wenn sie so plötzlich in der Nacht wach wurde, wusste sie noch von ihren Träumen. Davon, dass sie Schauspielerin werden würde. Wenn sie erst fort ist und was dann alles sein wird. Manchmal wurde sie im Traum verfolgt oder sie ging verloren und suchte den Weg nach Hause. Wenn sie bloß etwas könnte, was auf den ersten Blick zu erkennen war (wie bei Karim und Mike). Immerhin sagten ihr alle, dass sie hübsch sei. Vielleicht sollte sie die fettarmen Joghurts absetzen. Aber es reichte vollends, sich ihre Mutter vorzustellen, die Lust verging ihr sofort. Es konnte sonst was passieren, Hauptsache man sah dabei nicht dumm aus der Wäsche, dachte sie, als sie ihre Hausschuhe überstreifte und leise aus dem Zimmer schlich. Etwas Lichtschein, der durch eine Ritze unter der Tür fiel, verriet ihr, dass Karim und Mike noch wach waren, und sie hörte auch ihre Stimmen. Warum sind die beiden nur immer gegen sie? Als ob sie sich die Aufmerksamkeit, die sie ihr beimaßen, immer irgendwie verdienen müsste, und es hielt dann nicht lange an. Hätte sie eine Schwester, sie würden in einem Bett schlafen und ihre Beine unter der Decke würden sich verhaken. Als Kind wünschte sie sich von den Eltern eine kleine Schwester. Damals dachte sie an eine Spielgefährtin, jetzt wünschte sie sich ein Mädchen in ihrem Alter (oder ein wenig älter), damit sie tuscheln konnten. Vielleicht hätte die ihr dieses ewige In-der-Nacht-Aufstehen

(Wecker) und das Herumschleichen am Gang verboten. Du gehst nirgendwohin. In diesem Augenblick wünschte sie sich, dass es ihr jemand verbot.

Nebenan hatten Karim und Mike längst gepackt. Es blieb nur noch zu klären, wie das mit dem Auto ablaufen sollte. Mike schlug vor, dass sie es einfach klauen, aber Karim war dagegen. Selbst wenn es nur darum ging, was ein Mensch mit dem Ball draufhat, eine Straftat könnte die Karriere verkomplizieren und das mussten sie auf jeden Fall vermeiden. Es gab zwei Autos im Haushalt. Charils großer roter Truck, mit dem er vor allem zur Arbeit fuhr, und Jimmies alter Chevrolet, der im Hof verfiel. Nichts wirklich Bequemes, aber man konnte damit fahren, also fiel die Wahl auf Jimmies Wagen. Den er gekauft hatte, als er nach einem Jahr zurückkehrte, aber er war nie wirklich damit gefahren. Es wusste auch keiner, wie er sich das überhaupt leisten konnte. Er wird kaum gebraucht und wird für das Haus kein großer Verlust sein, waren sich Karim und Mike schließlich einig, und es war längst nach Mitternacht, als die beiden bei Licht einschliefen.

Ramid war in dieser Nacht auch lange wach. An dem Abend, als er mit Charil von der zehnten Ausfahrt zurückkehrte, trug er seine paar Sachen nach oben, er verließ die Küche und betrat durch die weit offene Tür sein neues Zimmer. Es war so groß wie drei Betten, mit einem kleinen Schrank, einem Waschbecken und einer Leiste, wo die Geschenke von Anne und Elisabeth lagen, die Jimmie zurückließ. Ein Rasierwasser (geschmückt mit einer lila Schleife) und eine braune Plastikvase, die etwas leck war, wie Ramid feststellen musste, als er abends etwas trinken wollte und von der Küche war es dann doch ziemlich weit bis nach oben. Solche Geschenke hätte er auch nicht mitgenommen und er dachte an Jimmie, wie er jetzt in einem fremden Zimmer auf einer steifen Decke lag und dass ihm dort nichts gehörte (wie auch Ramid nichts gehörte, als er seine erste Nacht in Charils Küche verbrachte). Mit einem Mal schien das so weit weg zu sein wie seine Kindheit in Siba. Der Frühling und der Sommer waren verflogen, er konnte es kaum fassen. Unlängst war es ihm aufgefallen, als er aus der Arbeit zurückkehrte. Der Baum im Garten trug die ersten gelben Blätter. Er ging allein in den Garten und setzte sich eine Weile hin, weil Charil mit seiner Geschichte durch war und das Abendessen noch nicht auf dem Tisch stand. Dass das alles sei und es sonst nichts gäbe, was er ihm noch erzählen könnte, und er nie wieder mit Charil im Garten sitzen würde, wusste er noch nicht.

Selbst wenn er für gewöhnlich aus Elisabeths leckerer Vase trank, ging er doch immer wieder in die Küche. Sich einen Kakao machen. Kakao ist das Beste zum Einschlafen. Beim Kühlschrank traf er jeden, zumindest einmal pro Nacht. Mit Mary briet er sich einmal um halb drei in der Früh ein paar Eier mit Speck, und mit Karim wiederum löffelte er gleich mit den Fingern ein halbes Glas Schokoladencreme aus. Das waren die besten Augenblicke. Als er den Kakao schon in seinen Händen hielt und gerade dabei war zu gehen, bemerkte er beiläufig Charil im Wohnzimmer. Er schlief dort im Pyjama auf der Couch. In jenem, den er damals im Haus in Tabul trug und die vom Roten Kreuz erkannten gar nicht, dass es sein Schlafgewand war. Ein langes Hemd mit breiten Hosen, in dem auch Sehil und Ramid zu Hause schliefen. Das von Charil hatte zwei völlig durchgescheuerte Ärmel und die

Hosenenden waren dünn wie Spinnweben. Er lag im Wohnzimmer, zugedeckt mit einer Jacke, die er als Vorarbeiter des Reparaturtrupps am Parkplatz trug, und aus dem Schlafzimmer, das er und Mary hatten, hörte Ramid ein leises Schluchzen. Aber die Geräusche im Haus vermischten sich zwischen den Wänden miteinander und was woher kam, konnte man oft nicht genau sagen.

Sich einen Teppich aus den Sachen zu weben, die tagsüber passierten, so wie es ihm Sula riet, manchmal ging das einfach nicht. Vor allem in diesem Land, fiel Ramid ein. Es passierte viel, aber er kannte oft nur den Anfang oder das Ende mit dem Mittelteil und immer fehlte irgendetwas. Wie bei Nila. Manchmal schien es ihm, wenn er sich nur bemühen würde, es hätte nicht viel gefehlt und sie hätte ihn auch gewollt. Hätte er gewusst, was genau er tun soll, um sie zu gewinnen, er hätte all seine Palmgrovensamen und dieses Zimmer dafür gegeben, von dem er unten in der Küche einst träumte und das ihm hätte gestohlen bleiben können.

Und dann passierte wieder etwas wie in einem Film. Die Tür öffnete sich, und sie stand dort. In ihrer Bluse, die sich um die dünnen Arme schmiegte, mit rotglühenden Wangen, die unter einem Schwall blonder Haare hervorlugten. Nila stand da, ein wahr gewordener Traum, den er gehabt hätte, hätte er es nur geschafft, schnell die Augen zu schließen. Er lächelte und streckte die Hand in ihre Richtung. All die Angst, die ihn befiel, wenn er sie nur sah, war plötzlich verschwunden. Sie kam zu ihm, er wollte sie und nichts konnte ihn aufhalten.

Ramid war schon zuvor erregt gewesen, als er nur an sie dachte. So hat er sie wohl gerufen, glaubte er. Nila wollte sich abwenden und gehen, er sah das. Aber wer weiß schon warum, sie überlegte es sich anders und blieb ein Stück von seinem Bett entfernt stehen, als ob sie sich von etwas überzeugen wollte. Er krallte sie am Ellbogen und riss sie zu sich und dann erinnerte er sich nur noch an ein paar Bruchstücke, die aus einem anderen Leben schienen. Die Hand auf ihrem Mund und ihr Aufstöhnen, das es unmöglich machte, so lange auszuhalten, wie er es sich wünschte, und die Hitze, die er am Körper spürte, und sie glühte ebenfalls. Brüste, die er sich so oft vorgestellt hatte, als hätte es sie in seiner Erinnerung nie gegeben. Und auch nicht ihre Augen. Nur dieses eigenartige Lächeln, das sie dabei hatte, ein überraschter schmaler Körper und eine (seine) Entschlossenheit, wie er sie noch nie zuvor erlebt hatte.

Also hast du sie vergewaltigt und bist dann davongelaufen? Tereza fühlte, wie ihr schwarz vor den Augen wurde, die Hände und Beine waren so schwer, sie hätte es nicht einmal geschafft, Ramid eine zu scheuern, selbst wenn es die Lage erfordert hätte. Als ob sich seine ganze Erzählung auf dieses Geständnis reduziert hätte, wäre er gleich zur Sache gekommen, Tereza hätte nicht so lange ausharren müssen. Charil, Mary, die Karimiken, Jimmie, Sula, Sehil, Adgara und all die weiteren fremden Namen tanzten um den Körper eines schmalen, sechzehnjährigen Mädchens, dem ein unwesentlich älterer Bursche den Mund zuhält, damit ihr niemand zu Hilfe kommen kann.

Und was war eigentlich zwischen ihr und Jimmie?, fragte sie dann, und Ramid zuckte mit den Schultern.

War sie noch Jungfrau, als du mit ihr schliefst?

Nein.

Ramid überlegte, dass es auch einer hätte sein können, der zu den Karimiken kam, um Basketball zu spielen. Oder einer bei diesen Abenden. Ein paar Mal kam sie erst in der Früh. Er sah Nila aus der Küche, wie sie halb betrunken aus dem Taxi stieg. Es dämmerte.

Es dämmerte auch, als er Charils Haus verließ. So fest, wie er damals geschlafen hatte, nachdem er und Nila sich geliebt hatten, das war ihm noch nie passiert, seitdem er bei Charil wohnte. Immer weckten ihn die kleinsten Geräusche. Wenn Nila spät in der Nacht nach Hause kam, wenn jemand zum Kühlschrank in die Küche eilte, wo er schlief, wenn Charil nach Mitternacht den Schlüssel nicht ins Schloss brachte und Ramid sich ausmalte, welches der Burger-King-Mädchen er nach der Arbeit wohl abgeschleppt hatte. In dieser Nacht aber spürte er nicht einmal das Rütteln an seiner Schulter, und die Karimiken mussten mehrmals Wasser aus der lecken Vase auf ihn schütten, bis er wach wurde. Er erschrak, aber Nila war schon fort.

Wir haben es eilig, leierte Karim oder Mike, während der andere versuchte, ihn wach zu bekommen, und Ramid kehrte nur sehr langsam und höchst ungern in Jimmies Zimmer zurück. Von irgendwoher, aus süßer Ferne, wo er für sich gewesen war, und dort wollte er auch bleiben.

Wir hauen ab. Willst du mit uns kommen? Er wusste nicht einmal mehr, wer von ihnen das sagte. Mike war in den paar

Monaten gleich groß wie Karim geworden, und beide sprachen Slang. Nila, die in der weißen Privatschule gedrillt worden war, hätte solche Worte nie in den Mund genommen.

Du willst doch auch abhauen, oder?

Ramid staunte, wie gut sie das auf den Punkt brachten, selbst wenn sie keine Ahnung hatten und es ihm lieber gewesen wäre, sie hätten ihn schlafen lassen. Für immer mit dem Kopf unter dem Kopfkissen und niemals wieder aufwachen.

Wir zwingen niemanden, aber wenn du mitkommen willst, dann beeil dich, fügte Karim hinzu und er schaute wichtig auf die Uhr. Ramid wünschte sich, dass die Karimiken endlich weg wären und er wieder unter das Kissen in sein Traumland fliehen konnte, aber die Vorstellung eines Frühstücks mit Nila, das war schlimmer als alles andere, also zog er sich schnell an, warf ein paar Sachen in seinen Rucksack und lief aus Jimmies Zimmer. Das Zimmer, das sich Nila für ihn gewünscht und wo er nicht nur ein paar Stunden zugebracht hatte.

· 2 ·

ES WAR WIEDER DA. Auch zu Hause (hinter dem Meer) passierte es Tereza bisweilen. Überall Schwarz, das wie eine Gewitterwolke auftauchte und sich auf alles in ihrer Nähe senkte. Wenn es ihr gut ging, wusste sie zwar davon, aber es war keine große Sache. Das schwarze Loch, der gefräßige Schlund, in dem die Dinge verschwanden. Eines Tages würde es auch wieder bei ihr anklopfen. Wie ein Fisch am Grund des trüben Wassers, der auf Beute lauert, auf sie wartet, um sie zu fassen zu bekommen. Ein Tag bestand dann nur noch aus dem Versuch zu entkommen. Eingeschlossen in einem Betonquader, die Hände und Beine unsäglich schwer, ein einziger Schritt schien etliche Meilen zu bedeuten. Die Welt war wie ein großer weißer Tisch, mit einem glänzenden Tischtuch bezogen. Ein Nichts, bei dem einem die Augen überliefen. Eine Ebene, durch die sie taumelte, eine Ebene ohne Menschen, ohne Geräusch, und sie wie eine Blinde in eine Teppichrolle gehüllt, wie eine zähe, gefühlslose Säule, die vor Wehklagen bebte, der Kopf schmerzte von der Stille und dem Geschrei, das spöttisch ihren Kopf sprengte. Du bist ein Nichts und bleibst auch noch dumm dabei. Es gab nichts. Die Dinge und Menschen entfernten sich wie fahrbare Kulissen zur Seite und der Tunnel hinter dem Flickwerk war die wirkliche Welt. Eine hässliche Schramme, ein in Krämpfen sich windendes Nichts auf einem großen, weißen Tischtuch und innen drin ein Hämmern und Beklommenheit und Gewissheit, dass alle Wege genau dorthin führen. In die Stille, die jedwede Falschheit abgelegt hat, sie fletscht die morschen Zähne und du bleibst hier zurück. So lange, wie du es nur aushältst mit deiner Rechtschaffenheit. So lange, bis sie dir in deinem Inneren endgültig aufplatzt, bis dich die Worte der anderen nicht mehr (für kurze Augenblicke) zurückholen. Dorthin, wo es vor Dingen und Menschen, die Augenbinden tragen, nur so rauscht, sie schnattern, wie krank du bist.

Vielleicht war sie krank. Sie verließ den Weg, einen Pfad im dunklen Wald, den man nicht wirklich unter den Sohlen spürt, und von der Lichtung aus, zu der sie gelangte, war es zu einem touristisch anmutenden Wegweiser meilenweit. Der Kompass, den andere mit sich führten und der sie durch unwegsames Gelände leitete, hatte (bei ihr) vielleicht nur einen schadhaften Zeiger oder er war nicht richtig befestigt und etwas hatte sich gelöst, nicht die Welt, nur ihr kleiner Kopf befand sich in Nöten und man konnte nur mitleidig lächeln. Ein verwirrtes Mädchen, das es gerne auf andere geschoben hätte. Als ob das, was der Kopf enthielt, nur ein Abdruck der Welt war. Sie glaubte daran. Dass derjenige, der wirklich hinschaut, in der Früh nicht aufstehen kann, ohne sich, nackt wie er ist, vor dem Sprung ins kalte Wasser gut zuzureden.

Wahrscheinlich ist ihr etwas passiert, würde einer sagen, der noch alle Tassen im Schrank beisammenhat, so wie es sich gehört. Flattrige Nerven, Psychosen, ein leichtfertiges Leben mit abnormalen Schüben. Zu viel Zeit und zu wenige echte Probleme. Hat dich jemand sitzen gelassen? Sie saß auf einer Parkbank in ihrem Land, als sie die Frage hörte, Jon hat sie ihr so gestellt. Er sah Tereza zusammengekrümmt im Park liegen, die Augen vom vielen Weinen gerötet. Alte Begebenheiten aus der Kindheit, an die sich ein Kopf nach Jahren erinnert, und der Mensch denkt, dass die Welt immer so beschaffen ist. Sie hatten dich nicht gern und es fehlt dir immer noch? Wiederhole es ein paar Mal nur für dich, ich habe mich gern, und erinnere dich an alles, was dir jemals gelang. Manchmal machte Tereza das so. Am Morgen vor dem Spiegel beim Zähneputzen. Eine kleine Nase, Mandelaugen, keine Pickel und auch keine abstehenden Ohren. Nur die Welt vollkommen von jeglichem Sinn bereinigt, wie ein blank gescheuerter Herd in einer alten Küchenzeile. In die Socken schlüpfen, die Hosen anziehen, den Kühlschrank öffnen und schließen, kleine Bewegungen, mit denen sie den Tag wie ein abgestorbenes Auto anschiebt. Bevor der Motor ein wenig auf Touren kommt, muss man in seinen Bewegungen die unnütz gewordenen Gedanken ertränken (wie Kätzchen in einer Regentonne). Manchmal fühlte es sich wochenlang so an, nach jedem Aufstehen. Die Tage zogen sich gähnend, jeden Morgen blanke Erschöpfung, als hätte sie eine anstrengende Nachtschicht hinter sich. Eine Nacht, in der in den schwarzen Mühlen des Kopfes irgendetwas gemahlen wurde, und nach dem Aufstehen fühlte man keine frischen Kräfte, man wollte nur noch schlafen.

Vielleicht lag es daran, dass Prag so verflixt klein war. Als ob sie dort ständig mit den Ellbögen gegen Wände schlagen würde. Menschen, die sie kannte. Straßen, die sie blindlings entlangmarschierte. In einer Stadt, in der sie ihr ganzes Leben lang lebte, sie war hundemüde. Die Stadt, die andere bewunderten und wo die ganze Welt hinfuhr, sie war unerträglich grau.

Dieses schwarze Symbol in der Mitte seid ihr und entlang der konzentrischen Kreislinien zeichnen Sie bitte die anderen ein. Die Ärztin der Beratungsstelle kratzte sich unter ihrer Brille und tippte mit dem Bleistift auf ein Stück Papier. Dass Tereza mit jemandem sprechen sollte, sagte ihr Jon. Er nahm sie aus dem Park mit sich nach Hause, wie Ramid dieses Mädchen aus Berlin.

Zu mehr als einem heftigen Weinen konnte sich Tereza nicht durchringen. Braune Taschentücher für Männer und rosa gefärbte für Frauen, sie lagen dort in zwei Stapeln auf dem Tisch. Männer weinen angeblich wie wild, sagte ihr die Ärztin. Tereza ging nur einmal hin, Kreise zeichnen konnte sie auch zu Hause und Jon hatte sie auch schon weinen sehen.

Einen einfühlsamen Jungen wünschte sie sich schon immer. Einfühlsam, mit einer tiefen Stimme und einer festen Umarmung. Einen, der alles hat. Der kochen kann, muskulös, galant und klug ist. Zwei, die sich in einem schäbigen Park begegnet waren und sich dann bis zum nächsten Morgen unterhielten. Jon und sie. Sie werden zusammenbleiben. Und sie waren es auch. Ohne ein einziges Versprechen. So wie es sein muss, wenn sich zwei finden und das auch wissen. Worte sind dann nicht mehr nötig und Versprechen scheinen lächerlich, wie schweißtriefende Beteuerungen der Schwachen, die sich vorm Leben fürchten. Beziehungen müssen gelebt und dürfen nicht zerredet werden, sagte er ihr gleich in der ersten Nacht. Dieser Satz, von irgendwem irgendwann einmal gesagt, hing bei ihm an der Wand, über dem Bett zwischen vielen anderen Notizen. Kleine Zettelchen, die an verschiedensten Stellen angeheftet wurden, Schwarz-Weiß-Fotografien von Gesichtern, nackte Menschen und Städte, in die er, so sagte er ihr, eines Tages gerne fahren würde. Sie dachte daran, dass er das mit ihr machen könnte, aber sie sagte kein Wort. Pläne sind etwas für diejenigen, die nicht im Augenblick leben können. Sie wusste, wie die Dinge für gewöhnlich kamen und dass alles aus zerbrechlichstem Porzellan beschaffen war. Der Augenblick der ersten Annäherung ist wie die bunte Feder eines Zaubervogels. Man darf nicht einmal tief Luft holen. In den halboffenen Handflächen lässt man sie schaukeln, auf keinen Fall zu fest auftreten.

Im Park reichte Jon Tereza ein Taschentuch und bei ihm zu Hause sein T-Shirt (zum Schlafen), das er gefaltet neben sie auf das Bett legte … als Mitternacht längst um war, die letzte U-Bahn abgefahren und Jon zum vierten Mal in dieser Nacht in die Küche ging, um Tee aufzusetzen. Wein tranken sie nicht. Er berührte sie auch kein einziges Mal. Alles Sachen, die ein gutes Zeichen waren, sagte sie sich am nächsten Morgen neben ihm. Und wie schön sie sich fühlte. In seinem Badezimmer mit dem kleinen Spiegel und der Ablage, wo er nur eine Seife und Rasierklingen aufbewahrte und wo sie einander noch so oft küssen sollten. Sie auf den Zehenspitzen und er mit der Hand in ihren Haaren, während er ihr (wie in der ersten Nacht) etwas zuflüsterte. Nichts muss passieren, erst wenn du Lust hast … und die Welt am Morgen war kein Tunnel mehr, sondern ein Tor in einen blühenden Garten, mitten in einem von der Sonne umspülten Zimmer, wo er und sie die einzigen und ersten Menschen waren, und die Welt hinter den Wänden, die Menschen, die dort in den Straßen marschierten, die konnten ihnen gestohlen bleiben, gar nichts würde passieren.

Tereza schloss ihr blaues Heft und legte es auf den Boden neben dem Bett, wo sie und Eran schliefen. Sie konnte sich nicht rühren. Als ob eine einzige Bewegung die paar hauchdünnen Fäden durchtrennen könnte, die sie verbanden (wie ein notdürftig geflicktes Kleid). Sie fürchtete, dass sie das Nichts wieder in seine Fänge schließt, sie wird wie eine Puppe aufs Bett fallen und dort verharren, bis Eran zurückkehrt. Mit dem Blick zur Decke und geweiteten Augen, mitten in einer Ebene voller Menschenschatten, die ihr Furcht einjagen, in einem Tag gefangen, der sie nicht wollte.

In der großen leeren Wohnung befand sich niemand mehr und sie auch nicht. Mit ihren Gedanken war sie in Prag, hinter dem Meer, es war fast schon ein Jahr her, auf den Tag genau. Langweilig, wenn man sich daran erinnert. Wie sich ein Mädchen in einen Jungen verknallt. Zuvor überlegte sie, dass sie das blaue Heft zu einer langen Erzählung ausweiten könnte, die sie im Decodance, Evil Sugar oder einem anderen Magazin veröffentlichen könnte, die hier im Viertel erschienen. In Williamsburg waren es mindestens fünf oder sechs und bestimmt würden sie es nehmen. Das, was man sonst darin abgedruckt fand, hatte doch meistens weder Hand noch Fuß. Die Geschichte eines Jungen und eines Mädchens, die sich gernhatten und irgendwann wieder verloren, eine unglaublich ausgeleierte Platte. Ein ausgewalzter Pfad, ein abgekautes Stück Fleisch, wie Roco zu behaupten pflegte, Dinge, die längst out waren (wie auch die Leute, denen das nicht schnell genug auffiel). Die Vorstellung, jemand würde ihre Fotos verlegen, gleich nachdem sie ankam, sie war lächerlich.

Und hielt Jon tatsächlich zu ihr? Dutzende Seiten im blauen Heft, die nur davon handelten. Gekritzel, bei dem sie erschrak, wenn sie später auch nur ein paar Sätze davon las. Das bin ich? Eine Frau, die sich sonst nichts denkt? Von den Fotos, mit denen sie so viel Zeit verbrachte, stand dort kein Wort. Nur ein paar alte waren erwähnt, die sie und Jon am ersten Tag gemeinsam betrachteten. Bis zum Abend saßen sie auf dem Teppich (beim Bett), Musik spielte im Hintergrund. Die Kassette hatte sie später weggeworfen, als er zu ihr sagte, es sei vorbei.

Es war seine Idee gewesen, hierher zu fahren. Wovon man hier leben sollte, darüber hat er sich nie den Kopf zerbrochen. Sie würden eine kleine Wohnung finden, sie könnte fotografieren und er mit seinem Notebook von jedem Ort auf der Welt aus arbeiten. In einer Bambushütte unter einer Kokospalme, im fünfzigsten Stockwerk eines Wolkenkratzers, in einer billigen Absteige mit rostigem Bad, so hatte sie sich in New York ihre erste Wohnung vorgestellt. Nichts schien allzu schwer. Wohnungsannoncen von jedem Kontinent, im Web ließen sich genug finden. Mit der Kreditkarte und einem Stadtplan in der Tasche, so würden sie auftreten. Mit leichten Rucksäcken und Hand in Hand die Zweite Avenue entlanggehen, dabei einem der Bettler ein paar Dollar zuwerfen, der in der Vierzehnten etwas vom alten Lennon trällert, und in einem abgelebten Hotelzimmerchen in Chelsea würden sie einander bis zum Morgengrauen lieben. Irgendetwas in der Art hat sie mal gelesen … oder sie hat es im Kino gesehen. Dass die Jungen und Talentierten in dieser Stadt so beginnen sollten.

Sie lag auf dem Rücken in Erans großem Bett und konnte all das an der Decke erkennen. Das, was hätte sein können und nie passierte. In matten Bildern zwischen den Deckenrissen und Spinnweben, wie auf einer verschwommenen Leinwand in einem kleinen Kino mit Holzsitzen, wie es sie unter den Kommunisten in jedem Prager Stadtteil gab.

Er sagte, dass er trotzdem nie aufhören würde, sie zu lieben, und dabei schaute er über das Geländer der Uferpromenade beim Rudolfinum irgendwohin zum anderen Flussufer. Jon. Er und kein anderer, der sie verließ. Sie sah sich in diesem Augenblick über das Geländer springen. Er wäre ihr nachgesprungen, hätte sie aus dem Wasser gezogen, und sie hätten dann gemeinsam die nassen Kleider an den Moldauufern zum Trocknen aufgehängt. Seinen hellblauen Pullover hätte er über ihre Schultern gestreift und über das, was er zuvor gesagt hat, hätten sie nie wieder ein Wort verloren. Sie dachte, dass es Jon nicht ernst meint. Sie hat wohl auch gelacht. Ganz bestimmt hat sie gelacht. Sie hatten bereits die Flugtickets gekauft, die neben ihnen auf der Bank lagen. Er sagte, dass sie einander doch nie etwas versprochen hätten. Dass das Leben eben so sei, und früher oder später würde ihr mit ihm ohnehin langweilig werden.

Swush. Als ob er sich mit einem einzigen großen Sprung auf einen anderen Kontinent geflüchtet hätte. Er war ein Fremder. Sie verstand ihn nicht. Der Fluss rauschte. Deshalb dachte er vermutlich, dass sie wolle, dass er alles wiederhole. Er tat es und schaute weiter über das Geländer hinweg. Du kannst nicht erwarten, dass jemand so ist, wie du ihn dir erträumst.

Hat sie ihm gegenüber jemals so etwas erwähnt? Zum ersten Mal fühlte sie, dass Jon in Erklärungsnöten war. Dass er nicht weiß, was er sagen soll, aber das ändert nichts an dem, was gerade passiert. Und dass ganz egal, was sie sagt, sie es ihm nur noch schwerer machen würde. Die Welt drehte sich einmal ganz herum. Sie fiel in sich zusammen und warf sie aus ihrem behüteten Schoß. Sie schüttelte sie ab wie einen Krümel (aus der Manteltasche), und Tereza zuckte zurück, als ihr Jon die Hand aufs Knie legte. Als er sie zum zweiten Mal hinlegte, ließ sie sie dort. Sie wärmte. Sie wärmte wie die bittersten Tränen.

Sie unterhielten sich die ganze Nacht und am nächsten Morgen liebten sie sich bei ihm zu Hause (wie immer). Sie war irgendwie dabei, unter einem Körper, der zu ihm gehörte, aber sie war nicht mehr ganz bei ihm. Er wiederholte sich die ganze Nacht. An dem, was er ihr gegenüber empfinde, würde es nichts ändern. Also warum? Sie verstand es damals nicht, sie versteht es heute nicht.

Er rief sie am Tag zuvor an, bevor sie ins Flugzeug in die Staaten stieg, und wünschte ihr eine glückliche Reise. Sie wusste es. Dass er zwar niemals jemandem etwas Schlechtes über sie erzählen könnte, aber dass er sie nicht brauchte und sie ihm auch nicht fehlen würde.

Sie war ein Nichts, wenn sie sich nicht an jemanden hängen konnte. Zumindest in den nächsten Tagen. Nachdem sie mit Jon auf der Parkbank an der Uferpromenade beim Rudolfinum gesessen war. Bevor sie abflog und nach dreimaligem Umsteigen in der New Yorker U-Bahn an Rudolfs Tür läutete.

Als Tereza am ersten New Yorker Morgen Rudolf verließ, reinigte dieser gerade den Schrank, aß ein paar Fisolen und schlich auf Zehenspitzen (als wäre Tereza noch da) zu ihrer Tasche und nahm die Fotomappe an sich. Wenn ihre Arbeiten nicht völlig von der Rolle waren, könnte er sie aufmuntern. Er verfügte schließlich über ästhetisches Empfinden. In der Plakatfabrik hatte er einst seinen eigenen kleinen Tisch (mit Lampe) besessen, einen Sessel (mit Pölsterchen), niemand anders durfte dort Platz nehmen. Fünf Reihen, in jeder sechs Tische und auf einigen stand ein Telefon. Er ging jeden Tag hin. In das ehemalige Möbellager, wo es selbst nach Jahren noch nach Holzspänen roch. Eine billige Halle, die die Firma für ein paar Kröten gekauft hatte, im Winter zog es ständig. Auf den Plakaten, die sich bei Rudolf auf dem Tisch stapelten, lag einer von Renates Briefbeschwerern. Ein steinernes Pferd mit ausgebreiteten Schwingen. Sie hatte es ihm in Prag geschenkt. Pegasus, dass er ihm Glück bringen werde. Als er ihn in seinen Koffer nach Jugoslawien steckte, fragte sie ihn warum, und als sie ging, blieb das Pferd zurück. Vielleicht war eben dies das Glück, von dem sie sprach. Dass er dann nie mehr für immer mit einer Frau sein würde und dass das, was ihm wirklich Freude bereitete, mit Frauen nichts zu tun hatte.

Terezas Fotomappe, die Rudolf vorsichtig öffnete, war voller Aufnahmen mit verwischten Gesichtern. Sie wollte wohl damit sagen, dass die Welt vergänglich sei, dachte er sich. Dass die Leute nur wenig um sich herum wahrnehmen und in der verwischten Bewegung ist sich alles gleich (wie vorbeifahrende Autos).

An den ersten Tagen in New York empfand es Rudolf genauso. Niemand blieb stehen oder schaute sich um. Nur auf den Fußgängerstreifen, wo sich die Massen reihten, bevor die Ampel den Weg freigab und die keuchenden Leute für einen Augenblick auf der Stelle traten, da und dann drehte sich dort jemand nach ihm um. Jetzt erkannte er selbst, wer nicht hierhergehörte. Wer hier neu war und wer am liebsten zwischen den vielen anderen verschwinden wollte. Alle Spuren des Lebens zu Hause beseitigen, sie mit einem Besen auskehren, dessen Borsten einem Zeitband gleichen. So begann er hier, ohne Renate etwas davon zu erzählen. Einer von dreihundertzwanzig Straßenkehrern im Central Park, einem riesigen Grasrechteck mit Bäumen, von der Stadt durch eine Mauer getrennt, die achtundfünfzig Eingänge enthielt, die von der Dämmerung an bis zum Morgen wie leergefegt waren, weil sich die Leute fürchteten. Damals in den frühen Achtzigern brannten hier noch Autos. Messerstecher setzten wegen ein paar Dollar ihre Klingen zwischen fremde Rippen und Frauenkörper lehnten zusammengesackt an den Häusern der Lower East Side, man konnte sie haben, weil sie für cin einziges Gramm alles tun würden. Farbige schoben Einkaufswägen vor sich her, Käfige voller Essensreste und Stofffetzen und Flaggen ihrer Gangs, sie bellten wie Hunde, wenn er mit dem Besen nicht schnell genug Platz machte. Mit schwarzen Zähnen und im Sommer ganz barfuß, sie hielten an einem bestimmten Platz im Central Park ihr ewiges Picknick ab.

Diese paar hundert Quadratmeter zählten zu Rudolfs Abschnitt. Der Liftboy in der verschlissenen Uniform mit den glänzenden Knöpfen hatten ihm diesen Job verschafft, ein General im Ruhestand, wo doch der Aufzug im Hotel Ankara, wie sich Rudolf erinnerte, niemals funktionierte. Ein bartloser Mann undefinierbaren Alters, der seine Tage auf dem Hocker neben der Rezeption mit demjenigen verbrachte, der gerade

Dienst schob und für ein paar Stunden sein bester Freund war. Er spitzte Bleistifte, streckte sich nach Kugelschreibern und jede halbe Stunde sagte er die Zeit an. Im Hotel Ankara gab es also einen Liftboy, der niemals mit dem Aufzug fuhr und der auch niemandem die Koffer trug. Rudolf verfluchte ihn, als er mit Renate (an jenem ersten Tag) alles alleine die Stufen hochschleppen musste, während der Boy unten herumsaß und sich mit dem Rezeptionisten unterhielt, von dem sie zuvor die Schlüssel ausgehändigt bekommen hatten. Was hat der schon zu erzählen, dachte sich Rudolf jeden Tag. Ein Mann, den er immer nur auf seinem Platz sitzen sah, in der verdreckten Uniform, die er selbst in größter Hitze nicht ablegte. Als er Renate davon erzählte, merkte sie an, dass er doch unterhaltsam sei. Mit Abstand am unterhaltsamsten von all denen, die unten saßen, fügte sie später hinzu. Sie fühlte sich in den Sofas zwischen all den Gestrandeten in den späteren Tagen wie zu Hause. Hinter ihren Zeitungen, den schwarzen Brillen, den schlaffen Gesichtszügen, die Rudolf nicht genauer in Augenschein nehmen wollte. Gesichter wie ein Fingerzeig, aufgedunsene Gesichter, ganze Bände trauriger Bücher und der Unterhaltsamste (laut Renate) strotzte unter den Achseln vor schwarzen Flecken, zwanzig durchschwitzte Jahre, mindestens. Es fiel ihm auf, als er ihn genauer musterte, um etwas davon zu erkennen, was Renate meinte. Der Große mit dem glitzernden Ring am kleinen Finger? Gel in den Haaren, die so aussahen, als wäre er gerade eben der Wanne entstiegen?

Im Ankara war jeder wie ein flüchtiger Moment. Wie auf einem Bahnsteig eines Frachtbahnhofs, ein jeder führte etwas mit sich und schaute zu, wo er es abstellen konnte, damit es noch etwas abwarf. Dollarnoten, die in den Hosentaschen (noch von zu Hause) eingenäht waren, Einfälle, die aufblühten und wieder vertrockneten, weil die Umsetzung Zeit fraß, wie Milch in der Sonne drohten sie auszuflocken und zu verderben. Er wiederum blass wie die Lettern einer alten Zeitungsschlagzeile in der Lobby, die gelbliche Ränder von Flaschenböden aufwies, fällt in sich zusammen wie die Schaumkrone auf einem Bier, die Ertrinkenden in ihren Sofas tranken allesamt beim Zeitungslesen. Und doch war er es gewesen, der redselige Liftboy, mit dessen Hilfe Rudolf seinen ersten Job fand, als Straßenkehrer im Central. Vielleicht half er nur, damit Rudolf keinen Stress macht und Renate sich in aller Ruhe unten unterhalten konnte. Wenn Rudolf mit ihr in der Lobby war, gab sie sich gebremst. Die Hände gestikulierten kaum und ihr Mund lachte nicht so oft. Das sagte Lucien zu Rudolf, gleich an jenem Tag, als Renate ihm diesen vorstellte. Dass er sie zu kurz halte und er ihr ein neues Kleid kaufen solle. Ein amerikanisches mit Spitzen. Ein bodenlanges, das dem weiblichen Körper schmeichelt und den Männern Freude bereitet, flüsterte Lucien, als Renate für die beiden Kaffee holte und Rudolf sich noch dachte, wie er es überhaupt wagen kann. Ein fremder Mann, der ihm Ratschläge erteilt. Lucien zwinkerte ihm zu. Entweder machst du es, oder jemand anderer. Vielleicht ja ich, das wollte er wohl sagen. Als ob ein glänzendes Kleid von wem auch immer reichen würde, um ihm Renate abspenstig zu machen. Ein glänzendes Kleid, das einem slawischen Leib mehr Nutzen bringe als sein ewiges Versprechen. So schlecht ging es ihr doch auch wieder nicht. Er musste draußen herumlaufen, während sie ihre Taschen mit Zigaretten vollgestopft bekam, die meisten gab sie ihm später am Abend. Der Liftboy, Lucien und andere, die Renate als russische Schönheit betrachteten und ihren Kopf mit Flausen füllten, Filmrollen etwa, wo doch ein Stern aus einem schäbigen Hotel ein echter Knüller ist, das mögen Hollywoodagenten angeblich.

Weißt du eigentlich, wie alt du bist?, fragte Rudolf Renate im nächsten Monat, als ihm das Ganze langsam gegen den Strich ging. Sie schüttelte ihre Locken, an denen sie jeden Morgen in ihrem Zimmer (im trockenen Zustand) zupfte. Bevor sie nach unten ging, Ponylocken, die die Stirn abdecken sollten. Sie sagte Nein, dabei hatten sie einen Tag zuvor gemeinsam gefeiert. Mehr als zehn Kerzen fanden auf der Geburtstagstorte keinen Platz, und als sie Stück um Stück in die Lobby trugen (zu Lucien und ein paar anderen), blieb schließlich gar nichts mehr über, nicht einmal von den Schokoladepischkoten, die Rudolf gekauft hatte. Für Renate zu ihrem Geburtstag und auch für sich, wo er doch endlich Geld verdiente.

Hey. Rief er ihm nach, als Rudolf am nächsten Morgen schon die Klinke in der Hand hatte, als er gerade seine alltägliche Tour draußen beginnen wollte. Nach zwei Monaten vergeblicher Suche war es zur Gewohnheit geworden. Am Morgen schnell einen Kaffee schlürfen, als ob sie irgendwo auf ihn warten würden und er es an jenem Tag ganz besonders eilig hatte. Es war kurz nach acht und für gewöhnlich sauste er da schon zehn Blocks weiter die Straßen entlang, zu Plätzen, wo er schon war oder auch noch nicht. Nie war er sich sicher, ob er in dieser Stadt nicht immerzu einen einzigen Block umkreiste. Einen Stadtplan besaß er nicht, einen Plan tragen nur Fremde bei sich, und nach dem Weg fragte er niemals, das machten auch nur Touristen. Falls er es irgendwohin bringen wollte, musste er sich wie alle anderen benehmen. Schnell dahingehen, ohne sich umzusehen, und die Gelegenheit am Schopf packen, sobald sich diese (bei etwas Ausdauer) von selbst zeigt.

Hey. Rudolf drehte sich in der Lobby um, er war schon fast aus der Tür draußen, bereit für die spärlichen Strahlen der Manhattaner Sonne (zwischen den Wolkenkratzern), morgens vor dem Ankara waren die immer zu haben. Der Liftboy kritzelte an der Rezeption etwas auf ein Stück Papier und gab es ihm, darauf stand eine nahezu unleserliche Adresse. Er grinste freundlich, als wäre nach zwei (bezahlten) Monaten sogar ein Russe aus der Tschechoslowakei ein eingebürgerter Ankarianer ... und die halfen sich schließlich gegenseitig. Warum das der Liftboy machte und warum erst jetzt, als er Rudolf gehen sah (wie jeden Morgen), darüber zerbrach er sich nicht den Kopf. Falls er sich etwas erhoffte, solle er nur hoffen, sagte er zu sich, und falls es etwas mit Renate zu tun hatte, er könnte ihr dieses Kleid nach ein paar Tagen selbst kaufen und aus dem Ankara würden sie ohnehin bald verschwinden.

Am rechten Eck des New Yorker Central Park befindet sich eine große Hütte. Beinahe an die Seitenwände der Parkumzäunung gebaut, erinnert sie an ein im Lauf der Jahre verkrustetes Zirkuszelt. Wie ein einst weicher Rumpf eines tertiären Tieres, das ohne Kopf und Beine überlebte, eingebettet im Torf längst vergangener Zeitalter. Zeiten, als im Central noch die Schatten der Flugsaurier zu sehen waren und das Quaken der Frösche an laute Musik aus Lautsprecherboxen erinnerte, so, als würden heute die Jungen im Gras ihr Picknick ausbreiten, kurz bevor (mit Sirenengeheul) irgendwer vom Police Department angesaust kommt und ihnen eine Strafe aufbrummt

(Ruhestörung an Manhattaner Sonntagen). Sie konnte nicht viel mehr als ein paar Jahrzehnte auf dem Buckel haben, und doch fühlte sich Rudolf so, als sei die Hütte aus einem vorigen Jahrhundert. Er fand sie tatsächlich, gemäß der Anleitung des ankarischen Liftboys. Durch das Buschwerk des Central Park mühte er sich wie in der Taiga. Er ahnte nicht, dass so etwas in New York überhaupt existierte. Die Büsche wirkten wie Gitterstäbe, und wie aus einem Käfig sah er da und dann irgendeines der noblen Häuser hinter den Mauern des Central, Gebäude in bester Lage, wo ein Jack Nicholson in seine heiße Wanne steigt, Woody auf der Terrasse seine Migräne bekommt (mit Blick auf das Chrysler-Building), Trump mit abgestütztem Kopf über den Schriftstücken sitzt (in der gläsernen Art-déco-Kanzlei) und irgendeine der einhundertfünfundvierzig angesagtesten Schauspielerinnen der Welt gerade ihre Fingernägel lackiert. Dunkelviolett in jenem Moment, als er dort hinter der Mauer durch das Grünzeug watete, wo doch Violett in jenem Sommer in Manhattan hip war, und bevor er zur Hütte gelangte, waren seine Waden bis zu den Socken hin zerkratzt. Hätte er geahnt, dass ihn der Liftboy in die Wildnis sandte, er hätte keine kurze Hose angezogen. Es konnten nicht mehr als ein paar Meter sein. Die Wolkenkratzer erkannte er doch noch immer hinter den Zweigen und dem hohen Gras. Ein paar Mal entschwanden sie, aber sie waren zweifellos dort. Sie blitzten hinter der Mauer auf, in einem Viertel der Schlanken mit strahlendem Teint und Hunden mit Manikürterminen, Hunden die in eine Waschpulverschachtel passten und genauso parfümiert wurden. Sie waren nur ein paar Meter von ihm entfernt. Gezüchtete Hunderassen, affektierte Menschen, Autos für eine Million. Sie kamen bestimmt auch hierher, um den Kindern etwas Auslauf zu gönnen, wiederholte er sich, als er sich völlig verloren fühlte und das Zettelchen mit dem Plan des Liftboys zwischen den Wurzeln suchte, es war ihm irgendwo ins Moos gefallen. Er war nicht zum ersten Mal hier. Mit Renate war er einige Male in den Park gegangen. Sie wollte zum alten hölzernen Ringelspiel, von dem ihr Lucien berichtete. Ein Ringelspiel mit Pferden, die im Kreis liefen. Ein ähnliches besuchten sie in der Heimat, als sich Rudolf um Renate bemühte. Sie schauten dort den Kindern und den blinden Pferdeaugen zu, Pferde, die mit echtem Fell bespannt waren und ein Namensschild um ihren Hals trugen. Aber das Ringelspiel im Central war größer. Amerikanischer. Und es beförderte Alt und Jung. Renate versuchte ihn damals zu einer gemeinsamen Fahrt zu überreden. Aber auf einem hölzernen Rücken im Kreis zu fahren und sich dabei fotografieren zu lassen und auch noch (wie die ganzen anderen) herumzubrüllen, das missfiel Rudolf. Du bist so kommunistisch. Und dabei nanntest du mich so, als ich aus Jugoslawien nach Hause wollte. Renates Gezanke, an das Rudolf sich bereits gewöhnt hatte. Von der Primadonna zur Matrone oder einem kleinen Mädchen und zurück und auf ein Neues, das schaffte sie ganz alleine, ohne dass er auch nur ein Wort sagen musste. Du schlummerst darin. Je weniger er sagte, umso theatralischere Figuren konnte er in der Regel von ihr erwarten. Als sie dann alleine auf dem Ringelspiel fuhr, fotografierte er sie und sie winkte ihm zu. Er schämte sich. Vor allem seitenwegen denn ohne ihn wären sie gar nicht hier. Ohne ihn würde sie hinter dem Meer in einer Kanzlei sitzen und er wohl auch. Dort, wo sie sich nichts erwarten und die Träume von New York noch voller Dollarnoten und Angebote sind, die auf sie warten.

Dass dieser Ort hier nichts im New Yorker Traum verloren hatte, war eine klare Sache. Diese Hütte, die ihm der ankarische

Liftboy beschrieben hatte und zu der er nach vier Stunden mühsamen Irrens im Central gelangt war, sofern die Zeiger der Uhr nicht wie im Bermudadreieck irrten.

Die Hütte stand offen und nirgendwo eine Menschenseele. Rudolf stand eine Weile draußen herum und ging dann nach innen. Es dauerte eine Weile, bis er sich zurechtfand. Rund um das achteckige Gebäude waren Tiere einzeln angeleint. Er zwinkerte schnell. Aber es war tatsächlich so. Durch die vergitterten Fenster fiel gaukelndes Nachmittagslicht auf den hölzernen Boden, und im Dämmerlicht standen dünne Lamas an den Wänden, die seelenruhig wiederkäuten. Als ob er das schon irgendwo gesehen hätte. Und dann fielen Rudolf weitere Sachen auf. Die Schaufeln, Rechen und Sensen, die dort, vom frischen Gras verklebt, standen, einige klapprige Stühle, abgebrannte Streichhölzer und Zigaretten am Boden, verschmierte Monteurshosen, die auf einem Haufen lagen, und ein dickes rotes Heft. Er öffnete es, verstand aber kein Wort Französisch. Auf dem Umschlag stand LES MÉMOIRES und es sah ganz wie ein Tagebuch aus. Hunderte beschriebene Seiten, in einer winzigen Schrift, mit Kugelschreibern und Bleistiften in verschiedenen Farben notiert, und dazu Skizzen von Tieren und Menschen auf Seilen, er schloss es wieder und zündete sich eine der Zigaretten an, die am Boden lagen. An den Wänden kauten die greisen Lamas und wer weiß, wie lange er dort herumsaß, bis sich schließlich zehn Männer zeigten, in voller Gartenmontur. Sie kamen aus einem Gestrüpp bei der Hütte, als hätten sie sich dort nur wie gut versteckte Krieger verborgen, sie musterten ihn neugierig. Rudolf legte gleich los (vom Liftboy), damit sie gar nicht erst auf den Gedanken kamen, er wäre hier, um ihnen einen Rasenmäher zu klauen. Aber es schien so, als würde das keinen weiter interessieren. Wie aus einer finsteren Ecke heraus musterten ihn zehn Augenpaare, die über rußverschmierten Wangen saßen, zehn Gärtner des zentralen Central, Rudolf wurde später an jenem Tag schließlich zum elften bestellt.

Einer der Männer, der größte und schon etwas in die Jahre gekommene, mit gelblichen Händen und Augen, die in verschiedene Richtungen spähten, nahm ihn kurz zur Seite und erklärte ihm, wie sie es mit den Gerätschaften handhabten und wo er dann im Park seinen Arbeitsbereich haben würde, für den er verantwortlich wäre. Es war inzwischen Feierabend, Rudolf musste Stunden in der Hütte zugebracht haben. Über einem Heft, von dem er kein Wort verstand, hatte er dem Mann mit den gelben Händen eine ganze Schachtel weggeraucht. Und dann zogen sich die Männer aus und Rudolf erstarrte. Er kannte sie. Die Schatten aus dem ankarischen Hotel. Der eine, so schien ihm, wohnte gleich gegenüber und ein paar Mal hatten sie einander schon im Gang angerempelt. Der Mann mit dem langen schwarzen Mantel, von dem Renate und er zunächst dachten, er sei ein Schriftsteller. Er sah nachdenklich drein und kam den ganzen Tag nicht aus seinem Zimmer, aber auch wenn sie noch so sehr ihre Ohren anstrengten, sie konnten kein Getippe auf einer Schreibmaschine vernehmen.

Die Hütte im Central war offenbar ein dem Ankara nahestehendes Unternehmen. Bevor der Liftboy Rudolf die Adresse zusteckte, war er einige Wochen lang auf gut Glück herumgezogen. Die Tschechen, daran glaubte er, mussten hier in der Stadt irgendwo ihre eigene Zelle haben (wie in Chicago), wo tschechische Namen einen ewig langen Straßenzug säumen. Einen Tropfen tschechischen Blutes hatten hier selbst die Gelben und Schwarzen, deren Vorfahren einst für eine Nacht ins Nachbarhaus hüpften. Er war Dutzende Kilometer durch Manhattan gezogen, um sie zu finden. Ein paar in sich geschlossene tschechische Straßen, wo sie ihm helfen würden. Alle halten es hier doch so, sagte er zu sich. Ein kleines Viertel mit Geschäften, wo man so spricht wie zu Hause, hinten eine kleine Kanzlei, wo irgendwer von ihnen sitzt, und für ein kleines Entgelt würde er einem aus seinem Volk einen Anfangsjob zustecken. Die Chinesen standen an der Ecke zur Fünften und Zweiten, mit gespreizten Beinen warteten sie dort, bevor sie irgendeiner aus einer eingefleischten Chinatown-Kanzlei abholte. Diejenigen, die einen dritten oder vierten Pass brauchten und ihn schon am nächsten Tag für ein paar Dollar in der Tasche hatten. Diese chinesische Ecke war allseits bekannt und die Gelben mussten die ihren auch in der Polizei haben, aber nach einer tschechischen Zelle suchte er vergeblich. Ein jeder aus der tschechischen Truppe schaute wohl zu, wie er allein zurechtkam, auf Solidarität wurde gepfiffen. Die Suche des tschechischen Reviers gab Rudolf nach ein paar Wochen auf. Vielleicht entgingen ihm einfach die vaterländischen Zeichen. Ein Kennwort wie bei den Gelben (die geöffnete Zeitung). Vielleicht war es ein auf den Kopf gestelltes Blatt des Rudy Pravo, an der Ecke der Vierzehnten und der Ersten, vielleicht war es ein Säckchen Kartoffeln, mit dem er vor der Freiheitsstatue hätte warten sollen und irgendwer wäre vielleicht auf ihn zugekommen und sie hätten ihn aufgenommen. Vielleicht.

Darüber dachte er in der Hütte nach und seufzte, der Gelbhändige ließ sein Polnisch auf ihn los, von den Männern, die sich nebenan um- und ihre Monteurshosen auszogen, vernahm er ein paar russische Schimpfwörter, als einer einen abgerissenen Knopf auf dem Fußboden suchte, und zwei von ihnen, die den Lamas aufgeschnittene Äpfel reichten (sie fraßen aus der Hand), waren aus Minsk, das erzählten sie ihm später selbst. Erst danach erfuhr er mehr über das ukrainische Ankara. Einen ähnlichen Marktflecken wie in Petersburg haben sie auch in Florida, Ankara wiederum liegt dort. Ein Dörfchen zwischen den Bergen, aus dem der Liftboy kam, und die Slawen, die im Hotel untergebracht waren, bezahlten nur die Hälfte. In der Hütte arbeiteten sie für weitaus weniger als die Burschen aus Costa Rica in diversen Küchen. Mehr als ein paar Monate oder Jahre hielt es ohnehin kaum jemand in der Gärtnertruppe aus. Niemand außer Jacques und Vincent. Zwei, die (wie Amira) als Einzige den kältesten Winter der Bronx überlebt hatten (1962) und sich nun schon das zwanzigste Jahr darauf vorbereiteten, den Weg nach Hause anzutreten.

Sie warteten Tage und Wochen. Zunächst auf Charil, der mit dem Rest von Jacques' Geld verschwunden war, später dann nur noch darauf, bis es wieder etwas wärmer wurde. Im Lager, das an eine Zigeunerbehausung erinnerte, in der verschneiten Ebene, ein paar Kilometer von der Bronxer Autobahn entfernt. Sie versuchten des öfteren Autos aufzuhalten. Winkend, mit Händen in schäbigen Fäustlingen, angefrorenen Fetzen, die sie sich aus der Artistenkleidung schnitten, mit Fahnen, die sie im Les Mémoires aus Zeltstangen und Pierres Socken bastelten. Niemand blieb stehen, und Pierre war der Erste, der dran glauben musste, und später kamen andere an die Reihe. Das Ensemble des Les Mémoires, das so feierlich dem Rumpf der riesigen Jacqueline entstiegen war (an den Ufern der Neuen Welt), das viermal vor ausverkauftem Haus aufspielte. Pierre versicherte, dass es sechsmal gewesen war. Er stritt deswegen mit Jacques, selbst in der größten Kälte, bis zur völligen Heiserkeit, und im ganzen Durcheinander rund um die Wohnwägen suchten sie immer und immer wieder nach den Unterlagen (Kasse), wo alle verkauften Eintrittskarten vermerkt worden waren. Das Kassenhäuschen diente in diesen Tagen als Lazarett für unterkühlte Tiere. Pierre stopfte es mit Decken aus, und solange es noch etwas Benzin gab, heizte er es mit einem Generator, über dem sie sich einst am Unterdeck der Jacqueline vor den morgendlichen Prüfungen die Hände aufwärmten. In der Bronxer Lagerstätte turnte seit Winteranbruch kaum noch jemand. Diejenigen, die Courage hatten (oder über eine verkommene Moral verfügten, wie es Jacques ausdrückte), verschwanden. Einer nach dem anderen. Am Abend aßen sie für zwei, die Taschen stopften sie sich mit Keksen voll und am nächsten Morgen waren sie verschwunden. Der Feuerschlucker, der Wassermann, die jonglierenden Zwillinge aus Marseille, die noch kurz bevor sie in See stachen an Bord kamen, und schließlich auch die Schlangenfrau. Sie riefen nicht nach ihnen, sie suchten sie nicht. Die Artisten schwiegen, jeder dachte sich von den Deserteuren das seine. Jacques runzelte nach einer jeden verlorenen Seele die Stirn und rief das um eine Person verkleinerte Ensemble zu sich, was nun, und ob noch jemanden anderen ein ähnliches Verlangen plage. Einträchtig schüttelten alle verneinend die Köpfe und zu Lasten des Flüchtigen fielen giftige Kommentare. Dazu wurde bitterer Tee gereicht, deshalb fanden sich immer alle zu den morgendlichen Kritiken ein. Nachdem Jacques die Versammlung auflöste, strich er den Namen des Flüchtigen aus dem Mitgliederverzeichnis, als ob er darin nie enthalten gewesen wäre, und man fror weiter. Den kasachischen Falkner begruben sie mit seinen Adlern, so wie er es sich wünschte, hinter der Backwarenfabrik auf einer kleinen Anhöhe, und bei Pierres Begräbnis (er starb als Allerersster) las Jacques aus einer Taschenbibel ein Stück aus der Apokalypse des Johannes, die sie im Inventar (bei allfälligen Anfragen des Ensembles) mitführten. Auch den Koran, die Thora, ein Stück des Konfuzius und drei Buddha-Dialoge besaßen sie, wie es sich für einen Zirkus mit internationalem Profil und brüderlichen Idealen gehörte.

Als Pierre gestorben war, durchsuchte Jacques den gesamten Wohnwagen (wo Pierre und Charil wohnten), er sammelte alle Fotografien und Habseligkeiten ein, die Pierre mit sich geführt hatte, und verstaute sie in einem Sack. Er gelobte, nach Hause zurückzukehren und die Dinge wohlbehalten abzuliefern. Bei den Pariser Verwandten seines besten Freundes. Jener Familie, auf die sich Charil im Flugzeug nach Paris vorbereitete, um dem Haus in Tabul und Pierre keine Schande zu bereiten. Zwischen ein paar Stücken gefrorener Kleidung, ein paar Keksen, die jeder des Ensembles irgendwo im Geheimen versteckt hielt, und einigen Briefen an Pierres Verlobte, die Pierre irgendwohin zu einem Postkasten bringen wollte, sobald er wieder auf den Beinen war, entdeckte Jacques auch Pierres Tagebuch. Ein Schreiben, mit dem sich Pierre an den Abenden quälte, während Charil (in Decken gehüllt) neben ihm von der afrikanischen Königin träumte. Pierre meinte, er würde einen Brief schreiben. Er behauptete dies vor dem Zauberer aus dem armen Entwicklungsland, den sie aus seinem Loch befreit hatten und der kein Fünkchen Dankbarkeit zeigte. Jacques teilte ihm damals den Wohnwagenplatz bei Pierre zu, aber anstatt diesem einen Tee zu kochen, schaute er ihm nur über die Schulter.

Ob er überhaupt ordentlich schreiben kann, fiel dem fiebrigen Pierre ein, der jeden Tag darauf wartete, dass es mit ihm aufwärts gehe, bis es eines Morgens mit ihm vorbei war. Er notierte alles in seinem Tagebuch. Alles über das Leben und die Welt, ein rotes Heft mit engen Zeilenlinien. Jacques fand es (auf der letzten Seite aufgeschlagen) in Pierres Bett und las alles in einem durch.

Das und nichts anderes tat Jacques an den zwei Tagen, als er sich nicht zeigte und die Hälfte der verbliebenen Artisten, die, als sie niemand in ihrem Glauben stärkte, dass alles gut ausgehen würde und in Kuba eine neue Welt auf sie warte, den von Charil ausgetretenen Pfad betrat. Den Pfad, auf dem Charil einst zu Jimmie eilte, bis zur Autobahn vor und dann nach links und immer weiter. Niemand von denen, die im Les Mémoires blieben, erfuhr je, was aus ihnen wurde.

Ratlos im fremden Land zog das Häufchen aus der Vorstadt hinaus, es nahm den falschen Weg (einen anderen als Charil, als er Jimmie aufsuchte), weg von den Häusern voller Wärme, die vielleicht Hilfe hätten bedeuten können. Das, was den Artisten im Nebel und Schneegestöber (in drei Meilen Entfernung) als große Siedlung erschien, entpuppte sich aus der Nähe als ein aufgelassenes Elektrizitätswerk, ein Platz ohne Wärme, Schutz und sonstige Lebewesen, wo alle ausnahmslos erfroren. In der Bronx News Daily erschien dann ein Foto mit einer Schlagzeile, auf der Seite drei der schwarzen Chronik. Sie waren zu dritt und in einen Mantel mit abgefallenen Sternen gehüllt, der einst der Kunstreiterin gehört hatte, der die Bronxer Kinder in den vier oder sechs ausverkauften Vorstellungen stürmisch zujubelten. Alles, was sie von der

Neuen Welt sahen, war der Platz bei der Backwarenfabrik, die Autobahn und das Elektrizitätswerk. Drei Artisten, die in der Bronx News Daily nicht einmal einen Namen trugen und die für Jacques Deserteure blieben, er hätte nur gesagt, dass ein jeder für sein Schicksal selbst verantwortlich sei.

Im Les Mémoires verblieb er mit Vincent und Amira und fünf mageren Lamas, allein in der Bronxer Ebene. Amira war schwanger, und wer weiß, woran sie immer noch glaubten, dass sie so lange wie durch ein Wunder am Leben und bei Gesundheit blieben. Jacques erzählte seinen Männern mit einigen Unterbrechungen vom Winter 62.

Das, was die Manhattaner im längst ersehnten Frühling (der endlich Mitte März anbrach) zu Gesicht bekommen sollten, erinnerte keinesfalls mehr an den Les Mémoires. Drei abgemagerte Gestalten, zwei Männer und eine wohl einst hübsche Frau, mit einer kleinen Herde aneinandergebundener Lamas, wie ein Überbleibsel einer Karawane, die sich im Kontinent und der Zeit geirrt hatte, zogen Jacques und Vincent und Amira in die Manhattaner Straßen ein. Der Weg aus der Bronx in den nördlichsten Zipfel des Manhattaner Harlem dauerte drei Tage. Aus der Ebene bei der Backwarenfabrik ein Stück die Straße entlang, auf der zwanzig Jahre später Karim und Mike und Ramid aus Charils Haus flüchteten, und dann den Schildern folgend in Richtung Downtown, im Staub und Lärm der vorbeibrausenden Trucks stapften sie die Straße entlang, drei Beinpaare und zwanzig müde Hufe.

Die ersten Bäume trugen bereits Knospen und entlang der Betonleitschienen spross bleiches, kaltes Gras, die Pfützen waren am Morgen noch gefroren und ständig rutschten die Lamahufe aus, man musste zuwarten, bevor sich die erschrockene Herde wieder beruhigte und die Tiere wieder, eins hinter dem anderen, in einen langsamen Trott fielen. Jacques hatte ihnen aus den von den Deserteuren verbliebenen Fetzen kleine Schühchen genäht, damit ihnen am Morgen nicht allzu sehr die Füße schmerzten, und am Abend kletterte er über die Zäune der Gärten und Häuser, um ihnen ein paar Handvoll gepflegten Rasens zu pflücken, weil das Gras entlang der Autobahn grau und ölig blieb. Und dann wurden die Häuser der Vorstadt mit den blinden Plätzen und Hangars und Flächen, die niemandem gehören, mit den Autowracks und Geschäften, wo alles für einen Dollar zu haben war (in den Garageneinfahrten der abgewohnten Lager), langsam weniger, sie mischten sich mit großen Sozialwohnblocks, Häuserruinen und immer feuchten Tunneln, selbst in heißesten Sommern. So war es, als sie die nördliche Bronx verließen und endlich nach Süden kamen. Nach einer Nacht, die sie in einer Betonbehausung neben den Leitschienen verbrachten, in einer Behausung der Straßenbauarbeiter, die auf den Autobahnen alle halben Jahre die weißen Linien zwischen den Fahrstreifen aufbesserten. Auf der Böschung vor der Hütte hielten Jacques und Vincent abwechselnd die ganze Nacht über Wache, falls irgendetwas sein sollte, während Amira drinnen mit den Lamas schlief. Arm in Arm mit ihrem Lieblingstier, das wie sie in der Neuen Welt ihr erstes Junges erwartete. Was sie sich dachten und wohin sie gingen, konnte Jacques nicht sagen. Er, der ohne Zirkus in der Neuen Welt keinen Sinn sah, und jene zwei, die einander zu Hause wohl kaum begegnet wären, um eine Familie zu gründen.

Neben den Worten, die sie für die Lamas übrig hatten, sprachen sie auf ihrem Weg nur vom Essen und was sie und die Tiere in Manhattan tun würden. Vincent schlug vor, sie bei einer Verwahrstelle abzugeben, dort, wo auch die Reichen ihre Hunde und Katzen deponierten, wenn sie in den Urlaub fuhren, irgendwer würde sich ihrer bestimmt annehmen und sie drei hätten sich umgehend verzogen, aber Jacques war dagegen. Das Ende des Les Mémoires hat er sich so nicht vorgestellt, und solange man sich nicht auf etwas anders verständigte, war er immer noch der Anführer. Er bestimmte, wo sie anhalten, wo sie schlafen werden. Er war der Prinzipal, und Vincent hörte auf Jacques, selbst nach den vielen Jahren bei den Gärtnern. Die von Amira nichts wussten, weil Jacques und Vincent niemandem davon erzählten, dass sie ursprünglich noch zu dritt gewesen waren. Mit den Männern in der Hütte unterhielten sie sich über ihre Abenteuer. Sie sprachen darüber, was ein jeder in der Wartungstruppe beizutragen hatte, und wenn sie ihre Bereiche gekehrt hatten und es keinen zwingenden Grund gab, nach Hause zu fahren, setzten sie sich hin und palaverten. Was wahr war und was nicht, niemand forschte weiter nach, und so erzählten Vincent und Jacques (anstatt von Amira und davon zu berichten, wie sie am Ende ihrer Kräfte mit einem Rudel Lamas durch die Straßen von Manhattan zogen) von Paris und der Seilbahn zwischen Eiffelturm und Louvre, von fernen Ländern, die sie mit dem Roten Kreuz besuchten, und von Charil, dem Zauberer aus Tabul, der aus einem Land voller merkwürdiger Leute stammte, und der doch nur ein ganz gewöhnlicher Dieb war.

Das dicke rote Heft Les Mémoires, das Rudolf am ersten Tag in der Hütte entdeckte, war Pierres Tagebuch. Ein Buch, das

Jacques ständig mit sich führte und von dem er hoffte, es in New York zu verlegen, damit die New Yorker wenigstens über die ruhmreichen Tage des Les Mémoires nachlesen konnten. Von einem Zirkus, den ihre verbohrten Köpfe nicht zu schätzen wussten, und anstatt Limousinen bereitzustellen, die Jacques den Artisten versprach (und die sich angeblich mit dem Erfolg von selbst einstellten), ließen sie die New Yorker in der Bronxer Ebene frieren, und keinem Einzigen in seinem Wagen waren sie es wert gewesen, anzuhalten, als sie mit ihren abgemagerten Händen um Hilfe winkten.

Wie Tereza hatte auch Jacques ein Buch für die New Yorker geplant. Über den Korrekturen verbrachte er Jahre. Er strich und schrieb alles mit Hand in neue und aberneue Hefte um, und als Rudolf seine Arbeit in der Fabrik für Filmplakate fand, ließ er Jacques an den Abenden (weil sie miteinander gut bekannt waren) alles auf einer Schreibmaschine abtippen. Nachdem Jacques seinen Bereich gekehrt oder gemäht, nachdem er kurz den altersschwachen Lamas Auslauf gewährt hatte und seinem Vincent, der in der Hütte schlief und der niemals begriff, warum ihm die Frau weggelaufen war, einen freundschaftlichen Stups versetzt hatte.

Bevor sie im Central Park ankamen, zogen Jacques und Vincent und Amira einige Tage auf der Manhattaner Halbinsel umher. Weiße Kinder mit schwarzen Kindermädchen quietschten beim Anblick der Tiere und sie durften sie mit ihrer Erlaubnis streicheln, während die schwarzen Kinder ohne Kindermädchen an ihren verklebten Mähnen zogen und sie an der Leine führen wollten. Die zerschlissene Kleidung sahen die New Yorker als Teil der Kostümierung an, und so dachte auch keiner nur einen Moment daran, den Schiffbrüchigen aus dem französischen Zirkus Hilfe anzubieten oder Jacques und Vincent und Amira wenigstens kurz zu bedauern. Am Broadway hielten sie sie für fahrende Werber für irgendeines der neuen Musicals und es verging kaum ein Augenblick, wo nicht jemand wissen wollte, wann sie ihren Auftritt hatten und wo sie Tickets kaufen könnten. Ein Theaterhaus nach dem anderen, Tänzerinnen in bunten Federröcken auf den Plakaten und rote Lichter im Rachen der Neoneingänge, darin Säle mit Artisten und Applaus, Amira sah schließlich ihre Chance gekommen und lief den beiden Irren, die ihr schon lange nicht mehr imponierten, auf und davon, in einem der vielen Gedränge vor den Broadway-Theatern, durch das sie sich mit den Tieren den Weg bahnten. So erklärte es Jacques später dem weinenden Vincent, nachdem sie Amira die ganze Nacht lang gesucht hatten. Dass sie irgendwohin entschwand, woraus sie Jacques vor zwei Jahren in Paris gezogen hatte, ein billiges Etablissement, wo Männer den Frauen Geldscheine unter den Büstenhalter klemmten, wenn diese mit hochgezogenen Röckchen für sie auf dem Tisch tanzten. Frauen, die sich Artistinnen nannten, aber alle wussten doch, worum es bei ihren Auftritten wirklich ging.

So dachte Jacques von der afrikanischen Königin. Die im winzigen Badehöschen schon am frühen Morgen in der Jacqueline (knapp unter der Decke) ihren Auftritt einstudierte und in die Charil so vernarrt war. Die als einzige Frau den Bronxer Winter überstand und die, ohne sich zu beschweren, kranke Menschen und Tiere pflegte, Tee kochte, Papierfetzen und gefrorene Socken sammelte, die die Männer regelmäßig draußen vergaßen, und die sich zuletzt mit Vincent verlobte.

Als Ramid die Black Betty am Broadway besuchte, war Amira längst nicht mehr dort. Sie war fast doppelt so alt wie er, und dass sie (anstatt Mary) seine Tante hätte sein können, das konnte er nicht wissen. Nila, die dort Ramid stattdessen auffand, sprach von ihr nur als »die Alte«, und selbst wenn er sich rechtzeitig eingefunden hätte, es hätte keinen Grund gegeben, sich für eine »Alte« zu interessieren.

Vincent dachte zunächst, dass sie die Menge irgendwohin mitgerissen hatte. Dass sie eingezwängt und fortgezogen worden war, das konnte schnell passieren. Jacques glaubte nicht daran, aber er ging mit ihm. Vincent ließ sich keines Besseren belehren, er glaubte daran, Amira zu finden. Sie suchten bis spät in die Nacht nach ihr. Vincent hoffte, dass sie sie, sobald die Menschenmassen lichter werden, vielleicht irgendwo sitzend (und planlos) am Straßenrand finden, aber der Himmel über den Wolkenkratzern verdunkelte und erhellte sich wieder, ohne dass die Menschenmassen innegehalten hätten, die Reihen hatten sich keinesfalls auch nur ein wenig gelichtet, die Stadt ruhte keinen Augenblick. Das also ist das verfluchte New York, sie merkten sehr schnell, wofür man Ellbogen besaß. Die Nacht am Broadway wimmelte förmlich von Menschen, es gab hier mehr Mittagsstunden als in jeder anderen Metropole der Welt, Paris würde über ein solches Aufkommen schon staunen. Etwas, was sich keiner von ihnen noch vor ein paar Stunden hätte vorstellen können. Dass sich der Himmel über Manhattan niemals richtig verfinsterte und selbst das Grau immer bleich blieb. Von oben zwinkert der Himmel den Wolkenkratzern zu, in Längsstreifen gerastert (den Avenues und Straßen folgend), ein Himmel wie aus einem Reißwolf, der von senkrechten Straßenzügen in Gittermuster zerteilt wird.

Vincent und Jacques liefen darunter mit ihren Lamas umher und riefen nach Amira. Selbst wenn sie gewollte hätte, sie hätte sie in all dem Lärm nicht gehört. Auch ohne Autos und der Musik aus den kleinen Läden mit ihren Baseballmützen und »I love NY«-T-Shirts, in welchem Ramid zwanzig Jahre später am Kennedy-Airport entlanglief, auch ohne all den Touristenlärm der Besucher aus anderen amerikanischen Städten und Staaten, die einander ständig etwas zuriefen und scharenweise ihre Gesichter an die Schaufenster der Geschäfte pressten – Amira hätte sie schon allein wegen der vielen schlendernden Beine und dem Klappern der tausenden kleinen und großen Absätze nicht gehört. Sie stand in der Black Betty, hinter den glänzenden Türen (und einer riesigen Betty-Tanzfigur über dem Eingangsportal) auf einem violetten Teppich, fest gegen die Wand der Eingangshalle gelehnt, sie wünschte sich mit geschlossenen Augen, dass keiner von denen, die da und dann durch die Tür kamen, Jacques oder Vincent war. Keinen einzigen Lamahuf wollte sie mehr sehen. Eine Weile verharrte sie an der Wand, ohne sich zu rühren, sie war allein mit der leisen Musik, die über die schwarze Treppe (auf der man nach unten zur Show gelangte) nach oben drang, dann nahm sie sich ein Herz und ging nach unten.

Am meisten setzte die nächtliche Suche den Lamas zu. Ihre abgeschlagenen Hufe bluteten vom ständigen Stolpern über die Bordsteine (die sie nicht kannten), und mit angelegten Ohren (wegen des Lärms) trotteten sie (verbunden durch Riemchen) mal hier und mal da hin und wieder zurück, je nachdem, wohin Jacques und Vincent sie gerade zerrten. Als der Morgen dämmerte, kauften sie den erschöpften Tieren bei einem Straßenverkäufer eine Flasche Milch, aus ihren

Handflächen gaben sie nach und nach allen zu trinken, und Jacques erteilte den Befehl, einen Schlafplatz zu suchen, weil sie schließlich schon dreimal über den Broadway gelaufen waren und in der Nähe ein Polizeiauto hupte.

Den Central Park fanden die Tiere gleich am nächsten Tag von allein. Ihre Instinkte, die bei städtischen Menschen längst verkümmert waren, konnten nicht einmal die Erlebnisse der Broadwaynacht erschüttern. Sie bestanden darauf und ließen sich auch nicht mehr führen. Jacques dachte sich noch, wie sehr doch die Lamas durch den Marsch verwildert waren. Verwirrt von der großen Stadt und in Ermangelung ihrer Zirkusauftritte. Seit der letzten Vorstellung war ein Vierteljahr vergangen und die eingeübte Dressur, die Jacques manchmal auffrischte, war nur ein ganz kleiner Teil dessen, was er sich vom Lama-Trainer hatte abschauen können. Der hatte sich als einer der ersten Artisten damals abgeseilt. Die Lamas standen geschlossen in Reih und Glied, mit sorgfältig ausgerichteten Köpfen, während vor Vincents und Jacques' Augen die Boutique Dior auftauchte (fünfte Avenue), es ergab einfach keinen Sinn. In Anbetracht der fünfköpfigen (und äußerst hartnäckigen) Lamaskulptur rotteten sich auch bald ein paar Leute zusammen. Irgendwer steckte Jacques eine Dollarnote in die Hand und ließ sich mit den Tieren fotografieren und dann kamen die nächsten, Vincent ging die Leute ab und sammelte das Geld ein, und Jacques dachte, dass sie auf diese Weise künftig Geld verdienen könnten, während die Lamas weiterhin an Bronzestatuen erinnerten. Sie würden wohl immer noch so dort stehen, hätte Jacques nicht irgendwann die Nerven verloren und sie angebrüllt, dass sie doch hingehen sollen, wohin sie wollen. Die Lamas senkten daraufhin (wie aus einem Guss) ihre Köpfe und verfielen in ein demutsvolles Traben (eines folgte dem anderen), und Jacques und Vincent liefen erzürnt hinterher. Um sich bei jemandem Geltung zu verschaffen, dafür hatten sie doch im freiheitsliebenden Les Mémoires stets ihre Leute.

Zudem zogen die Lamas in den Norden der Stadt, zu einem Ort, an dem sie schon (nur ein paar Straßen weiter) fast vorbeigegangen waren. Wer weiß, warum sie sich erst unten in Midtown daran erinnerten und Vincent und Jacques mit sich zogen. Vielleicht hatten sie sich, perplex von der Großstadt, einfach nur in der Richtung geirrt. Lamas, die kaum der Muttermilch entwöhnt waren und von Jacques und Pierre gemeinsam mit Charil aus Tabul mitgenommen wurden. Und Neva (mit ihren Pockennarben) zeigte ihnen noch vor Antritt der Reise, wie man sie in Paris zu füttern hätte (mit Hilfe eines falschen Euters), damit ihnen der erste Trott in einem fremden Land etwas leichter fällt. Alle fünf Jungtiere passten damals in eine einzige große Hockeytasche, in der sie beim Roten Kreuz die Sportausrüstung mitführten, Bälle und Baseballhandschuhe, alles wegen der Tage, an denen sie (in den armen Ländern) auf irgendwelche Bewilligungen warten mussten und sich mit sportlichen Betätigungen die Zeit vertrieben. Der Leiter des Roten Kreuzes machte es irgendwie beim Kapitän klar, und fünf kleine Lamas reisten in der großen Zipptasche (aus der ihre überraschten Köpfchen ragten) von Tabul bis Paris und von Marseille aus dann mit der Jacqueline in die Neue Welt. Es waren die Lamas aus Tabul, die den Bronxer Winter als Einzige aus der Lamaherde des Les Mémoires überlebten. Die peruanischen Alpaka-Lamas, die Pierre privaten Zoos in Frankreich abkaufte und die er mit ihnen kreuzen wollte, überlebten in der Bronx nicht einmal bis Weihnachten.

Charil schien das Verpflanzen von Tieren aus Tabul quer über die Kontinente überaus lächerlich. Zudem nannte sie zu Hause keiner Lamas. Aber als Pierre und Jacques von Beginn an von den Lamas sprachen, beließ er es dabei. Tiere bleiben Tiere. Er nannte sie später im Les Mémoires ebenfalls so. Lamas. Und fast schien es, als würden die Lamas darüber ein wenig lachen und sich über die Begriffsstutzigkeit wundern. Sie waren die geschicktesten aller Tiere, die ihre Zirkusstücke jedes Mal auf Anhieb begriffen, und so hatten sie viel Zeit für ihre lautlosen Gespräche, Mäulchen an Mäulchen gepresst, sie flüsterten und drehten dabei ihre Ohren, und sobald irgendwer von den Menschen näher kam, setzten sie ihr ruhiges, freundliches Gesicht auf, das ihnen selbst in all dem Tumult auf der fünften Avenue nicht abhandenkam. Sie selbst entschieden, wohin es nun ging, und dorthin ging es dann auch.

Da man sie ganz klein aus Tabul wegbrachte, kam sogar Sula, um sich von ihnen zu verabschieden. Während ihnen Neva die Schnuller abwusch, die Pierre dann zu ihnen in die Hockeytasche warf, nahm Sula eins nach dem anderen in den Arm und sprach leise auf es ein. Die merkwürdigsten Menschen in Tabul, erzählte Jacques den Männern der Gärtnerpatrouille, wenn sie sich erzählten, was sie wann erlebten.

Ein Land, das jeden Tag die Sonne versengte, während sie in der Bronxer Ebene das gefrorene Wasser der Tröge mit Äxten in kleine Eisstücke zerhackten, wo sich die Artisten, solang es noch möglich war, einmal in der Woche badeten. Ein Land, in dem die Nächte wirklich finster und die Mittagsstunden gleißend hell waren, dass Jacques (selbst durch Sonnenbrillen hindurch) in Tabul nachmittags die Augen schmerzten. Als sie in der Bronxer Ebene in ihren Wohnwägen (zu zweit in Decken gehüllt) kalte Träume plagten, empfing Sula im Land hinter dem Ozean ihr Vogelkind und vor dem Haus in Siba reihten sich Tag für Tag etliche Frauen, die sich Erleichterung erhofften. Ungebildete Dörfler, denen Jacques und Pierre mit dem Roten Kreuz helfen wollten, nur um schließlich zu erfahren, dass sie vom Kreuz nichts brauchten. Während die Dörfler ihre Köpfe über Fotografien ihres Diktators beugten, als ob sie ihn noch nie gesehen hätten. Jenem, der in Ramids Klasse in Bafus an der Wand hing, und Ramid pflegte seine Knöpfe an der Uniform zu zählen, wenn ihn in der Stunde von Lehrerin Saher der Schlaf überkam.

Das Mädchen, das nach Jahren der Ausbildung in Tauras Festung ins Haus nach Tabul zurückkehrte und das den Lamas etwas mit auf den Weg flüsterte, wusste schon damals nur zu gut, dass Charil niemals wieder nach Tabul zurückkehren würde. Dass ihn die Welt verschlingt, so eine, die Sula nie kennenlernen würde, vielleicht noch aus den Briefen ihres Sohnes. Jahr um Jahr wird sie auf Sehil warten und Ramid Briefe schreiben, sie wird sie mit Palmgrovensamen in den Briefkasten werfen, sie werden zu ihm in die Neue Welt reisen. In die Stadt der Menschen aus allen Ecken der Welt, wo derjenige, der nicht verloren geht, das findet, von dem er gar nicht dachte, dass es sein ganzes Leben auf ihn wartete.

Als ob die Lamas etwas davon geahnt hätten. Als ob sie wüssten, welchen Ort es in der Stadt zu finden galt, damit die Kette nicht reißt, wer wen zu treffen hat, man fand sich. Unter hunderten Völkern dreier Rassen und zwischen fünfspurigen Straßen, auf denen ein Unkundiger, wenn er in die falsche

Richtung geriet, selbst im New York des zweiten Jahrtausends erfrieren konnte.

Jacques und Vincent ließen die Tiere gehen, wohin sie wollten. Und die Lamas (wie man sie im Les Mémoires nannte) begaben sich ohne zu zögern auf die fünfte Avenue, die Straße mit den luxuriösesten Geschäften des Planeten, und dann zogen sie weiter in Richtung Norden, wie Rentiere den Polarlichtern hinterher, wie ein Gefolge in eigenem Auftrag, wie Tiermenschen mit zwei männlichen Anhängseln, die wie der Schwanz eines Papierdrachens hinter ihnen wehten. Jacques schnitten die Riemchen der Lamas in die Haut, so sehr zogen sie, und Vincent vergaß sogar (für ein paar Augenblicke) Amira. In dem Moment, als am Horizont der schnurgeraden Avenue im Sonnenuntergang die ersten Bäume auftauchten und als sich die Straße wie ein Trichter mit Reißverschluss in ein weitläufiges Grün weitete, kam die Stunde, als Ramid zum ersten Mal Tereza berührte. Auf der Terrasse seiner Wohnung in West Village, im Sonnenuntergang, wobei sie sich standhaft weigerte, weil sie es für dumm erachtete. Sie berührten sich in der gleichen Stunde (nur zehn Jahre später) und Sula in Siba wusste es. Und die Lamas, denen sie damals vor ihrer Abfahrt ein Geheimnis ins Ohr flüsterte, senkten den Kopf ins Gras des Central Park und zum ersten Mal in diesem Jahr konnten sie sich richtig satt fressen.

Als Rudolf zu der Hütte kam, waren die Tiere, die entlang der Wände angebunden standen, schon sehr alt und sie konnten sich kaum noch auf den Beinen halten. Bevor Vincent und Jacques die Hütte im Central fanden und der Gelbhändige sie in seine Dienste nahm, ritten einige Wochen lang Kinder auf ihren Rücken. Wenn die Nacht anbrach, zog Jacques die Lamas in die Büsche, legte sich mit Vincent unter ihre Bäuche, und am nächsten Morgen tauchten sie wieder mit einer großen Kartontafel auf der Lichtung auf. Vincent bastelte sie aus einer Schachtel und er schrieb darauf mit einem Filzstift, den sie fanden, »für Klein und Groß 20 Cent«. Die Leute wunderten sich über die Tiere und diejenigen, die ein paar Mal im Zoo gewesen waren, schworen Stein und Bein, dass dies gewiss keine Lamas wären, und wer weiß schon, welchen schmugglerischen Machenschaften (exotischer Tierhandel) Jacques und Vincent anhingen, und wo sie ihre Bewilligungen und Tierpapiere hätten. Und so schlossen Vincent und Jacques ihr Business mit den Tieren ebenso schnell, wie sie es begonnen hatten. Die Tafel ließen sie in den Büschen zurück, wo sie übernachteten, und von dort aus zogen sie weiter durch die Sträucher ins Landesinnere (des Parks), in eine Richtung, die sie noch nicht erprobt hatten. Dorthin, wo sich die Asphaltwege, dic am Sonntag von New Yorkern nur so wimmeln, zu kleinen Pfaden wandeln, die unverhofft im Gras enden, und wo die Rufe der Eulen, ein Fuchs oder ein scheues Rehrudel keine Seltenheit mehr darstellen. In den Landkarten über den Park, die man an einem jeden Pult bei einem der achtundfünfzig Eingänge erhalten kann, die sich in der Begrenzungsmauer rund um den Park befinden, existiert diese Wildnis praktisch nicht. Das Straßennetz scheint auf den Landkarten vollständig zu sein, und wenn der Weg im Park plötzlich wie aus heiterem Himmel endet, wenden die Leute einfach ihre Räder, die Kinderwägen oder Inline-Skates und kehren um, wie sie es gewohnt sind, wenn auf der Fahrbahn eine Sperre auftaucht. Vermutlich reparieren sie dort etwas, pflanzen einen neuen Rasen oder nummerieren die Bäume, sagen sich die ordentlichen Bürger. Dass der Park dieser Landkarte nur ganz entfernt ähnelt, weiß kaum einer von ihnen. Sümpfe, in denen die Lamas bis zum Bauch versanken, waren nur der Anfang. Es folgte eine bitterkalte Nacht (wie im Januar), eine Kobra, die Vincent mit einem Stein totschlug, dornige Sträucher, durch die sie sich stundenlang durchkämpften, wie im tiefsten Herzen eines afrikanischen Landes, und dann tauchten wieder unverhofft üppig grüne Wiesen auf, wo es sich die Lamas schmecken ließen (wie noch nie zuvor in Amerika). Aber Vincent und Jacques verloren langsam ihre Geduld und beratschlagten sich, ob sie sich nicht längst in irgendeinem grünen Streifen fernab von New York befanden. Vermutlich hätten sie sich nach einer solch langen Reise durch den Park, der keinerlei menschliche Spuren aufwies, darauf geeinigt, wäre nicht da und dann zwischen den Bäumen ein Wolkenkratzer aufgetaucht, ein mächtig glitzerndes Bauwerk mit Dutzenden Stockwerken, Hochhäuser, zu denen man zwar nicht gelangen konnte, aber die zwischen dem Dickicht immer wieder aufblitzten.

Als sich Rudolf auf einem ähnlichen Weg zur Hütte begab, beschäftigte der Gelbhändige Vincent und Jacques beinahe schon zwanzig Jahre. Schließlich fand er den Weg so wie sie und hinter die Parkmauern gingen sie allesamt kaum. Jacques wohnte zwar draußen hinter der Wand, aber Vincent blieb zumeist (auch während der Nacht) in der Hütte. Mit einem wilden Blick (wie Rudolf meinte), mit Haaren bis zu den Schultern, und an der Hüfte steckte ein Messer in einer Scheide, die er sich aus den Laschen alter Schuhe genäht hatte. Jacques sah ähnlich aus, und nur der starke französische Akzent ließ vermuten, dass diese beiden nicht den größten Teil ihres Lebens im Busch verbracht hatten, sondern in der Metropole an der

Seine, in einem Land der erlesenen Küche und weithin exportierten Chansons, die Jacques ab und zu von einer Kassette tönen ließ, die er mit einem Bleistift bis zum Anfang spulte und die er in einen scheppernden Kassettenrekorder steckte. Der stand in einem Hüttenregal, über den Köpfen der fünf alten Lamas.

Dass der Gelbhändige Rudolf aufnahm, war Jacques' Verdienst. Der Liftboy aus dem Ankara-Hotel war zwar für den Anfang eine gute Bekanntschaft, aber derjenige, der sich beim Gelbhändigen einsetzte und Rudolf beibrachte, wie man mit einem Rasenmäher und den Heckenscheren umging, für welchen Rasen sich welcher Rechen eignete, das war Jacques. Jeden Tag nach Schichtende ging er mit ihm die Herausforderungen der Gartenarbeit durch und wie zur Belohnung erzählte er ihm von seinen Reisen mit dem Roten Kreuz und von all dem langen Warten, weil sie (er und Vincent) in den letzten zwanzig Jahren nichts anderes getan hatten, als langsam, aber beharrlich Geld anzusparen.

Rudolfs Bereich, den er als elftes Mitglied der Gartenpatrouille zur Obhut zugewiesen bekam, war ein Rechteck unweit der Hütte, wo sich stets eine merkwürdige Gesellschaft versammelte. Obdachlose und Frauen, die ihnen in ihren Frisuren und Kleidungsstücken ähnelten, die längst ihre Farben an den Dreck verloren hatten. Die Manhattaner Obdachlosen (oder zumindest irgendeine ihrer Divisionen) hatten in Rudolfs Bereich, den er mit Rechen, Rasenmäher und einem Besen bestellte, ihre angestammte Sommerresidenz. Zunächst fürchtete sich Rudolf vor ihnen, und die Reinigung des Ortes, wo sie zusammenkamen, sparte er sich für dann auf, wenn sie schon wieder weg waren. Das Sammeln von Papierfetzen, die selbst in dieser Wildnis um die Hütte herumflogen (wo ja eigentlich keine Leute hinkamen), Zigarettenstummeln, vollgeschneutzten Servietten, Bechern mit Restcola und angeklebten Kaugummis, all das musste verschwinden. In seiner Tonne auf Rädern, die er vor sich herschob, mit einem Halter für Besen und Schaufel versehen, die für die Asphaltwege gedacht waren, und einem Rechen für die Zeit, wenn die Blätter abfielen oder der Rasen kurz durchgekehrt werden musste. Die Leute, für die sich Rudolf schämte, begannen ihren Platz im Park gleich nach dem Winter in Besitz zu nehmen, sobald die Temperaturen anstiegen, in wechselnden Gruppen saßen sie unter den Bäumen, bis zu den ersten, kalten Oktobertagen. Leute, die kein Zuhause haben, weil sie über keine Postadresse verfügen, und ein Teil von ihnen verbringt die Tage in der Stadt, ständig in Bewegung mit ihren Wägen, an denen Seile und Schnüre ihre Habe sichern (damit diese nicht auf die Straße fällt), und der andere Teil bleibt regungslos unter den Decken liegen, in den Nischen oder ungenutzten Garageneinfahrten (vor allem wenn es regnet und man sich nirgendwo schnell verkriechen kann). Rudolf kannte diese Existenzen schon von seinen vorherigen Gängen durch die Stadt. Aus der U-Bahn, wo sie auch tagsüber schliefen und in keiner der Stationen ausstiegen, vom Bahnsteig, wo er über sie hinwegsteigen musste, er sah sie irgendwo im Gedränge, wo man sie am Gestank erkannte und die Leute mit Anstellung ihre Köpfe abwandten. Er hatte damals auch keine Arbeit und das Ankara hätte er niemals als sein Zuhause bezeichnet. Aber einen Unterschied gab es dennoch. Er wusste, wohin er ging, und überlegte sich für jeden Tag seine Pflichten. Tagsüber nickte er nicht einfach irgendwo ein, und wenn er nicht gerade nach Häusern und Hausnummern Ausschau hielt, gaffte er nicht dumm vor sich her (oder zu ihnen hin). Auch einen angebissenen Cheeseburger von irgendwem, der auf einem roten Hydranten liegen blieb, hätte er nie angerührt, selbst wenn ihn allergrößter Hunger geplagt hätte.

Und dennoch wusste er, wie schnell es in diesem Land der unbegrenzten Möglichkeiten gehen konnte. Nach unten abzurutschen, wo es nichts mehr zu verlieren gab und ein verschlafener Tag wie das Schönstmögliche scheint. Im Ankara lebten einige, die sich auf dem Weg dorthin befanden. Diejenigen, für die die ankarische Lobby zur zweiten Heimat geworden war und denen die letzten Dollars in den Hosentaschen knisterten. Von ihnen wusste es Rudolf auch: dass es ausreicht, nicht versichert zu sein und Gelbfieber mit kleinen Komplikationen zu bekommen, und die Wohnung und alles andere gehen für die paar Tage im Krankenhaus drauf. Ein solcher packt dann seine letzte Habe, schiebt seinen Einkaufswagen durch die Straßen und dem Fenster seiner Wohnung kann er vielleicht noch ab und an zuwinken. Das erzählte einer in der ankarischen Lobby, der im Sofa unter dem Fenster saß und der so lange trank, bis sie ihn in der Arbeit feuerten. Dass man für sein Pech nichts könne und wenn's ein Mensch im Leben nur ein klein wenig durcheinanderbringt, sind plötzlich die Freunde dahin und ans Telefon geht auch keiner mehr. Rudolf warf ihm manchmal zehn Cent hin, um von dem ganzen Gelaber verschont zu werden, aber im Central war er, um zu arbeiten, und bevor er mit den Obdachlosen ins Gespräch kam, schob er ihnen lediglich die Wägen unmerklich ein bisschen zur Seite, ihnen, die im Parkboden merklich Spuren hinterließen. Dann kehrte er die Blätter auf einen Haufen. Sein Kleingeld behielt er für sich.

Der Ort, an dem die Obdachlosen im Park zusammenkamen, hatte seine Tradition. Einen Stein mit Angabe des Jahres, in dem die Manhattaner Halbinsel in die Hände der Weißen fiel. Zu Beginn des siebzehnten Jahrhunderts, als der Stammesrat der Lenape die Halbinsel an holländische Käufer verscherbelte, für ein Dutzend wollener Abdeckungen und einen Satz Metalltöpfe, in denen dann die lenapschen Frauen zwei Jahrhunderte lang ihren Kriegern etwas brutzelten.

An diesem Stück Geröll mit seiner Gedenkschrift, das in keiner Landkarte des Central verzeichnet war (ähnlich wie die Sümpfe und Lichtungen im dornigen Busch), lehnte auch Ramid immer wieder lange Stunden. Durch ein Stück buntes Glas schaute er den vorbeitreibenden Wolken zu, die verschiedensten Tieren ähnelten und selbst in Siba grasten, und wenn er weit genug abschweifte, erkannte er auch die Gesichter der beiden Karimiken, die er schon lange nicht mehr gesehen hatte. Die Existenzen, mit denen er jetzt zusammen war, kannten gar nichts davon. Sie nahmen ihn bei sich auf, ohne allzu viele Fragen zu stellen, und er selbst erzählte ihnen nahezu nichts von sich. Die Erinnerung an Charils biederes Grinsen riet ihm davon ab, wenn er manchmal damit anfangen wollte. Ein Grinsen, das der Onkel aufsetzte, wenn sie gemeinsam hinter dem Haus im Garten saßen, Charil erzählte und Ramid dachte, sie seien Verbündete. Dass in dem Haus mit einer aufkeimenden Mary, einer Nila, die nicht mit dem Vater sprach, und den zwei Jungs, die sich für nichts anderes als Basketball interessierten, nur er es war, der Charils Vertrauen genoss. Das Vertrauen eines Mannes, den er bewunderte, und er hätte es ihm nie laut gesagt, aber er war zutiefst überzeugt davon, dass dieser entschieden mehr auf dem Kasten habe, als mit einer

Truppe billiger Arbeiter an der zehnten Bronxener Ausfahrt herumzustehen. Aber nun war alles anders. Die Karimiken konnten Charil nicht ausstehen und er war sich nach den Monaten und nunmehr Jahren, die er wieder zurück in New York war, selbst nicht mehr sicher, was er von Charil halten sollte. Dass er allerdings niemandem mit irgendwelchen Geschichten schmeicheln wollte, wie es der Onkel im Garten mit ihm tat, das wusste er gewiss. Und dass man sich unter den Obdachlosen haufenweise solche erzählte. Je aufgesetzter die Geschichte war, die jemand hervorkramte, umso größer der Lump, der sie erzählte. Das war sicher, aber selbst jetzt wurden welche um ihn herum erzählt. Es kamen weitere, die sich zum Steinbrocken setzten, sie klopften sich zur Begrüßung auf die Schultern und manchmal lachten alle auf und dann gab es wieder eine kleine Schlägerei. Zu Ramid konnten sie über das bunte Glasstück hinweg nicht gelangen. Er war mit, aber niemals einer von ihnen. Er war auf dem Weg. Die Karimiken ließ er in Chicago zurück, und es wartete noch so viel auf ihn. Er wusste es, selbst wenn es ihm Sula nicht geschrieben hätte. Den Brief, den er auf der Rückbank des Wagens las, als er in Jimmies Auto mit den Karimiken aus der Bronx durchbrannte. Wer weiß, wie viele Briefe die Mutter seit jenem Zeitpunkt an Charils Haus adressiert hatte. Oder schrieb ihr Charil, dass er davongelaufen war? Es schauderte ihn bei der Vorstellung. Wohin war er gelaufen? Sie hätte sich Sorgen gemacht und sich auch gar nichts darunter vorstellen können. Sechsspurige Autobahnen, ein gelbes, aufgeschäumtes Meer aus riesigen Maisfeldern, Autos im Gegenverkehr (im Sekundentakt) und immer weiter tagelang nur das gleiche Land, ein Staat, dessen Sprache er vollständig beherrschte, und wenn sie ihn fragten, woher er stammte, ließ er sie gerne raten. Er nickte bei allem, was sie nannten. Türke,

Spanier, Ägypter, Grieche, Pakistani. Auch Jude, sagten ein paar. Das war das Einzige, was er verneinte.

Nach Chicago kamen sie damals mit den Karimiken gerade noch so hin. Nach Tagen der Flucht aus Charils Haus, wo die Jungs wie verrückt fuhren, aus Angst, dass ihnen der Vater auf den Fersen sein könnte … wer konnte schon wissen, ob Charil nicht doch hinter ihnen her war. In Chicago parkten sie das Auto dann direkt vor der Halle. Die Jungs zogen sich hinten auf der Rückbank um, klopften sich am Parkplatz kurz ihre Schenkel ab und zwei, drei Mal versuchten sie ein paar Abläufe, um sich vor der Prüfung aufzuwärmen. Ramid ging mit ihnen hin. In die riesige, leere Mehrzweckhalle, wo sich unter dem Korb bereits eine Gruppe ungeduldiger Jungs zusammengerottet hatte, die ähnlich wie Karim und Mike hier waren, um zu gewinnen und ihren desolaten Verhältnissen zu entfliehen. Langaufgeschossene Jungs von sechzehn bis achtzehn tänzelten dort um einen untersetzten Mann im schwarzen Sakko herum, der sie musterte. Karim und Mike kamen zu ihnen geschlendert, und Ramid setzte sich auf die Tribüne, wo sich auch ein paar Eltern und einige Freundinnen irgendwelcher Jungen befanden. Er setzte sich in eine Reihe, wo keiner saß.

Von einer solchen Halle träumte man einst in Bafus, es war ein Bauvorhaben. Vor den Bezirkswahlen, bei denen auch Sehil, Ramids Vater, kandidierte. Mit seinen geschnitzten Flöten war er ohnehin ständig im Staub unterwegs, er musste wegen der Kampagne gar keine zusätzlichen Reisen unternehmen. Er gewann zwar nicht, endete aber auch nicht als Letzter. Und dann kamen die Soldaten und nahmen demjenigen, der gewann, die

Mutter und seine Kinder weg. Seine Frau kam dann, um Sula zu befragen. Sie konnte kaum noch sprechen, und bei den Namen ihrer Kinder verfiel sie in ein lang anhaltendes Weinen. Sie fragte, ob Hoffnung bestünde, dass sie ihre Kinder je wiedersehen würde, und Sula wünschte sich, dass sie das Versprechen, das sie in Tauras Festung ablegen musste, nicht am Lügen hindern mochte. Ramid erinnerte sich, wie ihm die Mutter davon erzählte, als ihn Karim und Mike fragten, welche Chancen sie wohl hätten. Er allerdings konnte lügen und so sagte er ihnen vor der Halle, dass man sie gewiss nehmen würde. Er schaute ihnen von der Tribüne aus zu. All diesen Jungs mit den rasierten Köpfen, in allen Farben, von nussbraun bis zum dunkelsten Schwarz (wie das Sakko des Trainers), an dem sie mit ihren Augen hingen, wenn ihnen ein Korb gelang. Es lag nun an jedem von ihnen, das Beste zu zeigen, zu zeigen was man konnte. Es gab dort nur einen weißen Jungen, und Ramid räumte ihm nicht viele Chancen ein. Er schwitzte, noch bevor sie begannen, und schaute von der Bank aus immer wieder zu seinem Mädchen, das ihm ein paar Küsschen zuwarf.

Für eine solche Prüfung schien Ramid die Halle viel zu groß. Sie hätten es ruhig in einem der kleineren Turnsäle seitlich ausmachen können, fiel ihm ein, aber man wollte wohl auch testen, was für eine Wirkung alles auf die Jungs hatte. Ein Raum, so groß, wie sie ihn wohl noch nie betreten hatten, und jetzt stand er nur ihnen zur Verfügung und dann den Allerbesten, die sie auswählen würden. Es schien ihm, als hätte Karim nicht gerade seinen Tag. Als hätte er nach der langen Fahrt seine Treffsicherheit verloren. Mike wiederum sah blendend aus, und Ramid fiel auf, dass der Trainer, der weiter herumstand, immer wieder etwas in seinem Notizbuch vermerkte. Und dann war es so weit. Sie ließen die Jungs in einer Reihe antanzen und dann wählten sie sich, mal links, mal rechts, einen aus, und jeder bekam vom Trainer eine Aufgabe zugewiesen. Das Blockieren eines Dribblings, einen Wendekreis rund um die Mittellinie laufen, ein Sprint über das halbe Spielfeld, den der Trainer abstoppte, und Mike lief vor und zurück, als ginge es um sein Leben. Sie wurden schließlich beide genommen, und Ramid fiel auf, wie Karim bei der Verlautbarung der Ergebnisse laut aufseufzte, weil er wohl selbst fühlte, dass er keine Glanzleistung abgeliefert hatte, aber für diese Prüfung hatte es gereicht.

Ramid fiel kurz ein, dass er sich auch hätte anmelden können, er war fast ein wenig neidisch. Was würde aus ihm werden? Und er erinnerte sich an Nila, dass er sie am Morgen, nachdem sie miteinander geschlafen hatten, im Arm hätte halten können, nur wusste er zu gut, dass er ihr nicht einmal in die Augen hätte schauen können. Sie musste nun denken, dass er ein Feigling sei, so wie alle anderen, sagte er zu sich, als der Trainer unter dem Korb die Namen der Angenommenen verlas und die Jungs in ein Gebrüll ausbrachen und ein paar Mädchen auf der Tribüne kreischten, wenn ein Name zu ihnen gehörte.

Letztendlich erwies sich das alles als keine wirklich gute Idee. Karim und Mike wurde in die Mannschaft aufgenommen, Ramid allerdings wusste nun nicht, wohin er sollte. Er dachte zunächst, dass sich die beiden schon irgendetwas überlegt hatten. Dass er auch zu ihrem Plan gehörte, und er wartete, bis sie damit zu ihm kamen. Was sie sich gedacht hatten und was sie sich mit ihm vorstellen könnten. Aber es schien, dass es ihnen vor allem um das Lenken des Wagens und um das Lesen der Landkarte ging, mit deren Hilfe er ihnen den Weg ansagte. Dass ihnen erst in allerletzter Sekunde einfiel, ihn mitzunehmen, und einen Plan hatte tatsächlich niemand. Ihm schoss durch den Kopf, ob sie ihn nicht einfach nur aus Eifersucht und Angst mit sich nahmen. Damit er nicht in der Bronx zurückbleibt und ihren Platz einnimmt und sich keine Rechte auf etwas aneignet. Aber darüber konnte man mit ihnen nicht reden und zwei Tage lang wurde sowieso nur gefeiert und Karim und Mike wollten von irgendwelchen Bedenken nichts hören. Aus Jimmies Wagen wurde für Tag und Nacht der angesagteste Klub in Chicago, voll mit Chips und Bier und Cola, das sie mischten, und dann lagen sie einer neben dem anderen auf der Rückbank, auf den nach hinten geklappten Autositzen, und der Lärm aus dem Kassettenrekorder war die Erfüllung all ihrer Träume.

Am nächsten Morgen erwachte Ramid, als Mike und Karim noch schliefen. Die Batterien des Kassettenrekorders waren leer und die Bezüge voller nasser Chips und Bierflecken. Mit ihm waren sie nun fertig. Sie lächelten (selbst im Schlaf), und Ramid fühlte sich wieder so allein wie einst in Charils Küche, wenn er nicht gleich aufstehen musste. Er blieb liegen und die einzigen Geräusche kamen von der Küchenuhr und dem Blut, das in seinen Schläfen pochte. Die Karimiken waren fort, man musste es nur aussprechen. Ciao und irgendwohin gehen, um ein Auto anzuhalten. Er wusste nicht, was er anfangen sollte, und irgendwohin zu fahren war das Einzige, was ihm einfiel. Die Richtung war egal. Er wusste nur, zurückkehren durfte er nicht. Die Karimiken stopften ihm einiges von dem, was man am Vorabend nicht verputzt hatte, in eine Plastiktasche, und Ramid machte sich auf den Weg, dorthin, wo er die Autobahn vermutete, auf der sie in die Stadt gekommen waren. In die Stadt Chicago, von der er in seinem ganzen Leben nicht mehr sah als eine riesige Basketballhalle.

Adgara und Hafiram bekamen wiederum während der Prüfungszeit in Chicago in Siba ihr zweites Kind und zu Luka kam nun ein kleiner Rasif hinzu und Hafiram baute einen weiteren Raum an Sulas Haus an, weil Adgara noch immer einen Umzug ablehnte und sie sich in dem einzigen Raum, den sie mit Rasif und Luka für sich hatten, längst auf die Füße traten. Sula wurde schwächer, es war ihr anzusehen, und sie alleine im Haus zurückzulassen kam überhaupt nicht in Frage. Und so schien der Umzug in ein eigenes Haus, wovon Adgara und Hafiram vom Tag ihrer Hochzeit an sprachen, in weite Ferne zu rücken. Ein Wunsch, den man sich vielleicht damals hätte erfüllen können, aber im Nachhinein konnte jeder den Klügeren spielen, und mit Sula darüber zu diskutieren machte wirklich keinen Sinn. Das Ziegelhaus in Siba, das sich noch an die Freiheitskämpfe und die große Trockenheit und das Hochwasser erinnerte, welches vor sechzig Jahren für einige Wochen das ganze Land in einen großen See verwandelt hatte, hätte Sula niemals verlassen. Das Haus gehörte Sehils Familie, von der damals, als Ramid durch die Staaten reiste, niemand mehr lebte. Niemand von den beiden, die Sehil als Zweijährigen am Rand des Dorfes (am Ufer des Siba-Flusses) spielend vorfanden, wusste, woher er gekommen war. Sie ließen es damals überall in der Umgebung verlautbaren und nahmen den Knaben zu sich, bis sich jemand melden würde, aber Sehil wurde von niemandem abgeholt. Und so erhielt er seinen Namen, das Wort »Sehil« bedeutete »Zweiter in der Rangfolge« in der Sprache des Siba-Volkes.

Was Sehil in seinen ersten achtundzwanzig Monaten erlebt hatte, blieb in Siba ein ewiges Geheimnis. In welchem Haus er zur Welt gekommen war und wie die Gesichter ausgesehen hatten, in die er als Kind schaute, niemals wird es einer aus Siba erfahren, und nicht einmal Sula wusste es. Weil (sofern sie überhaupt Dinge spürte, die andere nicht erkannten) sie nur Ereignisse sah, die noch kommen würden. Dinge, die noch nicht passiert waren, von denen aber irgendwo im Raum längst Bilder hingen, wie Gesichter in einem Spiegel. Verborgen oder verschlüsselt in verschwommenen Schwaden, die Sula in Tauras Festung zu deuten lernte und die sie den Leuten wie ein Leporello vorführte, in ganz einfachen Skizzen, wie für Kinder. Ein Apfel, eine Schnecke, eine Tasse mit Untersatz. So einfach wie ein Tapetenmuster lässt sich die Zukunft manchmal weissagen. Sofern man geschult ist, würden die meisten der Absolventinnen aus Tauras Festung hinzufügen, aber Sula war sich dessen nie sicher, immer weniger, je älter sie wurde. Dass sie nicht mehr wusste als alle anderen Menschen, was sie auch geduldig allen erklärte, die zu ihr kamen. Aber sie glaubten ihr nicht. Sie hielten sie für bescheiden und überschütteten sie mit Prunk. Mit feinen, bunt gefärbten Stoffen, klingenden Armreifen aus allerfeinstem Getriebenen, mit Ohrringen, groß wie Kinderfäuste, und schweren Teppichrollen, die Sula dann verkaufte oder weiterreichte, gemeinsam mit den Parfüms und Glücksperlen (wie man die Steinchen in Tropfenform nannte), für die der Siba-Fluss weithin bekannt war. Sula wurden sie von denjenigen zugetragen, die für teuere Geschenke nicht genug Geld hatten. Aber Sula war nicht klug und sie wusste das. Man konnte das den Frauen, die vor ihr beten wollten und weinend auf die Knie fielen, nur nicht erklären. Sie war nie auf eine bessere Schule gegangen und hatte genauso viele Jahre die

Schulbank gedrückt wie die anderen Frauen, die im Land die allereinfachsten Dinge erledigten, weil sie für nichts Besseres qualifiziert waren.

Diesen Mühlstein schleppte sie mit sich. Frauen, die zu ihr kamen und deren Augen geschlossen blieben, als hätten sie ein schweres Schloss davor hängen, wie für eine Scheunentür. Sie offenbarten ihr alles und erwarteten dann, dass sie es ordnet und ihre Nöte versteht, die sie nicht schlafen und tagsüber herumtorkeln lassen, beinahe ohne Verstand. Sie warteten auf ein Wunder und bekamen von ihr ihren Segen. So nannten sie es. Nach Monaten oder Jahren der Qual diese Ruhe im Herzen, und Sula warnte sie auch noch, welchen Dingen sie ausweichen und auf welche sie sich besser vorbereiten sollten. Sie verstanden nichts, und Sula wurde älter und sie alterte in Bitternis. Manchmal standen sie Spalier vor dem Haus in Siba, wo sie mit Adgara und Hafiram und dann mit Luka und Rasif wohnte, in einer der kleinen Räumlichkeiten empfing Sula eine nach der anderen. Haufenweise Frauen, die Ahnungen und Ängste hatten, wie in einem Laden warteten sie, bis sie an die Reihe kamen. Manchmal fühlte sie in sich nackte Wut. Das Geschenk, welches sie nicht wollte und um das sie andere beneideten. Ein Brandmal, das sie nicht verstanden, eine privilegierte Stellung, die ihr egal war, das Zimmer voller Gerümpel, das sie ihr zutrugen, und sie wusste nicht einmal warum. Warum die Zukunft sich sie als Dienerin ausgesucht hat und sie Tag für Tag wie ein Maultier, das einen Mühlstein dreht, den Leuten aus der Gegend die Köpfe entwirrt (gegen Bares). Sie sprach nur darüber, was sie in den Köpfen hatten, und es kostete sie viel Kraft, aber es war keine Zauberei. Als würde sie ein Stück Angst gegen eine Wand werfen.

Man sagte über sie, dass sie im Alter stolz geworden war. Dass sie nur noch aus Bechern mit Silberrand trinkt und ihre Wäsche aus Spitzenstickereien besteht. Die Frauen flüsterten sich das zu, wenn sie warteten, bis sie an die Reihe kamen und Adgara sie nach innen rief. Sie schnitten dabei Grimassen, wenn sie sich den alten, ausgezehrten Körper in diesen ausgelassenen Höschen vorstellten. Was bleibt ihr schon anderes übrig, merkte eine von ihnen an. Sich wenigstens schön zu kleiden, wenn es mit dem Küssen schon nicht mehr weit her ist, und wer weiß, ob er es ihr jemals ordentlich besorgte, Sehil hat sich bei ihr nie allzu lange angewärmt, und er wusste wohl warum. Die Frau in der Schlange grinste, und die Menge verstummte wie auf Befehl, weil die alte Sula vor dem Haus auftauchte, das war außergewöhnlich. Sie fuchtelte mit der Hand und murmelte etwas, ein Zeichen, dass sie für heute genug hat. Zwei der Frauen begannen gleich zu klagen, aber sie drehte sich nicht einmal um. Fast schien es, als ob sie es vor Müdigkeit gar nicht mehr schafft, nach innen zu gehen. Zudem musste sie Adgara die Leviten lesen, weil in der heutigen Creme einige grobe Körner zu finden waren und die Kundinnen sich beschwerten. Jeden Tag Hilfe zu leisten erschöpfte sie, und sie war wirklich nicht mehr die Jüngste. Die Frauen in Siba alterten allesamt schnell. Sulas Mutter, die Großmutter, die Urgroßmutter. Eine Menge Frauen, die schon vor ihr da waren, ein Haufen gewöhnlicher Frauen ohne besondere Fähigkeiten, die ihre Kraft nicht mit allen teilen mussten, die darum baten. Erschöpft schrieb Sula nach der Arbeit den Großteil der Briefe, die sie Ramid sandte. Sie warf sie in ein schwarzes Loch, denn schon seit Jahren erhielt sie aus Amerika keine Antwort mehr. Sie wusste nicht einmal, ob sie die richtige Adresse hatte. Ob Ramid noch bei Charil wohnt, oder ob ihm etwas passiert war. Ein Blitz würde sie durchzucken, wenn es so wäre. Sie erschrak, kaum dass sie daran dachte. Die restlichen Kräfte, die ihr nach der Arbeit verblieben, verwendete sie für den Kampf gegen diesen Gedanken. Dass Ramid vielleicht gar nicht mehr lebt und sie nie mehr einen Brief von ihm bekommt. Aber ihre Schreiben konnten ebenso gut auf dem Weg verloren gegangen sein. Auf der Post rieten sie ihr, einen Aufkleber mit der Aufschrift »par avion« zu nutzen, dass es dann schneller gehen würde, aber sie glaubte dem nicht. Es genügte, sich die Flughäfen in ihrem Land anzuschauen. So mancher hatte sich dort für sich sein kleines Reich geschaffen. Der Landesvorsitzende, die reichen Kaufleute, die das Land verließen, diejenigen, die ganze Landstriche in ihren Krallen hatten, weil sie Wahlen für ungültig erklärten. Der kleine Flughafen mit der holprigen Landebahn, wer weiß, wie die Piste aussieht, von der aus Briefe zu Ramid fliegen sollten. In der Hauptstadt war sie nie gewesen, aber der Flughafen würde dort schwerlich anders beschaffen sein, dachte sie sich. Und dennoch konnte sie es kaum glauben, dass Charil nicht antwortete. Ihr eigener Bruder musste doch wissen, dass sie sich in Siba Sorgen machen würde. Sula hatte zudem die vage Vermutung, dass das, zu dem sie geworden war, eigentlich Charil vorbehalten gewesen wäre. Dass er sich schon als kleiner Junge in seine Zauberkunststücke flüchtete, weil irgendetwas in ihm ahnte, wie verzehrend die menschlichen Köpfe (und ihre Schatten) doch sind, und dass er deshalb sein Talent in harmlose Zaubereien kanalisierte, bevor er sich für Geld und Dienerschaft sein Leben zerstören ließ. Entscheiden konnte er dies nicht allein, irgendetwas in ihm hat es getan, als er noch ein kleiner Junge war und der Weg, den er beschreiten sollte, sich ihm allmählich offenbarte. Und Sula dachte sich letztlich, dass er sie gar nicht verstehen würde, selbst wenn sie es ihm jetzt schriebe. Er war klug, sie war es nicht. Klug genug, seinen Kopf einen besseren Weg wählen zu lassen. Nichts von seinem Geschenk zu wissen blieb der einzige Weg, die Folgen abzuwenden. Die Pflicht, bis zur Kraftlosigkeit zu dienen. Sich Tag für Tag, Jahr für Jahr mit den Klagen anderer zu beschäftigen und die seinen stetig zu schlucken, manchmal freute sie sich schon auf das Ende. Aber etwas Kraft blieb immer noch. Trotz der Müdigkeit und der abendlichen Erschöpfung nach der Arbeit fühlte sie innerlich das Leben wie eine kräftige Flamme lodern (wie in einem Ofen für trockene Äste). Sie hatte des öfteren Lust, dieses missratene Feuer mit einem Eimer Wasser zu löschen. Es sollte aufzischen, es wäre vorbei mit ihm, und sie hätte Frieden. Aber es kommt wie es kommt, und so würde sie es wohl noch ein paar Jahre aussitzen müssen. Wenn nur Ramid etwas von sich hören ließe. In den paar Briefen, auf die er antwortete, beschrieb sie ihm, wovon sie träumte, dass es ihn auf scinem Weg ereilen würde. Das Reisen von Ort zu Ort und eine Frau, die ihm bestimmt war. In ihren Träumen konnte sie sie erkennen. Die, mit der er glücklich sein würde. Sie schob sachte die Vorhänge von diesen Bildern, die sich in ihrem Kopf zusammensetzten, wer weiß, von woher sie auftauchten, wie Nachttiere aus der Dämmerung. Umrisse von Dingen und Menschen, die dort hinter dem Ozean auf ihren Sohn warteten, und sie konnte nicht mehr tun, als ihm Nachricht davon zu geben (mit dem Aufkleber »par avion«) und hoffen, dass das Flugzeug nicht von irgendwelchen Dummköpfen in der Armee ihres Landes abgeschossen werden würde.

Er hatte doch ein gutes Herz, ihr Ramid. Ein gutes und unruhiges, warum war er nicht mit ihnen in Siba geblieben, Sula verstand es nicht. Wer etwas erkennen will, muss doch zu Hause bleiben. Wer abschweift, der altert nicht. Er erfährt nichts und endet in Strapazen (mit schmerzendem Kopf). Ramid schrieb ihr, dass es um Mut ginge, und dass die meisten Frauen das nicht verstehen können, und in dem Land, in dem er und Sula geboren wurden, gelte das ganz besonders. Aber soweit sich Sula erinnern konnte, kam das Ganze erst dann auf, als er und Nebrak begannen, jede Woche ins Kino zu gehen. Was heißt kein Mut? Dass sie, Sula, es nicht schaffen würde, sich ein Ticket irgendwohin zu kaufen? Er hat sich für ein Leichtes entschieden, aber verdiente das Bewunderung? Wenn er ihr von diesen Filmen erzählte, die er mit Nebrak besuchte, glänzten seine Augen. Das war nicht schön. Von all diesen Dingen, die es bei ihnen im Land nur auf der Leinwand in Bafus gab, und er sehnte sich nach ihnen wie nach einem Mädchen. Und von da an gab er keine Ruhe mehr damit. Du wirst dort herumirren und du wirst eine Sehnsucht verspüren, wie du es dir hier gar nicht vorstellen kannst. Und du wirst nach Hause wollen und du wirst Angst haben. Vor deinen Gefühlen, und egal ob du zurückkehrst oder nicht, immer wird beides falsch sein. Diesen Satz sagte sie ihm damals ganz leise. Mit einer Stimme, die ihr abhandenkam, als hätten sie ihr von hinten die Beine weggefegt. Er hatte ihr ein Bein gestellt. Und dann liegt Sula am Boden mit völlig kraftlosen Frauen, in ihrem Zimmer voller luxuriöser Geschenke, und stellt sich selbst zur Rede. Das ist sein Weg und was weißt du schon davon, und sie fühlt ihr wild schlagendes Herz, wie sie sich mit all dem nicht aussöhnen kann. Wenn sie darüber wenigstens mit jemandem sprechen könnte. Stattdessen hört sie die ganzen Tage anderen zu, bis ihr von deren Spinnereien der Kopf dröhnt. Und was von den Bildern in ihr gehört denen und was zu ihr, wo ihr doch die eigenen Bilder entwischen, während sie zuhört, man kann es nicht sagen. Manchmal sind die Frauen, die zu ihr kommen, so bösartig oder neidisch, dass ihr später von ihrem Erzählen der Körper kribbelt. Geh weg, manchmal hat sie Lust das zu sagen. Zu denen, die alles über sie stülpen und erleichtert nach Hause gehen, und sie wird von den fremden, bösen Gedanken dann gepiesackt. Das kriegt oft Adgara ab. Ihre Älteste, die schon immer auf Ramid eifersüchtig war. Ein Mädchen, das niemals etwas musste und einen guten Mann und zwei gesunde Söhne hat, alles flog ihr zu und sie beschwert sich nur, wenn sie Sula ermahnt. Salben, die man nicht mit Sorgfalt anrichtet, riechen nicht gut, sie bröseln und haben keinerlei Wirkung. Aber Adgara ist, wie sie ist, dachte sie sich. Wenn man nur kurz die Stimme gegen sie erhebt, denkt sie gleich, die ganze Welt hätte sich gegen sie verschworen. Als ob sie für Sula sorgen würde, und nicht umgekehrt. Dabei ist alles, was sie von ihr will, dass sie sorgfältig die Salben zubereitet (nach ihrer Anleitung) und dabei nicht in den Fernseher schaut. Dieses Geschenk Hafirams war des Teufels. Und dann entschuldigt sich Adgara bei ihr, wie ein kleines Kind, senkt ihre Augen, und gleich danach dreht sie den Fernseher wieder auf. Mit ihr ist es wie mit einer Dreijährigen, dabei ist auch sie schon in die Jahre gekommen, und wer weiß, ob ihr Hafiram nicht den Fernseher brachte, weil er ein schlechtes Gewissen hat. Und sie sitzt dann davor, mit Luka und Rasif auf dem Schoß, sie lutschen Bonbons und der ganze Tag geht vorüber, während Hafiram irgendwo mit seinen Ziegeln herumfährt, und wo er so schläft, davon hörte Sula schon Gemüsehändlerinnen am Markt in Bafus munkeln, als sie bei ihnen vor einem Monat Aklankohl für den Feiertagsschmaus erstand.

Hafiram verschwand wie Sehil immer wieder aus Siba, aber immer nur kurz und nicht so oft. Die Ziegel, die er einkaufte und später mit Aufschlag auslieferte, bekam er von einer Ziegelmanufaktur, unweit von Tauras Festung. Ein Städtchen wuchs mit den Jahren rund um diese Ziegelfabrik, jeder im Land kannte es. Eine Senke, von Bergen umgeben, reich an rostfarbenem Lehm, weshalb die Ziegel so gefragt waren, aber ansonsten eine Ortschaft, der jeder auswich. Ein Städtchen, sagten die Leute, voller Staub und Abgase von den kleinen Lastwägen, die dort ständig etwas aufluden, Leute voller Ruß und mit lehmigen Händen und Gesichtern. In keinen anderen Gesichtern wirkte die hinausgestreckte Zunge dermaßen rosarot, weil diese Gesichter braunschwarz verfärbt waren, und wenn sie nach der Arbeit im Fluss badeten, trug der Strom die braune Trübe kilometerweit.

Hafiram fuhr mindestens einmal im Monat hin. In einem Lieferwagen, den er vor Jahren für geliehenes Geld gekauft hatte, und wenn er nicht auf Reisen war, stand der Wagen neben dem Haus in Siba, und Luka und Rasif spielten »Partisanenkampf« darunter. Alle, die in das Städtchen fuhren, um Ziegel zu holen, hatten einen Wagen wie Hafiram oder sogar zwei oder drei, je nachdem, wie viele Fahrer sie sich leisten konnten.

Die riesige Ziegelfabrik, die aus der Ferne (wenn man ankam) an einen Ameisenhaufen erinnerte, und die aus der Nähe mehr wie ein nicht zu Ende gebautes Haus wirkte, war aber nur die eine Seite. Hinter der Senke des einst ausgetrockneten Flusses, der neben dem Städtchen fließen würde, gäbe es nur genug Flüssigkeit, standen kleine Häuschen und hunderte Holzhütten mit wehenden Dächern und Wänden aus Wellblech. Sie erstreckten sich entlang der seichten Rinnen, die dem Fluss folgten, und sie waren Tag und Nacht voller Menschen, die dort kniend mit Schaufeln gruben. Diesen Ort, der vom Städtchen durch den ausgetrockneten Fluss getrennt blieb, nannte niemand beim Namen, und wer es nicht besser wusste, der sah in der lang sich erstreckenden Siedlung nur ein weiteres Lager derer, die sie von irgendwoher vertrieben hatten. Hierher hat es sie also geweht, und weiter würde man sich nichts mehr denken. Orte, wo die Menschen um ihr Leben kämpften, und Abende, an denen sie zusammenkamen und mit knurrenden Mägen einschliefen, waren Dinge, die man sich am besten gar nicht vorstellen wollte. Doch von solchen Menschen gab es im Land von Hafiram, Adgara, Sula und all der anderen mehr als genug, und man wusste von ihnen. Von Menschen, die in Armut lebten, weil die Dinge eben so waren, und etwas daran zu ändern, dafür ist ein Einzelner ein zu kleiner Herr und jeder war voll des eigenen Leids.

Aber das lang gezogene Rechteck beim toten Fluss war kein Ort der Vertriebenen oder eines unterdrückten Volkes, das sie im Städtchen nur ungern sehen würden (im Land teilten sich des öfteren ganze Städte in triste Siedlungen), das Lager beim toten Fluss war das Zuhause der Suchenden eines besseren Morgens. Männer, die schürften, und Frauen und Kinder, die vom Morgengrauen bis zur Dämmerung den Sand durchsiebten, in dem manchmal ein Körnchen Gold auffunkelte, und auf genau diesen Moment warteten in den Rinnen voller Staub und Glassplitter diejenigen (ganze Hundertschaften), die schon vorab mit ihren Flaschen feierten. Großfamilien mit Greisen und Greisinnen, die tagsüber die Hütte hüteten, damit der Wind nicht das Dach wegfegt und kein Fremder sich die wenige Habe aus dem Inneren krallt. Von der Geburt an lebten sie in Armut, ärmer als die Ärmsten in Siba und Bafus, ganze Generationen lang, und vielleicht geschah es deshalb kaum einmal, dass einer etwas wirklich Großes fand. Mehr als ein paar Körnchen, die man gegen eine Flasche tauschte, die für ein paar Stunden Kraft einhauchte und den beißenden Staub vergessen ließ. Rote Augen hatte dort jeder, und so konnte man sie auch im Städtchen gleich erkennen, wusste wohin sie gingen, um ihre Flaschen zu holen. Dem Glauben nach sollte man nicht viel trinken, und so gönnten sich nicht einmal die vom toten Fluss zu viel des flüssigen Mitgefühls. Das Leben in den Rinnen hatten sie sich selbst erwählt, und dass ihnen das Glück nicht hold war, dafür konnte man doch niemandem die Schuld geben. In dem einzigen Lebensmittelladen, den es im Städtchen gab, waren sie nicht gern gesehen (und auch anderswo nicht). Schürfer mit entzündeten Augen, die einen so oft anbettelten, etwas anschreiben zu lassen, und wenn sich irgendwer erweichen ließ, war der Schuldner bald eines schönen Morgens mit seiner ganzen Familienbande unauffindbar, und oft machte er es sich nur allzu leicht, er kam einfach nicht wieder in den Laden, um etwa die ausständige Axt zu begleichen.

Dass man mit Leuten solcher Prägung umgehen müsse, wie sie es sich verdienen, das wusste Hafiram. Aber niemand aus der Familie hatte eine Ahnung, dass er nicht nur ins Städtchen fuhr, um seinen Wagen mit Ziegeln zu beladen und das abzurechnen, was er auf der vorangegangenen Fuhre verkauft hatte. Dass er vielmehr auch Sachen zu erledigen hatte, die hinter der Senke und dem versiegten Fluss vonstattengingen. Auf die andere Seite, wohin sich, außer den Schürfern, nur noch Halsabschneider begaben, wie man diejenigen nannte, von denen die Schürfer versicherten, dass sie sich aus ihren Häuten ganze Mäntel schneiderten. Hafiram war damit nicht allein. Es gab viele Männer, die in das Städtchen fuhren, um Ziegel zu holen, und im Schürferlager eine Familie hatten, die für sie schuftete. Manchmal unterhielten sich die Halsabschneider über diejenigen, die für sie arbeiteten, ganze Abende lang. Wenn sich das Aufladen der Ziegel hinzog und einem nichts anderes übrigblieb, als im Städtchen zu übernachten. Darüber, dass man es mit Aufrichtigkeit nicht allzu weit bringe, wenn ein anderer nur darauf aus ist, wie er was für sich abzweigt, und was für ein Glück doch die Familien hatten, die unter dem Patronat eines Halsabschneiders standen, und dass sie das nur nicht zu schätzen wussten. Man nannte die Halsabschneider so, weil sie die goldenen Körnchen, die die Schürferfamilien fanden, einbehielten und die Familien die Pflicht hatten, alles abzuliefern. Im Gegenzug erhielten sie die Zusage (das war der Tausch ihres Traums von der endgültigen Befreiung), zweimal täglich zu essen zu erhalten. Jeden Monat galt es, etwas Geld hinter dem toten Fluss abzuliefern und dem Schürfer alles abzunehmen, was dieser unterdessen aus der Erde gestochert hatte. Sie leugneten und versteckten vieles, das war bekannt. Selbst wenn es eine schriftliche Vereinbarung gegeben hätte, es wäre nicht anders gewesen. Ein paar von ihnen hatte man Hafiram angehängt, und er besuchte sie immer dann, wenn er ein paar Ziegel abholen kam. Das, was sie ihm für gewöhnlich ablieferten, war nicht der Rede wert, und Hafiram wartete schon ein paar Jahre darauf, dass endlich ein Durchbruch kommt. Manchmal fuhr er zu ihnen, auch wenn er gar keine Ziegel brauchte, nur um sie unverhofft zu überraschen. Er trieb sie nächtens aus ihrer Behausung und durchwühlte alles gründlich. Zweimal hatte er es nur mit Hilfe dieser Methoden aus ihnen herausgepresst. Als er schon gar keine Hoffnung mehr hatte und den Schürfer, den er mit seinen Knien zu Boden presste, aufstehen ließ, zeigte sich plötzlich, dass das, was sie vor ihm verborgen hielten, die Frau in einer Zündholzschachtel am Leib trug. Er griff sie sich beim Hals und würgte sie, bis sie keine Luft mehr bekam. Hafiram hatte immerhin einen Riecher dafür, wenn man ihn betrog. Und der Schürfer kam flehentlich zu ihm gekrochen und legte ihm ein Goldnugget in die Hand, das er aus ihrer schmuddligen Hosentasche geholt hatte, in der sie einen Schleifstein für den Spaten und einen alten, vom Staub verblassten Lippenstift hortete. Der fiel ihr dabei auf den Boden, sie bückte sich schnell danach. Hafiram schnappte sich zufrieden das Nugget, das ihm gehörte, sprang ins Auto und wachte morgens neben Adgara auf, die von all dem gar nichts bemerkt hatte.

Hafiram fuhr über den toten Fluss, um seine Körnchen abzuholen, die genug Geld für eine Reise über das Meer einbringen sollten, so dachte er, seit Luka zur Welt kam. Er fuhr über den Fluss, um das einzufordern, was nicht zu haben war ... er fuhr mit seinen Ziegeln herum und versuchte es zu Hause mit kleinen oder größeren Umzugsplänen. Von Sula weg in ein eigenes Haus zu ziehen, das hatten sich Adgara und er längst versprochen, und darüber, dass er als dritter der Familie über das Meer fliegen würde, sprach er auch schon seit Jahren. Als litte Adgara an verstopften Ohren, aber Hafiram sparte die goldenen Krümelchen und hoffte, sie eines Tages doch zu überzeugen. Von dem Geld, das er den Schürfern überließ, hätte er schon im vorletzten Jahr einen Fernseher kaufen können, aber Investitionen in die Zukunft wollen eben getätigt werden. Der

Mensch hofft und die Zeit zieht sich. Mit Sula sprach man nie über den Umzug in ein eigenes Heim und über das mit dem Meer schon gar nicht. Das fehlte noch, wo es schon mit Adgara kaum möglich war. Solange Sula lebt, braucht sie mich, auch wenn ich das gar nicht will, wiederholte Adgara ständig, bevor Hafiram seiner Wut freien Lauf ließ. Besser, wenn sich Sula gar nicht einmischte. Sie mochte die fremden Länder nicht, selbst wenn er gar keinen Umzug geplant hätte.

Alles, was ich mir je gewünscht habe, von anderen Ländern zu sehen, haben sie in der Bücherei in Bafus, sagte sie, wenn Hafiram ganz zufällig davon sprach, das Land zu verlassen. Manchmal fuhr sie Hafiram am Samstag im Lieferwagen in die Bücherei, bevor er zur Arbeit ging. Er reichte Sula einen Weltatlas aus dem Regal, führte sie zu ihrem Platz unter dem Fenster, und sie ließ sich dort von ihm (in einem kleinen leeren Raum) die Landkarte der Vereinigten Staaten aufschlagen. Wenn er sie dann auf dem Rückweg abholte, fand er sie regungslos und konzentriert vor, in eben der Haltung, in der er sie vormittags zurückgelassen hatte. In der kleinen Bücherei in Bafus, wo Hafiram niemals jemanden anderen sah, der sich etwas geliehen hätte … sie flüsterte mit gesenktem Kopf die Namen der Staaten (von Westen nach Osten), und egal wie spät er sie abholen kam, nie schien sie fertig zu werden. Mit ihrem Sich-über-den-Atlas-Vertiefen, der allerlei Grenzziehungen aufwies, über die sich andere Länder in der Welt nur gewundert hätten. Es gab gar nicht mehr so viele darin, aber außer Sula kam niemand in die Bücherei, um Länder zu sichten, und sie interessierte sich auch nur für das eine und irgendwann (viel früher) für Paris. Als ihr Charil einmal eine Postkarte mit dem Triumphbogen (bei Nacht) sandte, darauf

Autos, die ständig unter ihm hindurchjagten, nur gelbe und rote Striche blieben von ihnen. Das war schon lange her, als Sula gerade eben aus dem Haus in Tabul auszog und die Ehefrau eines Mannes wurde, von dem niemand wusste, von wo er als kleiner Junge am Ufer des Siba-Flusses aufgetaucht war.

In Siba erzählte man sich seinerzeit, dass Sehil so oft wegfuhr, weil er dem Ganzen auf den Grund gehen wollte. Dass ihn etwas Starkes irgendwohin ziehe (wie damals die Lamas im Central), dass man es nicht ablegen könne, und er versuche es nicht einmal. Wann er von seinen Reisen zurückkehren würde, sagte er nicht einmal Sula. Er packte seine Flöten in den Rucksack (meistens brachte er sie nicht wieder mit) und legte noch zwei scharfe, gebogene Messer hinzu. Die brauchte er, um Flöten zu schnitzen, die einen schönen Ton von sich gaben und sich in der Hand glatt anfühlten.

Von den Männern, die stetig auf Reisen waren und manchmal in kleinen Haufen über das Land zogen, wenn sie für ein paar Tage Lust auf Gesellschaft verspürten, erzählte man sich, dass sie überall in der Gegend mindestens zwei Kinder hätten. Davon wusste man bei ihnen zu Hause nie, weil das den Ehefrauen, die dort warteten, große Schande bereitet hätte, und nur ein Verrückter hätte so etwas gewollt. Aber von einem war es doch immer wieder zu hören, und die Ehefrau dieses Schürzenjägers verteidigte ihren Mann jedes Mal tapfer.

Sehil allerdings hatte keine andere. Zumindest keine, die zu zählen wäre. Keine Frau, die er je ein zweites Mal aufgesucht hätte oder nach der er sich umsah, wenn er am Morgen weiterzog. Er wandelte zu Fuß über das Land, manchmal nahm ihn jemand mit, und wenn sich der Vorrat an Flöten dem Ende zuneigte, blieb er bei irgendwem ein paar Tage und schnitzte sich neue. Die Leute kannten ihn und ließen ihn umsonst bei sich schlafen. Eine Gepflogenheit der Gegend, dass ein Mensch im Haus seines Gastgebers nichts bezahlen müsse, sofern er nicht wolle, dass dem Haus ein Unglück widerfahre. Streuner mit bösen Gedanken ließen manchmal ein Geldstück unter dem Teppich oder steckten eine Münze unter die Schwelle, so, dass es niemandem auffiel, und wenn sich jemand weigerte, Sehil bei sich aufzunehmen, war es eben ein Mensch, der in seiner Vergangenheit schlechte Erfahrungen gemacht hatte. Häuser, die abgebrannt waren oder in denen ein Kind verstarb, gab es im Land genug, und dort ließen sie Reisende nicht mehr übernachten, aber das war bekannt und jeder verstand es.

Böse Zungen behaupteten, dass Sehils Flötenschnitzerei nur ein Vorwand war. Damit er sich nicht um Adgara und Ramid und Sula kümmern müsse, und wenn diese endlich alt genug seien, nur noch um sie. Um eine Frau, die sie ihm als jungen Mann aussuchten und mit der er Gutes und Schlechtes teilte. Ramid begriff das nicht, Adgara noch weniger, und als Ramid wegging und Hafiram ins Haus kam, wunderten sich auch Luka und Rasif, sobald sie denken konnten. Sula liebte Sehil und niemand wusste warum. Sehil, der sie nur als Nackter mit seinem ganzen Körper berührte, und Adgara und Ramid erinnerten sich an fast nichts in ihrer Kindheit, das mit ihm zusammenhing. Und als Großvater von Luka und Rasif war er ebenso wenig zu gebrauchen, weil er kaum zu Hause war und die Flöten, die er den Enkeln schnitzte, aus ganz gewöhnlichem Jungholz waren und niemals lange hielten.

Als Sehil auf seine alten Tage durch die Landschaft irrte, erzählte man sich, dass er nicht wisse, wer er sei. Dass er sich an die Orte seiner Kindheit erinnere, die sich im Kopf des Zweijährigen festgesetzt hatten, die sich aber jetzt erst zu Wort meldeten und ihn fortzogen, damit er sie besuche, was sich für einen Alten, der mit Jugenderinnerungen gesegnet war, wohl gehört. Im Land sprach man davon, weil er der Mann von Sula war und man das Geschehen rund um sie verfolgte. Sie sahen ihn irgendwo stehen, abseits seiner üblichen Flötentrassen, auf denen er diejenigen aufsuchte, die bei ihm einkauften. An einem Baum lehnend, wie er in das Land schaut und es zum ersten Mal wahrnimmt. Ein Land so alt wie das Wasser des Ozeans, ein Land, das sich in seinem Schuhwerk eingeprägt hat, ein Land, in dem er vielleicht gar nicht geboren worden war und wo sie ihn nur am Wasser abstellten. Als er nicht mehr so gut gehen konnte und halb erblindete, passierte es, dass sie ihn bis nach Hause zu Sula zurückbrachten. Er ließ sich wie ein kleines Kind an der Hand führen und Sula weinte, als sie ihn sah.

Als er noch fest den knorrigen Ast umklammerte (seinen Gehstock) und sich damit wie mit einem Paddel abstieß, war es für ihn oft zu mühsam, die Mitreisenden zu begrüßen. Leute wie Fliegen, die ihm keine Ruhe ließen. Wie einen Schluck kaltes Wasser brauchte er seine Einsamkeit, und nach einer Weile in Siba verspürte er die Sehnsucht danach. Nach dieser Ruhe, und es gab kein Halten mehr. Schon als sie ihn als kleinen Jungen fanden, spielte er ganz alleine am Wasser, und es schien, dass der dort Zurückgelassene nicht die geringste Angst verspürte.

Kinder, die das Wasser bringt, waren angeblich wundersame Wesen, und in den Legenden aller Länder nehmen sie einen wichtigen Platz ein. Man sagt, dass sie irgendjemandes Geschenk mit sich tragen, und da doch Sehil von jüngsten Jahren an Flöten schnitzte, dachte man, dass sein Geschenk die Musik sei. Und tatsächlich verstand Sehil mit seinen Flöten mehr von der Musik als sonst jemand in der Gegend, obwohl dieser Mann keinesfalls vom Wasser (und in keinem Körbchen) angeschwemmt worden war.

Sehil war das Kind einer Frau, die gar keines wollte. Keine, die noch nicht im richtigen Alter war und ihre Jugend genießen wollte, keine, die dem Vater ihres Kindes hinterherlaufen und um seine Hilfe betteln musste. Es war eine Frau, die im Alleinsein eine Lebenseinstellung sah. Eine Frau aus reicher Familie, die von deren Geld an einem Ort lebte, den alle kannten, und doch wusste keiner genau, was dort vor sich ging. Eine Frau, die, hätte man sie eine Zauberin genannt (und es gab einige, die das taten), gelacht und mit einer Beleidigung reagiert hätte, weil es für das, was diese Frau war, gar kein richtiges Wort gab. Sehil war das Kind Tauras und allein diese Tatsache zu behaupten, einem jeden wäre dabei das Blut in den Adern gefroren.

Es gibt Familien, in denen Vater und Sohn über gleiche Gesten verfügen, selbst wenn sie sich vielleicht gar nie sahen, sie reichen sich (wie die Sprichwörter des Urgroßvaters) besondere Veranlagungen weiter. Diese Familien, die mit so vielen Menschen in ihrem Blut übereinstimmen, sind Klans, denen andere ihre Hochachtung entgegenbringen. Begabt in ihrer Sache, wenigstens einer in der Generation reicht das Staffelholz des Familiensinns an das nächste Geschlecht weiter. Maler verdeutlichen die Wirklichkeit lebendiger Bilder, Schreiber hantieren mit Worten, die im Gedächtnis verankert bleiben, es gibt Meister der Töne, die aus Instrumenten strömen, die schon der Großvater pflegte, und wo der Vater dem Sohn lediglich die Unterscheidung der Saiten lehrt (wie man in diesen Familien seit Ewigkeiten verfährt). Aber eine wirkliche Außergewöhnlichkeit kommt anderswoher und die Köpfe der Menschen sind dafür zu klein. Taura stammte aus einer Kaufmannsfamilie, der verschiedene Marktplätze in kilometerweit voneinander entfernten Städten gehörten. Das Haus, in dem sie geboren wurde, war mehr ein weitläufiges Landgut als ein Gebäude, das man mit dem Wort »Haus« aber am besten umschreibt, denn es gab dort alles. Leute, die den Garten voller Palmgroven, Klemuren und anderer (von weither kommender) Holzarten bestellten, Leute, die den ganzen Tag nur kochten, Leute zum Viehhüten, Leute für die Kinder, die hinter dem Haus ihren eigenen Garten hatten. Weit und breit gab es kein so prunkvolles Haus und es war der Traum vieler Leute (von überallher), nur einmal mit eigenen Augen einen Blick auf diese Pracht zu werfen. Einen solchen Ruf genoss das Haus von Tauras Eltern. Der Garten der Kinder, der Taura und ihren Geschwistern gehörte, war voller Nachahmungen eines Erwachsenenlebens. Sorgfältig gestutzte Bäumchen, die ihnen nur bis zu den Schultern reichten, naturnahe Verkleinerungen des elterlichen Gutes, wo sie miteinander Vater und Mutter spielten (selbstverständlich mit einem Satz Minigeschirr, Fingerhuttässchen und kleinen, samtweichen Pölsterchen, die ihnen die Mutter bestickte, damit sie, falls sie müde wurden, in ihrem Garten darauf ruhen mochten). Wie viele Geschwister Taura hatte, vergaß sie ähnlich schnell wie alles Weitere im prunkvollen Haus, in dem sie ihre ersten Lebensjahre verbrachte. Ein Haus voller gut gekleideter Menschen mit angemessenem Benehmen, wo man von den Kindern erwartete, dass sie später die Geschäfte übernehmen, und ein jeder würde glauben, sie hätten eine zufriedene Kindheit gehabt, aber Taura konnte mit all dem nichts anfangen. Nichts mit dem Marktplatz (für Fleischwaren), wohin sie der Vater mitnahm, damit sie sich an das gewöhnten, was eines Tages ihnen gehören würde. Nichts mit Mutters Bemühungen, dass die Mädchen in der Schule gute Noten aufwiesen, nichts mit den gemeinsamen Abendessen, auch nichts mit den Erzählungen, die beschrieben, wie es war, bevor sich ihre Familie zu Höherem aufschwang, gar nichts. All das gehörte ihnen. Eine Familie, in die sie geboren wurde, und sie aß und schlief dort (wie bei Fremden, wie bei einem Besuch, wo man die ganze Zeit nur darauf wartet, wann man endlich wieder seines Weges gehen kann) und alles Lächeln und alle Gespräche, die dort geführt werden, hielten sie nur auf und machten sie wütend. Nur daran konnte sich Taura erinnern. Daran, wie sie alleine herumsaß, während die Geschwister spielten, und an ihren Kinderhänden zählte sie ab, wie viele Jahre sie noch hier sein würde und wie man die Zeit bis zum Weggehen beschleunigen könnte. Ein Mädchen ist sie in Wahrheit nie gewesen. Ein Mädchen, das mit ihren Spangen und mit Mutters alten Gewändern spielt, die sie nachschleift, das von Hochzeitskleidern träumt. Der Kopf tat ihr weh, sie erstickte am Warten und wusste nicht einmal, worauf sie wartete. Was sie wohl so forttreibt und was diese Bürde sein mag, die sie verspürt, und nichts von all dem um sie herum konnte ihr Erleichterung verschaffen. Aber Taura hatte vor allem diese Träume. Träume und Erscheinungen und ein Pflichtgefühl, sich dessen anzunehmen, was sie da rief, und es war bestimmt kein Glück.

Wer das nicht ahnte, sah ein herrschaftliches Mädchen. Ein Kind, das man niemals an sich drückte, eine Frau, die niemals zu irgendwem zärtlich war oder sich verlegen zeigte, wie man es in ihrem jugendlichem Alter erwarten würde, bei einer Frau ganz besonders. Hässlich war sie keinesfalls, aber an Schönheit lag ihr nicht, und als die Mutter immer wieder von einer Hochzeit sprach (als wäre dies ein in der Ferne blinkendes Glück), wusste sie, dass es Zeit war zu gehen. Weg von diesen Leuten, die sie nicht verstanden (weder sie noch das Leben), und Taura sah in ihr Innerstes. Sie sprach über Dinge, die sie fürchteten. Solche, die einem Menschen vielleicht einfallen, aber er behält sie sonst für sich, diese Worte, die Taura mit fester Stimme aussprach. Dinge, die man nicht wissen will, weil niemand etwas mit ihnen anfangen kann. Dinge über den Tod und Gedanken, die alles vorwegnehmen, aber aus Angst will man sich nicht darauf einlassen, was da wartet. Wohin man gelangt, wenn man so weitergeht, auf einem Weg, den man mit geschlossenen Augen entlangläuft oder schlimmer. Und wenn man einen anderen Weg nimmt, wird sich daran nicht viel ändern. Das waren Tauras Visionen. Zu denen, mit denen sie lebte, zu den Leuten im Land, die zu ihnen kamen … sie konnte sich bald nicht mehr an ihre Eingebungen in der Festung erinnern, weil dann andere kamen, und diejenigen, mit denen sie als Kind in einem Haus lebte, stellten nichts Besonderes dar. Sie ließen sie gehen und gaben ihr, was sie verlangte. Das Haus und das Versprechen, ihr einen Anteil an den Marktplätzen zu überlassen, worauf sie aber verzichtete (wie auch auf die Brüder und Schwestern), das, was ihr hätte gehören sollen, teilten diese später untereinander auf. Weinte ihre Mutter, als sie ging? Es war am Morgen und die Sonne stand tief am Horizont, nicht einmal alle Sterne waren erloschen. Oder war es der Mond, der ihren Weg beschien? Es war auch gar nicht wichtig. Ob die Bäume Blüten trugen oder trockene Blätter, ob der Weg feucht war oder das stachlige Spitzgesträuch gegen Tauras Beine schwang. Aber sie mussten ihr doch etwas gesagt haben, bevor sie ging. Sie war ihre Tochter und sie kam sie später nie wieder besuchen.

Sie sprach niemals darüber, und dennoch begannen sie zu ihr zu kommen. Die Frauen aus der Gegend, die das große Gut, das früher einigen Reichen gehörte und dann als Milchfarm diente, als Tauras Festung bezeichneten, und die Gerüchte machten dann bald ihre Runde im Land. Über Ruchlosigkeit und Ruchlose, Gerüchte, denen einige schon deshalb nicht glauben wollten, weil jeder irgendetwas dazuerfand. Dass dieser oder jener, der die Mauer erklomm, sie nackt bis zur Erschöpfung im Hof herumlaufen sah, sie in einer unverständlichen Sprache schreien würden, dass die Frauen, die von zu Hause wegliefen, in der Festung nun ihre Nächsten mit Flüchen belegten. Frauen, die keine Lust hatten, zu gebären und sich um Familien zu kümmern, Frauen, die nicht wussten wohin, weil sie nicht ganz richtig im Kopf waren. Stolze Frauen und die allerschlimmsten, Frauen, die niemand wollte, und Taura gefiel dieser Aufbruch in ihrer Nähe.

Sie war nicht die Einzige, die Visionen hatte, aber sie hatte die Idee und das Geld und den Willen, andere das zu lehren, worin sie selbst die Beste war. Die Erscheinungen zu deuten, die ohne Schlüssel keinen Sinn ergaben, und aus den seltsamen Frauen solche zu formen, die andere dann aufsuchten, ähnlich wie diejenigen, die zu ihr in die Festung kamen. Taura war die Beste und machte keinerlei Fehler (wie Sula). In dem

Bewusstsein, dass das Leben, das andere leben, nichts für sie sei, fand sie die Kraft, die Sula fehlte, sie gab sie so vielen anderen, nahm sie aber auch von ihren Lehrmädchen. Manche von ihnen waren (wie Sula) nicht einmal fünfzehn und kaum eine war über dreißig. Die Gabe, Dinge zu sehen, die noch passieren werden, die hat man, oder man hat sie eben nicht. Und dass einen Träume verfolgen, die andere nicht haben, das fanden die meisten, die Taura bei sich aufnahm, schon im zarten Kindesalter heraus. Das, was Sula die ganzen Jahre über tat, beruhte darauf, dass die Frauen das zu erkennen lernten, was sie ohnehin längst hätten erkennen können. Dass sie lernten, ihre Träume zu lesen, so erfuhren sie etwas über sich und verloren ihre Angst. Daher kam Sula die Verehrung, die sie ihr entgegenbrachten, wirklich übertrieben vor. So viel mehr wusste sie nicht. Sie konnte nur ihre Bilder besser deuten, sie konnte es nur besser einrichten, dass das, was in schnellen Schatten vorüberhuschte, in einer menschlichen Sprache verständlich wurde. Eine besondere Gabe hatte sie bestimmt, sonst hätte sie Taura nicht unter so vielen anderen ausgesucht, aber Taura konnte weitaus mehr. Bilder erkennen, die Sula nie sah, und falls sie sonst noch jemand erkannte, hat dieser Jemand jedenfalls niemandem von ihnen erzählt.

Taura bezahlte für ihre Gabe, niemand mochte sie sonderlich. Die Lehrmädchen schätzten sie, und wenn sie sie lobte, hätten sie alles auf der Welt für sie getan, aber Liebe empfanden sie keine und schon gar nicht echte Zuneigung. Sie bewunderten sie, weil sie ihnen etwas beibringen konnte, aber niemand käme zu ihr, um sein Herz auszuschütten. Schwere Herzen hatten die Frauen in Tauras Festung des öfteren. Wegen all der Dinge, die ihnen draußen passiert waren, aus Sehnsucht oder einfach nur weil sie diese Wände nicht mochten, die sie in der Festung hielten (wie in einer kalten Umarmung, die zermalmt und nicht wärmt). Wegen der Kälte. Und der Hitze und den harten Schlafplätzen und dem Essen, das ihnen Taura manchmal gab, aber dann auch wieder nicht, und sie beruhigten einander, dass es ein Teil der Ausbildung sei, aber Taura vergaß es oft einfach nur, weil ihr Essen nichts bedeutete, und auch Mitgefühl war ihr fremd. Manchmal sind die borniertesten Leute diejenigen, die ihre Sache gut machen. Taura lehrte die Frauen, wie man Fremde von ihren unheimlichen Träumen befreit, aber die Frauen, die tagelang in der Festung durchweinten, die sah sie nicht. Sie konnte sie nicht sehen. Derjenige, der ihr das Geschenk gab, das zu erkennen, was andere nicht konnten, er hatte wohl anderswo ein Stück von ihrer Seele abgezwickt. Die ihre war hart, wie das Hornwerk eines Kuhhufes und härter noch. So sehr, dass man im Reich der Menschen und Tiere nicht so schnell Härteres finden würde. Von ihr ging die Angst aus, wie von einem Leben, das verrückt geworden war, und menschlich schienen nur noch die Gliedmaßen und Köpfe. Ihr Leben, das sie, von so vielen umringt, verbrachte … und dennoch dabei einsam blieb.

Wenn Sula traurig war, gab es immer auch Frauen, die Ähnliches empfanden wie sie. Frauen, die wie sie in der Festung ausgebildet worden waren und die vielleicht nur zwei Tagesreisen entfernt irgendwo lebten, ähnlich entkräftet wie Sula, mit dem gleichen Geschenk ausgestattet, das sie sich nicht gewünscht hatten, und obwohl es Sula nie tat, sie hätte gewiss leicht eine von ihnen finden und darüber sprechen können, was sie beide bedrückt. Die Träume Tauras aber kannte niemand. Manchmal zog sie den einen oder anderen hervor, um im Unterricht ein Beispiel zu geben, wenn sie den ihren etwas erklärte, aber es waren die einfachen und lichten Träume, wenn überhaupt. Sie sprach kaum über sich und niemals über das, was ihr den Schlaf raubte. Sie sah mehr als nur Menschen und ihre Schicksale, die sich wie Fäden ineinander verhedderten. Taura sah ihr Land. Das Land Tabul, Bafus und Siba, das Land des Städtchens und der Schürfer und Halsabschneider, das Land, in dem sie geboren wurde und ihr Leben verbrachte (auch wenn sie die Namen ihrer Geschwister längst vergessen hatte, auch wo das Haus stand, in dem man ihr die Kindheit raubte). Von diesem Land träumte Taura, sie konnte niemandem etwas davon erzählen … es waren dunkle Träume und man konnte nichts gegen sie ausrichten. Ein Land, das einst reich war an steinernen Palästen mit Marmorböden, nichts Gutes würde es erwarten. Ein Land, das nach Gewürzen und Parfümen duftete, zu einer Zeit, in der diese Worte noch niemand auf dem Alten oder Neuen Kontinent kannte … und in Mathematik und Astronomie bewanderte Weise trafen sich zu ihren Versammlungen, während unsere Welt (die sich jetzt als hoch entwickelt bezeichnet) noch ungeboren in der Dunkelheit dämmerte, voller Sammler mit Keulen und bellenden Sprachen. Dieses Land voller Geschichten, die einem den Atem rauben, ein Land, einst reich an prächtigen Bauten und Schriften zur Wissenschaft und Kunst, nunmehr archiviert in unzähligen Höhlen an der Westgrenze und im Museum der Hauptstadt, dieses Land erwartete in Tauras Träumen nichts, worauf sich Adgara und Hafiram und nicht einmal die Jüngsten, Luka und Rasif und tausende andere ihres Alters hätten freuen können. Die Zukunft war finster (wie unter Raubvogelschwingen), und falls es irgendwo noch ein Licht gab, Taura konnte es nicht erkennen. Sie sah Kriege zwischen den Ethnien, die im Land

Siba zunächst nur als Echo zu hören waren, die Leute verstopften einfach ihre Ohren. Dass diese wie die Pest das ganze Land mit blutigen Unruhen überziehen werden und Soldaten der Länder hinter den Bergen und dem Ozean kämen dann in ihren Maschinen angeflogen und von den Städten, in denen die Menschen leben, bleiben nur Bombenkrater. Und auch die alten Tempel werden sich krümmen und die Suche nach dem Schuldigen wird kein Ende nehmen und auf dem Rücken von Unschuldigen ausgetragen. Das sah Taura, wenn sie in ihrem Kämmerchen (das durch eine Wand vom Schlafzimmer der Lehrmädchen getrennt war) ihren Träumen nachhing, und sie wünschte sich flehentlich, dass diese Prophezeiungen nur wegen ihr auftraten, sie war krank und müde und vielleicht war es nur die Mühsal der nächsten Tage, die sich in Blutspritzern und endzeitlichen Katastrophen symbolisierte. Taura sah ihr Land in Armut und Angst verfallen und ihre besten Leute würden es verlassen. Sie sah ein Land, dem nicht mehr zu helfen war, ein Land voller Schönheit, von der sie anderswo keine Ahnung haben, sah, wie es ins Chaos verfällt und ihre Menschen zu Flüchtlingen werden und durch die Welt irren, die ihnen entgleitet, und auch die Sprache, die mit dem Tod der Menschen sonst kein Ende nimmt, geriet in Tauras Träumen in Vergessenheit, da die Enkel der Greise, die bereits im Krieg geboren wurden, keine Lust mehr hatten, sie zu erlernen. Versprengt in fremden Ländern, vergessen sie ihre Sprache, sie vergessen, dass die windschiefen Tempel von den Händen von ihresgleichen gebaut wurden, und das Land würde zum zweiten Mal untergehen, und was dann noch kam, das konnte Taura in ihren Träumen nicht mehr erkennen und sie fürchtete sich, auch nur daran zu denken.

Um zu erkennen, dass es ein rücksichtsloser Frevel wäre, Kinder in diese Welt zu setzen, brauchte es nur einen einzigen Traum. Diese Entschlossenheit hatten Tauras Lehrmädchen nicht, da konnte sie sich bemühen, ihnen abraten, wie sie wollte. Vom Traum erzählte sie nichts, aber davon, dass ein kinderloses Leben einem höheren Zweck folge, dies wiederholte sie bei jeder ihrer nachmittäglichen Lehrstunden. Die Lehrmädchen nickten, auch Sula. Aber sobald sie die Festung verließen, fand sich fast jede irgendwen und gebärte mit schlechtem Gewissen (solang es noch ging). Sie hörten Taura in ihren Köpfen, konnten aber nicht davon lassen. Ähnlich wie Taura, die sah, was mit ihren Kindern und den Kindern ihrer Kinder in diesem Traum passieren würde, der einer Prophezeiung glich und in dem das Leid kein Ende nahm. Taura spürte ihre Sehnsucht nicht und die Überzeugung, dass sie niemand Weiteren auf diese Welt bringen wollte, hielt ihr ganzes Leben.

Akram war ein Unglücksfall, sein Name hatte ähnlich wie Sehil seine Bedeutung. Ein Zufallskind. Diesen Namen gab ihm Taura, als ihr dieses ungewollte, ungewöhnlich große Kind geboren wurde und sie es endlich hinter sich hatte. Der Vater war ein Mann aus Tabul. Ein Familienoberhaupt, dort, wo Taura einst schlief, als sie zum ersten Mal Sula traf. Wer weiß, was Sulas Vater damals ritt, als er diese Lust nach einer Frau verspürte, die älter als jene war, die zu Hause auf ihn wartete. Es geschah bei einer der Wanderungen Tauras über das Land, das sie (ähnlich wie ihr Sohn) vollständig bereiste. Sie suchte in den Häusern nach jungen Mädchen, die ihr für die Festung geeignet schienen, weil ihr von denen, die dort an ihre Tür klopften, nur selten eine passte. Die meisten von ihnen wollten nur weg von ihrer üblen Familie, von dem groben Ehemann oder sich vor irgendetwas verstecken, und dafür gab es die Festung nicht. Und so ging Taura eine Zeitlang die Häuser ab und traf selbst ihre Wahl. Akram traf sie in der Nacht, unweit des Hauses in Tabul, Sulas Vater kehrte von irgendwo zurück, und Taura dachte später noch wütend, dass er wohl von irgendeiner kam, zu der er zu schleichen pflegte, und dass diese wohl an jenem Tag keine Lust gehabt hatte. Anders konnte sie es sich nicht erklären. Taura war damals schon über fünfzig, und dass sie abends (wegen eines Mannes) auf einem verlassenen Weg hätte Acht geben sollen, aus dem Alter war sie nun wirklich heraus. Schon seit Jahren hatte sich keiner mehr nach ihr umgedreht und es war ein Segen. Bis dann dieser hier kam, dem alles egal war. Als sie bemerkte, dass er schon eine ganze Weile hinter ihr herging (und dabei immer schneller wurde), lief sie in Richtung Ebene los, wo das Mondlicht von keinen Bäumen gedämmt wurde und man alles gut sehen konnte. Es war damals Vollmond und keine einzige Wolke zeigte sich am Himmel. Ihr Herz pochte wütend, sie hatte so etwas doch nicht mehr nötig. An die Jahre, in denen sie Angst haben musste, allein herumzugehen, konnte sie sich kaum noch erinnern. Aber sie ging dann doch eiligen Schrittes weiter, damit es dort, wo er sie passieren würde, hell war, alle Falten sollten ordentlich beschienen sein, und dass sie keine Frau war, auf die man plötzlich Lust bekäme, sollte auch einem Halbblinden klar werden. Aber er wollte sie trotzdem, und so hetzte er sie eine Weile, bevor er sie zu Boden warf, und es dauerte ein paar Minuten, bevor er dann das Gras abklopfte und wegschlenderte. Es passierte nur ein paar Meter hinter dem Haus in Tabul und Taura konnte sehen, wie er hineinging. Das Haus, wo Charil zufrieden und an seine Mutter gepresst an den Brüsten saugte und Sula und Neva erst in ein paar Jahren geboren werden sollten.

Selbst wenn Sula aufgefallen wäre, dass Taura sie in der Festung anders (als die Übrigen) behandelt, sie hätte etwas derartiges nur schwer glauben können. Dass ihr Vater damals Taura in der Nacht überfiel und Sehil nicht nur ihr Mann war, den sie liebte, sondern zugleich ihr Halbbruder. Der Sohn einer Frau, die nie Kinder haben wollte, einer Frau, die in dem Leben, das Sula führte, mehr als nur eine Hand im Spiel hatte.

Akram Sehil kam leicht zur Welt, wie aus dem Schoß eines jungen Mädchens. Taura gestaltete ihre Tage bis zum allerletzten Moment wie immer, und als Akram eine Woche alt war, kehrte sie auch wieder zu ihrem gewohnten Tagesablauf zurück. Den Säugling steckte sie zu ihren Lehrmädchen, und einige Monate, aber nicht länger, stillte sie ihn widerwillig, damit er leben konnte. Die Lehrmädchen stellten keine Fragen, sie trauten sich nicht. Sie sahen, wie der Bauch ihrer Lehrerin immer größer wurde, sie sahen die Geburt im Hof und kümmerten sich gerne um Akram. Sie konnten sonst niemand anderem (höchstens sich selbst gegenüber) in der Festung ihre Gefühle zeigen, wenn Taura zwei oder drei am Boden fand, eng aneinander gepresst und einander berührend, verwies sie mindestens eine von ihnen der Festung. Und so kümmerten sich bald zwanzig Paar Hände um Akram, wobei er niemals eine Mutter erkannte, jene, nach der er sich die ganzen Monate über sehnte. Er wusste nicht, welche es war, nur dass es keine von denen sein konnte, die ihn berührten, und dass sie sich irgendwo vor ihm verbarg. Er fühlte das. Sein Weinen drang durch die Wände und es hörten auch diejenigen, die zufällig an Tauras Festung vorbeikamen, darunter waren zwei, die sich seiner schließlich annehmen sollten, aber dass es sich dabei um ihren Sehil handelte, sie hätten es niemandem geglaubt. Als

Akram seinen ersten Geburtstag feierte, sangen alle Frauen. Sie bildeten einen Kreis, eine reichte ihn an die nächste weiter und sie streichelten dabei seine Wangen. Sie nähten für ihn, als er seine ersten zaghaften Schrittchen setzte, sie hielten ihn an der Hand, und Taura beobachtete sie aus der Ferne. Sie war dort, und als Akram schlief, kam sie ein paar Mal, um ihn zu betrachten. Irgendetwas kämpfte in ihr, aber sie berührte ihn kein einziges Mal. Und dann, als er gerade seine ersten Schritte an der Hand machte und die Frauen in der Festung darüber erfreut waren, erwachten sie eines Morgens und Akram war fort. Weg mit Taura, und niemand musste ihnen erklären, dass sie allein zurückkehren würde. Taura kam erst nach einigen Tagen, schweigsam und mit eingefallenen Wangen. Zum ersten Mal erlebten sie, dass sie ihren Blick senkte und nichts darauf sagte, sogar wenn sie nicht das taten, was sie ihnen auftrug.

Nach ein paar Monaten waren alle Lehrmädchen, die Akram kannten, aus der Festung fort und die nächsten, die dann bei Taura lernten, wussten überhaupt nichts davon. Ein paar von ihnen fanden zwar im Hof hinter einem Holzstapel einen kleinen Schuh und ein paar Miniatursocken, zusammengenäht aus Mehlsäcken, aber man vergaß das alles schnell wieder. Gleich nachdem Taura anordnete, diese aufgefundenen Sachen zu verbrennen, und die Lehrmädchen diese ins Feuer legten.

Wer weiß, was Sehil tat, als er auf seine alten Tage durch das Land irrte und man überall sagte, dass er seinen Geburtsort suchte. Taura war längst tot, nur das Haus trug noch ihren Namen, aber wo sie begraben lag, wusste keiner. Die letzten paar Monate vor ihrem Tod trieb sie alle Lehrmädchen fort und blieb allein in der Festung zurück. Dass sie niemals zurückkehren sollen, sagte sie allen, und keine hat es probiert. Sie erinnerten sich öfters dankbar an sie, weil sie ihnen vieles beibrachte, aber wer würde schon zu einer herzlosen Frau zurückkehren wollen?

Vielleicht war das ihr Grab, der Platz, wo Sehil so oft herumstand und über das Land schaute, obwohl man sich schwerlich vorstellen konnte, wer sie dort hätte begraben sollen. Nach Jahren, als Tauras Festung langsam zuwucherte und auf das Klopfen derer, die ihr zweimal im Jahr Geld brachten, schon lange niemand mehr antwortete, brachen die Leute aus der Umgebung das baufällige Tor auf und verwendeten die Steine der Festung zum Bau ihrer Häuser. Damals begann der Krieg. Ein Scharmützel zwischen den Anführern verschiedener Landstriche, die irgendwie an Waffen kamen, und die Leute bekamen schließlich Angst, auszugehen, gewiss wollte sich keiner für ein paar Ziegel für sein Haus erschießen lassen. Ein Stück der Festung blieb also erhalten und trug weiter Tauras Namen.

Auch Sehil kannte es. Sula erzählte ihm von ihren Lehrjahren in der Festung, gleich als sie und Sehil zusammenkamen. Später erwähnte sie die Zeit nur noch selten, aber ein paar Satzfetzen von der strengen Frau, die Sula als eine der wenigen des Landes persönlich kannte, blieben Sehil im Gedächtnis haften, und ein paar Mal ging er unweit der Festung seines Wegs.

Sula dachte oft daran, was Sehil als Kind erlebt hatte und von wo er eigentlich stammte, und entschuldigte sein Benehmen damit, das viele als nachlässig und egoistisch bezeichneten. Das, wie er sie behandelte. Wie er sie morgens oder spät in der Nacht, wenn er zurückkehrte, hinter dem Haus zu Boden riss und dort mit ihr schlief. Sanft und auch brutal, aber es war immer noch besser als die vielen Wochen ohne Berührung, wenn er fort war oder auch zu Hause mit ihr und Adgara und Ramid, die in ihm eher einen Onkel sahen, denn einen Vater, und wer weiß, ob ihm das überhaupt auffiel. Sula hätte ihm nie etwas gesagt. Dass er die Kinder manchmal schaukeln könnte, weil sie das nötiger hätten als seine Flöten, auf denen weder Adgara noch Ramid gerne spielten. Aber Sehil hätte sowieso nicht begriffen, was sie von ihm wollte. Er hatte sie doch alle gern. Adgara nahm er manchmal sogar auf den Schoß, damit sie ihm die grauen Haare zählt, und Sula liebte ihn sehr, wenn sie das beobachtete, wie sonst nur ihren Sohn, der sehr eifersüchtig auf Adgara war, die lange auf Vaters Schoß saß.

Ramid fuhr auf gut Glück mit dem nächstbesten Auto aus Chicago mit. In der Hand trug er eine Plastiktasche mit Essen und einer Zwei-Liter-Colaflasche, die von der zweitägigen Feier mit den Karimiken übrig geblieben war. In der Hosentasche ein paar Dollar, die vielleicht für zwanzig Sandwiches reichen mochten. Es war ihm egal, wohin er fuhr. Und so nahmen ihn die Fahrer der Trucks und der großen Fahrzeuge, die alle möglichen amerikanischen Waren herumkutschierten und wie Pingpongbälle von Staat zu Staat hüpften, dorthin mit, wohin sie gerade unterwegs waren, sie lasen öfters jemanden auf und Ramid war ihnen dankbar. Den stämmigen Männern in ihren verschwitzten Leibchen, die in ihren Fahrerhäusern überall nackte Mädchen aufgeklebt hatten, und am Lenker hing mancher Talisman, der Glück bringen sollte. Oft bezahlte Ramid bei ihnen nicht einmal etwas fürs Essen. Während sie volltanken ließen und selbst irgendwo (hinter dem Hinweisschild mit der durchgestrichenen Zigarette) rauchten, dort, wo man das an einer Tankstelle durfte, wischte er die Windschutzscheiben. Dann kontrollierte er den Reifendruck, während die Männer am Parkplatzbuffet ein Steak aßen (so groß wie ein Teller), und sie brachten ihm später dann dafür einen Korb Pommes mit einem Berg Mayonnaise mit und dann fuhren sie wieder weiter und Ramid schaute aus dem Fenster.

Es kam ihm vor, als hätte er so die halbe Welt bereist, oder eigentlich mehr, weil alles für ihn neu war, aber ein Zehntel des Globus war es bestimmt gewesen. Die Männer fuhren manchmal auch in der Nacht, wenn Ramid schon neben ihnen schlief, und am nächsten Morgen, als er munter wurde, fuhren sie plötzlich durch eine Wüste, oder Orangenplantagen oder Seen entlang (die so unüberschaubar wie ein Meer waren). Als er einschlief, waren sie noch nicht da gewesen. Er hätte niemals gedacht, dass Amerika auch so aussehen kann. Menschenleere Städte und Dörfer, in denen, wie ihm ein Fahrer versicherte, Menschen lebten, aber sie waren nirgendwo zu sehen, weil es in den Städten keine Gehsteige gab, und jeder verließ das Auto nur auf dem Parkplatz vor den Supermarktzentren oder in der eigenen Garage. Städte und Dörfer, die keinen Anfang und kein Ende hatten, sie zogen sich dahin und dazwischen lagen Fabriken und Elektrizitätswerke und Autokonzerne, vor denen (hinter einem Zaun) tausende Fahrzeuge standen, und wenn die Sonne schien, glänzten ihre Motorhauben wie die Rücken einer unendlich großen Herde von bunten Tieren eines fremden Planeten, die gerade aus dem Wasser gekrochen waren. Wie auf einem fremden Planeten fühlte sich auch Ramid. Er kannte bislang nur die Bronx. Charils Straße mit den Schwarzen, die Jimmie nicht leiden konnte und vor denen sich Ramid zunächst fürchtete. Er kannte den Platz von

Charils Truppe, Sašas Schule (dritte Klasse des Sprachkurses) und auch den Keymart, wohin sie am Samstag einkaufen fuhren und wo er seine erste amerikanische Jeans erstand. Er kannte vieles von den Filmen, die er gemeinsam mit den Karimiken im Autokino verfolgte, und er kannte Charils Haus. Den Keller voller alter Spielsachen der Karimiken und Nila und die Zeitungsstapel der Bronx News Daily, die Charil dort vergilben und verstauben ließ. Die Küche im Erdgeschoss, wo er selbst schlief, daneben das Schlafzimmer von Charil und Mary, in dem er kein einziges Mal gewesen war, aber Nila ging am Morgen oft hin (zu Mary), und dann das Stiegenhaus und die zwei oberen Zimmer. Jene von Nila und den Karimiken und das kleine Kämmerchen von Jimmie unter dem Dach, wo es, so dachte Ramid, im Sommer ziemlich heiß sein musste, aber er selbst schlief dort nur eine Nacht und in dieser auch nur ein paar Stunden, allerdings den tiefsten Schlaf seines Lebens. Bei all dem, was er auf dem Weg sah, kam es ihm so vor, als wäre er eben erst in Amerika angekommen. So vieles war neu, worüber sich diejenigen, die ihn mit dem Auto mitnahmen, gar nicht mehr wunderten, und Ramid erinnerte sich, so etwas nicht einmal im Kino gesehen zu haben. Das wüste Land, durch das sie stundenlang fuhren, und es gab dort weniger Menschen als selbst in der entlegensten Ecke von Siba, überall diese schäbigen Buden, an denen die Menschen in Trauben hingen, in ausgerissenen Autositzen sitzend, zerrupft, mit Flaschen in der Hand und kleinen Kindern rundherum, und alle waren sie hier weiß. Dörfer mit Menschen, die abgekämpft aussahen, auch wenn man schnell den Eindruck bekam, dass sie sich ihr ganzes Leben lang nicht bewegt hatten, Dörfer, die plötzlich wie aus dem Nichts entlang der Straße auftauchten, und Ramid sagte sich nur, dass er hier niemals bleiben könnte.

Davon wusste er vorher nichts. Dass es so schrecklich Arme nicht nur in der Bronx gab, die (so die Meinung vieler) selbst schuld daran waren, weil sie nichts arbeiteten, dass vielmehr auch Weiße in Amerika in Hütten leben (solche Dörfer gab es hundertfach). Leute in zusammengeschraubten Häuschen mit nur einem Raum, die, als einmal das Auto, in dem Ramid fuhr, einen Platten hatte, gleich herausgelaufen kamen und unverständliche Ratschläge erteilten, als wäre ihnen nie etwas Ähnliches passiert.

Ramid erinnerte es an etwas in den Briefen seiner Mutter. Den letzten führte er mit sich. Er hatte ihn in der Hosentasche und von Zeit zu Zeit las er ihn nochmals durch. Er war voller besorgter Fragen, Ratschläge, auf die er selber gekommen wäre, und bestimmt war darin auch etwas von Mutters Träumen, was sie nicht direkt erwähnte, aber man konnte darauf schließen. Sie schrieb wieder von einer Frau, die er treffen würde, und dass er sie wahrnehmen und das nicht aus Unachtsamkeit vorübergehen lassen solle. Aber sie erzählte doch auch zeitlebens, dass das, was passieren müsse, auch passieren werde, und Ramid sah darin einen Widerspruch. Sie hatte Angst, dass Ramid alleine bleiben würde. Das schrieb sie gleich zu Beginn, und Ramid hatte doch in den Jahren, bevor er nach New York zurückkehrte, mehr Menschen kennengelernt als in seinem ganzen bisherigen Leben.

Der erste Ort, wo er eine Weile blieb, war einer, von denen er im Auto noch behauptete, er würde es dort keine fünf Minuten aushalten. Eine Siedlung von Leuten mit Wohnwägen und heruntergekommenen Häusern im Staat Ohio, wo der Fahrer, mit dem Ramid unterwegs war, seine Verwandtschaft besuchte. Damals fuhr Ramid schon einige Monate mit ihm herum und für etwas Essen half er ihm mit dem Be- und Entladen und kleinen Reparaturarbeiten am Wagen und er strich innen auch das Fahrerhaus, und vielleicht bot ihm der Fahrer deshalb an, eine Weile bei ihm zu bleiben. Sie näherten sich da schon der Stadt, in die Ramid eigentlich wollte, aber dann fuhren sie schnell durch sie durch. An der Bar des Motels, wo sie schliefen, kaufte ihm der Fahrer dann ein Mädchen, und es war seit der Nacht mit Nila das erste Mal, dass Ramid mit jemandem schlief, danach tat er das noch oft und die Namen vergaß er ganz schnell wieder, manchmal schon am nächsten Morgen, als ihm auffiel, dass er die Frauen am Abend zuvor gar nicht danach gefragt hatte.

Ein paar blieben ihm dann doch in Erinnerung, und eine von ihnen lebte in eben dieser Siedlung des Staates Ohio, an einem Ort, der nicht einmal einen Namen hatte (auch kein eigenes Geschäft oder eine Post), nur eine Tankstelle, wo gemeinsam mit Öl und Kühlwasser auch Spaghetti, Eis und Milch verkauft wurden, und Ramid half dort für eine Weile im Lager aus. Zunächst dachte er sich, dass sie nur kurz stehen bleiben würden, und er sagte, dass er im Auto warten würde, bis Rich (so hieß derjenige, mit dem er sich zusammengetan hatte) seine Dinge regelt und sie schließlich weiterfahren. Aber dann fiel ihm das Essen auf den Plastiktischen vor dem Haus ein, vor dem sie angehalten hatten, und er hatte Hunger und es sah auch so aus, als würde es doch länger dauern, und so stieg er aus und blieb dann lange genug, um alle Jahreszeiten Ohios mehrmals zu durchleben, so schnell drehten sich die Jahre dort.

Zunächst schien es, dass er mit Rich hergefahren war, um die Geburt der Zwillinge zu feiern, die dessen Schwester in diesem Monat zur Welt brachte. Ramid dachte sich, dass diese winzigen Säuglinge ganz danach aussehen, als hätte sie Rich selbst mit seiner Schwester gezeugt, und hätte dort jemand erwähnt, dass er selbst einer solchen Familie entstammt, er hätte das nächstbeste Auto gestoppt und wäre aus diesem Loch verschwunden. Was immer er auch von den seinen in Siba dachte, beleidigen hätte er sie sich niemals lassen, und ein paar Mal haben die Amerikaner es versucht. Aber Ramid wusste nichts darüber, was vor Jahrzehnten in der Nacht bei Tabul zwischen Taura und seinem Großvater passiert war, und er blieb länger in der Siedlung, als er sich beim feierlichen Zuprosten auf den Neuzuwachs in Richs Familie je hätte vorstellen können.

Sie benahmen sich anständig ihm gegenüber. In der Siedlung der Weißen, von denen viele keine Arbeit hatten, genoss Ramid einen besonderen, aber guten Ruf. In einem Ort, in dem niemand jemals wirklich irgendwohin gereist war (bzw. wenn er schon wegfuhr, niemals zurückkehrte), war Ramid ein Mensch, der mit seinen Erfahrungen von einem anderen Kontinent interessant wirkte. Die Leute hatten ähnliche Fragen wie damals Yizhou in der Schule, aber nicht nur solche. Wenn sie sich zusammensetzten (und das taten sie oft), spornten sie ihn an, etwas zu erzählen. Wenn sie die Gespräche über die miserable Sozialpolitik der amerikanischen Regierung langweilten und Ramid gerade in der Nähe war, fragten sie ihn, was denn dort so anders als hier wäre. In diesen Augenblicken war Ramid stolz auf sein Land. Englisch konnte er mittlerweile fehlerlos und diese hier hatten zumeist lächerliche Fragen. Wo Siba liege, er versuchte nicht einmal, es ihnen zu erklären.

Die meisten von ihnen kannten nicht einmal ihre Nachbarländer, und dabei würde Ohio mindestens viermal in sie passen. Was sie interessierte war nicht, wo Siba liegt, sondern wie es dort aussieht, und das konnte Ramid, obwohl er schon so lange weg war, in allein Einzelheiten schildern. Hätte ihn Rich nur nicht immer unterbrochen. Einmal wegen der Geschichte mit seinen Tequila-Aufklebern, die er sammelte und mit deren Hilfe er eine zweiwöchige Reise nach Ägypten gewann … und auch sonst, er hatte zu allem, was Ramid erzählte, sein eigenes Erlebnis auf Lager. Als Ramid von Sula berichtete, begann er etwas von einer Frau zu murmeln, die ihm in Kairo aus der Hand las und ihn dort bestehlen wollte, und wenn Ramid davon erzählte, was sie in Siba an Feiertagen aßen, erwähnte er gleich das verdorbene Fleisch, das sie ihm am Markt verkauften … Rich hat dann drei Tage auf einer Toilette im Marriott gesessen (anstatt einen Ausflug zum Assuan-Staudamm zu unternehmen), dem einzigen Ort, wo man gut essen konnte und wo man sich zu den Menschen höflich gab.

Jil lernte Ramid bei einer dieser Debatten kennen, wo sie von ihm etwas erzählt haben wollten, und ihm fiel dabei auf, dass er so etwas früher nie getan hatte. In Charils Haus sprach nur Charil, und von daher war Ramid manchmal nach den Sitzungen im Garten etwas zerknirscht. Ihn selbst hatte der Onkel so gut wie nie etwas gefragt. Auch niemand sonst, bevor er nach Ohio kam (abgesehen von ein paar ganz dummen Fragen).

In New York war nämlich jeder von irgendwo weither. In der Siedlung in Ohio allerdings wurden diejenigen, die hier lebten, auch hier geboren und sie würden später genau hier sterben. Das fiel ihm ein, als er Jil sah und irgendetwas in ihm sich für sie interessierte. Jil war auf seiner Seite, und er bemerkte, wie sie an seinen Lippen hing. Sie sagte ihm, dass Sula gewiss viel Erfolg hätte in den Staaten. Dass sie nur Frauen half, sagte Jil, das würde hier sicher gut ziehen, weil das Engagement der Frauen im jetzigen Amerika geschätzt werde, und dann sagte sie etwas von Gender und das war seit langer Zeit ein englisches Wort, mit dem Ramid nichts anfangen konnte. Aber Jils Idee setzte sich in seinem Kopf fest und er verdiente später selbst in New York etwas hinzu, indem er anderen ein wenig half.

Jil arbeitete früher im einzigen Laden, den es in der Siedlung gab und der kurz bevor Ramid ankam geschlossen wurde. Früher gab es noch einiges mehr, erfuhr Ramid, aber als die Leute, die wegfuhren, nicht mehr zurückkehrten, wurde die Siedlung kleiner und ein paar Häuser in Randlage verfielen ganz. Dort trafen sich die jungen Leute, sie tranken, schliefen und rauchten Gras. Jil gab ihm später auch welches. Da lebte er schon lange in der Siedlung und die Leute dachten, dass er und Jil was miteinander hatten. Sie gingen gemeinsam zum Wald oder hörten dem Summen der Stromdrähte unter dem Transformator zu. Oben in den Drähten fand sich manchmal ein verschmorter Vogel und Jil weinte dann. Sie wohnte in einem kleinen Haus gleich an der Straße (mit ihrer Mutter und dem Bruder), in einem kleinen Zimmer voller Bücher, von denen sie oft sprach, und Ramid hörte zu. Es war so ähnlich, als würde er von Siba erzählen, nur dass ihren Erzählungen (über die ganzen Bücher) niemand in der Siedlung folgen konnte ... er ließ sie erzählen, auch wenn er manchmal kein Wort verstand, und rätselte über das, was keinen Sinn ergab. Auf dem Rückweg blieben sie für einen Hamburger an der Tankstelle stehen und dann begleitete sie Ramid bis vor das Haus. Mit Rich spielte er manchmal dann noch Billard in seiner Garage, bevor er nach oben ging, um zu schlafen. Gleich unter dem Dachboden von Richs Haus, wo er einen kleinen Raum hatte, ähnlich jenem, in welchem Jimmie in der Bronx gewohnt hatte. Jimmie, der damals nicht mehr unter den Lebenden weilte, dabei dachte Ramid oft daran, wie es ihm in seiner Anstalt wohl ginge.

Die Jahre in der Siedlung in Ohio waren für Ramid frei von Sorgen. Bei Rich zog er bald aus, ein paar Männer halfen ihm, ein verlassenes Holzhäuschen zu reparieren, wo er alles hatte, was er brauchte, und tagsüber machte er dann irgendetwas in der Gegend (oder auch gar nichts). Nur manchmal erinnerte er sich daran, was er eigentlich in diesem Land wollte, aber es waren nur Momentaufnahmen, die ähnlich schnell erloschen, wie sie in seinem Kopf aufblitzten.

Die Briefe von Sula kannte er bereits alle auswendig, und die Ratschläge, die darin zu finden waren, ließen sich in der Siedlung von Ohio überhaupt nicht anwenden. Wenn der Kassettenrekorder nicht mehr spielte, war nur noch heulender Wind zu hören, oder man belauschte (die Wände waren sehr dünn) die Streitereien derjenigen, die in der Nähe wohnten. Oder man hörte so etwas wie ein Meeresrauschen, das niemals endete, jene gedämpften Fahrgeräusche der Autos auf der Autobahn, die irgendwohin fuhren, und Ramid wollte darüber nicht einmal nachdenken. Dass er nur zufällig an diesem Ort hängen geblieben war und ihn hier nichts erwartet. Nichts davon, was er und Nebrak im Kino sahen, aber irgendwo musste das doch passieren, nur an dieser Siedlung floss es vorbei, und es war ein sehr schlechtes Gewissen, das er in diesen Augenblicken fühlte.

Dass er ein Lügner und Betrüger sei, weil Jil auf ihn wartete, aber er genau wusste, er würde allein wieder gehen.

Sie war nicht die, die irgendwo für ihn geboren wurde, auch Nila war es nicht, von der er das eine Weile glaubte. Jil war eine Frau, mit der er schweigen konnte, aber auch nicht mehr.

Wenn sie lange schwiegen oder es sonst nichts zu tun gab, zog Jil eines ihrer grünen Säckchen hervor (die sie hinter dem Bett hortete) und drehte ihnen beiden einen Joint, und Ramid fühlte langsam ein Unbehagen emporkriechen, das er in der Siedlung bislang nicht kannte. Als ob er in Jils Zimmer am Sessel angefroren wäre und seine Hände und Beine dort klebten, wo sie gerade lagen. Der Mund erstarrte wie unter einer Gipsmaske, und er konnte zu allem, was Jil sagte, nur noch nicken. Es waren die Augenblicke der größten Angst, die er in der Siedlung je erlebte. Dass Jil etwas sagt, und er zustimmen muss, weil er nicht sprechen kann (in seiner eigenen Schwäche). Und dann verwandelte sich Jil vor seinen Augen. Sie sah ihn so starr an und Ramid wollte weglaufen, aber er konnte es nicht, und so konzentrierte er sich höllisch darauf, was Jil sagte, er nickte einfach, aber irgendwelche Versprechen, dass sie zusammen sein würden, die wurden zum Glück nicht gegeben, oder er erinnerte sich nur nicht daran. Denn als er nach langer Zeit dann doch die Siedlung verließ, hielt Jil seine Beine umklammert und rief ihm diese ganzen Versprechen ins Gedächtnis, aber Ramid konnte sich an keines davon erinnern. Die schmächtige Jil, die Bücher las, die er nicht verstand, und die ihn so fest an den Beinen hielt, dass er sie an den Haaren packen musste, um sie hochzuziehen. Ein paar blieben dann in seiner Hand hängen. Die Haare eines Mädchens, das ihm nie direkt etwas sagte, und er tat so, als hätte er die ganze Zeit keine Ahnung gehabt. Sie tat ihm leid, aber es gab Dinge, die ihn riefen. In der Siedlung in Ohio verbrachte er Jahre, in denen die Zeit stehen geblieben war, wo er alles im Kopf summieren konnte. So sah das Ramid rückblickend. Jahre, in denen etwas in ihm einen Weg suchte, während er im Maisfeld irgendwo hinter den Häusern saß und sich den ganzen Tag etwas von Jil erzählen ließ. Er wusste doch die ganze Zeit, dass er wieder gehen würde, und Jil musste es doch auch wissen, wenn sie es nur geschafft hätte, aufrichtig zu sich selbst zu sein.

Also hast du weitere Menschen zurückgelassen und alle waren selber schuld daran? Männer schaffen es doch immer, alles zu entschuldigen, wallte es in Tereza auf, und Jil tat ihr leid. So wie sie selbst, als sie Jon gehen ließ. Jeder hat immer irgendwelche Pläne, dachte sie sich. Pläne, die man für sich behält bis zu dem Zeitpunkt, wo man zu packen beginnt und sie dem anderen über den Kopf stülpt, und jetzt geh. In einer Welt, in der es so viele Möglichkeiten gibt, und jeder, der seine fünf Sinne beisammenhat, weiß, dass er immer allein sein wird, und dementsprechend sollte man auch vorausdenken. So sollte man denken. Sie wusste das. Dass sie Jon verlassen hat, damit hat sie sich angefreundet, aber dieser Zwang, sich die Schuld dafür zu geben, dass sie mit ihm sein wollte und es ernst meinte, erzürnte sie. Und ein weiterer saß jetzt neben ihr mit seinen Plänen und schaute sie an. Ramid. Ein ultraschnelles Waschmittel oder ein Mittel gegen Kopfschmerzen, daran erinnerte sie sein Name von Anfang an. Sie trafen sich auf einer Parkbank, und sie dachte, dass sie Freunde sein könnten. Sie sind welche, würde er bestimmt behaupten. Nach zwei Monaten, in denen sie sich trafen und nicht miteinander schliefen. Sie hatte hier andere Maßstäbe als zu Hause in Prag, wenn auch schwer zu sagen war, wo das noch zu finden war, ein Zuhause.

In New York ist der Mensch dankbar für jeden, mit dem man ein wenig sprechen kann, dachte sie sich. Ein jeder ist hier allein, aber in diesen Schwällen von Leuten scheint es, als hätten sich Hunderttausende, die sich hier herumwalzen, gegen einen verschworen (während sich alle anderen gut miteinander unterhielten). Und sie sitzt hier und hört diesem Mann zu. Wer weiß, was er mit ihr im Sinn hat. Bestimmt wieder irgendein Plan. Würde er es ernst meinen, er würde diese Erlebnisse mit den Frauen doch weglassen. Oder war es sie, jene Frau, die in diesem Land auf ihn (der Meinung seiner Mutter nach) wartet? Und was war mit der, von der in seiner Wohnung ein Bild an der Wand hing?

Ramid schaute Tereza an und sagte gar nichts. Er schämte sich und war verwirrt. Mit Nila hat er es vermasselt, aber Jil konnte er doch nicht mit sich nehmen, wo er sie doch nicht liebte. Es wäre nicht aufrichtig gewesen und später wäre es ohnehin in die Brüche gegangen. Die Frauen benahmen sich manchmal, als wären sie alle miteinander verwandt, und was der einen widerfuhr, passierte irgendwie auch einer anderen, die nur davon hörte. Tausende regen sich auf, wenn irgendwo einer Gewalt angetan wird. Und dabei lesen sie nur in der Zeitung davon und kennen nicht mehr als ein Foto, das sie dort abdrucken. Von Jil wusste Tereza doch gar nichts. Sollte er ihr erzählen, wie habgierig und streitsüchtig sie war? Dass sie sich nicht die Zähne putzte und er taktvoll genug war, ihr das die ganzen Jahre nicht vorzuwerfen? Bestimmt würde sie wieder denken, dass er etwas gegen Frauen im Allgemeinen habe, was überhaupt nicht der

Wahrheit entsprach. Im Spiegel des Kaffeehauses sah er sein Abbild. Falten um den Mund, Ringe unter den Augen. Weil er Tereza alles auf einmal erzählen wollte, und so kam er erst um zwei Uhr früh mit dem Taxi nach Hause gefahren. Ramid schwieg, aber die Geschichte, die Tereza angestoßen hatte, setzte sich in seinem Kopf von alleine fort. Dieser Mann, der ihn aus der Siedlung in Ohio herausriss, er war ihm sehr dankbar, wenn er sich später daran erinnerte. Ein Mann, den ihm das Schicksal sandte. In einem New Yorker Kaffeehaus klang das lächerlich, aber Ramid glaubte daran. Umso mehr, da er in Sebastian vom ersten Augenblick an das sah, was er für wenige Momente auch in Mike (am ersten Tag beim Abendessen in der Bronx) erkannt zu haben glaubte. Eine Art Zwillingsbruder, der für jemanden wie Ramid (am selben Tag) geboren wurde und den das Schicksal ihm brachte.

Sebastian hatte bei der Siedlung einen Unfall, mit einem Wagen voller speziell gezüchteter Hühnchen. Es war nicht zum ersten Mal, dass in dieser Kurve ein Unfall passierte. Eine trügerische Krümmung, die nicht beschildert war, und einmal alle paar Monate warf sie jemanden aus der Bahn. Zuvor half Ramid schon manchmal die Autowracks zu bergen, um sie in die nächste Stadt zu überführen. Irgendjemand in der Siedlung leistete immer erste Hilfe, weil der Knall oft bis zu den Häusern zu hören war, oder es kam plötzlich jemand kreidebleich von der Straße gelaufen, und da wusste man dann schon, was Sache war.

Sebastians Wagen sah ähnlich aus wie die vorangegangenen. Eine zusammengeknüllte Vorderfront und überall Glassplitter, in denen blutige Hühnchen zuckten. Jil begann gleich damit, jene, die sich noch rührten, einzusammeln und in einen Korb zu legen, aber nur ein paar hielten bis zum nächsten Morgen durch, und zunächst schien es so, als würde auch Sebastian nicht überleben. Er bewegte sich nicht, aber als sie dann mit dem Auto kamen und ihn aufladen wollten, kam er zu sich und wehrte sich erbost. Schließlich zeigte sich, dass ihm, wie durch ein Wunder, (bis auf ein paar Schrammen) nichts fehlte, und als er sich bei Rich das Gesicht abwusch, stellte Ramid erstaunt fest, dass er ihm ähnelte. Er trug ihm gerade ein Handtuch ins Bad, und als er ihm dieses reichte, erstarrten beide für einen Augenblick und betrachteten einander ungläubig und mit großem Interesse. Sie brachen in schallendes Gelächter aus und wer weiß, wie lange sie noch gelacht hätten, wäre nicht Rich ins Bad geeilt. Als sie es ihm erklärten, pflichtete er ihnen bei. Aber so wie sie beide es sahen (mit all dem Staunen und der Überraschung), konnte das niemand in der Siedlung nachvollziehen.

Laut Jil waren sie sich überhaupt nicht ähnlich, aber vielleicht sagte sie das, weil sie etwas ahnte. Denn als Ramid Sebastian fragte, wann er geboren sei, und es dasselbe Jahr und derselbe Tag war wie bei ihm, sah sie wohl das Leuchten in seinen Augen. Ein Leuchten, das dort sonst nicht zu sehen war, egal was sie ihm erzählte, und das hatte sie davon, dass sie vor Ramid keine Geheimnisse hatte. Es dauerte ein paar Tage, bis Sebastian ganz auf den Beinen war, und er kehrte später mit einem neuen Auto zurück, um Ramid mitzunehmen. Es war eine Prüfung und Ramid hatte dabei fast so große Angst, wie damals bei Jil, als er Gras rauchte und zu allem nickte. Ob Sebastian zurückkehrt, war nämlich überhaupt nicht klar und viele Leute in der Siedlung (einschließlich Rich) dachten, dass er nicht kommen werde. Ramid wusste schon, dass man hier in den Staaten vieles falsch auslegte. Was wie ein freundliches Gespräch wirkt, entpuppt sich später als Farce und derjenige, der einst lächelte, schaut plötzlich wie ein ganz Fremder und wundert sich, was sich der andere herausnimmt. Und so saß Ramid ein paar Tage lang wie auf Dornen und beobachtete alle Autos, die vorbeifuhren, eben weil die amerikanischen Lächeln trügerisch sein können. Mit was für einem Auto Sebastian kommen werde, um ihn abzuholen, wusste er ohnehin nicht. Jil zog ihn ständig von der Autobahn weg, um ihm drei der Hühnchen zu zeigen, die es überlebt hatten, und sie hielt sie zu Hause im Gras unter einer Schachtel, und er musste ein paar Mal hin, um ihr eine Freude zu machen.

Schließlich kam Sebastian zurück und Ramid zog nach fünf Jahren in Ohio weiter. Weiter als bis zur nächsten Stadt, wo sie mit den Autowracks jener hingefahren waren, dic in der Kurve starben, oder zum Arzt, oder um groß einzukaufen, aber für solchen Luxus hatten die Leute in der Siedlung nur selten Geld.

Sebastian hatte eine Biofarm und an dem Tag, als er aus der Kurve flog, fuhr er gerade zu einer Kleintiermesse, um seine gezüchteten Hühnchen auszustellen. Die zwanzig Gelungensten, die er sorgfältig aus hunderten anderen auswählte, die bei ihm um das Haus hinter einem Drahtzaun in einer geräumigen Koppel (wie für Pferde gemacht) herumliefen. Eine Frau oder Kinder hatte Sebastian nicht, er war nur etwas über zwanzig, wie Ramid, und jedwede Zeit widmete er seinen Tieren. Den Hühnchen, Kühen und einigen Hunden, die alles bewachten und Ramid die ersten Tage anbellten, wann immer er sich ihnen näherte. Schließlich gewöhnten sich aber auch sie an ihn. Nach den Kühen, die bald keine Angst mehr zeigte und den Hühnchen, die nicht mehr erschrocken an das andere Ende der Koppel flogen, sobald er sich nur ein wenig näherte. Ramid und Sebastian mussten sich nicht aneinander gewöhnen. Sie kannten sich schließlich. Schon im Badezimmer damals hatten sie das durchschaut. Nicht nur dass sie ähnliche Gesichtszüge hatten, sondern dass sie einander irgendwann früher schon begegnet waren. Wie Brüder einer Familie, die Seite an Seite Speere abwehrten oder wo der eine dem anderen das Leben rettete. Nach zwei Tagen angestrengten Überlegens, als sie unendlich oft die Farm umkreisten und darüber spekulierten, während die durstigen Kühe muhten und die Hühnchen, die eine regelmäßige Fütterung gewohnt waren, das Unkraut abpickten, gaben sie schließlich auf, dahinterkommen zu wollen. Es war plötzlich alles so klar, als hätte jemand in die Hände geklatscht. Wie eine Glühbirne, die ihnen beiden in diesem Augenblick im Kopf anging. Dass sie jetzt gemeinsam sein werden, und Ramid schämte sich zunächst, weil es ein bisschen so war wie mit einer Frau. Stunden, die sie nichts sagen mussten, aber sie besprachen ohnehin ständig etwas, Tage, an denen nichts passierte, und dennoch waren sie erfüllt, und am Abend freute sich Ramid schon auf die nächsten und man hätte schwer sagen können, worauf genau. Weil auf Sebastians Farm nicht viel mehr passierte als in der Siedlung in Ohio. Die Tage plätscherten vorbei und Ramid half Sebastian zunächst mit den Tieren und bekam dann aber eine spezielle Aufgabe, weil sich zeigte, dass er darin wirklich begabt war. Ohne Ramid hätte es Sebastian gar nicht alles schaffen können, weil zwei, die ihm geholfen hatten, später, als er mit Ramid ankam, kündigten.

Am schwersten war das Melken, eine Arbeit, die sie praktisch den ganzen Tag über zu tun hatten. Sebastian hielt die Kühe nicht des Fleisches wegen, er selbst hätte niemals auch nur ein Stück gegessen, und doch weideten mehr als fünfundzwanzig Tiere auf seiner Farm. Zudem musste man den Pferch mit den Hühnchen regelmäßig verschieben, damit diese im Grünen laufen konnten … ebenfalls war darauf zu achten, dass die Kühe in ihren Futtertrögen immer eine Auswahl von mindestens zwei Arten Weizenähren und ein mit einer Prise Salz versehenes Wasser hatten.

Zu all dem leistete Ramid noch etwas Zusätzliches, und gerade darin war er ein Champion. Für die Tetraverpackungen, in die man die Milch goss, bevor sie Sebastian auslieferte, ersann er kurze Geschichten von Sebastians Familienfarm. Alles, damit die Kunde von ihrer freundschaftlichen Farmertätigkeit bis auf die Tische der amerikanischen Küchen gelangt. Allen Verbrauchern von Sebastians Milch würde klar werden, dass es gut wäre, sie zu trinken. Auch andere Familienunternehmen verfuhren so.

Bevor Ramid mit seiner Arbeit begann, fuhr Sebastian mit ihm in einen großen Supermarkt, kaufte zwanzig Joghurts, und Ramid studierte später gründlich die ganzen Geschichten, die auf den Stannioldeckeln aufgedruckt waren. Am nächsten Tag dann begann er selbst zu schreiben. Er berichtete davon, wie bei ihnen auf der Farm nach dem Muhen geurteilt werde, welche Laune die Kühe heute haben, und dementsprechend werden sie dann auch den Tag über verköstigt. Und welchen Namen die älteste Kuh trägt, die gar keine Milch mehr gibt, aber ohne sie wäre es nicht mehr dieselbe Herde, und bei einer freundschaftlichen Farmertätigkeit ist Kontinuität das Wichtigste. Und nach ein paar Wochen schon war in hunderten Kilometern Entfernung zu lesen, was sich Ramid an Sebastians Küchentisch ausgedacht hatte, und ein bisschen kam es Ramid so vor, als würde er über eine eigene »Tetrapackzeitung« verfügen, und ein bisschen fühlte er auch, dass man das nicht ewig aushalten kann. Über Hühnchen zu schreiben, die sie in ihre Handflächen nahmen, wenn manche zu viel piepten, und von der Kuh, die sich ihr Bein verstauchte und die sie über Nacht ins Haus ließen … das war nur für eine Weile unterhaltsam. Vieles davon war auch gar nicht wahr, und ob man deswegen mehr Milch verkaufte, das wusste nicht einmal Sebastian. Nur dass man das so mache und die Leute in diesem Land diese Sachen mögen. Ramid nickte, denn allein anhand der Flugblätter, die in Sebastians Postkasten landeten (und dabei war es ganz schön weit von der Straße her), hätte man sich zu Tode lesen können und alles war in Farbe und auf einem schönen Papier gedruckt.

Aber für Sebastian hätte Ramid auch noch ganz andere Dinge getan, und so hatten sie jede Woche etwas Neues auf ihren Schachteln und Sebastian war mit dem, was sich Ramid ausdachte, meist sehr zufrieden.

Vielleicht verstanden sie sich deshalb so gut, weil Sebastian noch gar nicht so lange Amerikaner war, dachte Ramid manchmal. Er war der Enkel eines Luftwaffenoffiziers der Wehrmacht, dessen Sohn floh, um anderswo neu anzufangen … ohne die Bürden seiner Familiengeschichte, die er in Amerika verschwieg. Sebastian erzählte Ramid alles. Wie er zu Hause einen Teller mit einem Hakenkreuz (auf der Unterseite) fand und ihm der Vater zum ersten Mal etwas vom Großvater erzählte. Als Ramid Sebastian davon berichtete, dass sein Vater Flöten schnitze, lachte Sebastian und glaubte ihm nicht. Und dann zog er von irgendwo eine Flöte heraus, reichte sie Ramid, damit er etwas darauf spiele, und Ramid erinnerte sich an ein paar Töne, die ihm der Vater beigebracht hatte, und in den Ebenen Kentuckys erschallte zum ersten Mal seit Menschengedenken eine etwas falsch klingende Melodie aus Siba, und dann waren sie beide wieder still.

Ramid war sich sicher, dass gerade diese Töne dem Brief von Sula den Weg wiesen. Er hatte ihr nämlich gleich geschrieben, als er bei Sebastian ankam, aber bis zu dem Tag, als er auf der Flöte spielte, bekam er keine Antwort. Erst am Morgen, nach der Nacht, als ihm (wegen ihr) der Bauch rumorte, fand Sebastian in einem Stoß von Flugblättern auch besagten Brief im Postkasten, mit dem Bildnis eines Tieres auf der Briefmarke, das sie im Les Mémoires als Lama bezeichneten, und Sebastian war wie alle in Amerika davon überzeugt, dass solche Tiere nirgendwo existierten.

Die Nacht, bevor Sulas Schreiben kam, blieb ihm noch lange in Erinnerung. Selbst später, als Ramid wieder auf dem Weg war, oder bei den Obdachlosen oder in seiner ersten Wohnung in New York herumlungerte, diese Nacht reiste wie ein Koffer mit ihm, fest an seine Hand gekettet. Wie bei einem Flugzeug, das abstürzte, dieses schwarze Kästchen, das dort dann herumliegt, das aber niemand öffnen kann. Er erzählte auch keinem von dieser Nacht. Nicht einmal Tereza, die manchmal dachte, dass sie restlos alles von ihm weiß, auch nicht Hafiram, den Ramid lieber mochte als seine Schwester. Nicht einmal mit sich selbst sprach er gern darüber. Sebastian zog sich vor ihm in der Nacht aus und er nahm sich diesen weißen Körper und es war das Selbstverständlichste, was er bis zu diesem Zeitpunkt erlebt hatte. Er würde lügen, würde er beipflichten, er hätte darauf gewartet. Er würde lügen, würde er sagen, dass er nur einen kurzen Moment überlegte, und so passierte es, auch wenn dann keiner von ihnen darüber sprach. Brüder müssen doch nicht sprechen. Sie sagten es mit ihren Körpern, und selbst wenn Frauen für gewöhnlich darüber sprachen, es war keine Heuchelei, es nicht zu tun. Sie mussten nicht reden und oft wussten sie auch gar nicht worüber. In jenen Augenblicken, in denen Jil das grüne Säckchen hervorzog (das Ramid fürchtete, weil es ohne Worte nur einen Augenblick lang schön sein würde), saß Ramid in Gedanken in fester Umarmung mit Sebastian, nicht dass sie einander etwa nur an der Hand gehalten hätten. Das wäre unerträglich gewesen und so weit war es nie gekommen. Keine dummen Küsse und kein Rückenkosen, auch keine lüsternen Blicke und keine ausweichenden Augen. Hätte ihn Sebastian ausziehen wollen, Ramid hätte es zugelassen, aber es war nur einmal zwischen ihnen passiert und dabei blieb es dann auch. Nicht, weil sie es gewollt oder nicht gewollt hätten, sondern weil man manches nicht wiederholen kann und Ramid und Sebastian lieber Frauen mochten, und beide fanden sich auch eine. Eine und mehr, aber nie wieder einen zweiten Mann, weil Brüder und Schwestern, die sich in der Welt suchen, nicht als Drillinge geboren werden.

Der Brief von Sula war neben den Palmgrovensamen voll heimeligen Duftes. Vermutlich vom Papier, das lange zwischen ihren Kleidern gelegen hatte, aber Ramid roch nicht mehr daran. Er war längst nicht mehr siebzehn wie in der Bronx, als er manchmal noch das ganze Gesicht an Sulas Briefe presste, und beinahe hätte er an jenem Tag auf Sebastians Farm auch vergessen, ihn zu öffnen, hätte dieser nicht am Abend auf dem Tisch neben Sebastians Papier gelegen (mit einem Einfall für eine neue »Milchgeschichte«), von einer Dose mit dem Kaffee beschwert, den sich Sebastian täglich machte, er war fast so stark wie der Kaffee von Mary.

Schon an der Schrift erkannte Ramid, dass in Siba etwas geschehen war. Sie schrieb auch sonst in winzigen Buchstaben, aber der Brief, der Ramid auf der Farm erreichte, war fast nicht zu entziffern. Er musste sich eine Lupe nehmen, mit der er und Sebastian normalerweise die Hühnerschnäbel kontrollierten, so verwunschen und zittrig war damals Sulas Schrift. Sie schrieb von Rasif und Luka, dass sie in der Schule zu den Besten zählen und dass Sehil wieder von jemand nach Hause gebracht worden war, weil er selbst den Weg nicht mehr fand und er zwei Tage lang um Tauras Festung herumirrte, bevor ihn dort jemand erkannte und nach Siba mitnahm. Dass wieder bewaffnete Männer über das Land ziehen und man sagt, dass es länger dauern werde als noch vor ein paar Jahren. Damals, als Ramid schon längst nicht mehr dort lebte, und im amerikanischen Fernsehen, wo sie für gewöhnlich alles zeigen, erwähnten sie es nicht einmal am Ende der Nachrichtenübersicht. Stattdessen berichtete man von den Preisen für kalifornische Melonen und über neue Modefetzen. Ramid war damals vor Furcht ganz starr, aber zurückkehren konnte und wollte er nicht. Ähnlich wie jetzt. Es stand auch nichts davon im Schreiben. Dafür war die Mutter viel zu stolz, dachte er sich. Stolz und stetig unzufrieden, denn so eine schlechte Schrift hatte sie nicht zum ersten Mal. Wieder schrieb sie von einer Frau. Von jener, die für ihn bestimmt war und die sie schon früher im Traum sah, und von der Ramid immer dachte, es könnte Nila sein. Wie sie angezogen sein und was sie im Haar tragen würde, davon schrieb Mutter allerdings nicht. Er konnte sich leicht irren. Von Jil dachte er sich's keinen Augenblick lang und Sebastian zählte nicht, obwohl, von einem Mann schrieb Sula auch mal etwas. Von einem, dessen Vorfahren Verbrecher seien, und Ramid solle auf der Hut sein. Aber auf die Entfernung hin glaubte er ohnedies nicht mehr ganz an Mutters Weissagungen. Viele Sachen (die zu Hause galten) gab es in diesem Land schlichtweg nicht, und keiner der Briefe half ihm je mit irgendetwas weiter.

Ramid überlegte, ob er das Schreiben Sebastian zeigen solle, aber die Bemerkung von dem Mann mit der verbrecherischen Vergangenheit hielt ihn davon ab. Als ob seine eigene Familie nicht auch irgendwelche Vorfahren hätte, die einander mit Messern den Garaus machten, dachte er sich. Als ob nicht ein jeder solche Wurzeln hätte, fiel ihm ein, und dann auch das, dass Sula vielleicht gar nicht von Sebastian träumte, sondern von irgendwem anderen und vielleicht gehörte das alles auch gar nicht zu Ramid. Wer weiß, wie es in ihrem Kopf nun zugeht. Er sollte Adgara ewig dankbar sein, dass sie sich dort um sie kümmert.

Und wieder kam die Zeit, sich auf den Weg zu machen. Von einem Ort weg, wo es zunächst schien, als könnte er ewig bleiben, ähnlich wie in der Siedlung in Ohio und Charils Haus, als er sich dort eingelebt hatte. Erstaunlicherweise wunderte sich nicht einmal Sebastian. Ramid sagte sich, dass er wegen einer Frau fährt, die er irgendwo finden will, aber vielleicht war es zwischen ihm und Sebastian auch so, dass es gar nicht anders ging, als davor wegzulaufen. Er sagte ihm, dass er zurückkehren würde, auch wenn er wusste, dass es nicht die Wahrheit war, aber nach dem zu urteilen, wie Sebastian auflachte, war ihm klar, dass er es auch weiß. Aber sie reichten sich die Hand und umarmten einander. Ganz schnell, wie zwei, die einander zwar kennen, aber nicht besonders gut, und Ramid winkte ihm dann auch noch zu. Es war zum letzten Mal und er schaute dann nicht mehr zurück. Dieses Zurückschauen sollte man besser aussparen. Innerlich zählte er, um seinen Kopf zu beschäftigen, und bevor er bei dreitausend angelangt war, befand er sich erneut an der Hauptstraße. Einen Plan hatte er wieder einmal nicht. Sofern ein Plan einen Ort auf einer Landkarte oder eine Arbeit, die er hätte machen wollen, darstellte. Er wusste nur, dass er irgendwohin will, wo er länger bleiben könne, um sich dort seine Leute zu finden, und dass er genug von den amerikanischen Autobahnwüsten hatte, er brauchte eine Stadt. Und das alles verpuffte dann auch. Nachdem er ein paar Staaten abgefahren und an einigen Orten geblieben war, aber nie mehr länger als ein paar Wochen.

Im kalifornischen Zedernationalpark, wo Bäume wuchsen, die sich noch an die Dinosaurier erinnerten und an denen Autos ausgehöhlte Tunnel hatten, arbeitete er eine Weile als Hilfskraft. Mülltonnen leerte er auch woanders. Auf Parkplätzen und in kleinen Dörfern bereitete er Kaffee zu und verkaufte Muffins (wenn er auf einem der Kioske »help wanted« stehen sah) und ein paar Wochen fuhr er sogar selbst mit so einem fahrbaren Kiosk durch die Gegend. Er hatte ihn mit Bananen- und Vanillekuchen und Schokodonuts bestückt und dazu servierte er kleinen und großen Kaffee aus einer Blechsiedekanne.

Ein Becher Kaffee und dazu, was wer wollte, er steckte alles in eine Papiertüte, legte eine Serviette mit dem Logo bei (das auch am Kiosk hing) und ein Plastikstängelchen zum Umrühren. Bei ihm hielten vor allem die Leute an, die es nicht schafften, ordentlich zu frühstücken, oder schon wieder Lust auf eine kleine Mahlzeit hatten. Er machte die Arbeit gern, nur der süße Geruch hing ihm zum Hals raus, und wenn er abends wie betäubt aus dem Kiosk kam, freute er sich am meisten über die frische Luft zwischen den Autos. Zudem kamen die Kunden immer schwallweise. Gegen acht und dann erst wieder nach zwölf und dazwischen wollte er (in Anbetracht der süßen Hitze und dem aufgezwungenem Nichtstun) nur noch schlafen, und der Kopf fiel ihm dann in die Backwaren, und dann klopfte manchmal einer an das Plexiglas des Kiosks, um ihn darauf aufmerksam zu machen oder nach dem Weg zu fragen. Früher fragten auch manche nach dem Weg, die sich nur einen kleinen Kaffee für einen Vierteldollar ohne Milch und Zucker kauften, und dann sah er sie, wie sie diesen ein paar Meter weiter in einen Mistkübel kippten. Er mochte sie nicht. Leute, die nicht aufrichtig waren und Lebensmittel vergeudeten. Er selbst konnte an seinem Stand essen, so viel er wollte, es war ihm erlaubt, und daher konnte er auch in den nächsten Jahren Schokoladendonuts nicht einmal mehr riechen.

Auch nicht in New York. Und dort hatte er wirklich oft Hunger und dann aß er sie. Er aß so ziemlich alles und wurde davon nie krank. Du bist jung, das ist es, sagten andere, mit denen er auf der Straße befreundet war, Leute, deren Gesichter voller Ekzeme waren, die auch die Beine angriffen, ständig floss bei ihnen Flüssigkeit aus irgendwelchen Eiterbeulen. Schließlich kehrte er in die Stadt der Städte zurück, in der er als Sechzehnjähriger angekommen war, und noch immer hatte er dabei ein Stück Jugend vor sich.

In den Jahren, die er unterwegs war, zeichnete er auf der Landkarte der Vereinigten Staaten so manchen Achter in die Landschaft, die Ausläufer reichten bis in die nördlichsten Staaten an der kanadischen Grenze und die Spitzen bis zu der Halbinsel Floridas. Er hatte mehr gesehen als die meisten, die hier geboren worden waren. Im sonnigen Urlaubsort in Miami, wo man in der ganzen Stadt keinen warmen Pullover kaufen kann, sprang er am Strand für den Rettungsschwimmer auf seinem hohen Stuhl ein … Ramid kannte ihn von einem Hot-Dog-Stand her, er lief in seiner Arbeitszeit gern einer Frau nach. Er sprang auch für einen Portier in einem Hotel in Miami ein, weil schließlich in der Uniform alle gleich aussahen, und er klebte sich nicht einmal mehr diesen kindischen Schnauzer an, den er von ihm zuvor in einem Säckchen bekommen hatte. So viele Jobs, dass er sie gar nicht alle aufzählen konnte. Im Norden ging er ein paar Saisons lang den Fischern zur Hand. Am Wasser wartete er gern. Dann, wenn die Netze erst einmal ausgeworfen waren, und bevor der ganze Stress mit dem Einholen begann. Er beobachtete Fische, die von außen durch die Maschen ins Netz schwammen und dort dann ihre Kreise zogen. Schnell wurden es mehr und schließlich gab irgendwer den Befehl, sie zogen das Netz zusammen, worin es vor Flossen nur so wimmelte, und zogen es nach oben. Er wartete, bis es der erste Fisch realisierte. Dass ihn nichts am Weg in die Freiheit hindert, bis auf seinen Fischverstand. Er wettete mit einem kleinen Jungen, der dort bei den Booten herumlungerte, dass sie im nächsten Monat mindestens einen solchen Fisch finden werden. Einen, der durch die Maschen, durch die er hineingeschwommen war, wieder nach draußen entkommt. Der Junge lachte ihn aus, und Ramid kaufte ihm dann später, als er abfuhr, einen Superman mit einem roten Plüschumhang, den er dem Jungen, wenn dieser die Wette gewinnen würde, versprochen hatte. Der sprang dann wie ein Irrer die Mole entlang, und Ramid stellte sich Luka und Rasif vor, die wohl eine ähnliche Freude gehabt hätten. Er würde um nichts anderes mehr wetten, und als er im Autobus wegfuhr, mimte er für den Jungen noch ein zerknirschtes Gesicht.

Er wird jetzt schon richtig groß sein, dachte sich Ramid und blickte Tereza an, ob sie ihm wegen Jil wohl noch böse war? Eigentlich gefiel ihm, wie sie sich verhielt. Dass es für sie nicht in Ordnung war, jemanden zu verlassen. Er selbst nahm das doch auch nie auf die leichte Schulter. Von seinen schlechten Träumen hatte er einen ganzen Bausatz. Zu Nila, zu Jil, zu Sebastian, zu dem Jungen im Norden, der in ihm einen Vater sah, und er war ihm davongefahren, wie auch allen anderen. All die trägt er mit sich, aber Tereza würde darauf nur fragen, was das denen schon nütze. Er lachte auf, dass sie sich schon so gut kannten. Er weiß doch, was ihm Tereza sagen wird, und dabei kann sie ruhig so finster dreinschauen, wie sie will.

Tereza allerdings dachte über sich nach und das von dem Jungen und dem Superman hörte sie schon gar nicht mehr. Auch nicht das von den Fischen. Sie ließ das Zuhören in dem Moment, als Ramid vom Portier im Miami-Hotel und dem Schnauzer sprach, den er sich zuletzt gar nicht mehr aufklebte, weil es unnötig war. Denn wenn er ihn verloren hätte, hätte er bestimmt Prügel bezogen wie irgendein tollpatschiger Geheimagent. Sie hätten mich auch in ein Flugzeug nach

Hause stecken können, und ich hätte hier niemandem erklären können, dass bei uns Granaten auf die Hauptstadt fallen und Flugzeuge dort gar nicht mehr landen, sagte Ramid und Tereza bemerkte, wie wütend er dabei geworden war. Schon einige Male wollte sie fragen, woher er eigentlich stamme, aber schließlich kam ihr das dumm vor. Wenn man sie fragte, mochte sie das ja auch nicht sonderlich.

Meistens dachte man, dass sie eine Deutsche oder Französin sei, weil die jeder kennt, oder sie käme wohl aus den skandinavischen Ländern, wegen ihrer hellen Haut. Sie sagte Europäische Union. Wenn sie Tschechische Republik sagte, war es so, als würde etwas von dieser pro-europäischen Achtung sofort verlöschen, und wenn sie gar zu Osteuropa nickte, war die Sache gelaufen. Sie begann dann lieber Tschechin als Tschechische Republik zu sagen. Das ist kürzer und es ist näher zum tschechischen Bier, das alle kennen. Dann noch Jagr und Havel und die Klügeren, Kafka und Kundera und fertig. Als sie Eran davon erzählte, wunderte er sich, dass sie sich so darüber aufregt und was ihr daran ungewöhnlich vorkommt, und Tereza musste schließlich anerkennen, dass nichts Seltsames daran zu finden war. Zudem akzeptierten die Leute rund um das K 125 (jener Ort, den ihr Roco damals zeigte, als sie zwischen den Galerien herumirrte) Minoritäten wesentlich schneller als die meisten großen Völker und Meinungen.

Eigentlich hatte sie Glück, dass sie so schnell Leute fand, mit denen man sich unterhalten konnte. Als sie Roco damals ins K 125 schleppte und sie dort in der Dunkelheit nur Eran mit seiner dicken Katze sah, hätte sie so etwas nie zu hoffen gewagt. Und die beiden hätten auch nicht gedacht, dass man sich mit ihr unterhalten könne, wie Eran dann zugab. Als klar wurde, dass sie das K 125 überhaupt nicht gesucht hatte und nicht einmal wusste, was es bedeutete, stempelte man sie sofort als eine von denen ab, die hierherkamen, um etwas in irgendeiner Bar dazuzuverdienen, um sich dort einen einzufangen, oder etwas Geld für zu Hause anzusparen, um später dann auf wichtig zu machen. Aber wenn ihr Eran nichts gesagt hätte, sie hätte auch nichts davon bemerkt. Keine hämischen Gesichter wie in Prag, wenn irgendeiner kommt, der nicht dazugehört und der schnell wieder Leine ziehen muss, auch wenn alle so tun, als ginge es um gar nichts. Roco bot ihr eine Zigarette an und dachte sich mit Eran seinen Teil.

Wenn draußen ein Unwetter tobt und den ganzen Nachmittag keine Menschenseele das K 125 aufsucht, ist ein jedes Mädchen von der Straße recht, sagte ihr später Eran, und Tereza wusste nicht, ob er das ernst meinte. Du palaverst, tratschst, inspirierst dich durch irgendetwas, mit manchen geht das besser, als alleine seinen Kopf zu mühen, fügte er dann hinzu, und sie wiederum dachte sich ihren Teil.

Mit den Leuten vom K 125 gefiel sich Tereza. Sie erwartete nicht einmal, dass sie sie so schnell bei sich aufnehmen, und was sie alles für Aktionen veranstalteten, davon erzählten ihr Roco und Eran gleich am ersten Tag, solange sie noch bei Stimme waren. Im K war es immer dunkel und die Ventilatoren fächerten ihnen ständig frische Luft zu, und so dachte keiner daran, was draußen war. Und wenn sie später die Tür öffneten, hatte es nicht einfach nur zu regnen aufgehört, es war der nächste Morgen und Tereza erinnerte sich erst jetzt daran, dass Rudolf dort irgendwo wartete und sie dort hätte schlafen sollen. Wegen dieser Fotografien, die sie bei ihm ließ, erzählten ihr Roco und Eran schließlich allerlei. Als sie zuvor fragten, was sie denn mache, hat es sie alle beflügelt. Eran gab später zu, dass er sich in diesem Moment schon ein wenig verliebte, aber noch am ersten Abend kam Chrisel dann ins K und sie verschwand dann für etwa zwei Stunden mit Eran in einer Gerätekammer, wo Künstlermappen mit Zeichnungen und Bildprojektionen auf Kassetten lagerten, und Roco brachte von dort Flaschen mit, und als Eran und Chrisel dort verschwanden, lärmten sie die ganze Zeit, weil die Flaschen umfielen. Mit Chrisel ging Eran auch noch später. Bevor er mit Tereza zusammenkam, und eine Weile hat sich das wohl auch überschnitten. Chrisel war angepisst, weil sie dachte, dass es deswegen sei, woher das neue Mädel stamme, und mit solchen waren auch einige der anderen Burschen aus dem K zusammen und sie konnten nicht aufhören zu schwärmen. Dass die nicht ständig so dumm daherreden und nicht andauernd protestieren. Als »Hausfrau« fühlte sich Tereza allerdings nicht und sie sagte es Chrisel gleich als sich eine Gelegenheit ergab, denn sie wohnten schließlich im selben Haus.

Also worum geht es dir und wer macht sich schon was aus dir. Die ersten Fragen und gleich so scharfe, dachte sich Tereza, als sie dort im geschlossenen K die halbe Nacht durch saßen, und sie überlegte, was sie ihnen darauf Kluges antworten könnte.

Ich rede von der Welt, und ihr fiel gleich auf, wie die Burschen das Gesicht verzogen. Ich bemühe mich das einzufangen, wie es hier ist.

Und wie ist es? Miserabel?

Tereza nickte.

Und deshalb fotografierst du?

Ich kann auch nichts anderes. Und irgendwo in einer Kanzlei zu arbeiten ist ein noch größerer Schwachsinn, oder? Sie dachte sich, dass auch Eran und Roco etwas sagen könnten.

Das ist alles?

Mir ist bis heute nichts Besseres eingefallen. Ich schau die Dinge an und kann es einfach nicht ganz lassen. Sie erwartete, dass jederzeit ein Gelächter ausbrechen könnte, aber die Burschen sahen konzentriert drein.

Also, was machst du neben dem Fotografieren noch?

Nichts.

Und wozu taugt das Ganze?

Ich fühle mich dann etwas besser.

Also fotografierst du, weil du dich mies fühlst?

Weil ich etwas sagen will.

Und mies ist dir weswegen?

Das hängt damit zusammen.

Wie? Hat dir jemand was angetan?

Tereza dachte, wie viel besser Jon, wenn er hier wäre, zurechtkäme und auch die Welt würde ihr dann nicht so miserabel erscheinen. Bei diesen Fragen und Antworten war sie niemals gut und dabei ging es doch um gar nichts. Sie treiben sie in die Enge und was dann? Im äußersten Fall wird sie etwas weinen und eigentlich wäre es sowieso mehr wegen Jon.

Ich glaube, dass die Welt gar nicht so ein guter Ort ist, sagte sie schließlich, auch wenn sie nicht genau wusste, was sie eigentlich damit meinte.

Und tust du was dagegen?

Endlich sah Tereza etwas klarer. Vielleicht hat es etwas mit diesen ökologischen Faschisten zu tun und die beiden stört, dass sie keine Aktionen setzt, weil ihnen Fotos viel zu wenig scheinen.

Und ihr?

Daraufhin steckten die Burschen gleich die Köpfe zusammen, und es sah so aus, als würden sie sich beratschlagen. Dass sie alle drei gerade an wichtigen Sitzungen der neuen Maoisten teilnehmen, postmarxistischer Trotzkisten oder irgendetwas Ähnliches, und sie wollten demnächst ein Abschlussmanifest erstellen, das eine dementsprechende Position zur Weltkrise einnimmt, und alle weiteren Punkte werden dann in den Mac getippselt, wie man weiter vorgeht und so.

Und dann richteten sich die Burschen wieder auf und nahmen ihren Buddha-Sitz (mit verschränkten Beinen) ein und Roco reichte Tereza einen wahrlich königlichen Joint. Einen aus reinstem Gras, weil sie es in den Staaten für gewöhnlich nicht mit Tabak mischten, und Tereza erinnerte sich, dass sie sich über all das schon zuvor unterhalten hatten, und die Burschen erzählten ihr von ihren Aktivitäten. Dass die Projekte des K 125 längst nicht alles seien, alle drei Wochen werde alles neu adaptiert. Ein paar der älteren Stunden mischten sich mit den neuen, Gespräche, die sie schon geführt hatten, es drehte sich alles im Kreis.

Am wichtigsten ist es, die richtige Richtung einzuschlagen und auch einen guten Moment und Ort zu erwischen, wo es die Leute hinzieht. Und auf der richtigen Seite zu stehen. Glaub niemals das, was sie dir von oben sagen, nickte Roco und nahm erneut einen Zug. Denn dann ist das bestimmt irgendein Bullshit und dagegen kämpfen wir schließlich.

Angefangene Projekte gab es genug. Roco und Eran fuchtelten mit den Händen und sprangen einander ins Wort, und Tereza dachte sich, dass sie wenige Leute in Prag kannte, die so voller Feuer und Flamme waren. Leute, die sich selbst und die Dinge, die sie taten, ernst nahmen, und zunächst kam ihr das ein wenig lächerlich vor, aber dann nicht mehr. Weil das Ganze Hand und Fuß hatte und es aus den Burschen hervorsprudelte, selbst als draußen längst Tag war. Aber im K 125 gab es nur Kerzen und drei Gesichter und eine fette Katze im Schatten, die auf Rocos Schoß schlief.

Also zunächst ist das hier das Viertel der Arbeiterklasse, hörte Tereza irgendwann und Eran schlief dabei längst, aber Roco war wach und bei guter Laune. Eigentlich hat er die ganze Nacht erzählt. Dass sie im K 125 gegen den Kapitalismus kämpfen (mit Hilfe von Ausstellungen ohne Licht), weil sich erst in völliger Dunkelheit eine wirkliche Revolution entfalte, und wenn man für ein paar Minuten überall das Licht ausmachen würde, würden die Leute endlich begreifen, wie dumm doch Hollywood sei und was wohl Tiere fühlen, wenn man sie in geschlossenen Containern hunderte Meilen herumführe, und niemand würde dann noch ein Stück Fleisch anrühren. Und Tereza nickte, auch wenn ihr die genauen Zusammenhänge unklar waren. Roco sprach auch von Aufklebern mit seiner und Erans Telefonnummer, die sie im K drucken und in der Umgebung aufkleben wollten, damit die Leute sie anrufen können, und wer will, kann ihnen eine Nachricht auf der Mailbox hinterlassen, und sie würden dann alles auf Endlospapier notieren, das dann im K überall ausgebreitet werden würde, und die Leute würden mit Taschenlampen in der Galerie herumgehen und sich gegenseitig ihre Botschaften vorlesen. Denn so sieht die heutige Kunde über die Welt aus, die zerstört ist, und bevor man sie zusammenklebt, ist es notwendig, sie gut zu dokumentieren, merkte er an. Und die guten Sachen muss man mit Transparenten und Leuten gleicher Gesinnung über Wasser halten. Wenn sie zum Beispiel ein Haus abreißen wollen, das wunderbar ist, und dort stattdessen eine Schachtel mit teuren Apartments hineinzwängen wollen, dann reagieren wir auch darauf, hörte Tereza von dem Platz, wo Roco saß, aber sie sah ihn nicht, weil die Kerzen längst abgebrannt waren und nunmehr völlige Dunkelheit herrschte. Und da erinnerte sie sich an jene Tiere, die sie irgendwohin führen (wovon Roco sprach), aber sie dachte sich, dass sie trotzdem nicht aufhören würde, Fleisch zu essen, denn solang es nicht völliger Wahnsinn wäre, würde sie ihre alten Gewohnheiten niemals ablegen.

Klar war nur, dass sie an diesem Ort bleiben würde. Obwohl, nach drei Joints in einem dunklen Raum, wer würde da nicht für eine Weile bleiben, nie wieder irgendwohin zurück wollen, aber dann kommt der Morgen und man kann seinen Versprechungen (in diesen Zuständen) nicht gänzlich trauen. Und dann begann etwas an der Tür zu kratzen und es war diese Katze, und dann öffneten sie endlich die Tür und Eran ließ sie nach draußen. Es war schon Morgen und Tereza blieb bei ihnen. Roco zerrte Chrisel aus der Gerätekammer und dann gingen sie alle vier koschere Nudeln essen, was Erans Idee war, er war so gestrickt. Tereza realisierte das, als er sich nach ein paar Tagen vor ihr auszog, aber sonst nichts tat.

Auf dem Weg aus dem Nudelimbiss ermunterte Eran sie, etwas mehr von ihren Fotografien zu erzählen, und dabei fasste er sie am Arm (nach einer so langen Nacht war das auch nichts Besonderes), und Roco hielt Chrisel fest und sie gingen dann eine Weile durch die Straßen und die Hälfte des nächsten Tages war auch gleich vergangen.

Die Fotos waren das Einzige, worum es ihr leidtat. Ihretwegen bin ich doch hierhergekommen, und schon deshalb sollte sie zu Rudolf zurückkehren. Ihr war sehr wohl aufgefallen, dass ihr Chrisel nicht über den Weg traute. Sie lieh sich ihren Fotoapparat, drehte ihn eine Weile in der Hand und fragte dann, ob man mit so etwas in Russland fotografiere, wo doch Tereza sehr wohl wusste, dass Chrisel wiederum weiß, woher sie stammte, und dass sie eigentlich etwas anderes hatte sagen wollen, aber dazu nicht in der Lage war.

Chrisel fotografierte auch. Digital, sechste Generation. Männer und Frauen auf großen Leinwänden, auf dem Weg aus dem Nudelimbiss blieben sie in einer Garage stehen, wo ihre Werke hingen. Gemischte Gesichter, unterschiedliche Rassen und Geschlechter, die Tereza wie ausradiert vorkamen. Gesichter, die niemandem zu gehören schienen, und vermutlich sollten sie auch die Gesamtheit repräsentieren. Chrisel sagte, dass es Leute einer Antiwerbung für Benetton seien und dass sie zugleich ein Manifest der transsexuellen Willkür darstellen und dass sie ein Protest gegen alle Zeitgeister seien, die uns die Köpfe volllabern. Wie ein Mensch seine Haare zu toupieren hat, und dann zwinkerte sie Tereza zu. Vielleicht bedeutete es (wo sie doch keine so ausgefallenen Klamotten trug), dass sie es mit ihren Ansichten nicht ganz so ernst meinte, und wenn sie ihr Eran abspenstig machen wollte, dann sollte sie sich lieber zurückhalten. So übersetzte sich das jedenfalls Tereza für sich. Die Ausstellung hieß »Homophobe Antiidentität im zeiträumlichen Vakuum« und Roco sagte, dass irgendein Wichtiger aus einer Galerie in Chelsea bereits da war und gemeint habe, dass er sich melden würde. Chrisel schaute unbeeindruckt.

Chrisel wird immer irgendetwas machen, worauf sie grad Lust hat, und damit das Ganze richtig toll wird, dafür braucht es gar keinen Kurator. Und gerade deshalb, weil ihr das alles egal sei, wird sie es weit bringen. Weil sie weiß, mit wem sie wo wie sprechen muss, und sich dabei nicht anbiedert, flüsterte Tereza Eran ins Ohr, und Chrisel schaute die beiden an, als hätten sie im Kino mit einer Tüte Popcorn geraschelt. Und es war da auch noch etwas anderes zu erkennen gewesen. Zwei der Fotografien waren bereits mit einem Punkt gekennzeichnet, sie waren verkauft. Das Mädchen mit den tätowierten Armen konnte sich nicht erinnern, wann und wer es gewesen war, aber sie gab Chrisel einen Hundertdollarschein als Vorschuss. Und dann liefen sie ihr den ganzen Tag hinterher, weil weder Roco noch Eran Geld bei sich hatten.

Das Einzige, woran Tereza beim Anblick von Chrisels Fotografien dachte, waren ihre eigenen, die in Rudolfs Wohnung. Und als sie am Nachmittag beim Hudson River einen weiteren Joint rauchten, war sie sich vollkommen sicher, dass sie gar keine Fotomappe besaß, und es war just in jenem Augenblick, als sie ihnen zu erzählen begann, welche Pläne sie mit ihren Aufnahmen noch hatte.

Einen Fotoband verlegen? Bist du verrückt? Sagte Eran, nachdem er Chrisel eine Weile im Arm hielt, und Tereza ließ alles hängen und ihre Ideen endeten im Nichts. In der Hoffnungslosigkeit, die sie kannte, wenn ihr die eigene Arbeit zu nichts nütze schien und sie sich vergeblich ihren Kopf darüber zerbrach, was und wem sie etwas damit sagen wollte.

Na und warum nicht, entgegnete sie locker und bemühte sich, ihrer Stimme nichts anmerken zu lassen, aber Chrisels Lächeln nach zu urteilen, gelang ihr das nicht ganz.

Weil die Kollaboration mit Unternehmen schlimmer sei, als ein ganzes Leben lang gar kein einziges Foto zu machen, meinte Eran und Chrisel gab ihm einen Kuss, aber er zuckte gleich weg.

Na und was soll ich jetzt damit?

Sie fühlte, dass sie aus dieser Gemeinschaft mit einer solchen Frage verstoßen werden könnte, aber niemand lachte.

Zunächst müssten wir alles sehen, verkündete Roco, er reichte Eran den Joint und dieser runzelte die Stirn.

Du solltest dich auch mit jemand zusammentun. Mit irgendeinem anderen Minderheitenkünstler (von irgendwoher).

Sie wusste gar nicht, wovon sie sprachen.

Dann erzähl ihr doch etwas von ihm, nicht? Roco stupste Eran an.

Du meinst den alten Jack?

Weißt du von irgendwem anderen, der an einem Buch arbeitet?

Also der da, falls der sich nicht ordentlich am Riemen gerissen hat, der da wird sich sicher gedulden, murmelte Eran, und Tereza fiel auf, dass sie mit dem Sprechen selbst schon Schwierigkeiten hatte und dass sie noch nie so ein großes Stück Himmel über New York gesehen hatte. Wann sie sich hingelegt hatten, wusste sie nicht mehr, aber es war wohl schon eine Weile her, denn die Sonne sank und die Bäume warfen lange Schatten, als hätte sie jemand wie Kaugummi in die Länge gezogen, wie die beiden, die ständig neben ihr quasselten.

Chrisel und Roco lagen ausgestreckt im Gras und besprachen etwas und Eran, der neben ihr auf dem Rasen lag, drehte sich zu Tereza um. Sie spürte das, auch wenn sie zum Himmel sah, mit ihren unter dem Kopf verschränkten Händen und den schweren Beinen, sie fürchtete sich richtig davor, auszuprobieren, wie schwer die jetzt schon eigentlich seien. Sie lagen im Park beim Fluss, der mit seinen Brooklyner Lagerhallen und den polnischen Möbeln darin zu den noblen Glasmonstren auf der anderen Seite stierte. Dorthin, wo Manhattan lag und Rudolf und der Flughafen, auf dem Tereza gelandet war, und es kam ihr vor, als sei alles schon eine Ewigkeit her.

Sie lagen dort zu viert im Gras herum (bevor die Sonne gänzlich unterging) und beobachteten die Leute. Die jungen und absichtlich zerlumpten mit den großen Hunden, denen Roco und Eran und Chrisel manchmal zuwinkten, und die Juden in ihren langen schwarzen Habits mit ihren Hüten und Zotteln, die im Viertel ihre Community hatten und über die Eran lachte. Sie kamen in Gruppen in den Park, mit ihren Matronen in Kleidern und all den Kindern, die, so wirkten sie auf Tereza, jetzt schon scharfsinniger aussahen als andere. Sie drängten sich auf einen Haufen (als ob sie darauf warten würden, fotografiert zu werden) und schauten ebenfalls dem Sonnenuntergang zu.

Und dann brüllte Roco, und Tereza, erschrak, und dann bemerkte sie, dass Erans Hand plötzlich an ihrer Hüfte lag, und Roco schimpfte über sich und seine Vergesslichkeit, weil heute im K 125 sein Tag gewesen wäre und er sei doch in der Früh mitgegangen, dabei hätte er vor Ort aufpassen und für die Leute da sein sollen. Eran murmelte nur, dass sie mehr als zwanzig Stunden hintereinander aufgepasst hätten, und es sei ohnehin keiner gekommen, und dass er es mit seiner revolutionären Überzeugung nicht immer so übertreiben müsse. Und Tereza sah, wie kritisch ihn Chrisel musterte, aber es war nicht ganz klar, ob wegen der Revolution oder seiner Hand.

Niemand bot es Tereza direkt an, aber es verabschiedete sich auch keiner,und als Chrisel sagte, dass ihr schlecht sei, gingen sie nach Hause und Tereza zog mit ihnen.

Die Wohnung von Eran, Chrisel und Roco sah gleich von der Tür weg wie ein Ort aus, wo etwas passiert. In einem bunt gestrichenen Haus, das vor ein paar Jahren noch eine Fabrik darstellte, wohnten ähnliche Gemeinschaften auf jedem der vier Stockwerke und alle kannten sich. Am Gang stiegen sie über ein paar Katzen und zwei zusammengekauerte zottelige Hunde, und Chrisel legte sich gleich hin, während Roco von irgendwoher ein paar Bier brachte und sie in einem großen Raum auf die Ecke eines Tisches stellte. Sie setzten sich auf irgendetwas. Zu fragen, was denn Küche und was das Wohnzimmer sei, schien Tereza ähnlich unangebracht wie ihre (schon ein paar Stunden) alte Frage, was sie mit ihren Fotos machen solle, wenn doch die Welt angeblich in ständiger Bewegung sei und man doch überall schlafen könne. Hauptsache man kooperiert nicht mit dem System, das alles ständig in irgendwelche Schachteln stecke, um Klarheit in der Welt zu schaffen, die flüssig und subjektiv entfaltbar sei, verkündete Roco, als er die Flaschen öffnete. Während Eran mit seinen Händen einen Berg Sachen zur Seite schob, die auf dem Tisch lagen, damit mehr Platz für die Flaschen blieb. Überall lag etwas herum, so dass Rudolfs mit alten Möbeln gefüllte Wohnung auf Tereza plötzlich wie ein geometrisch strukturierter Leerraum wirkte. Sofas mit Löchern und Polster mit offensichtlichen Weinflecken, am Boden irgendetwas mit Flugblättern, Socken, Tische und Stühle mit Blumentöpfen, stapelweise Bücher, auf denen verdrecktes Geschirr stand, und viele andere Dinge, bei denen man nicht genau sagen konnte, wozu sie eigentlich dienten, ähnlich denen, die Eran an die Kante des Tisches schob, und dazwischen befanden sich mindestens zwanzig selbst gebrannte CDs, zwei Tarotkarten, einige Fläschchen mit Pillen, Kassenbons, geöffnete Papiertaschentücher und eine Gebrauchsanweisung für einen Staubsauger. Die ganze Wohnung bestand aus einem einzigen großen Raum, mit einer fünf Meter hohen Decke, und zwei weiteren kleinen Räumen, wo man schlief, und Chrisel hatte sich, gleich als sie ankamen, in einem der beiden verkrochen. Tereza war am nächsten Morgen neben ihr aufgewacht und es war eine der wenigen Nächte, in denen sie nebeneinander schliefen, weil sie niemals richtige Freundinnen wurden, und wegen Eran gab es sogar Tage, an denen sie kein Wort miteinander sprachen, und dann ließ die eine am Tisch in der ganzen Unordnung Zettelchen mit Nachrichten für die andere zurück.

Ihre Sachen bei Rudolf abzuholen, das war der Plan, mit dem Tereza jeden Morgen in den ersten Tagen wach wurde. Sie würde sich anziehen und losgehen, aber immer kam etwas dazwischen. Am ersten Morgen lief die Toilette über, und weil Eran und Roco ins K mussten (ein Treffen zum Manifest des neuen Bewusstseins, das dort unter der Schirmherrschaft einiger unabhängiger Williamsburger Medien jeden Montag abgehalten wurde) und Chrisel schon fort war, als sie wach wurden, blieb sie mit den Installateuren zurück. Am nächsten Tag hatte Roco Geburtstag, am Mittwoch war im K eine Vernissage zum neuen Projekt der »Amerikanischen Körper«, alles voller lebender Objekte, die sich dort den ganzen Tag an- und auszogen (mit und aus Plastiksäcken), die Tereza morgens beschaffen musste. Am Donnerstag räumten sie das K (mit Roco und Eran) auf, und am Freitag ging keiner von ihnen vor die Tür, weil es regnete und alle fünf Regenschirme, die sie in der Wohnung fanden, nicht zu gebrauchen waren. Und das aufgrund einer Installation, für die sie diese im letzten Monat benötigten, versicherte Eran, als er sie nach langem Suchen endlich fand, und dann kroch er wieder zu ihr unter die Decke zurück und Roco und Chrisel taten das, dem Gelächter nach zu urteilen, im zweiten Zimmer ebenfalls.

Auch später erinnerte sich Tereza manchmal noch an Rudolf, aber es lag alles irgendwo im Dunkeln. An seinen Hühnerkopf im alten Bademantel, der viel zu weit entfernt schien, um noch irgendetwas zu unternehmen. Und zu den Fotos hatte sie momentan auch keine Ideen, weil das mit Jack nicht klappte und sie außerdem ständig irgendetwas anderes erledigen musste.

Zunächst unterhielt sich Roco mit Jack, aber vom Sehen kannten sie ihn schon länger. Er saß normalerweise in jenem kleinen Park am Hudson, wo sie fast jeden Nachmittag herumlagen. Zuerst dachten sie sich, er sei ein neues Mitglied der Obdachlosentruppe, die dort auch herumsaß und der sie manchmal ein paar Zigaretten überließen. Dieser hier saß immer etwas abseits. Auf einer Bank neben dem Flussgeröll, und er schrieb etwas in ein dickes Notizheft. Dass der nirgendwo einen Schlafplatz hat, schlossen sie aus seinen schmuddligen Schuhen und den dreckigen Cordhosen mit dem Jäckchen, wo Eran gleich meinte, dass sich das für irgendeine Party eignen würde, aber der hier hatte es vermutlich bei der Heilsarmee abgegriffen. Und hätten sie ihn dort nicht so oft etwas notieren sehen, sie wären nie mit ihm ins Gespräch gekommen. Aber dann stellten sie fest, dass er eine ganz normale Wohnung besaß, und er nahm sie ein paar Mal sogar mit nach Hause. Seinem Akzent nach zu urteilen, war er nicht in diesem Land geboren worden, und Eran versicherte, dass er ein Franzose sei, aber Roco war sich nicht ganz sicher. Als er sich bei Roco als Jack vorstellte und Eran fragte, woher er stamme, winkte er ab. Im Übrigen war die Herkunft für K-Leute nichts Grundsätzliches und es war ungeschriebenes Gesetz, nicht weiter nachzuhaken. Eigentlich erfuhren sie nie wirklich, was er da schreibt. Sie wussten allerdings bald, dass er einen Vertrag mit Random House und der New York Press abgelehnt hatte, es schien, dass er keinesfalls mit großen Konzernen paktiere, und das war Eran und Roco sogleich sympathisch. Und sie mochten auch, dass er kein Notebook mit auf die Bank nahm, sondern alles mit einem schwarzen Kugelschreiber aufschrieb, wie Dostojewski, wie Eran anzumerken wusste, und daraufhin lachte Jack und nahm sie nächste Woche zu sich nach Hause. In eine kleine Kammer voller beschriebener Blätter, wo er wohl noch mit jemand anderem wohnte, dort machte er ihnen einen schwarzen Kaffee, und seitdem blieben sie im Park immer auf ein kurzes Gespräch bei ihm stehen. Er wusste auch immer, welches Wetter kommen würde, und wenn er nicht im Park saß, bedeutete das, dass es regnen würde, und Roco und Eran richteten sich danach. Aber schon seit ein paar Wochen, noch bevor Roco auf seinem Motorrad Tereza beim K antraf, war er dem Park ferngeblieben, und dabei waren die Tage warm und es regnete einen ganzen Monat lang nicht.

Eran wusste, wo Jack wohnte. Es war nicht weit. Und als zwischen den Projekten etwas Zeit blieb, machte er sich mit Tereza dorthin auf. Sie hatte Herzklopfen. Ein Schriftsteller, der Random House und die New York Press abgelehnt hatte, der musste eine Klasse für sich sein, dachte sie sich auf dem Weg dorthin, und bestimmt kann er sie irgendwo einführen und sie wird sich dann auf ihn berufen. Sie wusste nicht mehr, wie sie sich das in Prag alles so einfach ausmalen konnte. Nach dem zu schließen, was Chrisel sagte, hätte ohne die Empfehlung dieses Kurators (der einmal im K war) keiner auch nur einen Blick (in keiner Galerie in Chelsea) auf ihre Fotos geworfen. Eine gläserne Vitrine eben. Du hältst es in der Hand, zeigst es und der abgebrühte Galerist lächelt, schaut durch dich hindurch und er verabschiedet sich nicht einmal, erinnerte sich Tereza, wie es ihr Chrisel erzählte, als sie ausnahmsweise einen Abend lang miteinander sprachen. Und dass Roco und Eran eben das meinten, als sie sie am ersten Tag im K fragten, wer was auf sie hält. Damals war es erst ihr zweiter Tag gewesen, aber als sie zu Jack gingen, war sie fast schon einen Monat hier … und nichts. Die K-Leute waren freundlich, nur suchten die meisten von ihnen alleine und ein jeder hütete seine Kontakte. Dass ihr Chrisel einen Kontakt weiterreicht, es wäre ihr gar nicht eingefallen. Und sie müsste auch zunächst etwas zum Herzeigen haben und alles, was sie hatte, war in diesen Mappen bei Rudolf, falls das überhaupt stimmte. Es gefiele ihr ohnedies nicht. Die Mutter mit dem Küchenmesser, die Mutter mit Lockenwicklern in der Badewanne, die Mutter, wie sie vor dem Aufzug den Boden scheuerte. Chrisel würde bestimmt sagen, dass das zu viel Fetisch enthalte und außerhalb des Kontextes gegenwärtig zu erzählender Auslegungskonstrukte liege. Jener peripheren verständlicherweise. In einem marginalen Ton brüstete sich ein jeder. Dass er aus der Position seiner Andersartigkeit eine relevante Mitteilung in seiner Tasche hat, ein eingestellter Spiegel, eine Schere, mit der er für ein angemessenes Honorar dem Kapitalismus ein paar Flügel zuschneidet. Das hier war der Williamsburger »Mainstream«. Tereza wusste nur zu gut, dass sie hier nicht einfach irgendetwas daherreden konnte. Oder doch. Ein Markenzeichen daraus machen. Aus dieser Dummheit.

Als sie mit Eran Jack aufsuchte, erinnerte sie sich an die kleinen Ausstellungen, die sie in Tschechien hatte. Nicht nur in Prag. Hier klang die Anmerkung lächerlich, aber damals in Olmütz kam sie wirklich gut an. Sie sah das noch vor sich.

Diese verrauchte Bar, wo ihre Fotos hingen, und Jon, wie er dort saß und sich mit der Mutter unterhielt. In einer Zeitung schrieben sie dann, dass sie die Einzige einer jungen Generation sei, die derart selbstverständlich an der Grenze zwischen Dokumentarischem und Arrangiertem balancierte. Die Leute sagten das auch. Dass ihnen die Mutter mit dem Messer einen Schauer über den Rücken jage, aber dennoch blieb klar, dass sie, Tereza, es ihr zuvor aufgetragen hatte. Stell dich hier hin und das nimm in die Hand. Dass angeblich die soziale Pathologie der tschechischen Familien bis zu diesem Zeitpunkt von niemandem so gut erfasst worden war. Sie schrieben das. Es lag zu Hause (ausgeschnitten) auf dem Tisch. Nur, wem hätte sie davon erzählen sollen. Zu allem Überfluss waren hier die Pathologien anders beschaffen … und Fotos auch. Sie hatte das Gefühl, wenn die ihren hier hängen würden, sie könnten wohl niemanden aus dem Gleichgewicht bringen. Hier schoss man mit anderen Kanonen. Blutrünstig zitierte Zitate, Geschlechtsteile zum Quadrat, Fotos chinesischer Dissidenten, im Hintergrund rote Konservendosen einer Campbell-Suppe und Jack war allem Anschein nach tot. Tot, oder irgendwohin verzogen und er ließ nicht mehr von sich hören.

In seinem Haus wollte niemand mit Eran sprechen und auf das Geklingel reagierte Jack nicht. Er soll doch beim Hausmeister läuten. Und sie hatten auch am nächsten Tag kein Glück, auch nicht in einer Woche, auch nicht in drei, als sie und Eran es zum letzten Mal versuchten. Nur der Hausmeister war dann dort. Er erinnerte sie an den Albaner in ihrem Haus, den Tereza immer grüßte und später ein seltsames Gefühl deswegen hatte.

Manchmal, wenn es sie überfiel. Wenn sie nicht gerade im K half, wenn sie gar nichts tat. In einem Viertel, in dem es früher nur Lager, Fabriken und Billighäuser gab, wo orthodoxe Juden und mexikanische Arbeiter lebten, wohnte man längst in einem Drittel der ehemaligen Fabriken und die jungen Leute aus dem Village und der Lower East Side übersiedelten von Manhattan hierher. Wegen der Mieten und dem wirklichen Leben, das die Teenager reicher Eltern in Manhattan in absichtlich unverputzten Häusern nur spielen, sagten die K-Leute. Sie spielen das, was hier noch wirklich ist. Vor den Schulen Williamsburgs sah man die Weißen noch nicht in Rudeln auftreten und in den Straßen fuhren noch immer die schweren Lastwägen mit Pflastersteinen, Fleisch und Fässern mit weiß Gott was. Aber sie sah Roco und Eran niemals mit einem dieser Arbeitenden reden, und ins K kam so einer nur zweimal in der Woche, den Boden aufwischen, und ein anderer klingelte des öfteren mit einer Tasche voller CDs, die sich keiner der K-Leute (nicht einmal unter Zwang) jemals angehört hätte. Und die Mexikaner zogen aus dem Viertel aus. Sie hörte Roco und Eran davon sprechen. Dass es in Williamsburg längst nicht mehr so authentisch sei wie früher und man irgendetwas darüber machen sollte. Sie sprachen auch mit Tereza darüber, bei einem der Flohmärkte, wo sie wieder einmal um die ausgefallensten Klamotten wetteiferten, bevor sie koschere Nudeln aßen und irgendwelche DVDs für zu Hause ausliehen. Meistens sahen sie die zu viert an und dann kam noch irgendwer aus dem Haus dazu und manchmal auch Mike.

Hier hast du deinen Authentischen, beugte sich Eran zu Tereza, als sie Mike zum ersten Mal sah. Einen dicht behaarten, dunklen Mann, der sie an Sandokan erinnerte. Er war älter als sie, und einige der K-Leute nannten ihn nur Khan. Wohl wegen des Bartes, den langen Haaren und der stattlichen Gestalt. Tereza erinnerte er an einen Hippie aus den sechziger Jahren. In einer Kluft, die man heute längst anders bezeichnete, und mit Sätzen, die sich von jenen der meisten K-Leute deutlich unterschieden. Mike war der Einzige, der ihr auf die Frage, was er tue, keinen unverständlichen Monolog hielt. Meinst du, um Geld zu verdienen, oder was ich wirklich tue? Das antworteten die K-Leute zumeist, während Mike einfach ein Elektriker war und damit nicht hinter dem Berg hielt. Wenn der Film hängen blieb oder der Feueralarm (wegen des Zigarettenrauchs) losging, war immer er es, der das irgendwie regelte, und Tereza unterstellte Roco, dass er ihn deswegen zu allen ihren Aktionen im Haus einlud. Weil fast immer etwas ausfiel oder sich nicht anstecken ließ. Es war auch niemand so groß, dass er die Sicherungen ohne einen Stuhl hätte erreichen können, und die Abende hatte Mike augenscheinlich frei, und so kam er fast immer, wenn sie es ihm sagten, obwohl es nicht danach aussah, als würde er sich amüsieren. Roco versicherte, dass es deshalb sei, weil er schon zu authentisch wirke, und Eran wiederum meinte, dass es deshalb sei, weil er kein Mädchen habe. Kurzum, Mike aß etwas und verzog sich dann für den Rest des Abends in das kleine Zimmer, wo Tereza und Eran schliefen und wo ein zweiter Fernseher stand.

Von Jon hat Tereza Eran nichts erzählt. Er ihr von Chrisel auch nicht. Er lobte sie nur ständig als Künstlerin, aber wenn sie ihn zu lange (vor Tereza) umarmte, zuckte er weg. Es fiel ihr auf und er beruhigte sie, obwohl, wer mit wem schlief, war den K-Leuten eigentlich egal. Energie in einer unendlichen Ringelspieldebatte, wer denn mit wem, zu verpulvern, das ist wie Geld aus dem Fenster zu schmeißen, sagte Eran einmal zu Tereza, als sie sich entschied, ihn vor dem Schlafengehen nach Chrisel zu fragen. Du hast dann einen blockierten Kopf und die wichtigen Dinge entgehen dir.

Und welche?

Aber da schlief Eran wohl schon oder er hielt ein solches Gespräch für unsinnig, dachte sich Tereza. Und eigentlich hatte er recht, aber sie würde sich jemanden nur für sich wünschen, obwohl ihr das auch gleich lächerlich vorkam und gleichzeitig machte es sie wütend. Jemanden, der nicht immer seine eigenen Pläne hätte, die nichts mit ihr zu tun haben … sie hatte schließlich auch keine, und das waren dann jene Augenblicke, wo ihr ganz Williamsburg den Buckel runterrutschen konnte. Ganz besonders, wenn sich Eran und Chrisel auf irgendeiner Wohnungsparty küssten und es allen Betrunkenen rundherum völlig egal war. Roco lachte und umarmte wiederum sie und Tereza grinste. Aber nur oberflächlich, nichts in ihr drinnen. Und als sie Roco losließ, um sich ein Glas einzuschenken, flüchtete sie in das kleine Zimmer.

Wenn sie etwas Eigenes hätte, wie die anderen (so wirkten sie jedenfalls), wäre es ihr auch egal. Sie würde ihren Fotoapparat zücken und das Geschmuse von Eran und Chrisel wäre gleich im nächsten Monat ein K-Projekt. Fotos der Köpfe, mit ihren ausgestreckten Zungen, in der schwarzen Galerie, das wirkliche Leben, das das puritanische Amerika unter die Decke kehren will. Deshalb die Dunkelheit, ihr Hornochsen, würde auf dem Flugzettel stehen, der den künstlerischen Hintergrund erläutert, damit es auch der authentische Arbeiter, der das K mit einem Kaufhaus verwechselt, sofort begreift. Und auch ein Foto, das zeigt, wie erregt Eran (unter seinen Hosen) ist, würde sie einstreuen. Und die Besucher mit ihren Taschenlampen würden es anleuchten und sich sagen, dass die K-Kuratoren auch nur Menschen seien, und dass sie eine Galerie betreiben, bedeutet noch gar nichts, weil sich alle doch gleichen, und ein solches Projekt würde Eran auch sofort bewilligen, weil es geistreich und ideologisch richtig sei und solche Dinge ihr Publikum finden sollen.

Aber sie weinte los, noch bevor sie das Zimmer, wo sie mit Eran schlief, erreichte, und bei all den Tränen fiel er ihr gar nicht auf. Mike, der dort neben ihr auf der Matratze saß und ein Basketballspiel verfolgte.

Wenn die Jahre in der Siedlung in Ohio und jene auf Sebastians Farm (wo er sich selbst durchschaute und mit jemandem wirklich glücklich wurde) Ramids sorgloseste waren, dann war die Zeit, wo er sich in New York mit den Obdachlosen durchschlug, eine Erfahrung von größter Kälte, die er sich zuvor und auch später nicht mehr vorstellen konnte. In Siba gab es nie einen wirklichen Winter und in Charils Haus oder in Ohio oder auf der Farm standen immer irgendwelche Wände, hinter denen man sich verbergen konnte. Er war damals das ganze Jahr über unterkühlt.

Der Autobus, der Ramid aus der Fischerstadt (wo er Superman mit seinem Plüschumhang und einen kleinen Jungen zurückließ) nach New York brachte, hatte deswegen sogar eine dreitägige Verspätung. Es war Oktober, aber es schneite wie im Januar, und bevor die Straßenarbeiter die tiefwinterlichen

Wege räumten, galt in einigen amerikanischen Staaten längst der Ausnahmezustand. Die Chronisten erinnerten sich lediglich an einen schlimmeren Winter 62, aber so viel Schnee fiel wohl auch damals nicht. Die Autos wateten durch die graue Brühe, in einem Tal, das zu beiden Seiten von hohen weißen Böschungen begrenzt wurde, und Ramids Autobus ließ bereits zum dritten Mal (in nur ein paar Stunden) alle Passagiere auf einem Parkplatz aussteigen. Das Reiseunternehmen beglich alle Hamburger, die sie während dieser Zeit zur Erfrischung konsumierten, und bei der Penn Station bekamen sie die Hälfte ihres Tickets ausbezahlt, und Ramid war zunächst höchst zufrieden. Eigentlich wünschte er sich, es möge noch etwas wesentlich Schlimmeres passieren. Dass sie irgendwo zwischen den Wechten stecken bleiben und er sich irgendwo ins Warme eines bezahlten Autobahnmotels zurückziehen kann. Das Reisen mochte er. Zwischen zwei Orten zu sein und doch keinem davon zu gehören, sich im Kopf vorzustellen, was denn wäre, wäre er nicht abgefahren oder niemals dort angekommen, wohin er das Ticket gelöst hatte. Das Autostoppen ließ er mittlerweile. Das konnte er sich schon erlauben. Aus dem Fenster eines klimatisierten Busses zu schauen und, wann immer er wollte, ein Lämpchen anzumachen, die Lüftung einzuschalten oder sich hinten in der Toilettenkoje die Hände zu waschen. Aber zuletzt kam er immer zu dem Ergebnis, dass gar nichts passiert wäre. Wenn der Autobus in einer Wechte verunglückt wäre, hätten sie nicht einmal jemanden verständigen können. Ramid schrieb Charil ein paar Mal, aber entweder antwortete dieser absichtlich nicht, oder Ramid war schon wieder weitergezogen und Charils Antwortschreiben lagen irgendwo herum, bis sie jemand wegschmiss. Nirgends wartete jemand und was ihn von einem Ort zum nächsten hetzte, war eine dumpfe Unruhe. Er hatte in den vielen Jahren (bei den verschiedensten Anstellungen) einiges gelernt, und daran erinnerte er sich immer dann, wenn ihn das Reisefieber und die gute Laune für eine Weile verließen, er suchte doch auch eine Frau. Und vielleicht hatte ihn deshalb auch noch keine bekommen, weil das Reisen so verlockend schien. Aber wie sollte es auch anders sein, wo er doch keine gefunden hatte? Von all der Kompliziertheit der Dinge drehte sich sein Kopf, mehr noch als von den vorbeihuschenden Orten hinter den Scheiben. Weder die Zehen noch alle seine Finger hätten genügt, um all diese Städte aufzuzählen. Er lernte Orte und Leute kennen, die zu ihnen gehörten, und jemanden, der ihm etwas Besseres geboten hätte, hat er bislang nicht getroffen.

Ramid streckte seine Beine unter den Vordersitz aus, so weit es eben ging, und zog einen Hamburger hervor, von denen er einige (wo sie doch vom Reiseunternehmen bezahlt wurden) auf Vorrat mitgenommen hatte. Mit dem Geld, das er bei sich hatte, rechnete er damit, in New York gut eine Woche auszukommen. In der teuersten Stadt der Welt, gleich nach Tokio und Hongkong. Wer hätte gesagt, dass er dorthin zurückkehren würde? In eine Stadt, wo er ein Stück seines (schlechten) Gewissens ließ, nachdem er damals am Morgen mit den Karimiken geflohen war. Auch Nila konnte er nie gänzlich vergessen. Sein erstes, amerikanisches Mädchen, das er, selbst wenn es in New York leben sollte, aufgrund der vielen Millionen niemals treffen würde. Tat ihm das leid? Er wusste es selbst nicht, aber es war ziemlich sicher, dass dies nicht passieren würde, und diese Gewissheit beruhigte. Und dann wurde im Autobus das Licht an- und wieder ausgemacht und der Fahrer sprach in sein Mikrofon, dass sie fast angekommen seien, und die Leute begannen zusammenzupacken und sich im Mittelgang zu drängen, auch wenn es bis zur Penn Station, dem Hauptbahnhof der New Yorker Busse, noch mindestens zwanzig Minuten dauern würde … so war das immer und Ramid kannte das längst von vielen anderen Autobusstationen. Wie die Leute plötzlich nach draußen drängten … er hatte sich möglicherweise die ganze Fahrt über mit jemandem unterhalten, und auf einmal sprang dieser auf, um seinen Koffer zu holen, und dann war er weg, er schaffte es nicht einmal, Ramid einen guten Tag zu wünschen. In jeder fremden Stadt hat er sich bislang schnell akklimatisiert und meist fand sich auch irgendwer, der ihn auf etwas brachte, und dann half er sich schon selbst weiter.

Am siebten Tag in New York war es Ki. Ein hochgewachsener, malaysischer Obdachloser, mit dem er auf einer Holzbank (unten am U-Bahnsteig) ins Gespräch kam. Am siebten Tag, als ihnen Ramid schon etwas ähnelte. Jenen schmutzigen Leuten, die es als Einzige in dieser Stadt nie eilig hatten und die sich mit ihren Augen Zeichen gaben.

An diesen sieben Tagen war er ziellos in der Stadt herumgeirrt, er zitterte vor Kälte. Dass er so lange auf keine verwertbare Spur traf, das war ihm noch in keiner amerikanischen Großstadt passiert. Die zwölf Meilen der Manhattaner Halbinsel war er mehrmals auf und ab gewandert, und dann wusste er nicht mehr weiter. Aber in Bewegung musste er bleiben (wegen der Kälte bleiben), und so lief er von einem kleinen Park zum nächsten, kleine gräserne Buchten, inmitten des chaotischen Autoverkehrs, Menschen und ineinander verschwimmende Farben. Und dann realisierte er, was früher oder später jedem in New York auffällt. Dass sie die U-Bahn niemals schließen und man sich mit einer Fahrkarte, die einen durch die Absperrung nach innen lässt, entlang der Bahnsteige und zwischen den Tunneln bewegen kann, wie man will, auch wenn das Tage dauert. Einige Jahre sogar, wenn man sich gut auskennt. Wie Ki Ramid erklärte, und er sprach nicht von Nischen in den Übergangskorridoren oder von Schlupflöchern hinter den Kontrolleurshäuschen, vielmehr von der unterirdischen Stadt, die in New York weithin bekannt war. Ein jeder weiß davon, aber nur aus dritter Hand. Denn diejenigen, die dort lebten und nun in Krawatten oben herumgehen, von denen gibt es verdammt wenige und einen Verdreckten mit Bart an der Ecke würde danach niemand fragen.

Aber Ki erzählte Ramid nicht nur davon. Und Ramid selbst schämte sich, wenn er an sein Herumspringen, an die Sprints, um sich aufzuwärmen, und die Mistkübel, aus denen er nasse und versalzene Donuts fischte, dachte. Ki sagte, dass die U-Bahn und die unterirdische Stadt nicht die einzigen Orte seien und dass man auch ohne sie auf der Straße überleben könne. Und dass diejenigen, die den ganzen Tag eingewickelt und mit knurrendem Magen im Park herumliegen, nur die Anfänger unter den Obdachlosen seien. Jene, die noch nicht herausgefunden haben, wie man die Sache angeht, und die erst vor kurzer Zeit auf der Straße gelandet waren.

Sie saßen gemeinsam auf einer Bank in der Station Grand Avenue, als Ki ihm alles erklärte. Auf einer Holzbank auf dem Bahnsteig, die die Hintern der auf die nächste Bahn Wartenden mit ihren Holzleisten ärgerte. Ramid überlegte, ob die Leisten dort montiert worden waren, um die Privatsphäre zu wahren oder um zu verhindern, dass sich jemand auf dem Holz ausstreckte. Er selbst hätte es gleich getan. Nach sieben Tagen schmerzender Kälte, harter Stiegen, auf denen er schlief, und des laschen Essens hätten ihn ein paar Trennleisten gar nicht weiter gestört. Aber Ki erzählte und Ramid war dankbar (und nicht müde) und jemanden, der mit so einem Wasserfall nützlicher Informationen aufwarten konnte, an den musste man sich einfach halten. Bevor der erste Obdachlose einen Menschen seiner Fraktion in ihm erkannte, hatte es sieben Tage gedauert und wer weiß, wann sich noch so ein Mitteilsamer finden ließe. Ki unterschied sich von der Mehrheit der anderen Obdachlosen, nicht nur wegen seiner Freundlichkeit, mit der er Ramid beeindruckte. Er war nach den sieben Tagen der erste Asiate, den er draußen traf. Die meisten Männer, mit denen Ramid von Endstation zu Endstation fuhr und auf dem Bahnsteig herumsaß, waren schwarz und von den paar Helleren hatte niemand mandelförmige Augen. Er dachte darüber nach, als er vor den Häusern herumkauerte und in der Ecke eines U-Bahn-Ganges schlief, bei einer der weniger frequentierten Stationen, wo sie ihm nicht so viel Bedeutung beimaßen, er fühlte sich dort gleich sicherer. Warum die Mandeläugigen für das Obdachlosenleben allem Anschein nach keine Anlagen mitbrachten, während sie unter den Kofferträgern zumindest ein Drittel stellten und die Hälfte der Angelsachsen mit ihren Mädchen ausging. Dünne, winzige Wesen mit langen schwarzen Haaren und kleinem Handtäschchen. Er hatte genug Zeit, das zu beobachten. Die kleinen Mädchen mit geschlitzten Augen, wie sie von großen weißen Männern wie wertvolle Trophäen herumgeführt werden, während die schwarzen Mädchen nur mit ihresgleichen zusammen waren und sie keiner als wertvolle Ware behandelte. Viele von ihnen schoben auch ein Kind vor sich her. Eins von ihnen selbst oder von den Weißen, und wenn jemand Übergewicht hatte, dann waren es meistens sie. Schwarze Frauen, wobei es nicht so schien, als würde sie die Stadt der Städte irgendwie besonders schätzen. Ramid gefielen sie nicht unbedingt. Und mit den raffinierten Porzellanpüppchen samt mandelförmigen Augen ließen sich die meisten von ihnen nicht vergleichen. Er blickte ihnen nach, wenn sie mit winzigen Schritten an ihm vorbeigingen, und diejenige, die er zur Tageskönigin erkor, stellte er sich dann abends vor. Sulas Weissagung erwähnte nichts von der Hautfarbe der Frau, die er hier treffen würde, obwohl sie in diesem prophetischen Traum irgendeine Farbe hatte sehen müssen, und so stellte sich Ramid manchmal vor, dass es eine dieser Gelblichen sei, er wäre mit ihr zusammen und diese winzige Frau würde in allem, was ihm einfällt, auf ihn hören. Wie leicht wäre dann das Leben.

Aber bald wurde er dessen überdrüssig. Kein Zittern (vor Kälte) ließ sich dadurch mildern, und zudem achtete er darauf, in den Korridoren der U-Bahn regelmäßig seinen Platz zu wechseln, damit diejenigen, die an ihm vorbeigingen, auch meinen könnten, er hätte sich vielleicht nur für einen kurzen Augenblick an die Wand gesetzt, um sich auszuruhen.

Als ob das jemanden hier interessieren würde, grinste Ki, als ihm Ramid von seiner Strategie des »Halbstundentakts« erzählte, und wer ihm hier Verständnis entgegenbringe und wer nicht, die Karten seien längst verteilt. Ramid musste anerkennen, dass er von dieser Stadt (selbst nach so vielen Jahren in Amerika) nicht wirklich viel wusste. Seine Monate in New York hatte er in der Bronx verbracht, und das war den Postleitzahlen und allen Ämtern nach eine eigenständige Stadt, die mit der Manhattaner Halbinsel nur den Bundesstaat gemeinsam hatte. Auch wenn die Leute in der Bronx diese Eigenständigkeit nicht sahen, die Leute in Manhattan betonten sie. Auf einer Halbinsel mit so vielen Menschen, die, wenn sie alle aus den Häusern kämen, in sechs Schichten übereinander in den Straßen gestapelt werden müssten. Straßen, in denen Ramid in den nächsten Jahren verharrte, so wie er sich das schon im Autobus an der Penn Station ausmalte: Sich ein wenig niederlassen. Und letztendlich wohnte er auch in einem Haus, es dauerte aber eine Weile.

Wie man in New York ohne die unterirdische Stadt und die diversen U-Bahn-Gänge, die selbst im kältesten Winter lauwarm blieben, überleben konnte, es hätte Ramid eigentlich auffallen müssen. Das Häufchen Obdachloser, das an gewissen Plätzen an den Wänden der Häuser lehnte (zumeist morgens oder am Abend), aber Ramid beachtete es nicht weiter. Irgendwo rottet sich in dieser Stadt immer etwas zusammen, und hätte er jedes Mal nachgefragt, warum das denn sei, das Gesicht wäre ihm dabei eingefroren. Er hatte sich in einen Schal gewickelt, den er damals von dem kleinen Jungen erhielt, mit dem er gewettet hatte … dieser roch selbst nach zwei Wochen noch nach Fisch, aber ihn neben dem Kleiderständer mit der neuen Bekleidung liegen zu lassen (Ki warf alles von sich, was er trug), das hätte Ramid aus Pietät zum Jungen nie getan. Er würde ihn waschen und trocknen, wenn es wärmer wird, und bisweilen half ihm der Fischgeruch auch darüber hinweg, dass er Hunger hatte und es in seinem Bauch rumorte.

Der Kleiderständer mit all den Sachen (als Ki alles Alte auszog) befand sich in einer großen protestantischen Kirche, vor deren Hintereingang es jeden Montag und Mittwochmorgen einen ordentlichen Auflauf gab. Schon von sechs Uhr früh an standen Obdachlose in bitterster Kälte herum und diejenigen, die später kamen und nach vorne drängten, endeten nicht selten mit blutiger Nase auf dem Gehsteig. Oder sie weinten, sofern es sich um Frauen handelte, denn die Frauen balgten sich ebenfalls, bekamen aber weniger oft einen Faustschlag. Erst auf den Stiegen vor der Hintertür der Kirche fiel Ramid auf, wie viele es von ihnen gab. Frauen, die allesamt alt aussahen, auch wenn viele von ihnen gewiss jünger als er waren. Ramid durchschaute das. Alt wegen ihrer Reizlosigkeit, dachte er. Alt, weil sie darauf pfiffen, wie sie aussahen. Unansehnlich von den ganzen Schwierigkeiten. Im Haufen der Obdachlosen bildeten sie ihr eigenes Grüppchen, wo grad irgendwelche Kinderschuhe im Umlauf waren, aber was genau da lief, das konnte Ramid aufgrund der Leute, die sich um ihn herum drängten, nicht erkennen.

Ki wirkte bei dieser Zusammenrottung von durchfrorenen Gestalten wie ein Fisch im Wasser. Sofort begrüßte er ein paar Leute und stellte ihnen Ramid vor. Die meisten von ihnen lachten ihm zu oder versuchten es zumindest mit ihren gefrorenen Lippen. Das war auch anderswo so. Hi, how are you, und dann die Hand reichen. Nur die schmutzigen Fäustlinge legte dabei niemand ab und auch die Handschuhe nicht, die diejenigen trugen, die in Papier zusammengeknüllte Restzigaretten rauchten. Viele Leute lachten über etwas, auch wenn Ramid keine wirklichen Witze hören konnte, und einer lachte wie verrückt (mit dem Kopf gegen die Kirchenwand gelehnt), und das war einer, der sich, als ihn Ki rief, nicht einmal umdrehte. Die Leute, die etwas weiter entfernt standen und nicht drängelten, führten vor allem Gespräche mit sich selbst. Mit allem, was dazu gehört, Gesten und einer wütenden Stimme, aber zu denen gingen Ki und er nicht. Sie wirkten noch heruntergekommener als die anderen, von denen sich einige, bevor sich die Hintertür der Kirche öffnete, mit einem kaputten Kamm die Haare kämmten, und bei den Frauen erkannte Ramid sogar einen kleinen Spiegel, aber vielleicht war das nur der Hunger, weil er schon seit dem gestrigen Morgen nichts mehr zwischen die Zähne bekommen hatte, er war matt und fühlte sich wie auf fremden Beinen. Und als sich die Tür endlich öffnete und irgendwessen feuchter Dunst und Wärme nach außen drangen, die sich mit Essensgeruch aus der Küche mischten, hätte er sich am liebsten auf die Stufen gesetzt und auf Ki gewartet. Aber Ki zog ihn am Ärmel und hinter Ramid folgte der ganze Haufen, der drängelte und ihn bis zur Küchentür mitriss, wo irgendein Gepflegter im T-Shirt stand und die ersten dreißig von ihnen einließ. Hinter Ramid wurde die Kette durchtrennt und derjenige, der ihn rempelte und noch durchschlüpfen wollte, wurde vom Mann im weißen T-Shirt (mit der Aufschrift Gott) zu Boden geworfen, und so beruhigte sich die ganze Schlange schnell und das Frühstück im Raum hinter der Tür konnte beginnen. Sobald man ein verpflichtendes Vater Unser herunterleierte, das ihnen der Mann im schneeweißen T-Shirt vorsagte ... jeder bekam ein Sandwich und eine Suppe auf den Teller und eine in einem Säckchen enthaltene bunte Mischung alter und bröckelnder Backwaren, das hing wohl davon ab, was die Gläubigen so brachten, schätzte Ramid, als er alles vom Teller schlang. Auf dem Weg nach draußen stopften er und Ki sich noch die Plastiktaschen voller kleiner Kekse voll, die dort zur freien Entnahme in einer Schachtel lagen, und in zwei Bechern wurde ihnen Suppe für den Weg gereicht und das Frühstück war zu Ende. Dann blieben sie noch nebenan im Bekleidungsraum stehen, wo Ki seine schmutzigen Sachen ablegte und sich neu einkleidete, und Ramid nahm sich neue Handschuhe mit, wärmere, damit er nicht ständig so fror, auch wenn er keinen Augenblick lang bezweifelte, dass dies alles nur vorübergehend sei. Alle Obdachlosen behaupteten das. Als er darüber nachdachte, warum er es ihnen nicht abnahm (bei sich selbst aber keinerlei Zweifel hegte), fand er keine Antwort. Vielleicht fühlte jeder von ihnen so. Sie glaubten, dass es ihnen gelingen werde. Aber darüber sprach man nicht und in der unterirdischen Stadt hatten sich's manche so gut eingerichtet, dass es ihnen wohl leidtäte, es sein zu lassen, um in einem Haus zu wohnen. Ramid tat es manchmal schon leid, wenn er im Winter irgendwelche feuchtwarmen Höhlen nur für ein paar Stunden verlassen musste. Um in irgendeiner Kirche Essen zu fassen oder etwas anderes zu besorgen.

Das dort unten eine Stadt zu nennen, das war so, als würde man Höhlenlöcher als Apartments bezeichnen. Die stolzen Eigentümer taten es allerdings und Ramid gewöhnte sich's auch an, doch es handelte sich um Löcher ohne Fenster, in die man über Kanäle und U-Bahn-Tunnels kriechen musste. Dort, wo der Bahnsteig endet und ein kleines Geländer den Weg versperrt, da muss man drüber, wenn keiner hinschaut, wenn in der Station gerade keine motivierte Wache steht. Diese Möglichkeit gab es in den hunderten Manhattaner Stationen ungefähr an zwanzig Plätzen, und Ki zeichnete Ramid eine Landkarte dieser freundlichen Stationen auf, gleich am ersten Tag in der unterirdischen Stadt, und seitdem trug sie Ramid bei sich in der Tasche. Auch wenn er nur ein kurzfristiger Beobachter dessen sei, wie er wiederholte. Ein vorübergehender Fallschirmspringer in einer Welt, in die er nicht gehörte, und als er damit Schluss machte, unten zu leben, brach er auch den Kontakt zu all diesen Leuten ab. Nur in den Park ging er noch eine Weile, um die Obdachlosen zu besuchen. In den Central, auf die Lichtung mit dem Stein über die Geschichte der Lenape, die so günstig ihr Land verkauft hatten. Dort saß er herum und dachte nach. Warum er sein Land eigentlich eingetauscht hatte und ob er es letztendlich nicht auch unter Wert getan hatte.

In der Nähe Sibas wurde geschossen und den spärlichen Nachrichten nach, die er mit den Briefen erhielt (sofern er irgendwo über eine bleibende Adresse verfügte), ein paar Mal sogar direkt in Siba. Der hintere Teil der Schule in Bafus wurde von einer Granate zerstört, wo damals er und Nebrak ihre Garderobe und die Lehrerinnen ihren Sitzungsraum hatten. Wer konnte, der verließ das Land. Schließlich tauchte sogar ein kleiner Artikel in der New York Times auf. Fünf Sätze zum Wechsel von Politikern und hoffnungsvollen demokratischen Umbrüchen, begleitet von den Zwistigkeiten der Opposition. Er wollte gerade nagelneue Puma-Schuhe in die Zeitung packen, die irgendwer von den Reichen der Upper East Side einfach am Gehsteig (neben Müllsäcken) liegen gelassen hatte. Und er verpackte sie. Nur diese erste amerikanische Kolumne über sein Land trennte er sorgfältig ab und steckte sie in die Tasche, zu der Landkarte der freundlichen U-Bahn-Stationen. Und er trug alles dann mit sich.

Nachrichten zu den Kämpfen bei Siba erhielt er von Hafiram. Sula schwieg darüber. Sie wollte ihn nicht schrecken und die Frauen, die jeden Tag vor dem Haus auf sie warteten, die gab es noch immer, als wäre die Zeit stehen geblieben. Diese kamen und würden immer kommen, während den Waffen irgendwann die Munition ausgeht. Wenn der Mensch Acht gibt, lässt sich alles mit etwas Glück erdulden, sagte sie sich wohl. Nur Hafiram wollte mehr als jeden Morgen mit Adgara und Luka und Rasif bei einer Tasse Kusultee sitzen.

Als sein erster Brief kam, erkannte Ramid an der Schrift, dass er nicht von Sula stammte. Hafiram schrieb von der Schürfersiedlung und davon, dass es noch von einem einzigen goldenen Findling abhänge ... das Flugticket und die erforderlichen Papiere für die Reise nach Amerika. Die würden ihm Bekannte besorgen, deren Häuser aus seinen Ziegeln bestanden. Er schrieb auch, dass er im Kino in Bafus in der letzten Reihe Nebrak getroffen hatte und dass sie nach dem Film eine Tüte Süßnüsse miteinander aßen, auch Nebraks achtjähriger Sohn. Hafirams Brief trug Ramid auch bei sich. Mittlerweile verwischt und unleserlich, nachdem er an seinem zweiten Tag in New York in einen Regenguss geriet, aber er kannte ihn schließlich auswendig. Hafirams Wunsch, hierherzukommen, und dass Adgara strikt dagegen sei, solange Sula noch lebt.

Auch daran dachte er, als er beim Stein herumsaß, der ihn mit einer seiner Ausbuchtungen in den Rücken stieß. Warum ist es mit den Frauen so mühsam und warum müsse er ständig auf die seine warten, wo doch in der Nähe meistens irgendeine war, die geeignet gewesen wäre, mit ihm zusammen zu sein. In der unterirdischen Stadt war das auch der Fall. Eine mit rostroten Haaren und einem weißhaarigen Säugling. Sie war so weiß, als würde sie niemals nach oben gehen. Ihm schien es, als wäre sie einfach nur faul, aber angeblich hatte sie irgendeine

Krankheit. Es war schwer zu sagen. Sie galt unten als Schönheit und das wiederum ließ sie sich teuer bezahlen.

Ramid traf Rudolf an einem der wärmeren Tage, die sich nach einem langen Winter einstellten. Am kleinen See, der dort an der Lichtung mit dem Stein einst von irgendwem zur Verschönerung angelegt worden war, seifte Ramid gerade seinen Fischschal ein und Rudolf kam hin, um mit einem an einer Stange befestigten Netz die abgefallenen Blätter abzufischen.

Gehörst du zu ihnen? Fragte Rudolf und deutete auf ein angeregt sich unterhaltendes Grüppchen Obdachloser, und Ramid bejahte.

Aber ich wohne schon allein.

Rudolfs Gesichtszüge erhellten sich und er nickte wissend.
Ich gratuliere. Woher kommst du?
Rate.
Rudolf musterte Ramid ein paar Mal von Kopf bis Fuß.
Syrien? Jordanien?
Ramid lachte und stimmte zu und Rudolf fühlte sich in dem bestätigt, was er schon lange dachte. In dieser Stadt war er nach so vielen Jahren zu Hause und er hatte Gespür für Menschen.
Und du bist woher?
Tschechien. Tschechoslowakei.
Aha.

Ramid schaute, als wüsste er Bescheid, aber Rudolf war sich nicht sicher. Er hat allerdings ziemlich schnell mit dem Kopf genickt, dachte er sich. Ein sympathischer Mann. Und wenn er seine eigene Wohnung hat, dann hat er sich schon ein wenig nach oben gearbeitet, sagte Rudolf zu sich und schaute zu dem Grüppchen beim Stein, wo man gerade Kekse vom Frühstück in der Kirche genoss.

Rudolf arbeitete damals nicht mehr als Reinigungskraft im Central. Er kam nur manchmal als Aushilfe, nur so zur Erinnerung, weil immer noch ein paar Männer von der alten Garde in der Hütte arbeiteten (wenn auch von den Lamas kein einziges mehr lebte). Selbst Vincent und Jacques waren nicht mehr in der Hütte anzutreffen. Eines Tages waren sie verschwunden, und seitdem hatte er nichts mehr von ihnen gehört.

Rudolf arbeitete auch nicht mehr in der Plakatfabrik und ärgerte sich zutiefst über Jacques' Verschwinden. Solange er in der Fabrik tätig war und Jacques dort an seinen Papieren arbeiten konnte, war er zuckersüß zu ihm, erinnerte er sich angewidert. Und dann warfen sie Rudolf hinaus und Jacques war wie vom Erdboden verschwunden. Daran, dass man hier Freundschaften nicht pflegte, hatte sich Rudolf schon gewöhnt. Niemand hat Zeit, und einmal alle paar Monate ruft man sich an, ob alles okay sei, und dann folgt vielleicht ein Neujahrskärtchen. Diese Vorgedruckten, nur mit einer Unterschrift versehen, und manchmal findet man nicht einmal die, murmelte Rudolf. Dass man hier keine Dankbarkeit erwarten dürfe, aber es lebe sich immer noch besser als zu Hause und das hielt ihn hier. Und auch, weil es nichts gab, zu dem er hätte zurückkehren können.

Das ist zum Fischen?

Rudolf zuckte zusammen. Ramid hängte gerade den nassen Schal auf einen Ast wilden Holunders und schaute dabei auf seinen Kescher.

Nein. Für die Blätter. Es ist doch besser ohne die, nicht?

Ramid zuckte mit den Schultern.

Vermutlich schon. Es würde mir nur nicht einfallen, mir die Arbeit zu machen. Die Seife schadet dem Wasser auch?

Wenn es nicht zu viel ist, dann nicht. Fischst du?

Ramid kam ins Erzählen, von den Zeiten in der Fischereisiedlung im Norden und den Fischen, die im Netz kreisten, dem sie hätten entkommen können, aber den kleinen Jungen und ihre Wette sparte er aus. Und dann begannen die Obdachlosen auf der Lichtung auseinanderzugehen, weil die ersten warmen Tage abends recht kühl werden, und auch Ramid fröstelte es, aber nach Hause wollte er noch nicht. In die enge Wohnung, die er mit Hilfe eines Inserats gefunden hatte, und die Frau sagte ihm zunächst, dass sie keine männlichen Mitbewohner wünsche und dass das im Inserat gestanden hätte. Aber er überredete sie. Er tat alles für sie und sie fuhr dann irgendwohin arbeiten und ließ ihn allein in der Wohnung zurück. Zunächst für zwei Monate, dann für ein Jahr und jetzt waren es schon mehrere. Ein paar Mal im Jahr ließ sie von sich hören und sie konnte auch jeden Tag zurückkehren. Manchmal erschrak er deswegen jeden Morgen. Dass nichts in der Wohnung ihm gehörte und dass es vielleicht immer so sein würde. In einer Wohnung mit Terrasse, wo er mit Tereza dem Sonnenuntergang zusah und wo sie sich zum ersten Mal umarmten.

Ich möchte dir etwas zeigen, wenn du ein wenig Zeit hast.

Jetzt war es Ramid, der zusammenzuckte. Dasselbe wollte er Rudolf gerade vorschlagen. In eines der Lokale zu gehen, wo er ab und zu einen Kaffee oder Preiselbeersaft zu sich nahm, er hatte sie alle ausprobiert.

Der Wildnis des Central wichen sie auf einem der verwahrlosten Wege aus und dann gingen sie Straßen entlang, in denen beinahe Tageslicht herrschte, auch wenn sich der Himmel über dem Central langsam verfinsterte und weit hinter der Stadt längst pechschwarz war. Straßen, wo Neonlichter das ihrige beitrugen.

Die Black Betty suchte Rudolf auf, um sich Mädchen anzuschauen. Auch mit Jacques war er ein paar Mal dort gewesen. Damals, als der Laden noch funktionierte und jeden Abend voller Leben war, bis zu den Morgenstunden. Eine Einrichtung in einer der Nebenstraßen, die nichts mit dem Broadway gemeinsam hatte, vielleicht noch die große Aufschrift über dem Lokal (aber einige der Buchstaben blieben dunkel). Das »l« in der Black Betty blinkte immerzu und erinnerte an das Auge eines Verschwörers. Es zwinkerte und lockte, dass es nicht viel koste. Und es kostete nicht viel. Der Eintritt fast nichts, und unten konnte man an zwei, drei Drinks die ganze Nacht nippen. So vertrieben sich Rudolf und Jacques ab und an die Zeit. Sie schauten den tanzenden Mädchen zu und Jacques ging dann immer zu einer, von der er behauptete, er kenne sie, aber Rudolf interessierte das nicht weiter. Leichtes Fleisch, das sich für Geld auszieht, das wollte er nicht, selbst wenn er völlig hinüber wäre. Vielleicht einmal. Einmal mit einer, als ihn Jacques irgendwo hineindrängte, vielleicht war da etwas passiert. Aber er konnte sich nicht mehr daran erinnern (auch an keine Lust) und es gab keinen Grund, es wiederholen zu wollen.

Als er und Ramid an jenem Abend in die Black Betty gingen, war dem Lokal lediglich der Name geblieben und der gute Karamellkaffee, weswegen ihn Rudolf dorthin mitnahm.

Mit Kaffee ist das in New York so eine Sache, und wer sich nicht mit einem Halbliterbecher Milchgerinnsel zufrieden stellen lässt, sondern feinstes Porzellan haben will, der muss seine Plätze kennen, belehrte Rudolf Ramid, als sie dorthin unterwegs waren ... als hätte er ihn gerade vom Flughafen abgeholt.

Es war oben. Das Kaffeehaus. Dort, wo sich einst in der Black Betty die Eingangshalle befand (nach unten konnte man nicht). Im Tanzsaal passierte zu dieser Zeit weiß Gott was. Ramid meinte, dass sie dort vielleicht für das Kaffeehaus kochen, denn zweimal kam der Kellner mit den Tellern von unten, aber es war dort wohl eher ein Lager oder gar nichts. Es hing auch ein Schild herum ... »Betreten verboten«. Während an den Wänden Fotos und Aquarelle der alten Vorstellungen hingen und Rudolf Ramid zeigte, welche er gesehen hatte und welche ihm entgangen waren, und dass sie gar nicht so gut gewesen seien. Ramid betrachtete die Gesichter der Tanzmädchen, nippte an seiner Tasse und das ging dann zwanzig Minuten lang so, bis ihn ein Gesicht stutzig machte, das sich mehrmals an der Wand wiederholte. Die Farbe der Haare irritierte ihn. Und die Lippen. Lippen, die er als himbeerig in Erinnerung hatte und auf den Fotos waren sie lila, fast schwarz, und pechschwarze Haare, die dem Mädchen in die »vergissmeinnichtblauen« Augen fielen (sie trug sie früher blond), und auch der Ausdruck war ein anderer. Aber sie war es. Die, wegen der er geflohen war und die er einst geliebt hatte. Lange her. Ein Gefühl, das nach und nach zerbröckelte, und er ließ es stückchenweise irgendwo am Weg, wie den Verputz eines alten Hauses abfallen. Nila fand sich auf vier Gemeinschaftsfotos mit Tänzerinnen wieder, die wie sie aussahen, aber er hatte sie nach Jahren unter allen anderen erkannt.

Zu Rudolf sagte er nichts, sie hatten sich nicht einmal mit ihren Namen vorgestellt, und am nächsten Abend kehrte er allein zurück. Er wartete, bis der letzte Gast das Kaffeehaus verließ, und als der Kellner hinter einer Ecke verschwand, nahm er eines der Aquarelle ab und versteckte es unter seinem Mantel.

Ist es das hier?

Tereza stand in Ramids Wohnung vor dem Bild einer Frau mit rundlichen Schultern, die irgendwohin in die Ferne schaut. Vor einem Aquarell, das ihr gleich gefiel, als er sie zum ersten Mal zu sich in die Wohnung mitnahm.

Grüner oder schwarzer Tee?
Das fragt er also auch.
Schwarzen.
Denkst du, dass sie es ist?

Ramid streichelte Terezas Hand, und beide schauten jetzt genauer hin. Dorthin, wohin auch die Frau blickte. In die Ferne, wo sich ein jeder das seine dachte.

Nila?
Die, mit der ich Sula zufolge hätte sein sollen!
Und du?

Es dämmerte. Er konnte es hinter den Vorhängen erkennen. Fast fühlte er es, noch bevor er es sah. Wie spät es genau war, spielte keine Rolle. Die ganze Nacht hatte er nicht schlafen können und jetzt überkam sie ihn. Die Angst und Beklemmung (wie Eiszangen) und Vorstellungen, was alles passieren könnte, Zusammenschnitte aus Horrorfilmen … und Tereza nirgends. Fast schon zwanzig Stunden ohne jedwede Nachricht, wie es Rudolf erzählte. Nicht einmal die warme Jacke hatte sie mitgenommen. Es regnete. Sie hatte keinen Regenschirm und auch kein geeignetes Schuhwerk.

Während dieser zwanzig Stunden polierte Rudolf alle seine Schränke, machte sich dreimal eine Konserve warm und betrachtete mehrmals Terezas Fotografien. Darauf war seine Schwester … und auch wieder nicht. Die Frau mit dem Messer und in der Badewanne mit einem verschmierten Gesicht, das sich auf den Fotos wiederholte. Warum nur hat sie nicht das Mädchen fotografiert, überlegte er. Immer nur ihre Mutter. Warum war sie nicht ausgegangen, um sich Leute anzuschauen? Einen ganzen Film in der Küche oder im Bad auszufotografieren, wann hat man das je gesehen? Sagte er zu sich, als es noch früh am Abend war und er für sich und Tereza den Tisch deckte. So hatte er auch auf Renate gewartet. Als sie längst miteinander in dieser Wohnung lebten, er arbeitete in der Plakatwerkstätte, Renate musste gar nichts tun und dennoch nutzte es wenig. Er kaufte ihr allerlei Sachen. Gleich, als er es sich leisten konnte, auch diese Kleider, die ihm Lucien empfahl. Lang und samten, sogar mit Schuhen in der gleichen Farbe. Und sie sagte ihm später, dass sie schon lange einen anderen habe, und es war jener aus dem Ankara-Hotel, von dem er es sich gleich gedacht hatte.

Rudolf rieb sich die Augen, warf sich eine Jacke über und nahm die Schlüssel von der Garage aus dem Regal. Gefällig strich er mit den Fingern über den glänzenden Türlack und ließ den Wagen an. Er würde durch das Viertel fahren, ob Tereza nicht irgendwo herumirrt.

Sein ganzer Gedankenfluss mündete doch hier. Und dieser Augenblick war nun gekommen. Sie beide, Ramid und Tereza, dass sie beide einander versprochen wurden, weil sich Sula niemals irrt.

Sie standen auf der Terrasse von Ramids Wohnung im Village, nach mehrstündigen Gesprächen war es plötzlich still, und Tereza schien es, als würde sie ihre Mutter hören, wie ihr diese etwas ins Ohr flüstert. Ramid wartete. Er schaute auf seine Schuhe und stellte sich vor, wie er mit Tereza zum Flughafen fahren würde. Auf dem Weg dorthin würde er ihr ein Eis und Blumen kaufen und in der U-Bahn kein Wort mehr über gar nichts, was sonst noch passiert war. Und dann läutete das Telefon. Es war Eran, so wie Ramid dachte. Er rief diesen Nachmittag schon zum dritten Mal an, aber Tereza nahm nicht ab.

Schlussendlich fuhr er mit dem Taxi zum Flughafen. In der Zeitung, die dort auf einem der Sitze lag, schrieben sie, dass in der Bronx einige Kinder von Schlangen unbekannter Herkunft erwürgt worden waren. Er überflog es nur. Er konnte aufgrund der vielen Tränen ohnehin kaum noch lesen, aber die vier sah er schon von weitem. Sie warteten auf ihn mit ihren Koffern. Er verspätete sich (wegen Tereza und weil er auch noch in einen Spielzeugladen musste). Adgara hätte er fast nicht mehr erkannt, aber Hafiram sah so aus, wie sich ihn Ramid vorstellte. Und dann wandte sich Adgara an zwei große Jungs neben ihr, sie flüsterte ihnen etwas zu, und Luka und Rasif lächelten ihn an. Die zwei Supermänner mit ihren Plüschumhängen, die er auf dem Weg zum Flughafen gekauft hatte, waren wirklich kindisch und unangebracht.

Die Originalausgabe erschien 2005 unter dem Titel
Cirkus Les Mémoires bei Torst, Prag.

Dank an Veronika, Edgar, Jonatan, Yizha, Rahim,
Míša, Tomáš, Hynek, Lev

FSC
Mix
Produktgruppe aus vorbildlich
bewirtschafteten Wäldern und
anderen kontrollierten Herkünften

Zert.-Nr. GFA-COC-1223
www.fsc.org
© 1996 Forest Stewardship Council

Verlagsgruppe Random House FSC-DEU-0100
Das für dieses Buch verwendete FSC-zertifizierte Papier *Munken Print*
liefert Arctic Paper Munkedals AB, Schweden.

1. Auflage
Deutsche Erstveröffentlichung

Satz: Greiner & Reichel, Köln
Druck und Einband: CPI – Clausen & Bosse, Leck
Printed in Germany
ISBN 978-3-630-62143-2

www.luchterhand-literaturverlag.de